Der ganze Schmutz
zugleich und Glanz.

Ein Roman, zusammengekleistert

General Editor:
Wolfgang Schirmacher

Editorial Board:
Giorgio Agamben
Pierre Alferi
Hubertus von Amelunxen
Alain Badiou
Judith Balso
Judith Butler
Diane Davis
Martin Hielscher
Geert Lovink
Larry Rickels
Avital Ronell
Michael Schmidt
Frederich Ulfers
Victor Vitanza
Siegfried Zielinski
Slavoj Žižek

Copyright © 2021 by Matthias Goertz
Supported by the
European Graduate School

ATROPOS PRESS
New York • Dresden
151 First Avenue # 14, New York, N.Y. 10003
Mockritzer Str. 6, D-01219, Dresden, Germany

Cover/interior designed by David Poletto/Sanja Markovic

Umschlagbild: Portrait eines jungen Mannes
(unbekannter Künstler; undatiert)

All rights reserved.
ISBN: 978-1-7375591-0-8

Der ganze Schmutz zugleich und Glanz.

Ein Roman, zusammengekleistert von Matthias Goertz

Atropos Press
new york • dresden

Sie wissen, daß er dies und jenes geschrieben hat, was die Welt zersprengen müßte, wenn sie es nur verstünde, was aber ihn zersprengt, da sie es nicht einmal liest. Wer weiß es sonst?

—Jürg Amann, *Nachgerufen*

Für Lamyai

Prolog

Der gute, edle, zärtliche, sanfte Ludwig, an dem Männer wie Frauen mit Leidenschaft hingen—der anspruchslose und loyale Ludwig von Brockes, er ist tot.

Er hatte es ja quasi angekündigt als er im Sommer zu mir kam, krank und des Lebens müde, um mir seine Geschichte zu erzählen—nicht die seiner eigenen, sondern die einer anderen schönen Seele.

Nach einem Jahrzehnt melancholischen Grübelns ist seine eigene nun jener gefolgt. Hier an meinem Krankenlager, im Zuge fiebriger Zwiegespräche, mag sein Entschluss gereift sein. Allein seine Verlobung mit der liebevollen Cäcilie von Werthern hatte ihn noch von diesem Schritt abgehalten. Noch einmal hatte sich in ihm der natürliche Drang geregt, sich eine Konstitution zu geben, wie man unter uns Brüdern sagt. Fast kam es auch dazu—doch am Ende gelang es ihm ebenso wenig wie mir, wie Heinrich, der es besonders hartnäckig versuchte, und wie so vielen von uns.

Vor zwei Wochen—am 23. September 1815—also starb, laut Nachricht seiner Familie, Ludwig von Brockes in Bamberg in den Armen seiner herbeigeilten Braut. Ein alter Freund vom Fach, den er seit einer früheren Reise dorthin gekannt hatte, hatte seiner Seele diskrete Hilfestellung gegeben. Sollte eine Autopsie durchgeführt worden sein, bewahrt die Familie darüber Stillschweigen.

Ich nehme an, er verwendete Arsenik: es lässt sich nicht nachweisen.

* * *

Es ist Nacht. Der Herbst zeigt sich von seiner stürmischen Seite; einem unbändigen jugendlichen Liebhaber gleich rüttelt er am Gebäude. Verriegelte Fenster; süßlicher Geruch eines Desinfektionsmittels im Krankenzimmer. Die Schwester kommt, reine Routine. Alles gut? Noch schnell die Tabletten, so ist's brav, ein Schluck Wasser. Licht aus, Stille. Von irgendwo her ein Lichtschimmer. Unruhiges Hin und Herwerfen; die Decke weggetrampelt ragen meine Zehen schemenhaft am Bettende auf, stumm und kalkweiß wie Zinnen einer verfallenen Burg im Mondlicht. Kalter Schweiß; Enge ums Herz, berstende Rippen; die Brust wie von einer Schlange, mit Gliedern, zahnlos, ekelhaft, umwunden. Da quillt der Molch wieder aus der Tiefe meines Körpers hervor. Lautloser Schrei.

Eine Nacht mit Venus, ein Leben mit Merkurius. Ah! Der Skorpion! Das Ungeheuer befiel uns, sich in die jungen Körper einnistend, unsere freigeistigen Gemüter vernebelnd und ungestüme Leidenschaft verbitternd. Erneut zeigt es seine Fratze. Warum bloß schrecke ich zurück vom Griff zur Pistole, zum Gift?

Doch der Geist regt sich noch. Heute jährt sich zum vierten Mal jener 21. November an dem die schönste aller Seelen sich von ihrem geschundenen Körper losriss. Ludwigs Seele ist nun Heinrichs nachgefolgt; und meine kann's kaum erwarten. Schemenhaft formt sich in mir der Gedanke, Ludwigs Bericht der Nachwelt zu übergeben. Das Projekt belebt mich. Eile tut not: schon lähmt die Melancholie meinen Geist, die Paralyse meine Hand.

Eine ganze Reihe von schlaflosen Nächten folgt jetzt noch auf die erste.

* * *

Ludwig von Brockes war im Sommer 1815 zu mir nach Dresden gekommen, wo er mich täglich im Sanatorium besuchte. Der Kampf gegen Napoleon war vorbei, der Korse unterwegs nach St. Helena.

Ich war damals noch recht gut zu Fuß; bei gutem Wetter machten wir lustvolle Spaziergänge um den Schwanenteich. Einmal bewarfen wir schelmisch einen der weißen Vögel mit Hundekot und beobachteten, wie er still untertauchte und rein wieder aus den feurigen Fluten auftauchte. Sonst saßen wir in meiner Stube beieinander, auf den zwei Besucherstühlen am kleinen Rundtisch; oder ich lag im Bett und er saß auf meiner Bettkante.

Ludwig erzählte von seinem Zusammenbruch nach Heinrichs Tod. Nur langsam hatte er sich wieder erholt, sich dann entschlossen, auf Heinrichs Spuren zu wandeln um die Lakunen seines Lebens auszufüllen und seinen Nachruf von dem unsäglichen Mythos zu befreien, der sich ihm posthum angeheftet hatte.

Zunächst, berichtete er, hatte er akribisch drei Gruppen von zu Befragenden aufgelistet—als da wären:

Jene, die allerhand über Heinrich wissen, aber befangen sein und wenig verraten würden.

Jene, die alles offen mitteilen würden, was sie wussten, aber kaum wirklich Wissenswertes zu berichten haben würden.

Jene, die Heinrich ablehnend gegenübergestanden oder ihn gar hassten und deren Mitteilungen entsprechend eingefärbt sein würden.

Zur ersten Gruppe hatte er Heinrichs Halbschwester Ulrike, seine Kusine Marie, seine ehemalige Versprochene Wilhelmine, seine privaten Ärzte und seine intimsten Brüder gezählt—neben uns beiden hatte er in letzterer Kategorie Karl von Gleißenberg, Harmann von Schlotheim, Ernst von Pfuel, Otto August Rühle von Lilienstern, Friedrich Lose, Heinrich Zschokke, Ludwig Wieland, Karl vom Stein zum Altenstein, Adam Müller, Friedrich Christoph Dahlmann und Friedrich de la Motte Fouqué gelistet.

Zur zweiten Gruppe hatte er Heinrich generell wohlgesinnte, aber wohl kaum mit ihm intim gewordene Persönlichkeiten gerechnet, wie z.B. seinen Tutor Martini, seinen Gönner Wieland d. Ä., Tieck, Peguilhen, Varnhagen, Körner, Staegemann, die Humboldts, die Schlegels, die Grimms.

Für die dritte Gruppe hatte er Gegengenspieler wie Iffland und Hardenberg, sowie potentielle Rivalen wie Armin und Brentano im Visier.

Endlich hatte er noch eine Restgruppe identifiziert, nämlich derer, von denen er nicht recht einordnen konnte, was er von ihnen zu erwarten hätte: Freundinnen Heinrichs gehörten dazu, insbesondere in Dresden und Berlin, die meisten seiner Verwandten, Goethe (der gewissermaßen eine Kategorie für sich darstellte) und verschiedene Mitglieder und Courtiers des hohenzollernschen Königshauses.

Er hatte zudem die ihm zugänglichen biographischen Daten Heinrichs gesammelt und eine Art topographische Skizze von Heinrichs Vita, seinen physischen Bewegungen und persönlichen Verbindungen erstellt, seine ausgedehnte Sippschaft in Pommern und im Spreewald eingeschlossen, sowie sich seine veröffentlichten Werke beschafft—acht Erzählungen, fünf Dramen, Ausgaben des *Phöbus* und der *Abendblätter*, wissend, dass Heinrich sein Leben in seine Werke eingeschrieben hatte.

Dergestalt vorbereitet und ausgestattet hatte er sich auf Reisen begeben. Er hatte sich beeilt, denn der eine oder andere seiner Informanden mochte Heinrich noch schnell ins Jenseits nachfolgen—Schlotheim tat es prompt, nämlich 1812, und Gleißenberg kurz darauf ebenso. Ersteren hatte er verpasst, letzteren noch kurz vor seinem Ableben gesprochen.

Als erstes suchte er im Pommerschen Stolpe Heinrichs jüngeren Bruder Leopold auf, seines Amtes Postmeister sowie, nach Heinrichs Tod, dessen Nachfolger als Familienoberhaupt.

Mit einer Anekdote Leopolds beginnt dann auch Ludwigs Bericht.

Erstes Kapitel

„Ich glaube zu wissen, lieber Brockes, wann Heinrich zum Dichter wurde."

Wir saßen in Postmeister Leopold von Kleists guter Stube und rauchten Pfeife. Seine Frau hatte die Kinderschar ins Bett gebracht und sich zurückgezogen. Wir waren uns zuvor nie persönlich begegnet, doch hatte der Postmeister von mir gehört und empfing mich ohne Umschweife als Freund der Familie.

Es war Frühling, im Jahr 1812. Französische und preußische Vorbereitungen für die Invasion Russlands liefen auf Hochtouren; Stolp lag an der für den Aufmarsch und Nachschub wichtigen Route von Stettin nach Danzig und Kleists Postamt hatte entsprechend viel Verkehr.

„Es war zu Anfang meines achten Lebensjahrs, also in Heinrichs elftem. Der Vater war gestorben—nicht unerwartet zwar, da er lange gekränkelt hatte, aber nun war es so weit, mitten im Sommer. Unsere Schwestern blieben bei Mutter in Frankfurt; wir Jungs wurden nach der Beerdigung für die Sommerferien zu Onkel August Wilhelm auf Gut Tzschernowitz verfrachtet, denn Mutter hatte alle Hände voll damit zu tun, ihre Erbschaft vor Gericht und ihre Pension bei Hof einzufordern, und wir quirligen Jungs fielen ihr in ihrer verzweifelten Lage bloß zur Last.

Auf seinem Gut organisierte Onkel August zwecks unserer Ablenkung allerlei Spiele, darunter einen Dichterwettstreit. Das Thema sollte vordergründig eine neue Scheune sein auf die der Onkel mächtig stolz war, tatsächlich hatte er aber jenes Monument der Eitelkeit im Sinn, welches sich unser Landesvater kürzlich mitten in Berlin im Stil der Propyläen hatte errichten lassen um seinen Sieg in Holland und seine Allianz mit England zu feiern, und dessen Skizzen unser Onkel von Amts wegen, als königlicher Kämmerer, zur Begutachtung mit aufs Gut gebracht hatte.

Mit moderater Begabung, aber umso größerem Enthusiasmus ausgestattet, erfreute ich Onkel August mit einer Lobeshymne an seine Scheune, brav geformt und hübsch gereimt—*Er stünde fest und in schöner Symmetrie, Die Tiere hier in guter Ruh, Stehe denn, du fest Gebäude, Hundert Jahre noch*—die mir den Sieg und einen Louis d'Or einbrachte." Der Postmeister zog an seiner Pfeife, wohl die Szene vor den Augen Revue passieren lassend; dann lehnte er sich abrupt mir entgegen und raunte: „in Heinrichs Gedicht dagegen fiel die Scheune in einem höllischen Inferno in sich zusammen nachdem zwei Verliebte—ein Knecht und ein Anderer—beim nächtlichen Stelldichein im Stroh die Kerze umgeworfen hatten und alle Hilfe zu spät gekommen war, da die kühn hochgetürmten Balken von den auflodernden Flammen leicht erreicht wurden, nicht aber vom rasch herbeigetragenen Löschwasser.

Feuer! Feuer! Feuer! hieß es in seinen Zeilen, *Erwacht, ihr Weiber und Kinder, erwacht! Der Frevel zog auf Socken durchs Tor!* und: *der Knecht trat schreckenblaß, nachdem die Scheun' zusammengestürzt, die Pferde in der Hand, daraus hervor.* Heinrich trug diese apokalyptischen Verse mit einer solchen Vehemenz vor, dass es den Onkel beinahe vom Stuhl haute."

Mir war, als stünde Heinrich selbst vor uns, einem Fanal gleich, mit aufgerissenen Augen wild gestikulierend und vor dem lodernden Kamin sein Gedicht rezitierend. Ich hatte einige seiner Deklamationen erlebt, sie blieben mir unauslöschlich ins Mark eingeprägt.

„Im unerwarteten Sieg schwelgend," fuhr der Postmeister fort, „verstand ich des Onkels konsternierte Wut zunächst nicht, die sich in einer Ohrfeige für Heinrich entlud. Erst allmählich verfertigte sich in mir der Gedanke, dass der Onkel in Heinrichs panischen Pferden eine Anspielung auf die geplante Quadriga, im totblassen Knecht eine auf den König höchstpersönlich, im Liebhaber eine auf dessen Schwager, den holländischen Erbstatthalter, und in dem vom Inferno gestraften Frevel eine auf deren brüderliche Unzucht und infantile Eitelkeit erkannte." Flüsternd setzte er hinzu: „Der K hatte soeben unserer Mutter die Pension verweigert, mit Fingerzeig auf die leeren Staatskassen, leistete sich aber ein kolossales Triumphtor! Sein berühmterer Vorgänger hatte bereits dem Vater ungerechtfertigt die Beförderung verweigert—er hatte aber immerhin selbst auf jeglichen Pomp verzichtet." Der Postmeister schwieg.

Ich saß wie elektrisiert auf der Sesselkante. In seines Bruders Anekdote von Heinrichs ersten Versen blitzte schon die unerbittlich sarkastische Polemik des Dichters der *Schroffensteiner*, des *Amphitryons* und des *Krugs* auf.

Indem er in seinen Lehnstuhl zurückglitt und seine Pfeife ablegte sagte er abschließend:

„Heinrich brütete nach seiner robusten Abfertigung durch den Onkel düster vor sich hin. Dann erhellte plötzlich ein fast engelhaftes Lächeln sein Antlitz, als hätte er—so kommt es mir im Rückblick vor—eine Eingebung gehabt, die sein Leben bestimmen sollte."

* * *

„Heinrich war ein Querkopf. Ich darf das sagen: ich bin fünf Jahre älter als er, musste oft auf ihn aufpassen. Außerdem sagte er es selbst immer."

Wilhelmine von Loeschbrand, geborene von Kleist, saß mir im Salon auf Gut Schorin gegenüber, wenige Meilen vom Stolper Postamt entfernt. Mein kurzer Brief lag auf einer Ablage; ihre Antwort war prompt und freundlich gewesen. Es wurden Nachmittagstee und Gebäck gereicht.

„Erst nach seiner Rückkehr vom Militärdienst schien er mir erwachsener geworden zu sein. An meiner damaligen Scheidungsangelegenheit nahm er regen Anteil, besorgt, dass das Verfahren für mich günstig ausgehen würde."

Oder, dachte ich insgeheim, aus Interesse daran, was solch ein Verfahren den Ehemann wohl kosten möge.

Sie erzählte mir allerlei Unwesentliches, woraus ich immerhin entnahm, dass sie zwar jener Kleist-Pannwitz-Stojentinschen, Lausitz-Pommernschen Sippschaft entsprang, die Heinrich das Leben schwer gemacht hatte, ihn aber ab und an mit kleineren Summen oder einem guten Wort bei der drakonischen

Tante unterstützt hatte. Ich war im Begriff, Mantel und Hut zu nehmen, als sie unvermittelt zu einem Sekretär trat, eine Schublade öffnete, ein Bündel Papiere und Heftchen hervorzog und sondierte, bei einem Album verweilte und schließlich verklärt aufblickte.

„Hier, verehrter Herr von Brockes, ein Eintrag Heinrichs, ich denke von 1791—als ich achtzehn war, er dreizehn."

In sorgfältiger Schönschrift stand dort von links oben nach rechts unten quer übers Blatt geschwungen der Einzeiler: *Ich will hinein und muß hinein, u. solts auch inder Quere seyn,* am rechten unteren Blattrand versehen mit der Widmung: *Dein treuer u. aufrichtiger Bruder u. Freund Heinrich vKlst.*

Ich füge meine Kopie des Albumeintrag hier ein.

Ich studierte den Eintrag gründlich. Der Versfuß war recht regelmäßig, die Orthographie etwas holprig. Des Postmeisters Deklamation Heinrichs jugendlicher

Zeilen lag mir noch im Ohr—man musste, es war klar, seine Zeilen laut deklamieren, um ihre volle Wirkung zu entfalten. Ich las also emphatisch vor:

„Ich *will* hi-nein und *muss* hi-nein, und *sollts* auch in der *Que*-re sein." Ich horchte auf das Echo in meinem Kopf und überlegte. Ließ Heinrich das zweite *l* aus *solts* bewusst aus? Die Zusammenziehung *sollts* schien mir dichterisch konventionell zu sein, die Auslassung des zweiten *l*, wodurch der vorgelagerte Vokal *o* geöffnet und der nachgelagerte Konsonant *ts* betont wurde, jedoch nicht. Aus dem an sich neutralen Wort wurde so beim Deklamieren ein kurzes—wie trotzig oder zornig hervorgestoßenes—so*lts*, was dazu führte, dass in den vier schweren Silben die Emphase auf dem letzten Sprachlaut lag: wi*ll*, mu*ss*, so*lts*, Que-. Indem er *in der* zu *inder* machte, ergab sich beim Deklamieren zudem eine verkürzte Aussprache—*Inder* oder *inner*—die zu einer Verlängerung des *Que*- führte: *Quer*-re statt *Que*-re. So erreichte er, dass die vierte—wichtigste—schwere Silbe wie die drei anderen auf einem scharfen Konsonanten endete: wi*ll*, mu*ss*, so*lts*, Que*r*. Ich deklamierte erneut:

„Ich wi*ll* hi-nein und mu*ss* hi-nein, und so*lts* auch in'er Que*r*-re sein." Es war mir, als hätte der pubertierende Dreizehnjährige sein ganzes Seelenblut in diesen Satz gepackt und ihn sich bei der älteren Schwester vom Leibe gehustet! „Haben Sie eine Ahnung, gnädige Frau von Loeschbrand, was Ihr Bruder hiermit im Sinne hatte?"

Sie erwiderte, wobei sie aus dem Fenster schaute:

„Ich sagte ja schon, er war ein Querkopf. Er eckte überall an, stellte sich quer, ging allen gegen den Strich. Damals nahm ich die Zeile nicht ernst. Heute bin ich mir nicht sicher. Es ist, als enthielte sie ein Geheimnis. Vielleicht eines, von dem mein Bruder erwartete, ich könnt's entziffern. Ich konnt's nicht. Können Sie's?"

Ich antwortete nicht. Konnte ich's?

Ihre Augen weiteten sich. Jedes Wort abwägend fuhr sie leise fort:

„Ich frage mich, ob ich Anlass hätte, dieses Blatt zu—*vernichten*?"

Ich senkte den Kopf—beschwichtigend, nicht zustimmend—und wandte mich ohne ihr zu antworten der Widmung und Unterschrift zu. Die Hervorhebung der scharfen Abschlusskonsonanten sowie der Versfuß setzten sich hier fort, sei es auf recht klattrige Weise. Ich rezitierte:

„Dein *treu*-er und auf-*rich*-ti-ger Bru-*der* und Freund Hein-*rich* vn Klst." Die Auslassung der Vokale im Nachnamen ließ die letzten beiden Silben im Einklang mit dem Versfuß unbetont. Samt Widmung handelte sich um ein Distichon mit sechzehn Silben pro Zeile, wie bei biblischen Psalmen, oder um ein Quartrain mit acht Silben pro Zeile und Betonung auf der jeweils zweiten und sechsten Silbe. Ich deklamierte:

> Ich *will* hi-nein und *muss* hi-nein,
> und *solts* auch in'er *Quer*-re sein.
> Dein *treu*-er und auf-*rich*-ti-ger
> Bru-*der* und Freund Hein-*rich* vn-Klst.

Ich hielt inne und lauschte dem Nachhall meiner Stimme in meinem Kopf, murmelte dann träumerisch:

„Jedes Wort zählt! Jeder Buchstabe, jedes Graphem zählt!"

Ihr schriller, bestürzter Ausruf riss mich aus meinen Gedanken:

„Es klingt furchtbar—*gepeinigt*."

Wie um ihren Eindruck noch weiter zu untermauern, stieß ich Heinrichs Stakkato zwischen den Zähnen hervor:

„……*ll*……………*ss*……………*lts*………*Q'r* ………*tr*…………*r'ch*………*d'r*………*r'ch* ……"

Die brutal kontrahierten Konsonanten brannten sich meiner Kehle, hämmerten sich meinem Schädel ein. Unvermittelt musste ich an Heinrichs Drama *Herrmannsschlacht* denken, aus dessen Titel ähnlich scharfe Konsonanten wie reißende Bestien hervorhissten: *hrr—mnn—ssl—cht*.

„Wie ein verwundetes Tier," entfuhr es mir. Sie sprang erregt auf.

„Das war er! Ein verwundetes Tier. Er hatte eine Wunde—*welche*, Herr von Brockes, *welche*?

Mein Blick verharrte auf einem Gemälde an der Wand, einer Landschaft von Mooren, Marschen und Auen, vielleicht im Spreewald oder Oderbruch. Jene Reise nach Würzburg kam mir unversehens in den Sinn, die Heinrich und mich zehn Jahre nach diesem Albumeintrag erst durch den flachen Spreewald, dann durch die sanft gewellte Sächsische Schweiz, schließlich entlang dem zerklüfteten Erzgebirge geführt hatte. Ich wusste, womit der junge

Heinrich gehadert hatte: mit einem unbändigen, sperrig quergestellten, zudem auch noch phimotisch eingeengten, für seine Liebhaber zwar vortrefflichen, für ihn selbst aber verwundbaren, weil brüderlicher Zuneigung und venerischer Krankheit gleichermaßen exponierten, *priapischen Zuviel*. Abwesend rezitierte ich ein paar Zeilen aus Heinrichs Werk:

> Die abgestorbne Eiche steht im Sturm,
> Doch die gesunde stürzt er schmetternd
>   nieder,
> Weil er in ihre Krone greifen kann.

Die Loeschbrand glotzte mich ob dieses scheinbar zusammenhangslosen Rezitals unverständlich an.

Was Heinrich später seiner Penthesilea andichten sollte—es war, wusste ich, persönlicher Erfahrung entsprungen: die Krankheit hatte sein patrizisches Geschlecht ergriffen, wie der Sturm die starke Eiche, eben weil es von unnachgiebiger Römergröße war. Ich wandte mich ihr zu.

„Eine Wunde, es ist wahr, trug Heinrich an Körper und Seele. Den Eintrag müssen Sie sich nicht als von oben links nach unten rechts, also auf Heinrichs Namen hinlaufend, vorstellen, sondern umgekehrt, als aus Heinrichs Namen von unten rechts nach oben links herausragend. Verzeihen Sie meine graphische Beschreibung: die quergestellte Zeile ist gewissermaßen seine Selbstdarstellung als Priapus, deren zweiter Teil entweder als: *u. solts auch quer in'er Hose sein* gelesen werden kann, oder als: *u. solts auch quer im A... sein*. Das Stakkato der Konsonanten simuliert onomatopoetisch das mühsame, stoßhafte Eindringen in die Enge."

„Sie starrte mich an, ihre Lippen bebten. Ich setzte hinzu:

„Hätte Heinrich nicht tatsächlich gelitten, würde man den Eintrag als unanständig deuten müssen, insbesondere seiner Schwester gegenüber; unter seinen Umständen würde ich ihn aber stattdessen als einen Hilferuf deuten."

„Warum gerade an mich? Wir waren nicht sonderlich innig miteinander, auf jeden Fall weniger als er und Ulrike."

„Wer weiß, was er der alles schrieb," grinste ich. „Es mag sein, dass er sich an Sie wandte, eben weil Ihre Beziehung nicht so innig war—Sie waren eine neutralere, ihm aber grundsätzlich wohlgesonnene Adressatin."

„Herr von Brockes, Sie zeigen recht viel Verständnis für meinen Bruder."

„Wir waren eng befreundet," sagte ich schlicht, fügte dann hinzu: „Ich möchte Sie versichern, dass Sie keinen Anlass haben, dieses Albumblatt zu vernichten. Es ist Ausdruck seines Vertrauens in Sie."

Sie sinnierte eine Weile, wechselte dann abrupt das Thema:

„Ein paar Jahre nach dem Albumeintrag, als Heinrich im Krieg stand, erklärte Ulrike, dass sie niemals heiraten wollte, da unser Vormund zugelassen hatte, dass die jüngere Friederike zuerst verheiratet wurde. Mir kam das allerdings wie eine Ausflucht vor: sie wollte gar nicht heiraten. Sie und Heinrich hatten etwas gemeinsam—vielleicht hatte es mit dieser Wunde zu tun." Sie versank in Gedanken, fragte dann:

„Sind Sie verheiratet?"

„Ich bin mit Fräulein Cäcilie von Werthern verlobt." Da man mir meine Mittvierziger ansah, fügte ich sogleich an: „wir sind einander seit fünfzehn Jahren versprochen, doch gab es familiäre Hindernisse, die wir dabei sind, zu überwinden."

Sie lächelte—so schien es—verständnisvoll und abwägend zugleich.

„Noch Tee?" Meine Antwort nicht abwartend schenkte sie mir nach. Dankend machte ich es mir erneut im Sessel bequem. Sie ergriff das Wort:

„Kennen Sie die Geschichte von unserem Cousin, Karl von Pannwitz?" Nein, antwortete ich, die kannte ich noch nicht.

* * *

„Nach des Vaters Tod konnte sich unsere Mutter Heinrichs Privatunterricht in Berlin nicht mehr leisten. Der Vater hatte alles Erdenkliche getan, vorzusorgen, doch verweigerte der König der Mutter unerwartet eine Pension; zudem wurde des Vaters Testament formhalber angefochten, so dass sie es nicht sogleich anzutreten konnte. Dann lehnte der König auch noch ihr Gesuch ab, Heinrich in die Militärschule aufzunehmen. So blieb für ihn nur Privatunterricht bei Martini in Frankfurt.

Um die Kosten zu teilen, ließ man Heinrich und seinen ein Jahr älteren Vetter Karl gemeinsam unterrichten, bis Karl 1791 in die Armee eingezogen wurde. So verbrachten die beiden Jungs drei Jahre eng miteinander. Ihr Unterricht war lax; ich fragte mich oft, was sie die ganze Zeit trieben—ich selbst wohnte bis zu meiner Heirat auch im elterlichen Haus. Sie taten mir und Mutter gegenüber immer sehr geheimnisvoll, entwickelten eine Geheimsprache, steckten sich verschlüsselte Nachrichten zu. Bei gutem Wetter strolchten sie im Oderbruch umher; zum Abendessen kamen sie dann fröhlich und verdreckt nach Hause, hatten Fische gefangen und Frösche und Vögel geärgert, wie Nordmänner die Inseln umrudert oder im Ufergebüsch Piratennester eingerichtet. Ulrike gesellte sich manchmal zu ihnen, spielte dann in ihren Ritter- und Gespensterstücken die entführte Maid, die es zu befreien, den furchtbaren Drachen, den es zu besiegen, oder das scheue Gespenst, das es zu entdecken galt. An mir blieb es hängen, anschließend ihre dreckigen Sachen zu waschen." Sie sagte dies ohne Bitterkeit, sondern lächelte, wohl in Gedanken an eine unwiederbringliche, heile Welt, sanft in sich hinein.

Ich schlürfte meinen Tee, ermunterte sie, fortzufahren. Sie tat's:

„Es konnte weder aus- noch mir verborgen bleiben, dass die pubertierenden Heranwachsenden in jener Zeit die Tatsachen des Lebens erforschten. Heinrichs Rolle war die des Fordernden, Karls die des Hingebenden; welche Rolle der schon etwas älteren, körperlich völlig reifen Ulrike zuviel mag ich gar nicht erahnen."

Ich schwieg.

„Als Karls Einzugsbefehl kam—Heinrichs würde ein Jahr später kommen—schlossen die beiden einen

Selbstmordpakt. Ich hörte sie darüber reden, tat es aber als sentimentales Gedöns ab. Später sollte sich herausstellen, dass sie es ernst gemeint hatten: auf dem Rückweg vom Polenfeldzug, in der Nacht vom 17. auf den 18. Oktober 1795—Heinrichs Einheit war schon vom Rheinfeldzug nach Potsdam zurückgekehrt—erschoss sich Karl. Der 18. Oktober war, Sie wissen es wohl, Heinrichs Geburtstag. Heinrich folgte Karl dann später nach; beide lösten also ihr gegenseitiges Versprechen ein." Sie seufzte, bat um Zucker.

„Junge Soldaten erlebten im Krieg Dinge, die ihre zarten Gemüter irreführen konnten," versuchte ich zu trösten, ihr den Zucker reichend.

„Onkel Karl Wilhelm hatte Karl eindringlich vor Irrungen in der Armee gewarnt; so sollte er schließlich recht behalten. Ich hatte aber immer das Gefühl, dass die Weichen für Karls Tat schon vorher gestellt waren. Es lag in beider Knaben Naturell, und es wurde von ihrer Bildung noch begünstigt. Ich denke dabei weniger an den guten Catel in Berlin, eher schon an Martini, aber insbesondere an den Theologen Löffler, der in Frankfurt unser Nachbar war und nach dem Tod unseres Vaters oft bei uns weilte, um meiner Mutter——Trost zu spenden. Er hielt uns jungen Leuten gelegentlich Vorträge; die Jungs, auch Ulrike, ließen sich gerne von seinen Vorstellungen von der Wanderung der Seele zu jenseitigen Welten verführen. Sie schwärmten, dereinst von Stern zu Stern, von Planeten zu Planeten zu hüpfen, wie im Teich von Stein zu Stein." Sie brütete vor sich her; es schien mir, als läge ihr noch etwas auf der Seele, doch blieb sie im Schweigen versunken.

Es war an der Zeit, meinen Besuch zu beenden; ich machte eine entsprechende Geste.

„Wollen Sie die Pannwitzes auf Gulben besuchen?" Ich war schon im Hinausgehen begriffen als ihr der Gedanke kam. „Onkel Karl Wilhelm verstarb vor einigen Jahren, aber Karls Geschwister wohnen ab und an auf dem Gut. Vielleicht finden Sie dort noch etwas von Karl."

Ich begrüßte den Vorschlag.

„Warten Sie, ich gebe Ihnen ein Empfehlungsschreiben an Onkel Wilhelm und Tante Karoline mit auf den Weg."

Zweites Kapitel

Heinrich hatte seinen Vetter Karl mir gegenüber nie erwähnt; überhaupt hatte er kaum über sein Leben vor Potsdam gesprochen, und auch über sein Kantonnement dort nur bruchstückhaft. Als ich ihn im Sommer 1800 auf Rügen kennenlernte hatte er gerade Jugend und Militär hinter sich gelassen, sich verlobt, und den Eindruck gemacht, als wolle er Vergangenes ruhen lassen. Leopold von Kleist und Wilhelmine von Loeschbrand hatten ein mir bisher unbekanntes Kapitel Heinrichs Lebens aufgeschlagen: das seiner Jugend. Von dieser ausgehend, wollte ich meine Recherche möglichst seiner Biographie entlang weiterführen, auch wenn es gelegentlich längere oder wiederholte Wege bedeutete.

Heinrich selbst war bis kurz vor seinem Tod ständig auf Achse gewesen, kreuz und quer durch Mitteleuropa jagend Poststationen und Meilensteine an sich vorbeirauschen lassend; ich fühlte, dass, um ihn ganz zu begreifen, ich es ihm gleichtun musste.

In diesem Sinne reiste ich statt nach Königsberg, in dessen Richtung ich eigentlich unterwegs gewesen war, in die entgegengesetzte Richtung, nämlich via Stolpe, Köslin, Stargard, Küstrin und Frankfurt in den Spreewald.

Dem geographischen Zentrum des Kleist-Pannwitzschen Klans.

* * *

An einem verregneten Frühsommertag traf ich auf Gulben ein. Entlang der Allee, die auf die Einfahrt zuführte, standen dunkle, dichtgedrängten Ahornbäume mit spitzbewerten Blättern Spalier. Auf dem Gut traf ich zwar nicht Wilhelm von Pannwitz an—er weilte, stellte sich bald heraus, beruflich in Berlin—dafür aber dessen Schwester Karoline von Gleißenberg, geborene Pannwitz.

Wilhelm, der bis zu Heinrichs Volljährigkeit dessen kleine Erbschaft verwaltet hatte, gehörte zum konservativen Kern der Spreewälder Sippschaft; seine Abwesenheit war mir verschmerzbar: obwohl ich ihn einst in Dresden persönlich kennen gelernt hatte, vermochte ich nicht recht einzuschätzen, wie er auf mein Projekt reagieren würde.

Seine Schwester dagegen, die infolge ihrer Heirat mit Heinrichs Jugendfreund Karl von Gleißenberg einiges über deren gemeinsame Jugend wissen dürfte, dürfte eigentlich keinen besonderen Grund haben, mir gegenüber verschlossen zu sein. Es kam mir daher nicht ungelegen, mit ihr unter vier Augen zu sprechen.

Karoline bat mich herein. Eine gespenstische Erscheinung: eingefallene Wangen, leerer Blick, sorgengefurchte Stirn. Im Salon roch es modrig.

"Herr von Brockes, was sind das für Zeiten. Erst Heinrich, dann Hartmann von Schlotheim. Es ist, als hätten tausend feingesponnene Fäden die jungen Männer wie ein undurchsichtiges Geflecht umwunden, so wie einst meinen Bruder Karl und so wie—fürchte ich jetzt—demnächst vielleicht auch noch meinen Mann."

Ich versuchte sie zu beruhigen. Hartmann von Schlotheim, erinnerte ich sie, hatte es ja schon früher mal versucht; Heinrich hatte wiederholt davon gesprochen. Ihr Gatte sei von einem völlig anderen Menschenschlag; zudem habe er Familie, das stärkste Band zum Leben. Insgeheim wusste ich allerdings nur zu gut, dass Karl von Gleißenberg gefährdet war.

Durch meine Worte ein wenig beruhigt, sagte sie beherzter:

„Sie waren Heinrichs Freund. Erzählen Sie mir von ihm. Er blieb mir stets unergründbar. Es gab sicher Anlässe für seine Tat; doch wie er sie so gelassen auszuführen vermochte habe ich nie wirklich verstanden."

„Heinrich hatte sich schon in jungen Jahren ie Anschauung angeeignet, dass ein Entschwinden ins Jenseits u.U. erstrebenswerter sein konnte als ein Verweilen im Diesseits. Er erachtete den Tod gleichsam wie einen Eintritt in ein neues Leben—wie den Übergang von einem Zimmer in ein anderes. Der Tod war ihm wohl Befreiung."

„Aber das ist ja schrecklich: solcher Irrglaube macht es einem doch viel zu leicht, zur Pistole zu greifen. Es kommt mir wie Flucht und Ausflucht zu, nicht wie Zuflucht."

„Ich will Heinrichs Handeln nicht schönreden, nur es Ihnen ein wenig erhellen. Ihr Gemahl, Gnädigste, steht mit beiden Beinen im Leben und hat viel zu verlieren; von Heinrich konnte man dies kaum sagen, von Schlotheim auch nicht. Ihr Bruder Karl," spann ich nach kurzem Zögern den Faden weiter,

„könnte übrigens Heinrichs Anschauung geteilt haben, zumal er zusammen mit ihm erzogen wurde."

„Sie meinen—?"

„Ihr Bruder Karl und Heinrich hingen in ihrer Jugend in Frankfurt sehr aneinander. Man könnte sich vorstellen, dass sie sich während ihres jugendlichen Idylls im Oderbruch gemeinsam ein Jenseits ausmalten, in dem die Schwierigkeiten, die sie mit dem Erwachsenwerden verbanden, beseitigt sein würden." Sie überlegte einen Augenblick und erhob sich dann.

„Bleiben Sie nur sitzen. Ich will Ihnen etwas zeigen." Sie ging zu einem Schrank mir gegenüber und entnahm ein Album. Poesiealben, kam mir in den Sinn, erwiesen sich als wesentlich für meine Spurensuche. Sie hielt mir einen Eintrag hin:

> Noch rauscht der schwarze Flügel
>   des Todes nicht,
> Drum hasch die Freuden, eh sie
>   der Sturm verweht
> Die Gott, wie Sonnenschein und Regen,
> Aus der vergeudenden Urne schüttet.
>
>   —Karl von Pannwitz
>   Gulben d 15. Oktober 1789

„Ein—warten Sie—Dreizehnjähriger, der den Tod erwartet," bemerkte ich. Sie beobachtete mich genau. „Es ist auffällig," überlegte ich, „dass es Ihrem Bruder schon in so jungen Jahren selbstverständlich erschien, dass Jenseits auf Diesseits folgt wie Regen auf Sonnenschein, einander bedingend und aus demselben

Füllhorn des Lebens ergossen—dass er mithin den Tod bereits damals als das ewige Refrain des Lebens ansah." Ich fuhr mit dem Finger über die Zeilen.

„Hier: der Sturm kennzeichnet den Moment des Übergangs, die Schwelle zwischen Diesseits und Jenseits. Karl erwartete offenbar, dass über ihr gemeinsames Idyll—sagen wir: er und Heinrich in einem Nachen zwischen Auen und Inseln im Oderbruch schaukelnd—unweigerlich der Sturm einbrechen würde. Dieser Eintrag," fügte ich das Datum betrachtend hinzu, „fällt zeitlich eineinhalb Jahre vor Karls Einberufung zum Militär. Er mag also u.a. auch den—in jeder Hinsicht risikoreichen—Kriegsdienst vor Augen gehabt haben."

„Ich höre aus Ihnen beinahe unsern Vater sprechen," lachte sie bitter. Wir gingen beide unseren Gedanken nach. Dann fiel mir etwas ein.

„Ich möchte Ihnen auch etwas zeigen. Haben Sie die Ausgaben des Phöbus zur Hand, den Heinrich in Dresden herausgab?"

Sie schüttelte den Kopf.

So war halt, dachte ich erbost, die Attitüde seiner Lausitzer Sippschaft gegenüber seinem Werk: desinteressiert. Laut sagte ich:

„Ich habe sie dabei. Gestatten Sie, dass ich sie aus meinem Koffer hole." Bald kehrte ich von der mir zugewiesenen Stube mit einer Kopie der Septemberausgabe zurück. Ich hieß sie Heinrichs erstes dort publiziertes Gelegenheitsgedicht Der Höhere Frieden (1792 oder 93) in Ruhe zu lesen.

Dessen drei Verse fangen jeweils wie folgt an:

Wenn sich auf des Krieges Donnerwagen, /…
Denk ich, können sie doch mir nichts rauben, / …
Nicht des Ahorns dunklem Schatten wehren, /…

„Welche Übereinstimmung." Sie schluckte und legte das Heft zur Seite.

„Ja—der dunkle Schatten des Ahorns hier, die schwarzen Flügel des Todes dort; ein nicht sich rauben lassen wollen hier, ein noch schnell etwas erhaschen wollen dort; des Krieges Donnerwagen hier, Sturm dort."

„Zwei junge Männer," flüsterte sie, „im Zeichen des Krieges."

* * *

Meine Gastgeberin ließ exzellenten Tee und Küchlein reichen. Ihre Wangen gewannen an Farbe. Sie kam wieder auf Heinrich und ihren Bruder zu sprechen:

„Könnte es sein, dass Heinrichs Gedicht als Abschiedsgruß an meinen Bruder gemeint war? als Reminiszenz an ihre gemeinsame Jugend? Der Krieg hatte sie getrennt—der eine war gen Westen, gegen die Franzosen, der andere gen Osten, gegen die Polen gezogen—und sie konnten nicht wissen, ob sie einander jemals wiedersehen würden."

„Vor Mainz liegend, bevor er in seine erste Schlacht zog, könnte sich Heinrich entschieden haben, das Beste aus seiner prekären Lage zu machen und sich nicht darauf zu beschränken, im zarten Andenken an den fernen Freund in einer vagen Hoffnung zu verharren, dass sie einander wiedersehen würden. Ihr Bruder Karl könnte sich bei seiner Rückkehr deshalb das Leben genommen haben, weil er Anlass hatte, zu befürchten, dass Heinrich ihn inzwischen über neue Freundschaften vergessen hatte. Später nahm Heinrich dann das Gedicht, das er vielleicht nie an ihn abgeschickt hatte, als posthume Widmung an den verschiedenen Freund in den Phöbus auf."

„Ein Weizenfeld und ein Lied der Nachtigall das den stillen Busen entzückt scheinen in einem Gedicht an einen Kameraden jedoch eher fehl am Platze—wie erklären Sie sich Heinrichs merkwürdige Physiognomie des Augenblicks?"

„Wir jungen Männer schrieben einander damals in solch sentimentalem Stil," sagte ich ausweichend, „und Heinrich hatte eine recht arabeske Ausdrucksweise."

Sie schien ob dieser Ausflucht unschlüssig.

Ich lenkte das Gespräch auf ihren Gatten. Sie berichtete:

„Mein Mann lernte Heinrich 1793 kennen, als sie gemeinsam bei Biebrich lagen, nahe dem belagerten Mainz. Auf einem Boot zwischen den Rheinauen schippernd—so erzählte er mir einst—genossen sie den beginnenden Frühling und die Ruhe vor dem Sturm, tranken einander Bruderschaft zu. Genau wie in jenem früheren Oderbruchidyll Heinrichs und meines Bruders, von dem Sie vorhin sprachen——" Sie stockte. Ihre Pupillen weiteten sich, zogen sich wieder zusammen. Es war, als sei sie unversehens in unergründliche, unaussprechliche

Tiefen vorgestoßen in denen sie erstarrt verharrte. Sie schwieg.

Sie hatte, war mir klar, erkannt, dass ihr Gatte Heinrich genau zu jenem Zeitpunkt kennengelernt haben könnte, als er sich von ihrem Bruder abwandte—mithin, dass Ihr Gatte eben jener Anlass gewesen sein könnte, der ihren Bruder in den Tod——

Ich wartete eine ganze Weile. Sie regte sich nicht. Schließlich fragte ich sie:

„Haben Sie noch weitere solcher Andenken an Ihren Bruder?"

Sie schüttelte fast unmerklich den Kopf, sagte dann mit flacher Stimme:

„Es gab ein Tagebuch Karls aus dem Polenfeldzug. Als der Vater starb, ging es an Wilhelm, der es eines Tages verbrannte."

„Verbrannte?"

„Er sagte," nickte sie schwach, „es enthielte allerlei, von dem man wünschen müsse, dass kein Frauenzimmer es jemals zu lesen bekäme. Der Krieg ist schrecklich, nicht wahr Herr Brockes?"

Ich senkte die Augenlider. Offensichtlich—dachte ich stillschweigend—hatte Pannwitz mit seiner verblümten Bemerkung etwas anderes gemeint als die Schrecken des Blutvergießens—etwas, was man besser unter Männern behielt. Auch könnte der Selbstmordpakt im Tagebuch zur Sprache gekommen sein, und indem er es verbrannte, wollte Pannwitz gegebenenfalls die Ehre der Familie schützen.

Dieser in ihrer Sippschaft verbreitete Hang zur Selbstzensur, verfolgte ich den Gedanken weiter, erklärte an und für sich bereits, warum Heinrich seine Werke so verklausulierte und camouflierte. Die hegemoniale Zensur der französischen, und die aufoktroyierte Selbstzensur der preußischen Behörden trugen dann noch das Ihrige dazu bei. Bereits im Schoße seiner Familie lag also eine Ursache für Heinrichs kunstvoll verschlüsselte und verwebte Texturen: einer jener Widerstände, an denen sich sein poetisches Genie rieb und erst vollends entfaltete.

Ihre Stimme riss mich aus meinen Gedanken.

„Wilhelm erwähnte einst, dass er einige schöne Passagen aus Karls Tagebuch kopiert und in seine eigenen Kriegsaufzeichnungen eingefügt habe; sie waren ja ungefähr zeitgleich im Polenfeldzug gewesen, zwar in verschiedenen Einheiten, und werden ähnliche Erfahrungen gemacht haben. Wilhelms Aufzeichnungen liegen irgendwo oben im Arbeitszimmer—sie deutet mit dem Zeigefinger zur Decke— doch müssten Sie ihn schon selbst darum bitten. Er kommt in wenigen Tagen her."

Ich dankte ihr für das gutgemeinte Angebot, verschweigend, dass ich mittlerweile noch entschlossener war als zuvor, den bücherverbrennenden Wilhelm zu meiden. Stattdessen erbat ich ihre Erlaubnis, ihrem Gatten in Berlin einen Besuch abzustatten: über Heinrichs Erlebnisse während des Rheinfeldzugs würde Karl von Gleißenberg mehr als sonst irgend jemand wissen.

Er leite jetzt, teilte sie mir beim Abschied am nächsten Morgen nicht ohne Stolz mit, die Berliner Kriegsschule, die beauftragt sei, die preußische Armee wieder herzubilden.

Im Dienst des verhassten Korsen! dachte ich grimmig im Hinausgehen, ohne es mir anmerken zu lassen.

Als meine Droschke die düstere Ahornallee hinuntereilte hallte ihr Ausruf, mit dem sie mich tags zuvor begrüßt hatte, aus meinem Gedächtnis hervor:

„Was sind das für Zeiten?"

Drittes Kapitel

Mit seinem Vetter Karl von Pannwitz also, so schien es, hatte Heinrich seine ersten intimen Erfahrungen gemacht, mit Ulrike als dritter im Bunde. Beim Rheinfeldzug dann mit Karl von Gleißenberg und vielleicht anderen. Ich hatte mir stets einbilden wollen, Heinrichs engster Intimfreund gewesen zu sein, und obwohl dies für eine kurze Zeit—Mitte 1800 bis Anfang 1801—tatsächlich zugetroffen haben mochte, verdichteten sich die Hinweise, dass er zu verschiedenen Zeiten, und bereits seit seiner Jugend, eine ganze Reihe ähnlich intensiver Partnerschaften gepflegt hatte, ohne dass es für ihn auf Dauer einen wirklichen Favoriten gegeben hätte.

Mancher seiner Verflossenen mochte bis heute an der Illusion festhalten, in seinem Herzen—auch im Sinne Lichtenbergs: was sie Herz nennen liegt weit niedriger als der 4te Westenknopf—eine Sonderstellung eingenommen zu haben.

Ach!

In Kolkwitz ergatterte ich einen Platz in der Postkutsche nach Berlin. Die Landstraße Cottbus-Berlin, von Süden nach Norden verlaufend, war fast frei von Truppen- und Materialbewegungen, die im Wesentlichen entlang der West-Ost-Achsen vonstatten gingen—Magdeburg-Brandenburg-Potsdam-Berlin-Küstrin-Thorn und Erfurt-Chemnitz-Dresden-Görlitz-Breslau—die es zu vermeiden galt. Zur Not wollte ich Umwege in Kauf nehmen und bei Bedarf anstelle der Postkutsche eine Privatkutsche anheuern, um auf Nebenstraßen ausweichen zu können.

Ich reiste offiziell als emeritierter Göttinger Dozent mit Wohnsitz im Mecklenburgischen. Kontrollen am Berliner Südtor waren verstärkt, doch man machte mir keine Schwierigkeiten. Wäre ich gefilzt worden, wäre mein Gepäck auch kaum aufgefallen: die Werke Heinrichs in meinem Koffer wurden schon zu besseren Zeiten, als es noch einen deutschen Wiederstand gab, nicht als jene anti-französische Propaganda, taktischen Kriegsspiele und Handlungsanweisungen im Kampf gegen Napoleon erkannt, die sie allesamt darstellen. Gegenüber der französischen Militärpolizei hätte Heinrichs Übersetzung von Molières Amphitryon sogar als Passierschein herhalten können. Doch interessierte sich am Eingang zur preußischen Hauptstadt niemand für mich, geschweige denn für die Werke des toten Dichters.

* * *

Im Hotel de Saxe in der Burgstraße untergekommen, suchte ich ein paar Tage später Karl von Gleißenberg in seinem Büro in der Dorotheenstraße auf. Er war erwartungsgemäß geschäftigt, hieß mich aber dennoch herzlich willkommen und lud mich ein, mit ihm eine kleine Mittagsmahlzeit einzunehmen, welches die Kantine in sein Büro liefern würde.

„Lieber Brockes, bald ziehen wir für einen neuen Herren in den Krieg."

„Wussten Sie, lieber Gleißenberg, dass Heinrichs letztes—leider verschollenes—Drama vor genau diesem Schreckensszenario warnte? nämlich dass sich Preußen auf der falschen Seite der Geschichte wiederfinden und mit Frankreich gegen Russland ziehen würde, in Umkehrung jener Koalition, für die so viele Preußen bei Jena-Auerstedt und Preußisch Eylau ihr Blut gelassen hatten?"

Nein, das habe er nicht gewusst. Gleichwohl—er sagte dies in einem beinahe entschuldigenden Ton—sehe er es als die vorrangigste Aufgabe seiner Akademie an, die jungen Offiziere daran zu erinnern, dass sie für Preußen, für Deutschland, kämpften. Seufzend fügte er in bedauerndem Tonfall hinzu:

„Die jungen Männer, wissen Sie, brennen auf die Invasion und sind dermaßen von Napoleons taktischem, und Berthiers logistischem, Genie eingenommen, dass sie gelegentlich zu vergessen drohen, wofür sie kämpfen."

„Es heißt, die größte Armee aller Zeiten werde jetzt zusammengezogen?"

„Allerdings, und zwar auf preußischem Boden." Unvermittelt warf er die Hände in die Luft und rief unwirsch aus: „Ich führe Seiner Majestät Willen aus—möge es dem preußischen und dem deutschen Volke zum Besten gereichen."

„Diese unheilige Allianz mit Napoleon entsprang wohl eher Hardenbergs als des Königs Hirnwindungen?" Er schwieg. „Versetzte sie—diese unerhörte Allianz meine ich—nicht auch schon unserem geliebten Heinrich den Todesstoß?"

„Sie tat's. Und einigen anderen Patrioten obendrein. Und vielleicht wird sie noch unser aller Leben fordern."

„Sie glauben—hoffen—insgeheim, Napoleon könnte scheitern?"

„Die Hoffnung stirbt zuletzt; tatsächlich aber wage ich es nicht zu hoffen. Denn eine neue Ära der Kriegsführung ist angebrochen, zum zweiten Mal seit jener Schlacht von Valmy deren Jahrestag sich nächsten September zum zwanzigsten Mal jährt. Wir erleben heute die Totalisierung des Krieges: 1.400 Kanonen läßt Berthier in Magdeburg, Danzig, Stettin, Küstrin und Glogau sammeln. Fünf Nachschubkorridore ließ er vom Rhein bis an die Weichsel, und lässt er eben jetzt von dort bis an die Memel einrichten, mit festen Straßen, Kornkammern, Arsenalen, Munitionsdepots, Großbäckereien, Militärspitälern, Flussflotillen, Sémaphoretelegrafen. Ein riesiges Aufmarschgebiet lässt er in Ostpreußen entlang der Memel vermessen das er bald mit Soldaten vieler Nationen füllen wird, die nach dem Takt von Veillons au salut de l'Empire im Gleichschritt gen Osten marschieren werden.

Sieg ist heute kein Kind des Kriegsglücks mehr, nicht mal mehr des taktischen Genies, sondern eines objektiven Gesetzes—des Napoleonisch-Berthierschen—welches ein ganzes Geschlecht von Siegen generiert. Es handelt sich heute nicht mehr darum, dem Wolf Napoleon entgegenzutreten, sondern seinem systematischen Wolfen: seiner Proliferation, seinem umfassenden système de guerre, seiner levée en masse, seinem mécanisme des opérations générales." Der Schweiß perlte auf seiner Stirn; er rückte sich den Uniformkragen zurecht.

„Die Völker Europas," warf ich ein, „werden zu bloßen Stellschrauben ihrer eigenen Hegemonisierung—genau wie jene Sklaven im Surinam, auf die Heinrich schon vor einem Jahr in den Abendblättern hinwies, unterstützen und stärken wir Preußen und Deutschen jetzt genau jenes régime, welches uns unterdrückt."

„Sie haben recht, Heinrich sah es voraus, nur verstand es damals niemand."

„Und dennoch (ich hob meine Hände als ob ich Fortuna anriefe), je größer sein Einflussbereich, umso schwieriger wird es für Napoleon, diesen auf Dauer zu halten. An einem Europa vom Atlantik bis zum Ural muss selbst er scheitern: die Franzosen selbst werden des Krieges müde werden—sie wollen gar keine Russen—und wir Deutschen werden uns nicht dauerhaft unterwerfen lassen—das mussten schon die alten Römer erfahren—sondern werden, wie es jetzt schon die Spanier tun, den Wolf so lange piesacken, bis er von uns ablässt."

„Einen Napoleon können Partisanen zwar ärgern, ihn stürzen aber nicht. Dafür bedarf es professioneller Armeen. Wo sollen die herkommen, wenn Russland erst einmal unterworfen ist? Die Engländer werden das alte Europa dem Wolf überlassen und sich vom Erdkuchen die Ozeane abschneiden."

„Wenn er sich erst mal als dynastischer Patriarch etabliert hat," hielt ich dagegen, „wird Napoleon bald seine Militanz verlieren: seine dynastische Pyramide wird kostspielig und lähmend sein wie einst die der Pharaonen; der Wolf wird zum Schoßhund seiner Marie-Louise werden."

„Ich meine, dass er als nächstes auch noch nach Stamboul greifen wird."

„Aber bloß um danach festzustellen, dass sein eurasischer Garten zu groß und vielfältig geworden ist, als dass er ihn noch vernünftig gärtnern könnte. Der wird zum Dschungel verkommen, aus dessen Gestrüpp rivalisierende Raubtiere bald wieder hervorbrechen brechen: der deutsche Doppelaar, der britische Löwe, der russische Bär. Ein Wolf aber leidet keine anderen Wölfe neben sich, bloß Wölfchen oder Schafe im Wolfspelz. Napoleons System wird auf kurz oder lang kollabieren."

Es klopfte. Der Akademieleiter gestikulierte mir, sitzenzubleiben, erledigte das ihm angetragene Anliegen kurzerhand, wartete bis die Tür wieder ins Schloss gefallen war und wandte sich mir wieder zu, indem er nunmehr auf mein eigentliches Thema zu sprechen kam.

* * *

„Sie sind also unterwegs in Sachen Kleist," stellte Gleißenberg fest.

Ich ging ohne weitere Umstände in die Offensive.

„Ich lernte Heinrich im Sommer 1800 auf Rügen kennen, am Sagarder Gesundbrunnen."

Er fixierte mich erwartungsvoll und zog eine Augenbraue hoch. Ich fuhr fort.

„Ich war wohl der erste Bruder, den er traf nachdem er erkrankte und den Armeedienst quittierte—der erste, der sein Schicksal kannte und teilte und dem er sich in tiefster Krise anvertraute."

„Ein durchaus nicht ungewöhnliches Schicksal unter Soldaten," erwiderte Gleißenberg zurückhaltend, dann sogleich die Initiative übernehmend: „Heinrichs Symptome traten schon in der Garnison auf, zu einer Zeit, als wir noch fröhlich im brüderlichen Kreis miteinander musizierten und bankettierten. Es war nicht zuletzt wegen seiner Krankheit, dass er sein Abschiedsgesuch einreichte. Seine erste Reise nach seiner Entlassung—ein Jahr vor Ihrer Begegnung mit ihm auf Rügen—führte ihn zur Kur nach Flinsberg und Warmbrunn im Riesengebirge, wo ich damals weilte."

„Et tu—?" Ich schaute ihn fragend an; er nickte stumm und räusperte sich.

„Ich hatte die Armee kurz vor ihm verlassen, aus ähnlichen Gründen. Es ist dort auf kurz oder lang unmöglich, die Symptome zu verbergen; dann ist man gebrandmarkt und in der Karriere zurückgeworfen."

„Der unbarmherzige Skorpion!" Meine Stimme bebte leicht. „Immer am Rande des Abgrunds, den nächsten Rückfall, die soziale Ächtung vor Augen, ständig jenem Giftschlamm ausgesetzt, der Körper und Seele zersetzt, dem verschlagenen Quecksilber, jenem Schmutz, der mit grausamer Ironie nach dem Quecksilberbad solch strahlenden Glanz auf der Haut erzeugt. Wir wissen es beide!" Er stierte irgendwo in die Luft.

„Wir wissen es alle. Hartmann von Schlotheim auch. Sie kannten ihn ja. Es war seine Idee gewesen, uns in jenem Sommer zu dritt am Riesengebirge zu vereinigen. Als Heinrich schließlich verspätet eintraf war Hartmann gerade schon wieder weg; auch hatte Heinrich Bruder und Schwester im Schlepptau, was unserer ménage-à-trois nicht eben förderlich gewesen wäre." Er schluckte. „Hartmann hat es schon geschafft—Sie wissen schon."

Er schien ihn zu beneiden; fast tat ich es auch. Er fügte hinzu:

„Pfuel und Rühle sind jetzt, wie man so schön sagt, glücklich verheiratet."

„Sie doch auch—?"

„Meine liebe Frau, die Sie ja schon kennenlernten, hat viel mitgemacht, ich rechne es ihr hoch an. Ein normales Familienleben können wir gebrandmarkten Brüder nicht führen." Er wandte sich ab. Sein Profil war klassisch griechisch, doch stachen in der Frontalansicht seine eingefallenen Wangen, schweren Tränensäcke und ausgemergelten Züge hervor.

„Nicht wahr," fragte ich, „Sie lernten Heinrich schon während seiner frühen Militärzeit kennen?"

Er nickte benommen, wohl aus unterdrückten Erinnerungen hervorsteigend wie ein Taucher aus unbeschreiblichen Tiefen.

„Heinrich stieß im Frühjahr 1793 zu unserer Einheit bei Frankfurt am Main; gemeinsam marschierten wir nach Mainz, das bereits von preußischen und kaiserlichen Truppen eingeschlossen war. Es war Ende März, unsere Kompagnie lag bei Biebrich am Rhein, ich hatte ein Auge auf Heinrich geworfen, hoffte darauf, ihn in einem kleinen Boot hinterm Schiersteiner Wörth zu initiieren.

Ein Kamerad namens von Müller kam mir aber zuvor. Nachts reichte er am Lagerfeuer Heinrichs Halstuch herum, prahlte mit dieser Trophäe seines

Jagdglücks. Am nächsten Tag tat ich es ihm unverzüglich nach.

Heinrich war unwiderstehlich; er ergab sich so selbstverständlich in seine Rolle, als wäre er viel erfahrener gewesen, als er uns glauben machte. Im Schilf der Flussauen verborgen konnten wir es am hellen Tage tun, ohne vom Rheinufer oder von vorbeifahrenden Booten her beobachtet zu werden. Das gemächliche Schaukeln des Kahns hievte uns in stürmische Höhen. Von den sanften Tönen des Rheins wie von Sphärenmusik umgarnt tauchten wir in unsere gemeinsame Welt ein." Er lächelte verträumt und goss uns Kaffee nach.

„Ende Mai erfuhren Heinrich und ich Schulter an Schulter auf der Mainspitze unsere militärische Feuertaufe. Wir wohnten dem Bombardement französischer Stellungen bei Kostheim bei, im dichten Pulverdampf unserer eigenen Kanonen harrend, selbst vom völlig durcheinandergeratenen Feind kaum unter Beschuss genommen, als die in der Gustavsburg verschanzten Franzen auszubrechen versuchten. Im Handgemenge drängten wir sie zurück—hei das war ein Spaß!

Kurz darauf marschierte unsere Einheit um Mainz herum zu Kalckreuths HQ bei Marienborn, wurde dort zum Ausheben von Schützengräben abgeordnet. Dort fand Heinrich bald einen neuen Freund, einen jungen Fähnrich namens Barße, mit dem er in den Erdgruben verschanzt Wielands Sympathien las und seinen höheren Frieden fand." Er seufzte.

Eifersucht krampfte mir meine Eingeweide zusammen. Er erzählte weiter:

„Wie von den Logenplätzen eines natürlichen Amphitheaters beobachteten wir von den Anhöhen der Weinberge aus das son-et-lumière der nächtlichen Bombardements und Feuersbrünste im Mainzer Kessel. Später zog unser Regiment nach Süden weiter. Bei Nierenstein und Oppenheim genossen wir den Sommer; den dortigen Wein verewigte Heinrich in seinem zerbrochnen Krug, die prallen Schamkapseln der Ritterfiguren in der Nierensteiner Kapelle in seiner Verlobung."

„Seine Eindrücke von der Belagerung verarbeitete er wohl auch in der Anfangsszene jener merkwürdigen Erzählung von der bewusst unbewusst geschwängerten Marquise?" Er grinste zustimmend und setzte erneut an.

„Am 22. Juli wohnten wir vom gegenüberliegenden Rheinufer aus der französischen Kapitulation bei, die der K persönlich entgegennahm. Unsere Freude über den Sieg war jedoch getrübt: da ließ der K tatsächlich einfach so 20.000 französische Soldaten auf Ehrenwort und ohne Gegenleistung abziehen?

Von da an ging es mit der Kampagne bergab. In der Pfalz erfochten wir zwar mehrere taktische Siege, stießen dabei bis ins Elsass vor, wurden bald aber unversehens wieder zurückbeordert. Nach endlosen Fußmärschen—uns Kadetten stand noch kein Pferd zu—und diversen Gefechten und Scharmützeln fanden wir uns am Ende des Jahres genau dort wieder ein, wo wir im Frühjahr losmarschiert waren: vor den Toren Frankfurts am Main.

Der K ließ seine Regimenter wie Hamster im Kreis herumlaufen, einen Rückzug ins Winterlager auf den anderen folgen lassend; wie Puppen am Drahte des Schicksals bewegten wir uns getreu einer kunstreichen Choreographie von Rückzügen, Attacken und Wartestellungen deren Prinzip wir nicht verstanden.

Zum Jahreswechsel von '94 auf '95, im Winterlager bei der alten Eschborner Mühle, wurde die Stimmung immer trüber und gereizter. Tabak, Rum und Frauen waren teuer, wir töteten die Zeit auf unmoralischste Weise. Der vortreffliche Heinrich avancierte zum Objekt der Begierde par excellence und wurde ständig im Lager herumgereicht——" Er hielt inne.

Ich blickte ihn aufmunternd an, obwohl es weh tat, ihm zuzuhören; doch er schien auf einen anderen Gedanken gekommen zu sein und fragte unvermittelt:

„Sie kennen den Findling?" Ich nickte und deutete auf meinen Koffer, den ich neben der Tür abgestellt hatte. „Es gibt da eine Stelle, sie zitiert Goethe (beim Namen des Dichterfürsten zog er fast unmerklich eine Grimasse), die ist wahrlich köstlich. Geben Sie bitte mal her (ich reichte ihm das Buch, er blätterte darin, rief dann): Hier, bezüglich des Findelkinds Nicolo (er las fragmentarisch vor): Von Zeit zu Zeit holte er sich... eine Handvoll Nüsse aus der Tasche... und knackte sie auf. Heinrich," stellte er fest, „hatte mit dieser beiläufigen Stelle, und generell mit der Figur Nicolos, der die Pest ins Land bringt, niemand anders als unseren königlichen Kunktator Friedrich Wilhelm III. im Sinn." Er blickte mich an. Ich erwiderte aufmunternd seinen Blick; er fuhr fort:

„Ganz ähnlich hatten wir Kadetten schon 1794 über dessen Vorgänger, den Lüderjahn Friedrich Wilhelm II., gelästert. Worauf wartete der? warum ließ er uns in Winterlagern einfrieren? Schließlich fanden wir heraus, dass seine Kriegstaktik einem perfiden diplomatischen Ziel untergeordnet war: er hatte nämlich Hardenberg auf geheime Mission geschickt, mit den Franzosen einen Separatfrieden zu verhandeln. Als das herauskam, wäre es unter uns jungen Offizieren und Offiziersanwärtern fast zur Meuterei gekommen.

Heinrich war einer der vehementesten Wortführer gegen diesen heillosen Separatfrieden, der alles zunichte zu machen drohte für das wir mit unserem Schweiß und Blut gekämpft hatten. Wollte der K lieber gar keinen deutschen Sieg als einen kaiserlichen? Betrachtete er Frankreich bereits wieder als zukünftigen Bündnispartner gegen seinen Erzrivalen Österreich? Galt ihm das Reich, für das wir sowohl offiziell als auch im Herzen kämpften, gar nichts, seine dynastischen Interessen dagegen alles? Waren wir dafür in den Krieg gezogen?"

Es klopfte. Ein einfaches Mittagessen wurde gereicht. Wir aßen schweigend.

„Einfache Soldtatenkost," sagte Gleißenberg entschuldigend.

Ich kaute bedächtig auf einem zähen Stück Fleisch herum—unsere Französischen Verbündeten, dachte ich grimmig, genossen sicher bessere Kost! Die angebotene Zigarette nahm ich gerne an. Bald war das Geschirr abgeräumt.

Wir lehnten uns erneut in unsere Stühle zurück.

* * *

„Im Frühjahr '95 zogen wir gen Norden, Richtung Osnabrück, um die Franzosen daran zu erinnern, dass Preußen immer noch auf Seiten Österreichs in Flandern eingreifen könnte, sollte der Separatfrieden nicht zustande kommen. Unsere Armee wurde so zum bloßen diplomatisches Druckmittel.

Bei Paderborn passierten wir das Quellgebiet der Lippe, zogen am Teutoburger Wald entlang. Hier hatte Arminius einst die Römer besiegt und Germanien befreit. Vom Rhein waren die Legionäre die Lippe stromaufwärts marschiert, sich in schlängelnden Kolonnen mühsam durch die Sümpfe und Unterhölzer Westfalens schlagend, stets einem unsichtbar lauernden Feind ausgesetzt, der sie ständig traktierte. Ha! Die Taktik die die Spanier Guerilla—kleinen Krieg—nennen, beherrschten die Germanen schon vor zweitausend Jahren."

„Es ist die Taktik des Schwächeren, der untergetaucht in seine heimische Landschaft—in der ihm jede Eiche, jedes Moor und jede Alraune vertraut ist—dem Feind auflauert und ihn aufreibt, indem er dessen zunehmend dünner werdenden Linien und offener werdenden Flanken zwischen Hügeln und Sümpfen einzwängt."

„So ist es. Es gab für die Römer kein Entkommen—die ganze Lebens- und Götterwelt der Germanen hatte sich gegen sie verschworen. Während unserer Märsche durch diese historische Landschaft studierte Heinrich deren Topographie sorgfältig; und an den nächtlichen Lagerfeuern lauschte er aufmerksam den Legenden des Arminius. Später sollte er diese Eindrücke in seiner göttlichen Herrmannsschlacht verarbeiten."

„Leider ging es den Franzosen nicht wie den Römern: unser K lehnte den kleinen Krieg strikt ab, ließ lieber, wie schon sein Vorgänger, Österreich im Stich."

Er nickte nachdenklich—vielleicht überlegte er, was jene Ereignisse seinen heutigen Offiziersanwärtern noch lehren könnten. Ich schwieg. Schließlich nahm er seinen Faden wieder auf:

„Bei der Kommune Lage verweilten wir, warteten inmitten der Frühlingsblüte auf ordres. Es war kein schlechtgewählter Ort für unsere Drohgebärde, halbe Strecke zwischen der preußischen Festung Kleve im Westen, von der aus wir jederzeit nach Flandern hätten einfallen können, und der brandenburgischen Altmark im Osten, also heimischem Territorium. Ein gutgewählter Ort—aber nicht um einen Sieg zu erringen, sondern um einen schmählichen Frieden zu erzwingen!

Schließlich kam der gefürchtete 5. April, Hardenberg unterschrieb in Basel den Separatfrieden, der de facto Preußens Austritt aus dem Reich bedeutete. Mit der dahingekritzelten Unterschrift eines schnöden Gesandten wurden wir jungen preußischen Reichspatrioten nach zwei Jahren entbehrungsreicher Kampagne kurzerhand zurückgepfiffen; die Franzosen verleibten sich die linksrheinischen Reichsgebiete ein und Österreich allein hielt noch die Fahne des Reiches hoch!

Als wir verbittert den Rückmarsch nach Potsdam antraten ruhte unsere Hoffnung bereits nicht mehr auf dem amtierenden K, sondern—das mag sich aus heutiger Sicht wie blanker Hohn ausnehmen—auf dessen Nachfolger. In den Lagern von Eschborn und Lage, im Angesicht Basels, formierte sich eine ganze Generation junger Reichspatrioten zu zynischen Realpolitikern um—allen voran Heinrich."

Das Trauma von Basel, wusste ich, hatte Heinrich seinen Lebtag nicht mehr losgelassen. Es durchdringt sein gesamtes Werk, bis hin zur letzten Erzählung, in der am Ende ein trottliger preußischer König vom allmächtigen französischen Kaiser in Sklavenketten gelegt wird. Wo?

Auf dem Schlossplatz von—Basel.

* * *

„In der Garnison in Potsdam," berichtete Gleißenberg weiter, „herrschte Müßiggang: Kammermusik, Ausflüge, Vorlesungen, politische Debatten, brüderliche Symposien. Heinrich zog mehrere Kreise um sich, in variablen Geometrien, deren Mittel- und Angelpunkt stets er selbst darstellte. Einer davon war unser musikalisch-symposiastisches Quartett bestehend aus Schlotheim, Rühle, Heinrich und mir. Trotz seiner Promiskuität war Heinrich im Grunde eine anhängliche, treue Seele, zu echten Freundschaften fürs Leben fähig. Sie wissen es ja.

Während einer musikalischen Wanderreise in den Harz anno '97 strotzten wir alle noch vor Lebensfreude; unser Zug durchs Land wurde zu einem regelrechten dionysischen komos dem die Knaben der Umgebung zuströmten und den die Jungfrauen aus sicherer Ferne in keuscher Wallung beobachteten.

Heinrich reiste ein Jahr später nochmals in den Harz, mit einem anderen Quartett—keinem sehr musikalischen, unter uns—welches neben ihm, wenn ich mich recht entsinne, Barße, Löwenfeldt und Mirbach einschloss. Während jener zweiten Harzreise muss sich der Molch in seine Höhle geschlängelt haben; jedenfalls brachte Heinrich ihn als Souvenir mit nach Potsdam und reichte ihn prompt an Hartmann und mich weiter. Die ganze Garnison schien damals wie vom Pesthauch durchwabert."

Wir schweigen beide. Schmerzen, Schmerzen——

Viertes Kapitel

Ich verabschiedete mich von Gleißenberg, nicht ahnend, dass ich ihn nie wiedersehen sollte. Er gab mir noch den Rat mit auf den Weg, eine alte Bekannte Heinrichs ausfindig zu machen, Adolphine von Werdeck; sie habe ihn gut gekannt, möglicherweise schon als Kind, denn als geborene von Klitzing sei sie auf Gut Schorbus bei Drebkau aufgewachsen, in unmittelbarer Nachbarschaft von Gulben.

Die Invasion Russlands stand unmittelbar bevor. Nach Königsberg zu reisen war bis auf weiteres ausgeschlossen: die Straßen nach Ostpreußen waren von endlosen Militärkolonnen verstopft. Stattdessen wandte ich mich gen Westen.

An der Potsdamer Chaussee besuchte ich beim Stimmings am Kleinen Wannsee die beiden Gräber, zwischen denen eine junge Eiche erwachsen war. Ich ließ mich ins feuchte Grass gleiten, bäuchlings meinen Körper in die Senke zwischen den Gräbern schmiegend, die schlanke Eiche zwischen den Beinen, von einer Krähe schrägen Kopfes von einem nahen Ast aus beobachtet. Es war mir, als nähme mich die Erde langsam in sich auf und vereinte mich mit Heinrich. Erdige Haare, blätterbedeckte Haut, Schultern umspielt von durchs Blätterdach fallenden Sonnenstrahlen, schwere Glieder den Acheron hinab ins tellurische Reich eindringend.

Erleichtert schlief ein.

* * *

In Potsdam besuchte ich die Garnisonskirche, reiste dann auf der alten Poststraße und über den Chausseedamm am Seddiner See nach Wittenberg weiter, unterwegs in Poststationen Rast machend in denen auch Heinrich auf seinen Fahrten durch das brandenburgisch-sächsische Grenzgebiet abgestiegen sein mochte.

Südlich von Wittenberg durchquerte ich auf uralten Alleen die Dübener Heide, mit Lutherstein und jenen Ortschaften—Jüterbog, Dahme, Döbeln—die Heinrich in seinem mächtigen Kohlhaas verewigt hatte. Die Figur Kohlhaasens, schien es mir, obschon im mittleren Teil ein wenig an den Major Schill erinnernd, der in Sachsen und Brandenburg einen aufsehenerregenden aber wirkungslosen Partisanenkrieg geführt hatte, meinte wiederum Friedrich Wilhelm III., der im fernen Königsberg Däumchen gedreht hatte während Napoleons Armee im Fünften Koalitionskrieg quer durch Deutschland zur heilig-römischen Kaiserstadt marodierte.

Als ich in Wittenberg nächtigte, kam mir in den Sinn, dass sich Heinrichs Händler edler Rosse—Trakehner, natürlich—in der Erzählung dort eine gefährliche Rose einfängt, die seinen Fuß entzündet. Rose aber ist ein Anagramm von Eros; und Fuß weist in der Satire oft auf Genitalien hin—die Entzündung die den Preußenkönig lahmlegt, insinuiert der preußische Barde boshaft, ist also eine venerische.

Als ich in Dahme hielt, fiel mir die köstliche Szene in der dortigen Meierei ein, die eine orgiastische

Version der Friedensverhandlungen von Schönbrunn darstellt und bei der viel Fleisch gehandhabt wird und viel Milch fließt. Kohlhaas—d.h. Friedrich Wilhelm—glänzt dabei, wie zuvor bei der Jagd—d.h. der Schlacht von Wagram—durch Abwesenheit. Immerhin findet er Gelegenheit, vor der sich in des Kurfürsten—Kaiser Franzens—Tross befindlichen Dame Heloise—Marie-Louise von Österreich, auf dem Weg zu ihrer Vermählung mit Napoleon—seine ledernde Kappe—sein Kondom—zurechtzurücken. Herrlich phantasievoll, unser Heinrich!

Ähnlich lebhaft haftete mir jene Szene im Gedächtnis, die kurz zuvor auf dem Schlossplatz von Dresden—also Wiens—spielt und in der der Abdecker—Napoleon—seine überdimensionierte Gießkanne an den Wagen—d.h. an die Kehrseite eines Kerls—gestellt Wasser abschlägt—tatsächlich hatte der Korse den Erzherzog Karl in einem manoeuvre sur les derrières bei Landshut aus Bayern gedrängt— und anschließend, seine Peitsche lässig quer über seinen breiten Rücken geworfen, wie bei Aristophanes die Satyrn ihre ledernden phalloi, in einer Spelunke einkehrt; tatsächlich hatte sich Napoleon, nachdem er Wien besetzt und nonchalant vor der Hofburg paradiert hatte, in der habsburgischen Sommerresidenz Schönbrunn einquartiert und von dort seine Siege dirigiert und anschließend den Frieden diktiert.

Die Landschaft durchquerend, die Heinrich mit seiner Erzählung verewigt hatte, kam mir in den Sinn, dass der Titelheld in der Erzählung eher eine Nebenrolle spielt. So hatte Heinrich es anfänglich wohl kaum geplant—das Phöbus-Fragment hatte ja den K animieren sollen, sich an die Spitze einer norddeutschen Insurrektion zu setzen—doch als er zwei Jahre später die Erzählung vollendete, musste er der Tatsache Rechnung tragen, dass Friedrich Wilhelm im Krieg von 1809 keine Rolle gespielt hatte, und dass es Napoleon—der ungehobelte Abdecker, der zwar den beiden Rappen nicht die Haut abzieht, aber den doppelköpfigen Reichsadler ziemlich gerupft vor der Wiener Hofburg sitzen lässt—und Franz—der zwielichtige, aber im Gegensatz zu seinem brandenburgischen Kollegen immerhin aktive, sächsische Kurfürst—gewesen waren, die im Krieg die Hauptrollen gespielt hatten.

Dieser Umstand hatte wohl Heinrichs Kunstgriff von Luthers Intervention und Kohlhaasens Amnestie notwendig gemacht, womit der Titelheld mitten in der Erzählung aus dem Verkehr gezogen wird; erst am Ende erscheint er wieder, zu seiner eigenen Hinrichtung, die er unter Mithilfe der wahrsagenden Zigeunerin—einem revenant der kürzlich verstorbenen Königin Luise—dazu nützt, seine Erben aus dem Hause Hohenzollern für die Nachfolge der durch Marie-Louises Vermählung mit Napoleon endgültig diskreditieren Habsburger zu positionieren.

Es dämmerte schon, als ich Leipzig erreichte. Hier lebte, im Naundörfchen, Heinrichs einstige Verlobte Wilhelmine Krug, geborene von Zenge.

* * *

Frau Professor Krug empfing mich recht kühl. Wir beiden hatten Heinrichs Werdegang zu Beginn der

1800er aus entgegengesetzten Blickwinkeln erlebt: sie als seine Verlobte, die ihren Zukünftigen während dieser Zeit kaum zu sehen bekam; ich als sein Intimfreund und Reisegefährte, der tagtäglich mit ihm zusammen war.

Der Herr Professor, ließ sie mich wissen, sei in der Universität und werde erst gegen Abend erwartet; ich möchte aber gerne auf eine Tasse Tee im Salon Platz nehmen. An der Wand hing eine gute Kopie von Kiesewetters Kant.

„Heinrich sprach viel von Ihnen, Herr von Brockes." Ich würdigte diesen ambivalenten Auftakt mit einer angedeuteten Verbeugung und retournierte:

„Während unserer Würzburger Reise war er in Gedanken stets bei Ihnen, gnädige Frau." Sie verzog keine Miene. Sie war nicht im eigentlichen Sinne schön, doch hatte sie ungewöhnlich ausdrucksvolle Augen, eine gradlinige Nase und einen ansprechenden, ironisch-spöttischen Mund. Ihre Rede war sanft aber bestimmt. Keine Aphrodite, dachte ich, aber eine Sappho; Heinrich mochte es ähnlich gegangen, und gerade so eben recht gewesen sein.

„Können Sie mir den eigentlichen Grund jener Reise mitteilen? Heinrich deckte ihn mir nie völlig auf."

„Würden Sie es mir nachsehen, wenn ich darauf bestünde, dass es Dinge gibt, die man besser ruhen lässt?"

„Ich will es wissen." Leidenschaft blitzte unvermutet in ihren Augen auf. Ich lenkte ein und tastete mich behutsam vor.

„Offiziell waren wir in geheimer Mission für den Minister Struensee unterwegs, in Vorbereitung auf Heinrichs zukünftige Anstellung bei ihm, und getarnt als Schwedisch-Pommersche Studenten." Sie nickte ungeduldig. „Tatsächlich ging es aber in erster Linie um eine medizinische Intervention."

„Chirurgischer Natur?"

„Auch."

„Aha—?"

„Heinrich litt seit seiner Militärzeit an einer Infektion, von der er befürchtete, dass sie ihn—zumal in Verbindung mit seiner physischen Beeinträchtigung, von der Sie wissen werden—hätte hindern können, seinen Pflichten als Ehemann nachzukommen. Ihr gemeinsames Familienglück war es also das ihn vorrangig zu dieser Reise bewegte."

„Übertragbar?"

„Ja."

„Im ehelichen Verkehr?"

„Auch."

„Vererbbar?"

„Möglich."

„Ein schweres Leiden?"

„Ja. Unheilbar. Auf längere Sicht oft tödlich."

„Hätte ich ihm damals in der Gartenlaube zugestanden was er verlangte, und was ihm zuvor, wie er behauptete, schon die Linckersdorf bewilligt hatte, hätte es mich wohl auch——?"

„Man kann versuchen, sich zu schützen, aber es ist unzuverlässig; man begibt sich in Fortunas Hände."

„Wussten Sie eigentlich, Herr von Brockes, dass Heinrich Sie mir oft als nachzuahmendes Beispiel vorhielt?" Erneut deutete ich eine Verbeugung an. Sie fuhr fort: „Er pries Ihre Uneigennützigkeit und Selbstlosigkeit, die beiden gewichtigsten und schwersten aller Tugenden, wie er meinte."

„Ich hatte ihn sehr lieb," stellte ich betreten fest, „und opferte mich ihm."

„Er machte es mir als seiner Verlobten damit nicht eben leicht. Ich versuchte, seinen Erwartungen gerecht zu werden, aber manche seiner Forderungen überschritten, was ich ihm zugestehen konnte."

„Er war sehr phantasievoll."

„Auch bezüglich seiner Pläne für uns. Manchmal schien es mir fast, als wolle er Sie mit in unser Haus holen—Sie und auch meinen Bruder Karl. Stellen Sie sich das vor: meinen Bruder! Sie kennen Ihn, nicht wahr?"

„Allerdings. Bevor wir nach Würzburg aufbrachen hatten Heinrich und ich das Vergnügen, Ihren Herrn Bruder in Berlin für ein paar Tage an unserer Seite zu haben. Sein verfrühter Tod im Jahr darauf erschütterte uns beide zutiefst." Der Gedanke an ihren Bruder schien sie ein wenig zu erweichen. Mit Tränen in den Augen erinnerte sie sich:

„Auf einmal war Heinrich wie neugeboren, schrieb mir aus Würzburg von seinen grandiosen Plänen für unsere gemeinsame Zukunft, für die nun alle Wege geebnet seien. Ich freute mich natürlich, wurde mir aber nur peu à peu der Natur und Reichweite seiner ungewöhnlichen Pläne bewusst."

„Der chirurgische Eingriff am Julius-Hospital war erfolgreich. Gleichzeitig versicherten ihm zwei Koryphäen des Medizinfachs die sich gerade dort aufhielten, Hufeland aus Jena und Neufville aus Frankfurt, dass zwar seine Infektion nicht heilbar, deren Symptomatik aber gut behandelbar und das Risiko einer Übertragung oder Vererbung während der Latenzphasen gering sei. Ihrer Familienplanung stand damit nichts mehr im Wege. Den 10. Oktober, an dem er diese günstige Prognose erhielt und Ihnen jenen enthusiastischen Brief zusandte, erklärte er kurzerhand zu seinem zweiten Geburtstag."

„Die Mission für Struensee war also reine Erfindung?"

„Nicht völlig. Heinrich hatte ernsthaft ins Auge gefasst, sich der Deputation anzuschließen, die die Preußische Pharmakopöe verwaltete und die chemischen Fabriken kontrollierte, in der Hoffnung, Zugriff auf neue Heilverfahren und Medikamente zu erhalten—diese Hoffnung zerschlug sich aber bereits bei der ersten Sitzung an der er versuchsweise teilnahm, weswegen er die Stelle gar nicht erst antrat. Eine offizielle Mission gab es nie, doch hatte er Struensees Mitarbeitern in Berlin angeboten, informell über medizinische Entwicklungen zu berichten, derer er während unserer Reise im Ausland habhaft werden mochte.

Dies war durchaus nicht an den Haaren herbeigezogen, denn wir planten u.a. führende Brunonisten in Bamberg und die berühmte Wiener Schule aufzusuchen; zwischenzeitig peilten wir auch die Puységursche Schule in Straßburg und Gmelins Praxis in Heilbronn an, gingen dann aber ans Würzburger Julius-Hospital, was sich als Glücksgriff herausstellen sollte.

Seine—wenn auch inoffizielle—Mission erlaubte es Heinrich einerseits, seinen Anspruch auf die Stelle zu wahren, andererseits, seiner Familie die Reise als staatlich sanktioniert und seiner Karriere zuträglich darzustellen. Ihnen gegenüber bezeichnete er die Reise wahrheitsgemäß als Ihre gemeinsame Zukunft betreffend; wenn er dabei nicht ins Detail ging lag es daran, dass er nicht unnötig Gespenster wecken wollte, von denen er hoffen durfte, sie während der Reise zu begraben."

„Sie erhellen mir einiges, haben Sie Dank. Was kann ich für Sie tun?"

* * *

„Gestatten Sie mir zunächst die Frage, warum Sie Ihre gemeinsamen Pläne trotz der Würzburger Euphorie nicht ausführten?"
„Als Sie Anfang 1801 Berlin verließen verfiel Heinrich in eine Krise; in deren Verlauf kam er zu dem Schluss, dass Berlin für unser Familienprojekt kein geeigneter Ort war: zu provinziell, zu nah an den Verwandten, jeder kennt jeden. Stattdessen zog er Paris in Erwägung, reiste mit seiner Schwester dorthin um die Metropole für unser Projekt auszukundschaften. Dort erlebte er allerhand Abstoßendes; auch ich konnte mir nicht recht vorstellen, in jener riesigen Stadt eine Familie zu gründen. Daraufhin fasste er Südfrankreich und die Schweiz ins Auge, reiste dorthin weiter. In Thun fand er ein idyllisches Plätzchen und forderte mich auf, nachzukommen."
„Aber Sie taten es nicht."

„Ich konnte es nicht. In Paris hatte Heinrich einen Maler kennengelernt, den er prompt mit in die Schweiz nahm; sie trennte sich zwar hinter Basel, aber kurz darauf hatte er in Bern seinen alten Busenfreund Zschokke an der Hand, nebst zwei anderen jungen Männern. Zschokke hatte einst unser heimatliches Frankfurt wegen angeblicher unflätiger Übergriffe auf Knaben verlassen müssen. Eine Mutter fern der Heimat braucht einen Gatten, der sich um sie kümmert und nicht bloß haufenweise Männerbekanntschaften unterhält—verstehen Sie?" Ich nickte. „Als ich zögerte und Heinrich meine Sorgen mitteilte, ließ er mich fallen. Es war schrecklich. Ich war wütend und traurig, vermutete zunächst, er habe dort eine andere Frau—was, erfuhr ich später, nicht der Fall war. Er verlangte mehr als eine Frau ihm zugestehen könnte." Ich lächelte verständnisvoll. Sie biss sich auf die Lippen, fragte mich dann:

„Sie selbst verloren ihn aus den Augen nachdem Sie aus Berlin weg waren?"

„Ich musste damals an meinen Broterwerb denken; auch ich war einer Frau versprochen."

„Und—?"

„Wir werden bald heiraten."

„Ich wünsche es Ihnen herzlichst, Herr von Brockes. Eine Frau wird Ihnen guttun; so wie sie Heinrich gutgetan hätte—eine zum gemeinsamen Leben, meine ich, nicht eine zum Sterben."

„Ich hatte das Glück, in Dresden noch einmal mit Heinrich vereint zu werden. Und Sie?" Aber sie war schon im Aufstehen begriffen.

„Machen Sie es gut, Herr von Brockes."
Ich nahm meinen Hut und gab ihr die Hand.

* * *

Bei Gose und Leipziger Allerlei sortierte ich in Auerbachs Keller meine Gedanken. Über Heinrichs Parisaufenthalt würde seine Schwester Ulrike am besten Bescheid wissen, sie hatte ihn schließlich dorthin begleitet; ich vermutete sie in Frankfurt an der Oder, war aber noch nicht bereit, sie aufzusuchen.

Dito Marie von Kleist.

Re Heinrichs Thuner Episode würde ich ggf. nicht darum herumkommen, Zschokke und Heinrich Gessner in der Schweiz aufzusuchen. Ersteren vermutete ich in Aarau, letzteren in Bern beim Verlagshaus seiner Eltern.

Ich schrieb an Gessner, seine Antwort poste restante nach Weimar erbetend, wohin ich mich als nächstes begeben wollte—nicht zuletzt um in Oßmannstedt die beiden Wielands zu besuchen.

Fünftes Kapitel

Am 24. Juni 1812 setzten vierhunderttausend Soldaten der Grande armée bei Kaunas über die Memel. Der Russlandfeldzug hatte begonnen. Täglich strömte Nachschub auf der Via Regia von Erfurt über Weimar gen Osten.

Ich vermied die Fernstraße, fuhr per Privatkutsche auf der wenig befahrenen Landstraße über Naumburg und Sulza nach Oßmannstedt. In Lützen besuchte ich das Denkmal Gustav Adolfs, in Weißenfels das Grab Novalis', in Naumburg den Dom, bei Saaleck die Rudelsburg, in Auerstedt das Schloss das während der Schlacht als preußisches HQ gedient hatte, auf dem Windknollen bei Jena den Napoleonstein.

In Oßmannstedt fand ich weder den alten noch den jungen Wieland vor—beide, stellte sich heraus, weilten im nahen Weimar.

Der Haushälter zeigte mir freundlicherweise den Salon in dem Heinrich dem alten Wieland einst seinen Guiskard deklamiert hatte, sowie die Bibliothek mit Wielands Übersetzungen Aristophanes, Lukians und Shakespeares.

Mit den Adressen der beiden in Weimar ausgestattet—sie wohnten nur wenige Gehminuten voneinander entfernt—fuhr ich über Kromsdorf nach Weimar.

Dort angekommen suchte ich zunächst den jungen Wieland auf.

* * *

„Heinrich erwähnte Sie in unserem Berner Kreis—Sie waren eng befreundet bevor er nach Bern kam?" Ich bejahte. Ludwig Wieland musterte mich neugierig, versuchte offensichtlich, mich einzuordnen.

„Sie waren——Brüder?"

„Wir hatten einen kleinen Kreis in Berlin—Heinrich, ich, Karl von Zenge."

„Sie kannten seine damalige Verlobte—Karls Schwester?"

„Heinrich sprach von ihr, und von ihren gemeinsamen Plänen, aber persönlich kennengelernt habe ich sie erst kürzlich." Bedächtig nickend erläuterte er:

„Die Adelsfamilie war Heinrich wichtig. Er kam in die Schweiz um seine eigene fortzupflanzen, und um den Ursprung der Habsburgischen zu erforschen."

„Er schrieb ja häufig," räumte ich ein, „über die Rivalität der deutschen Dynastien, und über die Gefahr, die von der bonapartistischen ausging."

„Schon sein Erstling ist diesem Thema gewidmet. Er hätte sich für dieses Drama kaum irgendwo anders so passend inspirieren lassen können wie in Thun, eine kurze Wanderung von der Stammburg der Habsburger entfernt; einer von uns, der Schriftsteller Zschokke, lebte sogar zeitweilig auf einer Burg der Habsburger, Schloss Biberstein, das auf einem schroff aufragenden Felsen über der Aare thront und dem Die Familie Schroffenstein ihren Namen verdankt."

„Deren verfehdeten Familienzweige stellen die deutschen Dynastien dar?"

„Die Rossitzer sind die Hohenzollern, die Warwands die Habsburger, die Wyks die Wettiner. Napoleon taucht als Hexe Ursula auf, amputiert kurzerhand die linksrheinischen Reichsgebiete—im Drama der linke kleine Finger des Rossitzjungen. Am Ende gehen die deutschen Fürsten an ihrer Rivalität zugrunde und Napoleon triumphiert auf der deutschen Bühne."

„Ottokar und Agnes sind König Friedrich Wilhelm III. und Kaiser Franz II.?"

„Ja. Und der angeblich ertrunkene Rossitzknabe ist König Friedrich Wilhelm II., der 1795 den Frieden von Basel einging und an Wasserlunge starb; der angeblich vergiftete Warwandknabe aber Kaiser Leopold II., nach dessen plötzlichem Tod ja Gerüchte kursierten, er sei vergiftet worden."

„Im Drama sterben Ottokar und Agnes—tatsächlich aber regieren Friedrich Wilhelm III. und Franz II. weiter, letzter als Franz I. von Österreich. Heinrichs Szenario traf also nicht ein."

„Es ist insofern akkurat, als die Hohenzollern und Habsburger über ihren Geschwisterstreit die deutsche Bühne einem lachenden Dritten überlassen."

„Die Hexe Ursula, Witwe des Totengräbers als der Korse?"

„Totengräber der Deutschen, der wie die griechische Göttin der Zwietracht über Männerköpfe schreitet—nämlich die der deutschen Fürsten."

„Der merkwürdige Kleidertausch in der letzten Szene schien mir aber eher überflüssiges Beiwerk zu sein, bloße Arabeske."

„Keineswegs. Heinrich betrachtete ihn als Herzstück des Dramas; von dieser Szene her entwickelte er die Handlung. Denn hätten die Väter nicht infolge des Kleidertausches ihre Kinder verwechselt, hätten sie nicht aus Versehen das eigene, sondern wie geplant des anderen ermordet, so dass ihre Fehde fortgegangen und beide Dynastien ausgelöscht worden wären. Nur dank ihrer harmatia—ihrem tragischen Fehler—kommt es, als sie den Irrtum entdecken, zur Aussöhnung. Ihre Fehlerleistung ist daher genau genommen keine tragische, sondern eine notwendige.

Heinrich glaubte, dass es noch nicht zu spät für die deutschen Dynastien sei, sich zu versöhnen und dem Korsen vereint zu begegnen, dass es aber eines Anstoßes bedurfte, die Verbrüderung zu erreichen, dergestalt, dass die Fürsten Bauernopfern oder Heldenopfern gleich zugunsten des Reiches aufzuopfern wären.

Der Kleidertausch symbolisiert übrigens die Übergabe des kaiserlichen Krönungsmantels, der sich im Schweizertrakt der Wiener Hofburg befindet."

„Sie meinen—?"

„Heinrich rechnete damit, dass der Hohenzollernkönig auf kurz oder lang nach der Kaiserwürde greifen würde. Er hielt dies für plausibel—er traute den Hohenzollern mehr Führungsstärke zu als den verbrauchten Habsburgern—betrachtete aber den Zeitpunkt für verfehlt, denn ein solcher Schacher würde unweigerlich von der eigentlichen Gefahr ablenken: Napoleon ante portas."

„Als der Vorhang fällt," warf ich ein, „bleibt es offen, ob Ursula die Bühne verlässt oder in deren Mitte verharrt. Ende offen—"

„—Fortsetzung folgt."

„Wie?"

„Die Folgeperioden hatte Heinrich schon unter der Feder."

„Nämlich?"

„Nämlich den Guiskard und den Leopold."

„Leopold?"

„Ein Drama über den Untergang der Habsburger. Heinrich schrieb damals die erste Szene, in der habsburgische Soldaten am Vorabend der Schlacht auswürfeln, wer am nächsten Tage fallen wird—rot oder tot? heißt es da. Einer nach dem anderen wirft schwarz; der desaströse Ausgang der Schlacht ist ganz zu Anfang also schon vorweggenommen.

„Was wurde aus dem Drama?

„Der Guiskard war ihm dringender; der Leopold landete in der Schublade."

„Trotz Ihrer Darstellung eben erscheint mir der ominöse Kleidertausch in den Schroffensteinern fehl am Platze. Die letzte Szene ist doch eher komisch als tragisch."

„Tragikomisch, würde ich sagen. Außerdem eminent autobiographisch: Heinrich wollte unbedingt einen Sohn und Nachfolger zeugen, war bereit, obwohl der Brüderschaft loyal ergeben, zumindest zeitweise die Rolle des Ehegatten zu spielen, was im übertragenen Sinne ja einem Kleidertausch entspräche."

„Die politische Satire des Dramas war mir einigermaßen klar, nicht aber die intimen und persönlichen Assoziationen die Sie andeuten."

„Tatsächlich inszenierte Heinrich in seinem Erstling bereits jenen satyrisch-syphilitischen und filial-familialen Themenkreis der alle seine Werke zusammen mit der politischen Dimension auszeichnet: orgastische Symposien, brüderliche Liaisons, venerische Krankheiten, Initiations- und Reinigungsrituale, Familienfehden, Söhne und deren Karrieren. Denken Sie nur an die Szene in der Ottokar und Agnes Gift und Samen austauschen."

„Diese Szene kam mir wie eine Persiflage Ovids oder Shakespeares vor."

„Oberflächlich mögen Ottokar und Agnes an Pyramus und Thisbë oder an Romeo und Julia erinnern—oder an Goethes Herrmann und Dorothea—doch stellen sie weder ein konventionelles Liebespaar noch eine brüderliche Dyade dar."

„Sondern?"

„Sondern sie bilden zusammen mit Johann eine Triade von Satyrn; Jeronimus versucht, ein Quartett daraus zu machen, was in Eifersucht und Zwietracht mündet."

„Und in Mord und Totschlag."

„Der Skorpion rafft drei weg, den vierten treibt er in den Wahnsinn."

„Es waren, meine ich mich zu erinnern, tödliche Schwertstöße—?"

„Agnes sodomisiert Ottokar, der hochinfektiös ist; beide sind todgeweiht."

„Agnes ist aber doch eine weibliche Figur?"

„Tatsächlich konstruierte Heinrich ein Theater das da kommen sollte, in dem—wie bei den alten Griechen, bei Shakespeare, und heute noch auf manchen römischen Bühnen—alle Figuren von männlichen Schauspielern dargestellt werden, wobei entweder milchbärtige epheboi die Frauenrollen übernähmen oder Masken zum Einsatz kämen. Wäre es nach Heinrich gegangen, wären Frauen ins hintere Publikum oder ganz aus dem Theater verbannt worden, denn für ihn war die Bühne der politisch-erotische Kampfplatz par excellence, auf dem Frauen nichts zu suchen hatten; sie sollten sich mit Ifflandschen und Kotzebueschen Rührstücken amüsieren."

„Das klingt ein wenig misogyn."

„Heinrich war diesbezüglich konservativ: Frauen kam nach seinem Dafürhalten die Funktion der Produktion und Ausbildung des Nachwuchses zu."

„Sehr realistisch war dies angesichts moderner Bühnenpraxis aber nicht."

„Genaugenommen sind Heinrichs Stücke auch eher Lesedramen, zur Deklamation gedacht—sagen wir anlässlich einer Audienz beim König und seinem Hofstaat und idealerweise von Heinrich persönlich vorgetragen—und zur Aufführung in einem konventionellen Theater weniger geeignet."

„Heinrich hätte seiner Majestät wohl kaum ins Gesicht sagen können, dass er von der Hand des eigenen Vaters fallen soll. Das wäre ja lèse majesté gewesen."

„Er meinte es bildlich: seinen Fürsten Friedrich Wilhelm III. sah Heinrich als durch Friedrich des Großen Hass auf die Habsburger und durch Friedrich Wilhelm des II. Verzicht auf die linksrheinischen Gebiete kompromittiert. Sein Aufruf an seinen K war es, diese historischen Ketten abzuwerfen und eine neue Ära einzuleiten. Der Vater tötet Ottokar übrigens gar nicht, er verletzt ihn nur."

„So? Wer dann, wenn nicht er?"

„Agnes tut's. Sie versetzt dem hilflos am Boden Liegenden den Todesstoß. Man kann zu ihrer Verteidigung anführen, dass Ottokar nicht ihre Liebe, sondern bloß ihren kaiserlichen Mantel im Auge hatte. Lesen Sie das Ganze nochmal in Ruhe; beachten Sie dabei insbesondere Heinrichs Regieanweisungen, die geben es preis."

„A propos Kleidertausch: Heinrich und ich sahen einst in einem Würzburger Naturalienkabinett eine Sammlung ausgestopfter Vögel. Heinrich faszinierte, dass allein das Gefieder, auf Pergament geklebt und über Strohballen gespannt, die toten Objekte wie lebendige Vögel wirken ließ; er erklärte damals, er wolle diese Idee einst verwerten. Ihren Ausführungen zufolge tat er genau dies in seinem Erstling: allein auf die Kleider, den kaiserlichen Mantel, kommt es an—wer den trägt, ist Kaiser."

„Genau: selbst ein korsischer parvenu kann zum Kaiser werden, indem er sich den kaiserlichen Mantel überwirft."

„Es muss, wie wir gesehen haben, noch nicht einmal jener Mantel im Schweizertrakt sein, sondern es kann irgendeine kaiserliche Insignie sein."

„Lorbeer, Adler und Karls des Großen Zepter zum Beispiel," grinste er. „Den Korsen hätten die Franzen sogar zum Kaiser erkoren wäre er nackt erschienen—Hauptsache militärische Erfolge und päpstlicher Segen."

„Im Würzburger Schloss sahen wir neben den Tierattrappen auch aus Figuren und Moosen zusammengestellte Landschaftsszenarien; diese, kommt mir gerade in den Sinn, könnten Heinrich zu seinen Landschaftstableaus inspiriert haben."

„Ein fast Fichtescher Gedanke, lieber Brockes. Sie sind mit ein gar gewiefter Spurensucher in Sachen Kleist—ein wahres Trüffelschwein."

Halb amüsiert, halb anerkennend in sich hineinkichernd, offerierte Wieland Likör, den ich gerne annahm.

* * *

„Was die Komik angeht, die Ihnen in den Schroffensteinern auffiel," setzte er nach einer Weile wieder an, „wir lachten uns halb tot, als Heinrich uns in Bern die letzte Szene vortrug. Wie ausgerechnet der blinde Sylvius und der wahnsinnige Johann den Kleidertausch aufdecken—das ist doch zu köstlich: beide befühlen nacheinander die Leiche—genauer: deren Geschlecht—und ertasten den harten Schanker an dem sie Ottokar erkennen, während alle anderen sich von Agnes Kleidern trügen ließen. Allein der Blinde und der Wahnsinnige also werden nicht vom Schein geblendet! Leiche ist übrigens ein Anagramm von Eichel; die Leiche hat ein Geschwür an der Eichel— ha ha, wie lustig! Zum Totlachen! Johann ruft in die Runde: Ah! Der Skorpion! s' ist Ottokar! Ach ist's schaurig-schön Zum Wohl mein Lieber!"

„Das Satryrische und das Syphilitische, wie Sie es vorhin nannten, ist aber für Uneingeweihte kaum nachvollziehbar, sicher nicht für seine politischen Adressaten."

„Es ist für Brüder wie Sie und ich gedacht. Nur wem klar ist, dass Syphilis traditionell mit dem Sternbild des Skorpions in Verbindung gebracht wird, dass Leiche ein Anagramm von Eichel ist, dass man eine Rosette sowohl in der Kirche als auch am Darmausgang findet, dass Schwert, Eiche usw. einen Phallus symbolisieren, und dass ein schroffer Stein auf einen harten Schanker hinweist, vermag Heinrichs Anspielungen nachzuvollziehen. Viele seiner Wendungen entstanden übrigens in unserer Berner Dichterwerkstatt, wo wir uns Virgils Hirten gleich zu poetisch-orgiastischen Schäferstündchen vereinigten und wo wir ein Ideenmagazin satyrisch-syphilitischer Verschlüsselungen erstellten; auch Heinrichs zerbrochner Krug entstand zu der Zeit." Er zwinkerte mir zu und leerte sein Glas in einem Nu.

„Hier in Weimar rasselte der Krug heftig durch," griff ich den Faden auf.

„Wie gesagt: 's ein Lesedrama, am besten von Heinrich selbst deklamiert."

„Goethe soll das Stück mit seinen Akteuren aufwendig einstudiert haben."

„Aber vielleicht ohne Heinrichs Nuancen hervorzubringen. Dessen politische Agenda teilte Goethe nicht; und seine erotischen Preziosen verabscheute er."

„Sie meinen die brüderlichen Intimitäten?"

„Sie selbst nicht—Goethe brachte solche ja selbst häufig in seinen Werken; ich meine ihre Verknüpfung, bei Heinrich, mit der Syphilis."

„Besonders explosiv kam mir der Krug gar nicht vor—eher rustikal komisch."

„Er ist eine Granate, mein Lieber—ein wahres Sperrfeuer welches Heinrich dem deutschen Kaiser und dem preußischen König entgegenpfefferte. Politisch symbolisiert der Krug, der während der Gemengelage in Eves Schlafzimmer zu Bruch geht, das Heilige Römische Reich; satyrisch-syphilitisch ist er eine Kleist'sche Flasche oder ein Mesmer'scher Bottich, der in Eves Kammer zum Zweck der magnetischen Kur oder Elektrostimulation aufgestellt ist.

Das orgiastische Geschehen dort inszeniert zugleich Symposium, séance und die Schlacht zu Ulm; Eves Kammer fungiert also zugleich als andrōn, Krisenzimmer und Schlachtfeld.

Adams Gerichtsstube stellt die kaiserliche Sommerresidenz Schönbrunn dar, wo Napoleon waltet und wo der geschlagene Franz ihm häppchenweise das Reich verfüttert: Rheinwein, Frankenwein, Limburger Stinkekäse; bei der pommerschen Gans winkt der übersättigte Korse ab, denn die Schweden die dort standen hatte er im Krieg einfach ignoriert. Heinrich verpackt dieses elendige Kapitel deutscher Selbstauflösung virtuos als Satyrspiel—selbst Aristophanes würde sich vor dieser Meisterleistung verneigt haben." Vor Lachen standen ihm Tränen in den Augen.

Von Likör und Wielands Ausführungen deliriert, erschien mir Heinrichs Komödie plötzlich labyrinthisch zu sein wie Piranesis Kerker und fantastisch wie das vor Alcubierre aus der Vulkanasche aufsteigende Pompeji.

„Kommen Sie, ich bringe Sie zu meinem Vater."
Wir standen beide auf.

Sechstes Kapitel

„Sie waren also ein guter Freund Heinrich von Kleists." Der Doyen des Weimarer Viergestirns starrte mich mit unverhohlenem Interesse an. Seine hellblauen Augen strahlten, sein breiter Mund lächelte wohlwollend.

Ich verbeugte mich.

„Er war der strahlende Stern am deutschen Dichterhimmel—der sich dann leider als Komet herausstellte, der bald verglühte. Ein großer Verlust für die Menschheit, mein lieber Herr von Brockes." Er sprach bedächtig und luzid. Trotz seines Alters—er musste an die Achtzig sein—wirkte er voller Lebensfreude.

„Immerhin sind viele seiner Werke erhalten," erwiderte ich, zum zigsten Mal auf den zerknautschten Lederkoffer schauend, dieses wiederborstige Reisezotteltier.

„Nur sind sie leider nicht sehr bekannt—selbst das Käthchen nicht, obwohl es auf populäre Wirkung ausgerichtet war." Im Brustton der Überzeugung rief er: „Jemand müsste eine Ausgabe seines Nachlasses—besser noch: seiner gesammelten Werke—besorgen. Adam Müller oder Fouqué vielleicht. Man müsste die Dramen auf die Bühne bringen. Die, die ich kenne sind allerdings durchweg problematisch. (seufzend) Dass das Käthchen ein uneheliches Kind des Kaisers sein soll—— (verklärt) Jene Verse aus dem Normannenstück, die er mir damals in Oßmannstedt vortrug—vielleicht hat er niemals wieder so hoch gereicht. Ich drängte ihn so, es fertigzustellen. Warum tat er's nicht?" Ich zuckte mit den Schultern und meinte:

„Ernst von Pfuel könnte wohl darüber Auskunft geben: er war im Herbst 1803 dabei, als Heinrich in Paris den Guiskard ins Feuer warf. Die beiden zerstritten sich; Heinrich ging nach Boulogne um bei der Invasion Englands zu sterben." Wieland legte kauzig den Kopf auf die Seite und winkte dann ab.

„Eine umständliche Art, sich umzubringen."

„Heinrich wollte immer an vorderster Front dabei sein."

„Im Drama wird Guiskard von der Pest dahingerafft: als die Normannen vor der Kaiserstadt liegen ist er bereits angeschlagen; sein Sohn und sein Neffe sind schon dabei, seine Autorität zu untergraben, und das Volk drängt darauf, die Belagerung abzubrechen und heimzukehren."

„Als er schwächelt, stützt ihn seine Tochter aber mit einer Pauke, die sie ihm unterschiebt. Da es sich um eine Heerespauke handelt, bräuchte der Herzog nur den Schlagstock in die Hand zu nehmen um mit einem Paukenschlag zum Angriff auf Wien zu trommeln."

„Wien?"

„Ich gehe davon aus, dass ursprünglich, also zu der Zeit, als Heinrich Ihnen aus dem Drama vorlas, Konstantinopel die Kaiserstadt Wien repräsentierte, die Napoleon erobern wollte."

„Napoleon?"

„Guiskard stellt Napoleon dar, der nach der Kaiserkrone greift."

„Worauf wollen Sie hinaus?"

„Nehmen wir mal an, Heinrich erkannte in Paris, dass sich der politische Kontext dermaßen geändert hatte, dass sein Drama nicht mehr in die Mitte der Zeit fiel—vielleicht war er ja nur deshalb nach Paris gereist, um dort zu sehen, ob der Guiskard noch zu retten war. In Paris wurde ihm klar, dass Napoleon als nächstes nicht Wien, sondern London im Visier hatte; er entschloss sich, an der Invasion teilzunehmen um so nahe am Geschehen zu bleiben. Konstantinopel könnte er leicht von Wien auf London ummünzen; die Flotte liegt ja laut Regieanweisung vor der belagerten Stadt. 1808, als er das Fragment im Phöbus brachte, stellt Konstantinopel dann wieder Wien dar, um das es 1809 ja tatsächlich gehen sollte."

„Das ist recht abenteuerlich," gab er zu bedenken. Ich aber fuhr unbeirrt fort:

„Mit dem Griff nach der Kaiserkrone bringt Napoleon das Volk gegen sich auf, und seine Erben oder Nebenbuhler gegeneinander. Heinrich stellte der dynastischen Zwietracht der deutschen Fürstenhäuser, vor er in den Schroffensteinern gewarnt hatte, im Guiskard Napoleons dynastische Hybris gegenüber, dargestellt durch die Pest die ihn dahinrafft. Man könnte den Guiskard somit als Fortsetzung von, oder als Gegenstück zu, den Schroffensteinern betrachten. Er schuf ein neues Theater, mit dem er die Weltbewegung nicht bloß darzustellen, sondern zu steuern suchte."

„Im Welttheater hielt sich Napoleon aber nicht an seine Regieanweisungen," sagte der Alte spitz.

„Heinrich lernte seine Lektion: nie wieder würde er im stillen Kämmerlein an einem Stück herumwerkeln während Napoleon in der Welt Fakten schaffte; nie wieder würde er Szenarien entwickeln, die der Realität zu weit vorauseilten. Es ehrt ihn, dass er trotz durchgearbeiteter Tage und Nächte von Guiskard abließ: er blieb seinem Prinzip treu, nur Werke zu veröffentlichen, die in die Mitte der Zeit fielen."

„In Oßmannstedt trug er mir einen nahezu kompletten Entwurf vor. Guiskard stirbt dort."

„Damals ging Heinrich noch davon aus, dass Napoleon sich nicht lange halten könnte. Bereits in Paris merkte er aber wohl, dass er diesbezüglich zu optimistisch gewesen war. Im Frühjahr 1808, als er das Phöbus-Fragment brachte, war daran gar nicht mehr zu denken: der Korse hatte sich quasi als unzerstörbar erwiesen." Der Alte kicherte, brachte dann einen weiteren Einwand hervor:

„Aber der Handlungsstrang in dem Guiskards Sohn Robert und Neffe Abälard um sein Erbe rivalisieren war 1808 irrelevant, denn einen leiblichen Sohn hatte Napoleon immer noch nicht, und dem adoptierten hatte er die Kaiserwürde aberkannt. Trotzdem übernahm Kleist diesen Strang in das Fragment." Ich war baff; der Alte war weiß Gott luzide. Ich zog alle Register:

„Den Handlungsstrang von deren Rivalität übernahm er; aber die Identität des Sohnes und des Neffen änderte er."

„Wen stellen Ihrer Ansicht nach im Fragment Robert und Abälard dar?"

„Franz I. und Friedrich Wilhelm III., die vor dem deutschen Volk um die zukünftige Führung in Deutschland buhlen. Wie's ausgeht lässt Heinrich offen, aber die Warnung an die deutschen Fürsten Anfang 1808 ist klar: vereinigt euch, oder ihr geht gemeinsam unter."

„Und im ursprünglichen Entwurf?"

„Sagen wir, ersterer Beauharnais, Napoleons designierten Nachfolger, letzterer den Dauphin, den rechtmäßigen Anwärter auf den französischen Königsthron." Er machte große Augen, überlegte, nickte zustimmend und sagte:

„Um mit seinen Texten immer in der Mitte der Zeit bleiben zu können, half es, auch physisch möglichst nahe am Geschehen zu sein. Man müsste also generell seine Bewegungen mit politischen Ereignissen korrelieren können."

„Oder mit seinen Erwartungen bezüglich politischer Ereignisse."

„Richtig."

„Wir sagten vorhin, er ging nach Paris in Napoleons unmittelbarer Nähe die Lage zu peilen. Im Vorfeld waren Heinrich und Pfuel Mitte 1803 nach Thun gekommen. Zu dem Zeitpunkt war ihnen unklar, was genau Napoleon vorhatte, und sie konnten dort, in Heinrichs Häuschen und auf neutralen Boden auf halber Strecke zwischen Paris und Wien, abwarten, um je nachdem wie Napoleon sich verhielt, unverzüglich entweder nach Paris oder nach Wien eilen zu können. Dann erfuhren sie die Neuigkeiten, die sie bewogen, sofort nach Paris aufzubrechen."

„Eine sehr mobile Art, Schriftstellerei zu betreiben," meinte er schmunzelnd.

„So was ging bei Heinrich immer von jetzt auf gleich: im Sommer 1800 stand er unvermittelt bei mir in Coblentz vor der Tür und drängte mich, meine Sachen für eine mehrmonatige Reise zu packen und auf seine Kutsche aufzuspringen. Nur mit Mühe konnte ich ihn überreden, erst ein paar Tage bei mir auszuruhen."

„Oßmannstedt verließ er auch Hals über Kopf." Der Alte ließ den Kopf sinken, verlor sich in Gedanken. Plötzlich fuhr er auf: „Es war also nicht im Wahn, dass er sich der Invasionsarmee bei Boulogne anschließen wollte."

„Keineswegs. Es war ein kalkulierter Zug, was ja nicht ausschließt, dass es von außen betrachtet tollkühn erschien. In Paris wird sich die Neuigkeit, die sie in Thun erfahren hatten, erhärtet haben. Oder er merkt, dass Napoleon meistenteils nicht in der Hauptstadt, sondern bei der Invasionsarmee weilt. Er legt den Guiskard beiseite—ob er ihn verbrennt sei dahingestellt—und geht unverzüglich an die Kanalküste. Nicht um zu sterben, sondern um nahe an Napoleon dran zu bleiben und an dessen Schicksalsschlag teilzuhaben—möglicherweise sogar, ihn zu beeinflussen."

„Pfuel, ein kühler Kopf, erkannt derweil, dass es mit der Invasion nicht so schnell vorangehen wir, oder dass es für sie als ehemalige preußische Offiziere so gut wie unmöglich sein wird, an die Invasionsarmee heranzukommen, geschweige denn sich ihr anzuschließen, zumal sie ihrem König ihr Ehrenwort gegeben hatten, nach ihrer Entlassung keiner ausländischen Armee zu dienen. Er rät ab, Kleist will's nicht hören, sie streiten sich, Kleist geht allein nach Boulogne."

Geruhsam sprachen wir Tabak und Weißwein zu.

* * *

Da der Greis kein Anzeichen von Ermüdung gab, ergriff ich nach einer Weile wieder das Wort:

„Seinen Krug, den er 1806 als Manuskript an den K geschickt hatte, konnte Heinrich noch 1811 in verkürzter Version als Buch herausbringen, mit dem ursprünglichen Variant im Anhang."

„Dem Prinzip zufolge, in die Mitte der Zeit fallen zu müssen, müsste der Krug also 1811 weiterhin politisch relevant gewesen sein."

„Das Ende der Komödie—im Variant ausführlicher—warnt davor, dass Napoleon sich Deutschland durch dynastische Händel untertan machen wird, und ermahnt den preußischen König, sich dieser Gefahr militärisch entgegenzustellen. Im August 1806 wird Heinrich die Verbindung von Beauharnais und Auguste von Bayern im Sinn gehabt haben, von der er befürchtete, Beauharnais könne als König Deutschlands von Napoleons Gnaden aus ihr hervorgehen.

Im Februar 1811 wird er die unheilige Allianz Friedrich Wilhelms mit Napoleon vor Augen gehabt haben. Nicht alle Details, die er in die ursprüngliche Version gepackt hatte, passten noch, weswegen er das Ende zusammenstrich; doch hängte er es als Variant an, weil die Situationen im Prinzip ähnlich waren."

„Kleist wiederverwertete also einen identischen, oder nur leicht modifizierten, Text indem er politisch irrelevant gewordene Passagen strich und ggf. Figuren realen Personen neu zuordnete. Mein lieber Brockes," sagte er feierlich, „wir haben hier eine ganz neuartige technē des Dramas im Zeitalter seiner technischen Reproduzierbarkeit." Er lehnte sich zurück und griff nachdenklich zur Pfeife.

„Heinrich vermochte es sogar, einen Text dergestalt in einen anderen Kontext zu transportieren, dass allein durch den Transport dessen Hauptargument auf den Kopf gestellt wurde, obwohl der Text selbst der gleiche blieb."

„Zum Beispiel?"

„Anfang 1811, also kurz bevor er den Krug herausbrachte, brachte Heinrich in den Abendblättern seine Übersetzung eines von einem englischen Original übertragenden französischen Artikels über die Sklaven im Surinam. Im englischen Original preist der—voreingenommene—Autor das britische Kolonialsystem als so milde und fortschrittlich an, dass die Sklaven selbst es aufrecht zu halten wünschen—womit er es implizit vom vorgeblich tyrannischen französischen System zu distinguieren sucht. Der französische Übersetzer, der die Absicht des englischen Autors erkennt, indem er den Artikel übersetzt und in Frankreich veröffentlicht, suggeriert stattdessen seinen französischen Lesern, dass das britische Kolonialsystem durch und durch perfide ist, indem es die Sklaven dergestalt manipuliert, dass sie blind das régime stützen das sie unterjocht."

„Letzter nimmt sozusagen eine Neuverortung des Textes vor."

„Und zwar um einhundertachtzig Grad. Heinrich transportiert nun seinerseits diese gegen England gerichtete französische Polemik in einen deutschen Kontext und erinnerte die Deutschen dadurch daran, dass sie ihre französischen Herrscher genauso blind stützten wie die Surinamsklaven ihre englischen."

„Ein veritables Lehrbuch der Journalistik."

„Der französischen Journalistik, von der die Deutschen lernen sollen."

Der Altmeister paffte mit gesenkten Augenliedern vor sich her, wobei er sich gelegentlich mit dem Zeigefinger am Nasenflügel entlang strich.

„Es ist für die Effektivität eines Textes weniger ausschlaggebend," deduzierte er, „was der ursprüngliche Text intentioniert, als gegen welche Zielgruppe und in welchem Medium er positioniert ist. Das Medium ist die Botschaft!" Er besann sich. „Was Kleists Anspruch angeht, seinen König direkt anzusprechen: eine solchen hatten die attischen Dramatiker auch schon, allen voran Aristophanes. Ich las Kleist damals in Oßmannstedt aus meinen Aristophanes-Übersetzungen vor, zum Beispiel aus den Acharnern, einer Komödie mit der Aristophanes die attischen Führer veranlassen wollte, den Peloponnesischen Krieg zu beenden, jenen unsäglichen Geschwisterkrieg, der die Griechen schwächte und ein Vakuum erzeugte, in das dritte Mächte—zunächst Perser, dann Makedonier, schließlich Römer—eindrangen. Kleist erkannte die Parallele zwischen Aristophanes und seiner Situation sofort."

„Heinrich suchte mit seinen Schriften den K ähnlich zu manipulieren wie ein magnétiseur sein Medium, das er in Hypnose, Trance oder Somnambulie versetzt und dessen Fluidum er durch Handauflegen erregt, oder wie ein Maschinist seine Marionette, die er an Fäden hängend über die Bühne streift. Indem er den Guiskard deklamierte, wollte er Napoleons Tod heraufbeschwören, so ähnlich wie ein Voudou-Priester jemanden umzubringen sucht, indem er dessen Puppe kitzelt."

„An schwarze Magie wird Kleist kaum geglaubt haben."

„Aber an die psychologische Wirkung seiner Dramen auf seine Fürsten: er setzte darauf, dass sie den Aufführungen seiner Dramen beiwohnen und ihnen Gehör schenken würden. Idealerweise wäre er zum königlichen Hofbarden berufen worden und hätte dem K Privataufführungen gegeben—daher auch sein Hass auf Iffland: der hatte ja, auf Hardenbergs Drängen zum Direktor der Berliner Theater berufen, genau ein solche Position inne, von der er den K mit Kotzebueschen Rührstücken sedieren konnte, anstatt ihn mit Kleist'schen Dramen aufzurütteln."

„Bei den attischen Dionysien," versetzte er, „bei denen Aristophanes, Sophokles, Aischylos, Euripides und andere mit ihren Tetralogien bestehend aus Tragödien, Komödien und Satyrspielen um den Dichterlorbeer stritten, saßen König und Staatsälteste tatsächlich in der ersten Reihe; der Dramatiker konnte sie direkt ansprechen, indem er seine Polemiken den Schauspielern und dem Chor in den Mund legte. Kleist interessierte sich ungemein für das attische Theater—wir sprachen viele Stunden darüber."

Er sank in seinen Ohrensessel, deutete mir mit sanfter Geste an, ihm Tee nachzuschenken.

* * *

Wie die Pythia auf ihrem Dreifuß saß er in aromatische Dämpfe gehüllt, als ob vom pneuma inspiriert, und begann plötzlich halblaut zu murmeln:

„Zur Invasion kam es nicht. Kleist wurde von der französischen Militärpolizei aufgegriffen und unter Einschalten des preußischen Konsuls des Landes verwiesen, tauchte dann auf dem Rückweg nach Preußen in Mainz unter, auf französischem Staatsgebiet, jedoch direkt an der Grenze zu Deutschland."

„Ah—da wissen Sie mehr als ich."

„Der gute Wedekind berichtete mir damals von Kleists Seelenkrankheit."

„Der Wedekind?"

„Ja, der berühmte Arzt und ehemalige Jakobiner in Mainz. Kleist war für einige Monate bei ihm in Behandlung. Wedekind verordnete ihm aktive Tätigkeit, vermittelte ihn erst an einen Tischlermeister in Koblenz, dann an den Secrétaire-général du Département, wobei mir letzteres als plausiblere Lösung erschien. Aus beiden Anstellungen wurde aber anscheinend nichts.

Im Mai ging Kleist zurück nach Berlin, kam unterwegs noch mal bei mir in Oßmannstedt vorbei. Seine angebliche Seelenkrankheit war augenscheinlich geheilt; vielleicht war sie auch eine bloße Mär—jedenfalls war er, als er zu mir kam, seelisch völlig in Ordnung." Er lehnte sich zu mir vor und lächelte geheimnisvoll. „Wissen Sie, meine jüngste, Luise, war ganz vernarrt in ihn—schon beim ersten Besuch, und beim zweiten erst recht.

Beim ersten Besuch hatte Kleist ihr gegenüber Anstalten gemacht. Ich selbst war ihrer Verbindung durchaus nicht abgeneigt, mein Sohn Ludwig aber umso mehr. Warum, verstand ich damals nicht ganz: Kleist und er waren doch in der Schweiz gute Freunde gewesen." Er schaute mich neugierig an. Ich lavierte vorsichtig:

„Ihr Herr Sohn mag an Heinrichs unsteten Lebenslauf gedacht haben, seine Unfähigkeit, sich festzulegen, sein Wiederstreben, einen angemessenen Beruf zu ergreifen." Er machte eine wegwerfende Handbewegung, versetzte dann:

„Hätte Kleist damals meine Luise genommen, lebte er jetzt bestimmt noch und ich hätte einen Schwiegersohn und Nachfolger." Ich gab mir einen Ruck.

„Was Heinrichs Gesundheit anbelangt, kann ich Sie vergewissern, dass er an keiner Seelenkrankheit litt—wohl aber an einer chronischen Infektion, nämlich eben jener Franzosenkrankheit, von der wir schon sprachen."

„Der Lues also." Er schwieg. Vielleicht schien es ihm jetzt nicht mehr ganz so unerfreulich, dass aus Heinrichs Liaison mit seiner Tochter nichts geworden war. „Ein grausames Schicksal. Sein Suizid steht wohl damit in Verbindung?"

„Davon gehe ich aus."

„Die Behandlung erfolgt mit Giftstoffen?"

„Quecksilber oder Arsen. Das Gift sammelt sich langsam im Körper an—an der Schädelbasis, im Beckenbereich, in Leber und Nieren—und zersetzt ihn; der Patient siecht dahin—wie Rotbart in Heinrichs Zweikampf."

„Sie sehen da einen Zusammenhang?"

„Allerdings. Die Krankheit und ihre Behandlung tauchen überall in Heinrichs Werk auf: erstere als Fieber, Pest, Gelbfieber, Pips oder Vergiftung, letztere als magnetische Sitzungen, Reinigungsrituale, Quecksilberbäder und -räucherungen. Dem Käthchen graut es im Bade vor Kunigunde weil sie an deren entblößtem Körper Symptome einer fortgeschrittenen Syphilis erblickt—sie erkennt in ihr mithin ihr eigenes Schicksal."

„Aber das Käthchen von Heilbronn ist doch, dem Namen nach, die Reine vom heilenden Brunnen?"

„Tatsächlich hat sie ihre Reinheit bereits verloren. Ihr Verlauf ist allerdings latent und in einem früheren Stadium: nur eine Narbe an ihrem Hals weist bei ihr auf einen verödeten Schanker hin."

„So—?"

„Der Hals ist als— ähem—männliches Glied zu verstehen."

„Beim Käthchen? Der reinen, tugendhaften deutschen Maid?"

„Einem androgynen Jüngling, genauer gesagt."

„Sie scheinen gut Bescheid zu wissen, Herr von Brockes." Sein Sarkasmus bewegte mich dazu, mich dem Alten ganz zu öffnen:

„Ich lernte Heinrich in einem Heilbad kennen. Wir waren von Anfang an Leidensgenossen. Meine Symptome waren damals akuter als seine. Die Szene in der Käthchen im Bade vor Kunigundes Anblick erschrickt ist autobiographisch: ähnlich erschrak damals Heinrich als er mich im Dampfbad des

Gesundbrunnens zu Sagard erblickte." Wieland räusperte sich.

„Meine Luise hätte er also möglicherweise ins Unglück gezogen."

„Heinrich war in dieser Hinsicht nicht leichtfertig. Als wir uns in Sagard kennenlernten hatte er sich gerade verlobt; bevor er die Ehe einging, suchte er in Würzburg führende Mediziner auf, um sich über die Risiken für seine Braut und seinen Nachwuchs aufzuklären. Die Ärzte teilten ihm mit, dass die Krankheit im Latenzstadium als nicht ansteckend galt und sich im Regelfall nicht vererbte. Gegenüber Ihrer Tochter hatte er sicherlich nichts Übles im Sinn."

„Sein Aufenthalt bei Wedekind diente der Behandlung dieses Leidens?"

„Ich nehme das an. Die Symptome kommen in unregelmäßigen Schüben und mit zunehmender Schwere wieder. Wedekind war seinem Patienten gegenüber zum Stillschweigen verpflichtet; er mag die Mär von der Seelenkrankheit erdacht haben, um Sie über seinen Patienten konsultieren zu können."

„Goethe hat eine heillose Angst vor venerischen Krankheiten—ich selbst teile diese Angst nicht." Er drückte fest meine Hand. Ermutigt fuhr ich fort:

„Heinrich war Mitglied in der—Brüderschaft."

„Brüderschaft?"

„Eine Gemeinschaft junger Männer, die ihr sensuelles Leben in der Tradition des antiken Symposiums gestalten. Heinrich wurde zu meinem Agathon, wenn ich mich auf Ihre vortreffliche Romanfigur beziehen darf—ihr Roman, nebst Ihrer allerliebsten Erzählung Juno und Ganymed, haben ja damals in

Deutschland die Rückbesinnung auf die griechische Liebe regelrecht entfacht." Er verzog das Gesicht, als wolle er nicht daran erinnert werden. War auch er, wie Goethe, im Alter vom rechten Pfad abgekommen? Seine scharfe Stimme schnitt durch meine Gedanken.

„Und diesem griechischen Fieber, das Sie etwas keck meinen Dichtungen zuschreiben, soll Kleist in seinem Werk huldigen?"

„Durchweg: überall findet man Beispiele von Männerliebe, Knabenliebe, Symposien, Orgien, usw., mit den dazugehörigen Komplikationen: Eifersucht, Krankheit, Tod. Kompliziert wird es, weil Heinrich oftmals die variablen Geometrien der brüderlichen ménages—à deux, à trois, à quatre, à plusieurs—in die Allianzen, Schlachten, Waffenstillstände, Friedensverhandlungen, usw. der europäischen Fürsten hineinspiegelt: Viele Passagen, Sätze, Ausdrücke in seinen Werken sind daher doppelt belegt: satirisch—d.h. politisch—und satyrisch-syphilitisch."

Als hätte er blitzschnell einschlägige Szenen aus Heinrichs Werken im Kopf Revue passieren lassen fragte Wieland unvermittelt:

„Nehmen wir den Krug: während jenem Ringelpiez mit Anfassen in Eves Zimmer, bei dem der Krug zu Bruch geht, da passiert—was?"

„Einerseits eine Schlacht—Ulm—in deren Verlauf Kaiser Franz—dargestellt von Adam—ziemlich lädiert wird und das Reich—repräsentiert durch den Krug—zu Bruch geht. Andererseits eine séance bzw. Orgie, in deren Verlauf die Teilnehmer elektrisiert oder magnetisiert werden, wobei Adam einen so heftigen Kleistischen Stoß erhält, dass er aus dem

Fenster geschleudert wird, wobei er die Kleistsche Flasche bzw. den Mesmerschen Kübel an den er mittels seiner Perücke geknüpft ist—wiederum repräsentiert durch den Krug— vom Sims reißt und zerdeppert."

„Kleistischen Stoß?"

„Lichtenbergs Ausdruck für den elektrischen Schlag, den man beim Anfassen einer Kleistschen Flasche verpass bekommt."

„Der Krug repräsentiert also gleichzeitig das Reich und ein Elektrisiergerät?"

„Genau: ein typisches Beispiel der Doppelbelegung von der ich sprach."

„Und Kleists Figuren sind Fürsten zugleich und Satyrn? (Ich nickte) Und Eve?"

„Satirisch ist sie Kurfürst Maximilian Joseph, oder dessen Tochter Auguste, oder Bavaria, um die Kaiser Franz und Napoleons Adoptivsohn Beauharnais buhlen; satyrisch, das allgemeine Objekt der Begierde—sagen wir: ein Winckelmannscher androgyner Jüngling; syphilitisch, die salonnière, deren Stube andrōn für Symposien und Krisenzimmer für séances ist, weswegen dort der Krug aufgestellt ist."

„Und in jener chaotischen Gerichtszene, was geht da vor?"

„Einerseits diktiert Napoleon—als Gerichtsrat Walter—dem Kaiser Franz und seinen versammelten deutschen Fürsten den Frieden und lässt sich mit deutschen Territorien abspeisen; andererseits tritt die Meute von jungen Satyrn—Kindern gleich, die beim Spielen eine Fensterscheibe zerbrochen haben—betreten vor ihren erastes um zu beichten,

dass sie bei ihrem wilden Treiben jedermanns erotisches Lieblingsspielzeug kaputt gemacht haben."
Nun konnte die Weimarer éminence grise ein herzhaftes Lachen nicht mehr zurückhalten:
„Köstlich. Ich habe den Krug unterschätzt. Mein ursprünglicher Gedanke, er parodiere den Ödipus des Sophokles, ist wohl hinfällig."
„Durchaus nicht. Heinrich hat sicher auch an Sophokles gedacht: Adam als Ödipus, mit Klumpfuß und der Aufgabe versehen, den Fall des Krugs aufzuklären; Licht als Kreon, im Hintergrund die Fäden ziehend um Adam zu Fall zu bringen und sein Amt zu usurpieren."
„Und wen stellt Licht politisch dar?"
„König Friedrich Wilhelm III. natürlich." Wieland schmunzelte.
„Gut, dass dies in Preußen niemand verstand—von guten Freunden Kleists wie Ihnen abgesehen. Sonst wäre es unserem Freund schlecht ergangen. Daher seine ausgeklügelte Camouflage: man kann die Anspielungen wohl erkennen—beweisen jedoch wohl kaum. Vorteil der Satire: man kommt mit allerhand ungestraft davon."
Er ermattete und schlürfte umständlich seinen Tee.

* * *

„Kleist," hob er bald wieder an, „wollte also allem zum Trotz heiraten?"
„Es war ihm wichtig, eine Familie zu gründen. Vielen Brüdern geht das so, und oft kommt es auch dazu:

nach ausgelebter Jugend ergreifen sie einen achtbaren Beruf, fahren in den Hafen der Ehe ein und gründen eine Familie—Goethe hat's getan, zum Beispiel." Er zog eine Augenbraue hoch, biss an den Köder nicht an.

„Und sagen sich dann von der Brüderschaft los?"

„Mehr oder weniger—das ist von Fall zu Fall verschieden."

„Bei Kleist wurde aber nichts daraus?"

„Heinrich gelang es nie, die passende Partnerin zu finden. Weder ergriff er einen Beruf, noch war er bereit, die Brüderschaft hintenan zu stellen. Stattdessen hoffte er, eine Einrichtung zu bewerkstelligen—die er mal eine göttliche, mal eine zerbrechliche nannte—die es ihm ermöglichen würde, Dichter, Bruder und Gatte zugleich zu sein, dergestalt, dass er diese Lebensmodelle nicht, wie die meisten Brüder, diachron, sondern synchron verfolgen wollte, buchstäblich unter ein und demselben Dach. Dies war der Grundgedanke jenes Schweizer Idylls gewesen, das er gerade aufgegeben hatte, als er das erste Mal zu Ihnen nach Oßmannstedt kam. Seine damalige Braut konnte sich nicht dazu überwinden, ihm dorthin zu folgen, obwohl sie ihn recht liebhatte."

„Man kann es ihr nicht verübeln." Ich deutete eine Verbeugung an und sagte etwas theatralisch:

„Möge einst eine Zeit kommen, in der Heinrichs uranisches Familienmodell rechtlich und gesellschaftlich akzeptiert wird. Er war seiner Zeit zu sehr voraus."

Augenzwinkernd und ohne Groll resümierte Wieland:

„Na, dann ist es ja vielleicht das Beste, dass aus ihm und Luise nichts geworden ist. Das hätte ein ziemliches Tohuwabohu im Haus gegeben. Deshalb also Ludwigs Ablehnung der Liaison—er wusste Bescheid, nicht wahr?"

„Ja."

„Er ist einer von—Ihnen?"

„Darüber muss ich Stillschweigen wahren."

„Es ist schon gut. Ich weiß es schon, habe schon längst meinen Frieden damit gemacht. Und Sie selbst, wenn ich fragen darf, haben Sie vor zu heiraten?"

„Ich bin seit langem einer Frau versprochen und hoffe, indem verbleibende Wiederstände ausgeräumt werden, sie nächstes Jahr zu ehelichen."

„Ich wünsche Ihnen und Ihrer Verlobten alles Gute."

* * *

Wieland versank erneut in Gedanken. Fast schien es, als sei er eingeschlafen. Nach einer Weile flüsterte er mehr zu sich selbst:

„Warum hat Kleist mich nie mehr besucht? Wegen der Sache mit Luise?"

Ich hatte eine andere Theorie, die auf vagen Anmerkungen Heinrichs aus der Dresdner Zeit beruhte. Ich zögerte, beschloss dann, sie ihm behutsam mitzuteilen:

„Mit Verlaub, ich weiß es nicht sicher, aber Heinrich mag es Ihnen, wie auch Goethe, ein wenig übelgenommen haben, dass Sie sich von Napoleon beim

Erfurter Fürstenkongress ehren ließen." Er schien mir meine Kühnheit nicht übelzunehmen:

„Kleist war ein ewiger Rebell."

„Er rebellierte nicht bloß gegen etwas—Napoleons Hegemonie—sondern plädierte auch konsequent für etwas, nämlich ein geeinigtes Reich und eine neue europäische Ordnung, in der souveräne Königreiche im Geiste eines in varietate concordia im Vertrauen auf- und in Einigkeit untereinander bestehen konnten."

„Auch Napoleon gab in Erfurt vor, eine solche Ordnung anzustreben."

„Heinrich hielt Napoleon für ungeeignet, oberster Hüter einer europäischen Gemeinschaft zu sein. Er konnte sich einen Deutschen in dieser Rolle vorzustellen, einen Briten, auch einen Gallier, aber nicht jenen Latier, wie er den Korsen nannte, dem es offenkundig nur auf seine eigene Sippschaft ankam."

Der Alte richtete sich auf. Ich bot meine Hilfe an, doch er wehrte ab und bewegte sich aus eigener Kraft zu einer Vitrine. Er entnahm zwei Orden, die er mir auf seinen Handflächen hinhielt, als wolle er sie abwiegen: in der Linken den Légion d'honneur, den Napoleon ihm in Erfurt verliehen hatte, in der Rechten den Orden der Heiligen Anna, mit dem der Zar ihn bei derselben Gelegenheit geehrt hatte.

„Dieser hier (mir seine Linke hinhaltend) hat mich vor Unannehmlichkeiten mit den Franzosen bewahrt, aber schon bald werde ich keinen irdischen Schutz mehr benötigen. Nehmen Sie ihn, Herr von Brockes, und vernichten Sie ihn. Diesen hier (er blickte auf seine Rechte) behalte ich." Ich war sprachlos. Die größte Auszeichnung die die Welt zu vergeben hatte—zerstören? Er erriet wohl meine Gedanken und sagte mit Nachdruck:

„Es ist mir ein Anliegen. Tun Sie einem alten Mann den Gefallen. Ich mag Napoleons Orden nicht mit ins Grab nehmen, an meinen Totenrock geheftet wie ein Gnadenkettlein. Ich bin und war nie sein Legionär. In Erfurt verblendete er uns mit der Idee eines friedlichen Europas der Vaterländer; tatsächlich schmiedete er mit dem Schwert ein Großfranzösisches Reich. Ich bitte Sie, nehmen Sie mir dieses unsägliche Symbol der Fremdherrschaft ab und werden Sie es los."

Zögernd hielt meine Hand auf. Er legte den Orden hinein und umschloss ihn mit meinen Fingern, die er mit unerwarteter Kraft so um den vielzackigen Stern zur Faust zusammendrückte, dass es schmerzte. Ich steckte das bunt emaillierte Metall in die Jackentasche und wandte mich zur Tür. Dort hielt ich inne und wandte mich noch mal an ihn:

„Wäre es Ihnen recht, mir Empfehlungen an den Doktor Wedekind und den Geheimen Rat Goethe mitzugeben?"

Durchaus. Wedekind sei allerdings jetzt, soviel er wisse, nicht mehr in Mainz, sondern beim Großherzog Ludwig in Darmstadt. Er schrieb ein paar Zeilen auf zwei einfache Bögen Briefpapier, steckte den einen in einen Umschlag, den er an Wedekind adressierte, dessen Adresse er aus einem Sekretär hervorkramte, den anderen in einen zweiten, auf den er formlos Goethe schrieb.

„Sagen Sie Goethe nichts von meinem Orden—er hat zwar eine gewisse Distanz zum Korsen gehalten, hält dessen Auszeichnung aber in hohen Ehren. Sagen Sie ihm auch nichts von Ihrer Krankheit, sonst wirft er Sie sofort hochkantig raus."

Ich verbeugte mich.

„Tabak mag er auch nicht, lassen Sie also am besten Ihre Pfeife stecken."

Eine Sensitiva, unser Dichterfürst, dachte ich, meinen Abschied nehmend.

„Leben Sie wohl, Herr von Brockes. Sie haben mir Kleist ein stückweit entmystifiziert. Luise werde ich nichts von unserem Gespräch erzählen; gelegentlich trauert sie ihm immer noch nach, lassen wir es dabei bewenden."

Ich lächelte ihn an, bat ihn im Hinausgehen, mir den Weg zum Haus von Johann Daniel Falk zu beschreiben.

* * *

Ein paar Monate nach meinem Besuch bei ihm erreichte mich die traurige Nachricht, dass Christoph Martin Wieland in Folge einer Erkältung verstorben war. Ich würde ihn als den liebevollen, toleranten und lebensfrohen Mann in Erinnerung behalten als den ich ihn kurz vor seinem Tod noch hatte kennenlernen dürfen.

Siebentes Kapitel

Das bunte Markttreiben nahe Falks Haus war überlagert von vermischten Gerüchen frischer Schnittblumen, fauliger Gemüseabfälle und toter Fische.

Der Herr Legationsrat, erfuhr ich an der Tür, käme erst gegen sechs Uhr abends nach Hause.

Ich spazierte daraufhin zur berühmten herzoglichen Bibliothek im Grünen Schloss, deren Leiter natürlich Goethe war—wer sonst? Dort bewunderte ich die barocke Architektur und das Deckengemälde Genius des Ruhms von Goethes Leibmaler Heinrich Meyer. Auf wen seine Figur anspielte war unschwer zu erraten; ebenso offensichtlich war der Einfluss von Goethes Farbenlehre.

Faszinieren tat mich noch Meyers Zitat einer der beiden Putten die Raphael seiner Sixtinischen Madonna zu Füßen hingemalt hatte—signalisierte es nicht eine Huldigung der Knabenliebe?

Im Lustgarten hinter der Bibliothek gelangte ich zur Floßbrücke über die Ilm, von dort zu Goethes Gartenlaube, wenige hundert Schritt vom Hintereingang des Stadtschlosses entfernt und in ähnlicher Distanz zum Lusthaus des Herzogs, von Goethe selbst im römischen Stil gestaltet, in dem sich die beiden hohen Herren also ohne Umstände jederzeit beehren konnten.

Am geheiligten Ort, an dem manches seiner Werke entstanden sein mochte, klopfte ich an. Drinnen rührte sich nichts. Ich ging einmal um das Gartenhaus herum, betrachtete die Spaliere mit

Rosen und Weinreben an der West- und Südseite und die prominente Fensterreihe im Obergeschoß. Hatte Heinrich einst hier gestanden? Hatte er an diese Fassade gedacht, als er jene Stelle im Krug verfertigte in der sich Adam, aus Eves Fenster katapultiert, in einem Kreuzgeflecht von Weinranken verfängt, in dem er sogleich von einem geilen Ziegenbock blessiert wird, nämlich von Napoleon bei Austerlitz?

Ich folgte dem Fußweg nach Norden. Auf der Sternbrücke schaute ich gedankenverloren ins Wasser der Ilm, die hier wesentlich breiter war als an der Floßbrücke. In der Mitte der Brücke lehnte ich mich über das Geländer und griff in die Jackentasche. Der strahlende bonapartistische Stern sank ganz allmählich in die Tiefe, buddelte sich im Flussschlamm ein und entschwand schließlich meinem Blick.

Von einer prächtigen Eiche hinter mir stieg ein Rabe auf.

* * *

Am Stadtschloss vorbei schlenderte ich zum Frauenplan. Der Geheime Rat, hieß es dort, sei nicht zu Hause. Ich übergab Wielands Empfehlungsschreiben. Ich könne es gerne am folgenden Nachmittag nochmal versuchen, man könne aber nichts garantieren, der Hohe Herr sei sehr beschäftigt.

Ich spazierte am Hoftheater vorbei. Man gab Theodor Körners Nachtwächter. Der junge Dichter war gerade vom Erfolg gekrönt; er traf den Publikumsgeschmack beinahe wie ein zweiter Kotzebue. Erwartungsvoll sah ich meinem Besuch bei seinem Vater entgegen, Christian Gottfried Körner in Dresden.

Um sechs fand ich mich wieder an Falks Haus ein. Ich wurde hineingebeten; der Herr erwarte mich schon. Johann Daniel Falk war 1803 in Dresden assoziiertes Mitglied unserer Brüderschaft gewesen. Bereits verheiratet, hatte er weder Heinrichs Triade mit Pfuel und Fouqué, noch der mit Lippe und mir angehört, hatte aber dennoch aber oft unseren Symposien beigewohnt. Sein kecker Humor war allseits geschätzt, sein Taschenbuch für Freunde des Scherzes und der Satyre für uns Pflichtlektüre. Leider fand ich Falk in erbärmlicher Verfassung vor.

Erst sei er selbst an Typhus erkrankt, erklärte er, dann habe das Fieber mehrere seiner Kinder erfasst, dreie habe es schon hinweggerafft; jetzt ränge das vierte mit dem Tode.

„Mein lieber Brockes, Sie betreten einen Hort des Todes. Zu ihrem eigenen Besten, verweilen Sie nicht bei mir."

Ich sprach ihm mein Beileid aus, fand einige aufmunternde Worte und umarmte ihn trotz—oder gerade wegen—seines Zustands lange und herzlich.

Schließlich ließ er sich in einen schäbigen Sessel sinken, in dem sein ausgemergelter Körper fast völlig verschwand. Matt schaute er mich auffordernd an.

Ich setzte mich auf einen Schemel an seiner Seite und machte es kurz:

„Basierte Heinrichs Amphitryon auf Ihrem?"

„Nur dem Grundgedanken nach. Zu jener Zeit lag es nahe, ihren größten Satiriker gegen die Franzen zu wenden. Zschokke hatte zu diesem Zweck auch schon Komödien von Molière bearbeitet."

„Sie sahen sich nicht mit Heinrich im Wettbewerb?"

„Im Gegenteil, es ehrte mich, ihm eine bescheidene Anregung gegeben zu haben. Ich war kein Fouqué, der ständig darüber nachsann, wie er Kleist in den Schatten stellen könnte."

„Goethe lehnte Heinrich ab?"

„Anfangs nicht—er erkannte Kleists außergewöhnliches Talent sofort. Erst nach der Pleite mit dem Wasserkrug änderte sich seine Einstellung, wohl auch wegen Kleists ungestümer Reaktion—er schob Goethe alle Schuld für das Scheitern der Aufführung in die Schuhe."

„Unberechtigterweise?"

„Unberechtigterweise, meine ich. Kleists Stück fehlt, bei aller Komik, eine zügig ablaufende Handlung. Das Publikum verlangt nach Aktion, nicht ellenlangen Monologen. Goethe hätte die Monologe verkürzen sollen, tat es aber aus mir unerfindlichen Gründen nicht. Zudem schätzte es unser werter Olympier gar nicht, wenn sich einer seiner Protegés als potentieller Rivale herausstellte, wie Kleist es tat, oder wie Lenz es einst getan hatte."

„Theodor Körners Stücke kommen wohl beim hiesigen Publikum—und bei Goethe—besser an," sagte ich sarkastisch.

„Körner passt in die Zeit: die Leute wollen von Rebellion träumen, da sie tatsächlich keine machen können—Körners Stücke ermöglichen ihnen sozusagen eine rébellion imaginaire. Die Franzosen lassen Körner gewähren; seine Stücke nehmen sie nicht wirklich ernst, betrachten sie sogar als nützliches Ventil für den deutschen Weltschmerz. Was

Goethe angeht—er ist Stoiker, sucht den Ausgleich und hat ein Publikum zufrieden zu stellen. Heinrich dagegen war Zyniker, legte den Finger in die Wunde, erntete damit oft Ablehnung." Falk zuckte resignierend mit den Achseln: „Wahrscheinlich muss Kleist erst völlig in Vergessenheit geraten, damit eine spätere Generation ihn wieder ganz neu entdecken kann." Er hielt inne, sagte dann:

„Verzeihen Sie, lieber Brockes, wenn ich mich als schlechter Gastgeber erweise. Ich fürchte um Ihre Gesundheit. Bevor Sie gehen, möchte ich Ihnen aber kurz etwas vorlesen." Ohne meine Antwort abzuwarten schälte er sich aus dem Sessel und holte irgendwo ein Büchlein hervor. Es handelte sich um sein vor kurzem in Amsterdam erschienenes Urania, Taschenbuch für Damen. Mit dumpfer Stimme las er daraus vor:

„Den Empfang, den kürzlich ein kühner, junger, feuriger Genius, Heinrich von Kleist, unter seinen Landsleuten gefunden hat. Wahrlich es ist wohl eigen, dass eine Nation wie die deutsche, die jetzt so gern politische Ohnmacht und Blöße mit dem literarischen Ruhm ihrer Klopstock, Herder, Schiller usw. zudecken möchte, demungeachtet jeden Augenblick vergisst, dass man große Männer am würdigsten in ihren Nachkommen ehrt; und wer sind diese denn sonst, als junge Männer von Genie, die sich mit Mut und Geschick auf die von ihren Vorfahren betretene Bahn wagen?" Er hielt inne. „Was meinen Sie, mein lieber Brockes?"

„Sie schreiben sehr wahr, mein lieber Falk."

Er blätterte in dem Büchlein und hob wieder an, wobei ihm etwas Farbe in die fahlen Wangen schoss:

„URANIA (in stiller Betrachtung vor der Laube).
　　　　　Blume, süße Blum', wie heißt du?
BLUME.　　　　　　　　　　　　　　Rose.
URANIA (beriecht sie).
　　　　　Laß mich trinken Deinen Wohlgeruch!
ROSE.　　Trink mich, hättest nimmer sonst
　　　　　　　　　　　　　　　　　　genug!
TRAUBE. Such' auch mich, die zweyte Schwester
　　　　　　　　　　　　　　　　—Traube,
　　　　　Deren Nektar reift im Sonnenlaube.
URANIA. Ja, mir will das Aug' ermattend sinken,
　　　　　Muß auch deinen Nektar in mich trinken.
TRAUBE. Mußt den Wohlgeruch der Rose pflücken,
　　　　　Doch der Traube Nektar in dich drücken.
URANIA. Welch ein Zittern, das ich in mir spüre,
　　　　　Holde Traube, wenn ich dich berühre?
TRAUBE.　Ueberströmend ganz dich zu
　　　　　　　　　　　　　　　durchfließen,
　　　　　Will ich in dein Inn'res mich ergießen!
URANIA. Brennend heiße Sehnsucht will mich
　　　　　fassen. (Indem sie die Traube an den
　　　　　　　　　　　　　　　　Mund bringt).
　　　　　Tröpfelnde Krystallen, süß zerlassen:
　　　　　Quillet, quillet,
　　　　　Bis aus Euch mein Innres angefüllet,
　　　　　Sich die brennend heiße Sehn sucht
　　　　　　　　　　　　　　　　　stillet."

Falk setzte ab. Ich blickte aufmunternd, er fuhr fort, mit melodischer Stimme:

„BLUMENHYMNUS (aus dem Innern der Laube).
Blume, Blume, süße Schwester—"

Falks Zeigefinger fuhr suchend über die Verse, verharrte irgendwo, hob an:

„BLUMENHYMNUS. Gleicher Lust und gleicher
Leiden
Schmerzlich liebliche Bestimmung
Will Euch die Natur bescheiden! Usw.
Mußt, wie wir, auch Frucht entwickeln!
Menschenblüthenstaub und Samen—"

Weiterfahrend, hielt er erneut inne und las andächtig:

„URANUS tritt plötzlich aus einer Mond schein-
beleuchtung hinter der Laube hervor.
URANIA (die süß erschrocken vor ihm zurück-
bebt). Wer bist du?"

Falk lehnte sich zurück.
„Ein Taschenbuch nicht wirklich für Damen," sagte ich lächelnd.
„Ein Taschenbuch für Schwestern und Brüder—für Uranier!" rief er, „und zugleich eine Hymne an Kleist!" Er klappte das Büchlein heftig zu, als wolle er einen Schlussstrich unter etwas setzen, blickte mich an. Kein wirkliches Dichtertalent, dachte ich, ohne etwas zu sagen, aber dafür jede Menge Enthusiasmus und ernstgemeinte Einfühlung.

Im Hinausgehen setzte ich meinen Hut auf, wandte mich ihm nochmals zu, der sich von seiner besten Seite präsentierte, und verabschiedete mich mit einem warmen, brüderlichen Händedruck.

* * *

Am nächsten Morgen trafen Nachrichten aus Russland ein, die im Hotel am Frühstückstisch für Gesprächsstoff sorgten: Napoleon hatte unter großen Verlusten Smolensk eingenommen, welches ihm die abziehenden Russen als Versorgungsbasis auf halber Strecke nach Moskau jedoch aberkannten, indem sie es kurzerhand niederbrannten. Für die Grande armée gab es jetzt nur noch die Flucht nach vorne, immer tiefer ins Riesenreich hinein, immer weiter vom Nachschub entfernt. Noch glaubte niemand ernsthaft daran, dass die Invasion scheitern könnte, doch machte sich das Gefühl breit, dass für Napoleon nicht alles nach Plan lief.

Am Nachmittag empfing mich Goethe kühl und einsilbig am Frauenplan. Die Ganymeden am Fuße seiner Treppe—der eine modern, der andere antik—wirkten steif, Apoll und Achill auf dem unteren Treppenabsatz misstrauisch, die Zwillinge auf dem oberen Treppenabsatz gelangweilt. Immer zu zweit, dachte ich: Goethe und—?

Im geheiligten Gelben Saal setzten wir uns unter den wachsamen Augen von Zeus und Antinous an den Empfangstisch. Ihm gegenüber sitzend studierte ich in Ruhe seinen aufgedunsenen Bauch, seine klugen aber misstrauischen Augen, seine hohe

Stirn, seine zarten Hände—wie Napoleons, dachte ich—und, indem ich den Blick quer durch den Raum schweifen ließ, seine Marmorknaben im angrenzenden Büstenzimmer. Christiane sah ich nicht.

„Sie sind im Elephanten abgestiegen, Herr von Brockes?" Ich bejahte. „Gutes Haus; der Eigentümer ist ein Freund. Zur Sache: ich kannte Herrn von Kleist nicht gut, weiß nicht recht, wie ich Ihnen weiterhelfen kann. Bei Wieland waren Sie ja schon."

„Sie brachten eins von seinen Stücken auf die Bühne—den Krug."

„Der Wasserpott war ein Ärgernis. Ich musste ihn gleich wieder absetzten, beim Publikum fiel er durch. Langwieriges Sprechtheater statt kraftvoller Handlung."

„Sie versuchten es aber trotzdem?"

„Ich fördere gern junge Talente. Ich studierte es mit den Darstellern intensiv ein, trotzdem kamen es auf der Bühne nicht zur Geltung."

„Kleist machte Sie für das Debakel verantwortlich?"

„Er hätte dankbar sein sollen, dass ich das Wagnis überhaupt einging. Was wichtiger ist: er hätte auf meinen anschließenden Rat hören sollen. Stattdessen wiederholte er dieselben Fehler bei seinem nächsten Drama, dem Amazonenstück."

„Kleist packte manches persönliche Anliegen in seine Dramen."

„Das tun junge Geister immer. Sie bilden sich ein, die Welt habe nur auf sie gewartet. Mit meinem Werther kam ich damals damit noch durch, heutzutage geht so etwas gar nicht mehr."

„Würden Sie nochmals eines seiner Dramen bringen?" Er blickte starr.

„Der Amphitryon ist brav konstruiert, geht aber zu sehr ins Katholische. Die Penthesilea ist von einem allzu merkwürdigen Geschlecht: eine Amazone tritt auf, eine Brust amputiert, versichert dem Publikum, dass sich alle ihre Gefühle in die zweite flüchteten—das passt vielleicht zu Opera buffa oder Commedia dell'arte, jedenfalls nicht zu einer Tragödie. Das Käthchen ist ein wunderbares Gemisch von Sinn und Unsinn, wenn auch immerhin auf den Publikumsgeschmack zugeschnitten. Tatsächlich spielte ich Anfang dieses Jahres mit dem Gedanken, es auf die Bühne zu bringen. Ich kam nicht dazu und bin weiterhin unentschieden, ob es theaterfähig gemacht werden kann. Die Holunderszene mit dem Doppeltraum ist phantastisch, die müsste man jedenfalls streichen. Und dass der Kaiser die Maid mit einer Bürgerlichen beim nächtlichen Stelldichein zeugt—das geht gar nicht.

Kürzlich brachte ich ein Drama Körners das auf einer Erzählung Kleists basiert, vor dem Hintergrund des Sklavenaufstandes in Haiti. Kleist schrieb recht interessante Geschichten, man muss sie nur bühnenreif machen, was Körner recht gut gelang."

„Mit seiner einbusigen Amazone," bemerkte ich, „knüpfte Kleist wohl an jenen zweiten Sohn im Erdbeben an, über dessen Überleben Don Fernando am Ende glaubt, sich fast freuen zu müssen, sowie an die beiden Rappen im Kohlhaas, die erst geschunden, am Ende aber wieder gut gemacht werden. Brüste, Söhne, Rappen: Kleist meinte jeweils den doppelköpfigen Reichsadler, von Napoleon verstümmelt."

Der Olympier musterte mich argwöhnisch, versetzte dann:

„Die Amazonenkönigin ist aber wohl kaum eine Germania?"

„Nein, sie ist Napoleon der erklärt, dass er, indem er den einen Busen, nämlich Österreich, amputierte, sein Begehren in den anderen verlagerte."

„Nämlich Preußen?"

„Genau. Austria—die Trojaner—lässt die Amazone links liegen, Borussia aber—den bartlosen Jüngling Achilles—umarmt sie, um mit ihm eine neue Herrscherdynastie zu gründen."

„Eine tödliche Umarmung, wie sich herausstellt."
Der Dichterfürst blieb kühl. Ich lächelte höflich und fuhr fort:

„Napoleon verstümmelt seine Borussia ausversehen, indem er sie mit Bissen statt Küssen traktiert und im Eifer des Gefechts etwas zu heftig pfählt."

„Achilles Haut ist aber—von der sprichwörtlichen Ferse abgesehen, an der Thetis den Neugeborenen in den Styx hielt—ein gestählter Panzer."

„In Kleists Version hielt Thetis den Kleinen nicht an der Ferse, sondern an den Genitalien—über welche sich Penthesilea samt ihren Hunden—d.h. Napoleon samt seinen hündischen Rheinbündlern—hermacht."

Goethe machte ein Gesicht als habe er in einen sauren Apfel gebissen.

„So etwas kann man auf keine Bühne bringen; Hunde sowieso nicht."

„Kleist mag Sie mit der wilden Szene sogar zitiert haben—ich denke insbesondere an Mignons Eiertanz im Meister."

Er sah mich angewidert an. Er empfand wohl Mignons Eiertanz als Ausdruck von gesunder, Penthesileas Bisse dagegen von krankhafter Jünglingsliebe.

„Was meinten Sie als sie eben andeuteten, Penthesilea habe Achill gepfählt?"

„Kennen Sie Kleists Anekdote aus dem Letzten Kriege?"

Er erinnerte sich nur dunkel. Ich half ihm auf die Sprünge:

„Ein gefangener preußischer Tambour bedingt sich von seinen Französischen Häschern, als sie ihn standrechtlich erschießen wollen, aus, dass sie, indem er ihnen seinen nackten Hintern zuwendet, seine Exekution dergestalt auszuführen, dass dabei das F… kein L… bekäme."

Der Geheime Rat hörte mit versteinerter Miene zu, sagte aber nichts.

„Achilles' Fell kann, wie Sie gerade bemerkten, kein Loch bekommen, doch nachdem sie und ihre Hunde seine ungestählten Genitalien abgebissen haben, macht sich Penthesilea auch noch über jenes Loch her, welches natürlicherweise da ist, und sodomisiert ihn so leidenschaftlich, dass es ihn von innen zerreißt."

Goethe schaute drein, als habe er auf verrottetes Fleisch gebissen.

Meine Audienz beim Dichterfürsten ging damit zu Ende.

Als ich auf dem Frauenplan Richtung Elephanten

spazierte fiel mir ein, dass Goethe Hunde nicht leiden konnte. Und Heinrichs Späße wohl auch nicht.

* * *

Auf der Post war kein Schreiben Gessners für mich eingegangen.

Im Sekretariat des Prinzen Bernhard hieß es, Rühle von Lilienstern, der bis vor kurzem dort in Anstellung war, widme sich jetzt der Agrarökonomie auf seinem Familienhof in Prignitz; über Ernst von Pfuels Aufenthaltsort wisse man nichts.

Ich entschied, zunächst nach Dresden zu gehen. Dort hatten Heinrich und ich uns 1804 wiedergetroffen, im Anschluss an seine Reise mit Pfuel nach Thun und Paris, die Episode bei Wedekind in Mainz, und seinen zweiten Besuch bei Wieland.

Wir lebten damals in Dresden à trois mit Alexander zur Lippe. Leider tendierte Heinrich bald zum schönen Alexander, kühlte gegen mich zunehmend ab. Auch Rühle und Pfuel waren in Dresden, Heinrich unterhielt mit ihnen einen separaten Kreis. Gleichzeitig ging er auf Falkenjagd in Körners Hühnerstall.

1807 und 1808 hatten wir uns erneut in Dresden vereint. Im Körnerschen Haus hielten wir damals manch geistreichen Salon ab. Dessen Mädels, begabt und aufgeschlossen, heizten einen regelrechten Hahnenkampf zwischen Heinrich, Pfuel und Rühle an, die alle hofften, sich zu legitimieren. Heinrich verlobte sich sogar mal mit Körners Mündel Julie Kunze—aber vielleicht war's auch nur ein Scherz, denn tatsächlich hatte er es wohl insbesondere auf dessen Sohn Theodor abgesehen, zarte sechzehn und ungemein gutaussehend.

In einem Gedicht Heinrichs aus dieser Zeit fliegt ein Täuberich—Heinrich—unbeirrt an diversen phallischen Türmen vorbei—Pfuel, Rühle, ich selbst—um sich mit einem zweiten Täuberich zu vereinen, der sowohl Theodor als auch Julie Kunze oder Emma Körner darstellen könnte—eine Unschärfe, die Heinrichs Dilemma hervorragend verdeutlicht.

* * *

Christian Gottfried Körner empfing mich herzlich und drängte mich, länger in seinem Hause zu verweilen, was ich jedoch dankend ablehnen musste, da ich vor Wintereinbruch noch allerhand Gesprächspartner abklappern wollte.

„Es waren heitere Zeiten, als Sie und Ihre Freunde hier verkehrten," reminiszierte er nachdem wir es uns in seiner Bibliothek bequem gemacht hatten. „Die Kriegswirren zerstreuten leider viele von Ihnen in alle Winde. Graff und Hartmann blieben uns in Dresden erhalten, und Rühle im nahen Weimar, aber Pfuel verschlug es nach Wien, Kleist und Adam Müller nach Berlin. Theodor hatte gerade erst seine Berufung zum Dichter erkannt, als seine Vorbilder auch schon wieder von hier weggingen. Insbesondere Kleist bewunderte er, zu dem er später in Berlin noch einmal stoßen sollte. Sein Zriny, den er soeben in Wien vorstellte, ist recht kleistisch; seine Toni basiert auf einer Kleistschen Erzählung—Goethe brachte das Stück kürzlich zu gutem Applaus auf die Bühne."

Kleists Geschichte eines Sklavenaufstands, meinte ich, käme unter den gegebenen Umständen bei der hitzköpfigen Jugend sicher gut an.

Ja, aber er selbst hielte nicht allzu viel davon, wenn Dichter zu sehr an aktuellen Gegebenheiten anknüpften.

Ich war versucht einzuwerfen, dass in Heinrichs Erzählung die Schwarzen nicht mehr die Sklaven, sondern die neuen Herren—also die Franzosen—sind, die nun ihrerseits die Weißen—also die Deutschen—unterdrücken, und dass Toni keine ausgesprochene Freiheitsheldin ist, sondern eine durchweg ambivalente, gemischtfarbige Figur, gleichsam eine französisch eingefärbte Germania, die zum bloßen Spielball der Geschichte bzw. der Männerfiguren wird und daran kläglich zugrunde geht. Ich verbiss es mir aber und wechselte stattdessen das Thema:

„Sie sagten eben, Theodor und Heinrich kamen in Berlin wieder zusammen?"

„Anfang 1811 ging Theodor nach Berlin, wo er sich mit Kleist und Lippe vereinigte. Ihr Idyll währte aber nicht lange: er wurde sehr krank, ging zur Kur nach Karlsbad. Als der König seine Allianz mit Napoleon ankündigte, kehrte Theodor nicht nach Berlin zurück, sondern ging nach Wien, sich am Burgtheater mit patriotischen Stücken zu verdingen. Lippe ging auch aus Berlin weg. Kleist erschoss sich."

„Lippe? Alexander Graf zur Lippe—?"

„Derselbe. Warum?"

„Ich wusste——nicht, dass Kleist mit Theodor

und Lippe in Berlin zusammen war." Ich versuchte die aufquellende Eifersucht zu unterdrücken. Es kam mir in den Sinn, dass Heinrich in seiner Herrmannsschlacht Alexander ein Denkmal gesetzt haben mochte, indem er dort den Fluss Lippe ins topographische Zentrum rückte. Plötzlich rangen mir einige der Verse, die er uns in Dresden vorgetragen hatte, im Ohr: am Strom der Lippe stehn, von deiner Lippe die Nacht, an meine Lippe heiß gedrückt, und drückt sie leidenschaftlich an seine Lippe. Die Stimme des Gerichtsrats holte mich wieder aus dieser Wüste des Realen zurück:

„Nichts war so beständig wie Kleists Unbeständigkeit—sagte er selbst mal."

„Den Ausdruck findet man schon bei Grimmelshausen im Simplicissimus."

„Was Theodor angeht, war ich heilfroh, dass er nach Wien ging, statt sich wie Pfuel und viele andere—Stein, Arndt, Clausewitz, Goltz—dem Zaren zu verpflichten."

Dass sein Sohn ins ferne Wien entschwand, dachte ich stillschweigend, könnte genauso gut darauf hinweisen, dass ihn die Lues erwischt hatte. An Körner gewandt fragte ich:

„Pfuel ist jetzt im Russlandkrieg?"

„Ja, er soll in Kutusows HQ bei Moskau sein. Es heißt, Napoleon habe soeben das Quellgebiet der Moskwa erreicht, wenige Tagesmärsche vor Moskau, und es werde bald zur Entscheidungsschlacht kommen."

„Die die Zukunft Europas entscheiden könnte."

Er nickte verschwörerisch:

„Napoleon muss sich jetzt beeilen: bald kommt der Herbst und dann wird er seine Truppen nicht mehr durchs tiefste Russland marschieren lassen wollen; General Schlamm und Väterchen Frost würden ihnen den Garaus machen. Er muss Moskau unverzüglich einnehmen und den Zaren zum Frieden zwingen."

„Eine Belagerung Moskaus aber könnte Monate dauern—und für eine Überwinterung vor deren Mauern ist die Grande armée gar nicht ausgestattet."

„Napoleon hat alles auf eine Karte gesetzt: dass Moskau schnell fällt und dass der Zar in St. Petersburg um Frieden bittet, sobald er sich im Kreml einquartiert und Daniels Kloster, das geistige Zentrum Russlands, besetzt hat."

„Hoffen wir, dass Pfuel heile aus dieser Situation herauskommt."

„Auch wenn er überlebt, wird er kaum nach Deutschland zurückkönnen, sondern wird im Exil bleiben müssen, sofern Napoleon siegt. Und Theodor läuft Gefahr, der französischen Zensur auffällig zu werden—ich hoffe bloß, dass er sich mit seinen patriotischen Stücken nicht aus deren Sicht zum Verräter macht." Er schluckte als hätte er einen Knoten im Hals.

Ich verließ Körner, ihm versprechend, bald wieder vorbeizukommen.

Der Himmel war bedeckt, aber die Luft war klar.

* * *

Noch einen weiteren Besuch hatte ich in Dresden vorgesehen: bei den von Schlieben Schwestern, die ich 1803 durch Heinrich in Dresden kennengelernt hatte. Ich fand die jüngere, die anmutige Henriette, die einst als Heinrichs Braut galt, nahe dem Japanischen Palais vor, wo sie mit ihrer verwitweten Mutter lebte. Die ältere, Karoline, erfuhr ich, lebte mit dem Maler Friedrich Lose in Mailand. Henriette, augenscheinlich froh über die Abwechslung die mein Besuch bescherte, schwelgte nach stürmischer Begrüßung bald in tränenreichen Erinnerungen:

„Als wir Heinrich 1801 kennenlernten—er und Ulrike machten im Frühling hier in Dresden auf ihrem Weg nach Paris halt—verbrachten wir manche gemeinsamen Tage mit Besuchen in den Galerien und Antikensammlungen oder mit Ausflügen in die Umgebung, bis hinauf ins böhmische Elbtal. Friedrich und Heinrich debattierten unablässig über Kunst; Heinrich schwärmte von Raffaels Sixtinische Madonna, ihrem hohen Ernst und ihrer stillen Größe."

Ich schmunzelte insgeheim, denn Heinrich und ich hatten schon im Sommer 1800 gemeinsam in der Dresdner Galerie vor diesem Gemälde gestanden; damals, auf dem Weg nach Würzburg, hatte ihn das Bild der strahlenden Madonna—von Gottes Schleier väterlich umhüllt, das Jesuskind auf dem Arm, zwei goldige Engelchen zu ihren Füßen—geradezu abgestoßen, denn ihr Familienidyll erinnerte ihn genau an das, was ihm selbst verwehrt zu sein schien.

Im Frühjahr 1801, nach der Würzburger Reise, würde das Bild auf ihn stattdessen wie eine frohe Botschaft aus der Zukunft gewirkt haben, was den Enthusiasmus erklärte, an den sich Henriette so lebhaft erinnerte.

Wiederum ein paar Jahre später hatten Heinrich und ich dann noch einmal vor dem Gemälde gestanden; bei dieser dritten Gelegenheit hatte ihn das ewige Lächeln der Madonna verdrossen, denn in der Zwischenzeit hatte sich weder mit Wilhelmine, noch mit den Schliebenbräuten, noch in den Hühnerställen Wielands und Körners etwas ergeben, und er sah in Bezug auf Heirat seine Felle weg schwimmen. Raffaes Szenario eines göttlichen Vaters, der ohne weiteres einen Sohn produziert indem er sachte eine Maid behaucht, während er unverzagt engelhafter Knabenliebe frönt, war ihm verwehrt geblieben.

Das Bild hatte ihn seitdem verfolgt: Gustav dreht in der Verlobung durch, als er Toni mit Strömli und Congo Hoangos Knaben in einer Konstellation sieht, die offenkundig Raphaels Szene nachempfunden ist; und noch in einer Anekdote in den Abendblättern stellte er dar—wohl mit seinem eigenen Misserfolg hadernd—wie ein Jüngling in einer heitern Sommernacht ein Mädchen ohne weiteren Gedanken küsst und so einen Jungen zur Welt zu bringt, der anschließend auf rüstige Weise zwischen Erde und Himmel herumklettert. An Henriette gewandt fragte ich:

„Die beiden Kunstkritiker hatten vor, in Paris oder der Schweiz zu verweilen?"

„Ja. Friedrich entschied sich unterwegs leider anders und landete stattdessen in Mailand, wo er und Karoline bis heute ihr karges Leben fristen."

„Sie sagen leider—?"

„Ich wäre sehr gerne zu viert in die Schweiz gegangen—wie romantisch wäre unsere kleine Künstlerkolonie gewesen: Friedrich hätte gemalt, Kleist gedichtet, Karoline und ich den Haushalt geführt und kleine Handarbeiten gemacht."

„Sie wussten nicht, dass Heinrich einer anderen Dame versprochen war?"

Sie schaute verstohlen in Richtung der im Sessel eingenickten alten Dame und antwortete mit gesenkter Stimme:

„Ich erfuhr es erst später." Düster biss sie auf die Unterlippe; aufhellend meinte sie dann: „Man verspricht sich ja wohl, pflegte Heinrich zu sagen. Ich vergab ihm. Als sie nach Paris aufbrachen war ich voller Hoffnung, dass Karoline und ich ihnen bald folgen würden. Zum Abschied schrieb Heinrich in mein Album."

„Darf ich den Eintrag sehen?" Sie schlug einen Albumeintrag auf:

Tue recht und scheue niemand.

Mit dieser hohen Lehre, welche Sie zugleich in der Demut und im Stolze, über Ihre Pflichten und über Ihre Rechte unterrichtet, erinnere ich Sie zugleich an die christliche Religion, an eine gute Handlung, an einen schönen Abend und an Ihren Freund

Heinrich Kleist, aus Frankfurt a/Oder.
Dresden, den 17. Mai 1801.

„Schön, nicht? Ein Bibelspruch, glaube ich." Ich schüttelte den Kopf:

„Dieser Satz findet sich in der Bibel nicht. Ursprünglich lautet er wohl: Fürcht Gott, Thue recht, Schew niemandt." Sie sagte, beseelt lächelnd:

„Im eigentlichen Sinne christlich war Heinrich nicht; er lebte nach seiner ganz eigenen Tugendethik." Ich neigte zustimmend den Kopf und fügte an:

„Einer, die sich schon bei den alten Griechen und Lateinern findet—in Apuleius Amor und Psyche zum Beispiel. Die gute Handlung die er im Albumeintrag erwähnt, lag sie, wenn ich fragen darf, in der Vergangenheit oder in der Zukunft?"

„Ich denke, beides." Sie strahlte.

„Der schöne Abend lag in der Vergangenheit?"

„Ja." Ihre Stimme bebte leicht.

„Nicht wahr, er unterrichtete Sie, welche Demut und welche Pflichten, welchen Stolz und welche Rechte er von Ihnen erwartete, bzw. Ihnen zuteilte?"

„Sie kannten ihn gut, werter Herr Brockes. Unseren Kindern sollte ich Mutter und Erzieherin sein; seinen Brüdern sollte ich Demut frei von Ziererei zollen."

„Sie wussten, dass er Symposien liebte, im Stil der alten Griechen, bei denen Frauen eher Beiwerk sind?" Sie nickte. „Und waren dafür bereit?" Tränen füllten ihre Augen; träumerisch schwelgte sie:

„Ich wollte für ihn ganz offen sein—O, in jeder Hinsicht!" Sie sah mich fest an. „Verstehen Sie mich?"

Ich bejahte. So war es mit Heinrich gewesen: die ihn liebten waren ihm bedingungslos ergeben; und er forderte ihre Liebe auch hemmungslos ein.

„Später ergab sich für Sie beide dann keine Gelegenheit mehr?"

„Er hatte versprochen, wiederzukommen, kam auch noch einmal bei uns in Dresden vorbei, schrieb noch mal, aber seine Leidenschaft war wohl verflogen."

Seitdem hatte sie, so kam es mir vor, wie eine Scheintote gelebt, in stiller Hingabe an den Verflossenen. Beim Abschied fiel sie mir in die Arm e.

„Ach!" rief sie nur.

Ich riss mich sanft von ihr los.

Achtes Kapitel

Es war Anfang September, die Schlacht von Borodino war geschlagen, Kutusow verkündete einen russischen Sieg, tatsächlich aber war für Napoleon nun der Weg nach Moskau frei.

Ich beschloss eine zweite Exkursion ins Herz der Finsternis zu unternehmen: in die Niederlausitz. Nicht zu den Kleistens oder Pannwitzens, sondern zum Gut der Klitzings, wo ich die mysteriöse Adolphine von Werdeck, geborene von Klitzing, zu finden hoffte. In Dresden bestieg ich die Postkutsche nach Drebkau, von dort nahm ich eine Droschke zum nahegelegenen Schorbus.

Obwohl ich unangemeldet auftauchte, ließ mich Frau von Werdeck keinen Augenblick warten und empfing mich mit kaum verhüllter Neugierde. Ihr Salon war ähnlich üppig ausgestattet wie ihre Figur. Ich bedankte mich für den freundlichen Empfang, worauf sie lasziv erwiderte:

„Meine Türen sind für Freunde Heinrichs immer offen, mein lieber Herr Brockes—Kaffee oder Tee?"

„Kaffee, bitte," sagte ich höflich, mich pennälerisch scheu auf der Sofakante zurechtrückend. Sie war gravitätisch in einen riesigen Sessel gesunken—die Füße auf einen drachenbeklauten Schemel, eine graue Katze im Schoß—und musterte mich aus nah beieinanderstehenden Augen. Ihr eng geschnittenes, hochgeschlossenes Kleid betonte ihre pralle Weiblichkeit. Ihre dunklen, fettigen Haare waren von einer ausladenden Spitzenhaube umhüllt, die einem gefiederten Ritterhelm ähnlicher war als einem Heiligenschein. Eine prachtvolle Erscheinung, dachte ich benommen.

Sie begünstigte mich mit dem Lächeln einer Giocondo—oder einer Gorgone?

„Ich reise," eröffnete ich, „das Andenken Heinrich von Kleists zu pflegen."

„Ich pflegte es stets," konterte sie schlagfertig.

„Ich begleitete ihn auf der Reise nach Würzburg, die ihm viel bedeutete."

„Ich begleitete ihn durch seine gesamte Jugend," tat sie es lässig ab.

„In schwieriger Lage traute er sich mir an."

„Mir traute er sich in jeder Lage an." Ihr direkt zugewandt legte ich nach:

„Er öffnete sich mir völlig." Sie atmete tief, ihre Brüste wölbend, als wolle sie mich zwischen ihnen erdrücken.

„Ich war die Sonne, in deren Armen sein Komet verglühte." Sie bluffte offensichtlich, denn verglüht war Heinrich ja in den Armen Henriette Vogels. Ich gewährte ihr aber den Triumph um mir ihre selbstgefällige Unaufmerksamkeit zunutze zu machen und unserem Wortduell eine Wendung zu geben:

„Vortrefflichste, ich strecke meine Waffen." Obwohl sie wahrscheinlich auf jüngere Männer stand, entlockte meine Unterwerfung ihr ein kokettes Lächeln.

„Eine weise Entscheidung, mein Guter."

„Gewähren Sie mir die Gunst, Gnädigste, mir von Heinrichs Jugend zu erzählten. Ich selbst lernte ihn erst im Sommer 1800 kennen." Ich hatte eine weiche Stelle getroffen: einer Katze gleich spreizte sie ihre bekrallten Pfoten, begutachtete in Ruhe ihre ausgefahrenen Krallen und schnurrte dann selbstzufriedenen:

„Zur Sommerszeit kamen Heinrich und seine Schwestern stets aus Frankfurt auf ihre Güter, die an unseres grenzen. Wir machten oft Rollenspiele: Ulrike war Heinrichs Sophia, ich seine Venus oder Isis. Als er pubertierte wurde er sehr eng mit seinem Vetter Karl und vernachlässigte mich sträflich. Nach der Rheinkampagne trafen wir uns in Potsdam wieder—er war nun unter Männern stationiert, ich verheiratet. Dort lernte er auch Marie von Kleist kenne, die seine Maria wurde."

Sophia, Isis, Venus, Maria: eine interessante Typologie des Weiblichen, dachte ich. Die Werdeck kam mir aber eher wie eine Lilith oder Melusine vor als eine Isis oder Venus. Ich tastete mich behutsam vor:

„Kannten Sie Heinrichs Verlobte in Frankfurt?"

Sie verzog das Gesicht.

„Die hielt er verborgen: sein Brutkasten. Frauen waren für ihn entweder Gebärmaschinen oder Muttergöttinnen—nur mir allein teilte er sich ganz mit."

„Oder Sterbebegleiterinnen," fügte ich hinzu. Ihre Augen blitzten.

„Männer hatten es bei ihm leichter—obschon er auch sie instrumentalisierte. Aber was für ein galanter Puppenspieler er war!" Ihre Augen wurden weich, ihre Wangen glühten. „Ach, wie gerne wäre ich ihm Muttergöttin und Gebärmaschine zugleich gewesen—doch es kam nicht dazu. Er bestand darauf, mich wie einen Mann zu lieben, so dass ich nicht schwanger würde——" Plötzlich brach es wild aus ihr hervor. „Mein Mann und ich werden geschieden, es ist ein offenes Geheimnis." Fast zärtlich betrachtete sie mich. Ich fuhr unbeirrt fort:

„Sie und Heinrich blieben auch nach Potsdam im Kontakt?"

„Wir schrieben uns regelmäßig. Im Sommer 1803 trafen wir uns im Berner Oberland und wanderten gemeinsam nach Oberitalien. Heinrich rezitierte aus seinem Peststück und seiner—wie hieß sie noch gleich, ach ja, Numantia. An den Reichenbachfällen phantasierte er, wie er dort den Ersten Konsul mit sich in die Tiefe reißen wollte, überlegte dann, mit welchem Vorwand er ihn dorthin locken würde. Er hatte zu viel Phantasie. Als wir vom Gotthard am Ticino entlang das Tal hinunterwanderten, erregte ihn der apokalyptische Anblick der Burgruinen bei Bellinzona; er sagte, diesen Ausblick wolle er dereinst in einem Werk verarbeiten."

„Im Bettelweib," ergänzte ich, „sieht ein vom Gotthard kommender Wanderer eine Ruine vor sich im Tal liegen, wie ein dystopisches Panorama des zertrümmerten Reiches. Im Laufe der Erzählung stellt sich heraus, dass dessen letzter Eigentümer— Napoleon—das Reich eigenhändig niederbrannte, nachdem der Geist der kürzlich verstorbenen Königin Luise die Deutschen zur Insurrektion animiert hatte." Sie ließ sich von meiner literarischen Abschweifung nicht aus der Fassung bringen—im Gegenteil, sie nahm sie eifrig auf:

„Napoléon Franz wurde im März 1811 geboren, war mithin schon unterwegs als Heinrich diese Erzählung im Herbst 1810 veröffentlichte—sein

Szenario kam also zu spät." Ich dachte anerkennend: ein wacher Geist in schwerer Materie!

„Es bleibt in der Erzählung unklar," nahm ich den Faden auf, „ob die Kaiserin samt ihrem Ungeborenen dem Inferno entkommt oder darin umkommt."

„Die Kutsche steht schon bereit—aber Heinrich mag bewusst offengelassen haben, ob sie heile wegkommt, um die Option für eine Fortsetzung zu bewahren."

„Sie sind eine aufmerksame Leserin Heinrichs."

„Von Männern generell, mein Lieber." Ich wich ihrem lauernden Blick aus, wich wieder auf die Literatur aus:

„Die Szene in der das Bettelweib mit ihrer Krücke auf dem glatten Boden ausglitscht zitiert Wielands Juno und Ganymed, wo Hebe auf ganz ähnliche Weise ausrutscht und dabei den Göttern ihr Hinterteil so unglücklich entgegenstreckt, dass sie sie prompt als Mundschenk durch Ganymed ersetzen, dessen Rückseite ihnen wohl lieber ist." Sie erwiderte herablassend:

„Goethe macht dieselbe Geste, ersetzt in den Venezianischen Epigrammen Hebephilie durch Ephebophilie. Männer! Nicht bloß ersetzen sie ihre Gattinnen durch Heben, sondern dann auch noch die Heben durch Epheben. Mein Lieber—"

Ich verstärkte meine Anstrengungen, sie abzulenken:

„Fiel Ihnen auf, dass Heinrich sein Bettelweib auf Stroh bettete, also diesen Lustknaben dem Gottessohn gleichsetzte?" Sie versetzte gelangweilt:

„Auch diese Gleichsetzung finden sich bereits bei Goethe—denken Sie an dessen Epigramm zu

Veroneses Hochzeit oder an seinen Erlkönig."

„Wussten Sie, dass Heinrich in seinem Werk eine Art Wettbewerb mit dem Korsen inszenierte, wer von ihnen als erster einen Nachfolger zeugen würde."

„Napoleon triumphierte. Heinrich erschoss sich. Was Sie angeht—"

„Friedrich Wilhelm III. spielt übrigens auch eine kleine Rolle im Bettelweib."

„So—?" Ihre Masse türmte sich immer bedrohlicher über mir auf; fieberhaft suchte ich aus den Augenwinkeln nach einem Fluchtweg.

„Nämlich als Napoleons Haushund, der schläft als die Insurrektion ausbricht. Napoleons Frau ist zu Beginn der Erzählung Joséphine, die auch schon in den Schroffensteinern als Ananas-essende Katze auftritt." Ich starrte dabei auf die Katze in ihrem Schoß, doch gelang es mir nicht, ihre Aufmerksamkeit auf sie zu lenken.

„Bah. Die Vorliebe der Kreolin für Tropenfrüchte und Schmusekatzen war ja allgemein bekannt. Sie war einfach zu dürr—schlechtes Gebärmaterial."

„Katzenliebhaber empörten sich über Heinrichs Ananas-essende Katze."

„Man muss natürlich nicht nur diese Ananas-essende Katze sehen, sondern sie gleichzeitig auch als Ananas-essende Joséphine erkennen." Mir ging langsam die Munition aus.

„Im Krug jungt die kreolische Katze in Adams Perücke, also Franzens Kaiserkrone. Ihre Kätzchen—drei schwarze, zwei gelbe, ein weißes—ergeben zusammengenommen die Farben des alten

Reiches, Österreichs und Preußens."

„Heinrich fehlte manchmal Sinn für Realität: er ging immer davon aus, dass eine Frau schwanger würde, wenn er es vorschrieb, und dass ein Sohn herauskäme."

„Er experimentierte durchaus mit verschiedenen Methoden der dynastischen Fortpflanzung: im Amphitryon behilft sich Napoleon mit Hahnrei des Preußenkönigs, im Erdbeben adoptiert, also legitimiert, er einen unehelichen natürlichen Sohn."

„Mann," grollte sie beleidigt, „kann eine beliebige Leihmutter imprägnieren und das Produkt dieser Transaktion adoptieren, mithin einen natürlichen wie legitimen Nachfolger produzieren ohne die Mutter ehelichen zu müssen. Frau dagegen kann so etwas nicht—sie ist immer bloß das zweite Geschlecht."

„Der katholische Klerus untersagte Napoleon die Scheidung, und es viel Heinrich ja auch selbst schwer, eine willige Gattin für sein Familienmodell zu finden. Er sah sich daher gezwungen, über Alternativen nachzudenken—und nicht immer zum Nachteil der Frauen: in der Marquise zum Beispiel wird Napoleon gezwungen, die Hand der Hohenzollernprinzessin teuer zu erwerben, u.a. unter der Auflage, dass sie zunächst für ein Jahr nur den deutschen Fürsten zugänglich ist, nicht ihm selbst, so dass ausgeschlossen ist, dass ihr nächster Sohn bonapartisches Blut hat."

„Sie haben offensichtlich," lispelte die Drachenfußbewehrte wollüstig, „über seine Werke nachgedacht." Sie sah mich regungslos an.

Ich hielt ihrem penetrierenden Blick stand, versank langsam in angenehme Lethargie. Die barocken

Stuckornamente und Arabesken an Decke und Wänden des Salons belebten sich zu einem Reigen, propagierten in konzentrischen Kreisen im Raum bis sie ihn ganz zu bevölkern schienen. Meine Glieder erlahmten. Die sonore Stimme der Vollbusigen drang aus mystischer Ferne zu mir. Ich spürte ihre Katze sanft an meinen Gliedern entlangstreifen. Meine Augenlider wurden bleischwer——

Plötzlich brach tief aus meinen Lenden panisch Angst hervor. Ich riss meine Augen auf. Die Drachenfrau saß auf ihrem Thron, ihre Augenlider halb gesenkt, mir entgegengelehnt, ihre Rechte in meinem Schoß. Es war die Berührung ihrer herben Raubvogelhand die mich hatte hochfahren lassen. Ich entzog mich ihrer Reichweite, räusperte mich, tat, als hätte ihre Hypnoseattacke nie stattgefunden.

Sie verzog keine Miene.

* * *

„Sie sagten vorhin, Heinrich arbeitete in der Schweiz am Guiskard?"

„Dem Peststück? Er haderte damit. Als wir uns am Fuße des Simplons trennten—er und Pfuel gingen nach Thun—sagte er, die Welt sei am Scheidepunkt und sein Drama sei es auch."

„Wussten Sie, dass er später in Mainz abtauchte?"

„Ich hörte davon," sagte sie ausweichend.

„Er blieb dort aus medizinischen Gründen?"

„Vorranging aus politischen, würde ich sagen." Sie schien abzuwägen, wieviel sie mir mitteilen sollte, gab sich dann einen Ruck. „Ähnlich wie der Duc d'Enghien, der damals im Badischen exiliert war, konnte Heinrich von Mainz aus schnell in Paris sein, im Notfall aber auch jederzeit in Deutschland untertauchen."

„Wie Gustav, der nach Marianes Hinrichtung über den Rhein geht."

„Wie bitte?"

„Verzeihen Sie, ich dachte unwillkürlich an eine Stelle in der Verlobung."

„Die Lage spitzte sich Anfang 1804 zu. Kleist war in Mainz nah am Geschehen. Die Rädelsführer der Verschwörung gegen Napoleon, Cadoudal und Pichegru, waren bis Anfang 1804 in London—"

„Könnte es sein," fiel ich ihr ins Wort, „dass Heinrich, als er Ende 1803 zur Invasionsarmee stoßen wollte, sich mit ihnen in England verbinden wollte?"

„Gut möglich. Wär' er nah genug an den Korsen herangekommen," kicherte sie, „hätte er ihn glatt eigenhändig umgelegt."

„Als sich in Boulogne herausstellte, dass die Invasion nicht imminent war, ging er bewusst nach Mainz, blieb nicht bloß zufällig dort hängen?"

„Nichts geschah in seinem Leben zufällig. Er ging nach Mainz als Cadoudal und Pichegru nach Paris gingen um dort das Attentat zu verüben. Vielleicht wäre er selbst nach Paris gegangen, hätte es ihm der preußische Gesandte nicht verwehrt, der ihn nach Preußen zurückbeorderte, vielleicht aus Angst, Heinrich würde eigenmächtig handeln und Preußen dadurch u.U. schaden."

„Es könnte also sein, dass die Verschwörung Heinrichs eigentlicher Grund war, erst nach Paris, dann nach Boulogne und St. Omer zu gehen." Ich dachte angestrengt nach. Bezog sich die Information, die Heinrich und Pfuel in Thun erhielten und die sie nach Paris trieb, womöglich auf die Verschwörung? Hatte Heinrich, als er in Paris die Vorgänge beobachtete, damit geliebäugelt, den Guiskard dergestalt umzumodeln, dass Robert als Beauharnais und Abälard als Dauphin um Napoleons Nachfolge rangeln, nachdem der dem Komplott zum Opfer fällt? Wollte Heinrich sich den Verschwörern in London anschließen? Zerstritten er und Pfuel sich über diese Frage, also ob sie nach gehen sollten, oder stattdessen in Paris warten sollten, bis die Verschwörer dort auftauchten? Blieb Pfuel damals in Paris?

„In Mainz agierte Heinrich als Verbindungsmann; inoffiziell, ohne Pass, denn sollte er auffliegen, durfte die preußische Regierung auf keinen Fall impliziert sein."

„Verbindungsmann?"

„Ja, zwischen Mainz und Paris—zwischen dort stationierten preußischen Agenten. Der in Mainz trat übrigens als Arzt auf." Ich schlug mir vor die Stirn.

„Wedekind!"

„Ja."

„Der ist tatsächlich Arzt."

„Und Agent."

„Und der andere Agent, der in Paris?" Als könnte jemand mithören, lehnte sie sich vor und flüsterte:

„Bertuch."

„Bertuch?"

„Karl

Bertuch. Publizist aus Weimar. Goethe-Verehrer und geheimer Agent in preußischen Diensten."

„Goethe ist kein Freund Preußens."

„Er nicht, aber sein Herzog. Im Falle eines erfolgreichen Attentats auf Napoleon war es Bertuchs Auftrag, in Paris Umsturz und Wiedereinsetzung des Dauphins nachrichtlich und publizistisch von preußischer Seite zu unterstützen. Wedekind war gleichzeitig mit einem führenden französischen Monarchisten in Koblenz in Verbindung." Mir fiel es wie Schuppen von den Augen.

„Der Tischlermeister!"

„Tischlermeister?"

„Nichts für ungut. Auch bloß Tarnung."

Sie kicherte amüsiert. Die ganze Chose schien ihr viel Freude gemacht zu haben. Großspurig sagte sie:

„Heinrich vermittelte Kometen."

„Kometen?"

„Verschlüsselte Botschaften, die Kometen gleich um die Sonne kursieren, dergestalt dass Napoleon sozusagen die Sonne darstellte, um die die Depeschen kreisten, Mainz das Aphelium und Paris das Perihelium, also die entgegengesetzten Endpunkte, an denen die Geheimschriften jeweils entschlüsselt und Antworten chiffriert und zurückgeschickt wurden. Heinrich war der Orbit auf dem die Kometen sich bewegten."

„Ein ausgesprochen exzentrischer," konnte ich mir nicht verkneifen einzuwerfen. Sie kicherte erneut, erzählte dann weiter:

„Cadoudal und Pichegru wurden schon im Januar in Paris von Napoleons Häschern aufgegriffen und kurz darauf hingerichtet. Als dann auch noch d'Enghien—der gar nichts mit dem Komplott zu tun hatte, an dem Napoleon aber ein Exempel statuieren wollte—Ende März hingerichtet wurde, war der Spuk vorbei: jeglicher monarchische oder republikanische Komplott gegen den Korsen war im Keim erstickt. Die Affäre gab Napoleon den willkommenen Anlass, mit seiner Kaiserproklamation ernst zu machen. Als die Anfang April offiziell angekündigt wurde gab es für Heinrich in Mainz nichts mehr zu tun. Die Würfel waren gefallen.

Alle, die mit dem Komplott in Verbindung gestanden hatten, verschwanden wie Ratten in ihren Löchern. Die preußische Regierung wusste von nichts. Friedrich Wilhelm III. war der erste Monarch, der Napoleon zum Kaisertitel gratulierte."

„Sie kannten diesen Bertuch?" Sie nickte fast unmerklich.

„Ich war es, die ihm Heinrich vorstellte." Alte Kupplerin, dachte ich, sie mir in einem flotten Dreier mit den beiden Männern vorstellend.

„Ich tat es, um meine patriotische Pflicht zu erfüllen und weil es irrsinnig spannend war." Als hätte sie meine Gedanken erraten fügte sie hinzu: „Die beiden Männer hatten an sich selbst genug, sie brauchten gar keine Frau."

„Bertuch war also für Heinrich—ähem, attraktiv?"

„Ungemein," säuselte sie. Da war er wieder, der Stachel der Eifersucht. Erneut schien sie meine Gedanken zu lesen: „Machen Sie sich deswegen keine Gedanken, es hielt nur zwei, drei Monate an. Sie verkrachten sich, redeten später kein Wort mehr miteinander. Heinrich soll während der Mainzer Zeit übrigens auch eine Freundin gehabt haben—die Günderrode."

„Die G—?"

„Karoline von Günderrode, aus der Nähe von Frankfurt. Sapphische Dichterin, von Goethe geschätzt. Geliebte Bettine von Arnims. Wildfang. Sie beging zwei Jahre später Selbstmord: Messer zwischen die Rippen, anatomisch präzise und auf der Stelle tödlich."

„Und Heinrich—?"

„—kam einen Schritt zu spät. Karoline hatte sich gerade mit einem Heidelberger Professor liiert—bzw. mit dessen Frau. Heinrich wäre wohl bereit gewesen, sich ihnen à quatre anzuschließen, aber das passte wohl dem Herrn Professor nicht—aus alter Schule, nehme ich an. Karoline vermittelte Heinrich an eine Freundin weiter, eine Pfarrerstochter aus Winkel am Rhein. Eben dort brachte sie sich dann um, nahe der Pfarrkirche." Selbstmorde pflasterten seinen Weg, dachte ich grimmig. Laut sagte ich:

„Also wieder Fehlanzeige, was Heinrichs Brautschau anbelangte."

„Kleist und Günderrode—ach, was für ein Paar! Wie Alcaeus und Sappho! Ihr Leben wäre für beide anders ausgegangen, hätten sie sich ein paar Wochen früher gefunden. Stattdessen kehrte Heinrich mit leeren Händen in die Heimat zurück—kein großes Werk, kein Beruf, kein Weib, kein Nachfolger—wo er sich bei Sippschaft und Behörden reumütig zeigen musste."

Sie machte eine abrupte Bewegung――

*   *   *

„Ich initiiere Sie nun in meine Harmoniegesellschaft. Halten Sie still." Ihre Brüste türmten sich vor mir auf, riesigen Schiffsbugen gleich; ihre Klauen krallten sich in meinen Unterarm. „Richten Sie sich auf!" Der Bugwelle ausweichend presste ich mich tiefer in meinen Sessel. Ihr war klar, dass ich jetzt auf der Hut war; statt ihre Hypnosespielchen zu versuchen, ging sofort zum physischen Angriff über. Eine Peitsche und Handschellen fielen mir ins Auge, halb verdeckt hinter einem Vorhang.

Ich wand meine Hand aus ihrer Umkrallung, sprang auf, ergriff meinen Hut, hastete zum Ausgang.

Unerwartet behände verstellte sie mir den Weg.

Ich glitschte an ihrem massiven Ofen vorbei und glitt in einen engen Gang, der hinten offenstand.

„Bleiben Sie drinnen!"

Doch ich war bereits draußen, schweißtriefend erreichte ich meine Droschke, bemannte den Gaul.

Einer Furie gleich tauchte sie hinter mir auf, ihre strähnigen Haare unter der verrutschten Spitzenhaube in alle Richtungen hervorschlängelnd.

Ihren Blick vermeidend gab ich dem Tier die Sporen.

* * *

Ross und Reiter flogen wie mit einander verschmolzen durch Nacht und Wind, den verwunschenen Hof zurücklassenlassend, durch den düsteren Spreewald flackernden Lichtern einer unbekannten Stadt entgegen.

Der Gaul schwitzte. Ich lockerte meinen Schenkeldruck, bespritzte den Hengst mit dem Wasserschlauch.

Vor uns ragte eine düstere Mauer auf.

Ein Stadttor öffnete sich und verschluckte uns.

Neuntes Kapitel

Am 14. September 1812 marschierte Napoleon in Moskau ein. Entgegen konventionellen Gepflogenheiten brachten die Bürger dem Eroberer nicht die Schlüssel des Kremls entgegen, sondern liefen einfach davon, eine entvölkerte Stadt hinterlassend, deren Vorräte sie weitgehend zerstörten.

Napoleon hatte Russlands geographischen und spirituellen Mittelpunkt erobert; eine Entscheidung aber hatte er nicht erzwungen: der Zar in St. Petersburg, beraten vom Freiherr zum Stein, dachte gar nicht daran, zu kapitulieren.

Binnen weniger Wochen würde Napoleons Lage in Moskau unhaltbar werden und er gezwungen sein, den Rückmarsch zu befehlen. Dieser sollte für die Grande armée zur Katastrophe werden: General Schlamm, Väterchen Frost und Genosse Typhus warteten unterwegs schon auf die ausgelaugten Soldaten.

* * *

In Drebkau tauschte ich meine Droschke gegen die komfortablere Postkutsche nach Berlin ein. Während die Spreewaldlandschaft rund um Calau an mir vorbeiglitt plante ich meine nächsten Schritte.

In die Schweiz und nach Mailand zog es mich jetzt nicht mehr—Heinrichs Spuren aus jener Zeit hatte ich ausreichend recherchiert. Nach Königsberg, wo er für die preußische Regierung gearbeitet hatte, auch nicht mehr, doch nahm ich mir vor, bei Gelegenheit zu erkunden, wohin es seinen dortigen Chef und Gönner Altenstein nach dessen Amtsenthebung durch Hardenberg verschlagen hatte.

Das Bemerkenswerteste an Heinrichs Aufenthalt in Königsberg war sein abrupter Weggang von dort gewesen: als im Januar 1807 die Armée d'Allemagne Ostpreußen zu überrennen drohte, wanderte Heinrich zusammen mit drei anderen ehemaligen preußischen Offizieren—Karl Franz von Gauvain, Christoph Albert von Ehrenberg und Ernst von Pfuel—zu Fuß von Königsberg westwärts durch das noch größtenteils von preußischen Truppen kontrollierte Pommern nach Berlin, im Rücken Napoleons und in entgegengesetzter Richtung zur preußischen Königsfamilie, die zur gleichen Zeit von Königsberg per Schlitten ostwärts über das zugefrorene Kurische Haff nach Memel floh, an die äußerste Extremität ihres Königreichs, von wo sie jederzeit nach St. Petersburg oder London hätten fliehen können, sollte Napoleon ihnen nachsetzen.

Heinrichs untypisch gegenläufige Bewegung—er bewegte sich sonst ja auf Kriegsschauplätze zu, nicht von ihnen weg—bedurfte, grübelte ich, einer Erklärung.

Nach kurzem Aufenthalt in Berlin wurden er, Gauvain und Ehrenberg am südlichen Stadttor von der französischen Militärpolizei unter dem Verdacht der Spionage verhaftet und zur Festungshaft in die Französische Jura verfrachtet. Ich war stets davon ausgegangen, dass sie zu Unrecht verhaftet worden seien—doch nach dem, was ich vom Drachenweib über Heinrichs Rolle im Komplott von 1804 erfahren hatte, war ich mir nicht mehr so sicher. Pfuel blieb die Verhaftung erspart: nördlich von Berlin hatte er sich von den Kameraden getrennt um Friedrich de la Motte Fouqué auf Gut Nennhausen aufzusuchen.

Gauvin und Ehrenberg hatte ich bisher nicht lokalisieren können. Ulrike von Kleist, die Heinrich unterwegs in Pommern besucht hatte und die seine wahren Beweggründe kennen mochte, wollte ich mir weiterhin in Reserve halten. Pfuel war laut Körner im Russlandfeldzug. Die einzige Quelle, auf die ich jetzt setzen konnte um mir diese merkwürdige Episode zu erhellen, war Fouqué.

In Luckau stieg ich in die Postkutsche nach Brandenburg um, das ich noch am selben Tag erreichte. Auf den Spuren des Rebellen Kohlhaas unterwegs zum Philister Fouqué, dachte ich boshaft als ich die Meiereien von Dahme und den Marktplatz von Jüterbog passierte.

In Brandenburg heuerte ich eine Droschke nach Nennhausen an, nachdem ich vor dem Frühstück noch schnell eine Depesche an Fouqué geschickt hatte, ankündigend, dass ich binnen weniger Stunden bei ihm einschlagen würde.

* * *

Fouqué war in Nennhausen bequem, um nicht zu sagen feudal, eingerichtet und schrieb in Seelenruhe Rittergeschichten—mit und ohne Gespenstern, nach Belieben—während in Russland die Grande armée unterging. Vermochte einer der ein so belangloses Leben führte wie er interessante Geschichten zu schreiben?

Wir waren einst Rivalen um Heinrichs Gunst gewesen. Ich hatte noch manches Hühnchen mit ihm zu rupfen, und hätte ihn nur allzu gerne wie jenes gerupfte Huhn behandelt, das Diogenes den Schülern der Akademie in die Runde warf, oder wie jenen amputierten Penis, den Ursula, zweifellos in Anlehnung an den Kyniker, vor den Schroffensteinern auf die Bühne pfeffert.

Fouqué empfing mich betont freundlich, bat mich, es mir bei ihm gemütlich zu machen und ihn möglichst lang mit meiner Anwesenheit zu beglücken; seine Frau weile gerade bei einer Cousine in Stendal, usw., bla bla bla. Der alte Schleimer!

Es war ein kühler aber sonniger Herbsttag, und nachdem er mich auf mein Zimmer hatte einweisen lassen, zeigte er mir stolz den Garten im englischen Stil, mit schönen Lichtungen und Blickachsen und einer kleinen, halb im Verborgenen liegenden Orangerie. Der ewige Gärtner hatte im kargen märkischen Sand allerlei Exotisches angepflanzt, auch einige Pflanzen aus dem Mittelmeerraum, die jetzt geschrumpelt dastanden und nicht recht in die Landschaft passen wollten. Trotz einiger gelungener Noten war der Gesamteindruck einer von vergebener Liebesmüh. Wie seine Dichtung, so sein Garten, dachte ich böswillig.

Unter einer mächtigen Eiche—über 300 Jahre alt, behauptete er—nahmen wir auf einer Bank in der Herbstsonne Platz, in Wintermäntel und Schals gepackt.

Heinrichs Lieblingsparadoxon kam mir in den Sinn; ich rezitierte fröhlich:

> Die abgestorbne Eiche steht im Sturm,
> Doch die gesunde stürzt er schmetternd nieder,
> Weil er in ihre Krone greifen kann.

Fouqué blickte über den Karpfenteich in die Ferne und lauschte meinen Worten, stellte dann andächtig fest:

„Der Schluss von Penthesilea. Sie kennen Heinrichs Werk gut, lieber Brockes?"

„Nur teilweise."

„Sie wissen, was er mit diesem Paradoxon im Sinn hatte?"

„Sagen wir, ich habe meine Theorien."

„Gleich mehrere?"

„Derer zwei: eine satirische und eine satyrische, mit Ypsilon. Sie schließen sich nicht gegenseitig aus—Heinrich belegte seine Zeilen ja oft mehrfach."

„Erläutern Sie's mir."

„Erstens stellt die gesunde Eiche Napoleon dar, der im Sturm des deutschen Wiederstands stürzt, eben weil seine Selbstkrönung deren Unwillen und Nationalstolz erweckte. Zweitens einen mächtigen Phallus, dessen Eichel im Sturm der Liebe von der Lues befallen wird, eben weil sie so prächtig ist."

„Die abgestorbene Eiche meint satirisch dann wohl den Hohenzollernkönig?"

„Genau. Oder den Habsburgerkaiser, je nach Kontext."

„Die Eiche, Symbol Jupiters wie auch Wotans, könnte tatsächlich gleichzeitig Napoleon und deutsche Fürsten darstellen. Sie scheinen Heinrich gut verstanden zu haben. Sie selbst dichten nicht?"

Ich zögerte. War der Bericht den ich gerade schrieb nicht auch Dichtung? Dichtung und Wahrheit, gewissermaßen? Trotzdem—als Dichter betrachtete ich mich nicht, eher als Genealoge oder Archäologe. Ich versetzte daher:

„Nein. Ich höre aber gerne zu—Heinrich schätzte diese Eigenschaft."

„Jeder Dichter benötigt Projektionsflächen."

„Für Heinrich war Deklamieren wichtiges Element des Produktionsprozesses: wie ein Straßenkünstler oder Marktgaukler bezog er sein Publikum in die Produktion ein, erhöhte dadurch den Effekt." Fouqué nickte lebhaft und meinte:

„Heinrich durchdachte akribisch jedes Wort, bereitete jede Inszenierung minutiös vor, war jederzeit bereit, alles über den Haufen zu werfen und neu zu beginnen. Seine Arbeitsweise war expressionistisch und systematisch zugleich. Wie das zusammenging ohne die Ästhetik zu ruinieren habe ich nie ganz begriffen. Meine eigene Dichtung ist organisch—wie bei diesen Blumen hier: ich bewässere sie gelegentlich; zu gegebener Zeit blühen sie wie von selbst auf."

„Und verblühen bald wieder?" Ich hätte mir ob meines bissigen Spotts auf die Zunge beißen wollen—durfte ich mir meinen Gastgeber doch nicht schon am ersten Tag vergraulen. Hastig schlug ich einen versöhnlicheren Ton ein:

„Tatsächlich wirkt Ihr Garten auf mich auch im Spätherbst sehr lebendig. Verzeihen Sie mir meine ungeschickte Ausdrucksweise; ich selbst gärtnere nicht." Er ließ sich keine Gemütsregung anmerken. Ich fragte mit Blick auf einige mediterrane Sträucher und Bäumchen: „Ein Lorbeer ist nicht darunter?"

„Sie haben wohl den Prinzen von Homburg im Sinn?" Ich bejahte:

„Heinrich trug einst im kleinen Kreis die Eröffnungsszene vor. Das komplette Drama kenne ich nicht, es gilt als verschollen." Er lächelte mehrdeutig:

„Sie glauben es ginge dort um einen Dichterlorbeer?"

„Auch. Und um die Kaiserkrone. Denn Homburg mag sowohl einen politischen Akteur darstellen— sagen wir: Friedrich Wilhelm—als auch Heinrich selbst: er träumte davon, Goethe den Dichterlorbeer zu entreißen, genau wie der Hohenzollern davon träumt, dem Habsburger die Kaiserkrone abzuluchsen." Er formulierte genüsslich:

„Ein Traum—was sonst?" Ich vermochte seine kryptische Bemerkung—die mir wie ein Zitat vorkam— nicht einzuordnen, nahm aber ihr Thema auf:

„Wovon träumen Sie, Herr Fouqué?"

„Davon, eine große vaterländische Dichtung zu verfertigen, die Preußen zum Sieg antreiben und nach errungenem Sieg diesen gebührend feiern wird."

„Sie arbeiten daran?"

„Ja." Er zögerte einen Moment, wohl erkennend, dass ich ihn auf glattes Eis zu locken drohte, fuhr dann aber fort: „Ich verbrachte meine Jugend auf Gut Lentzke, nur wenige Meilen von hier entfernt; von dort konnte ich bequem nach Fehrbellin laufen, spielte dort auf dem Schlachtfeld und mimte den Großen Kurfürsten." Plötzlich brauste er auf: „Heinrich klaute mir die Idee." Ich sagte beschwichtigend:

„Die Historie der Schlacht von Fehrbellin ist doch preußisches Allgemeingut. Während der Offiziersausbildung kann Heinrich gar nicht darum herumgekommen sein, sie kennenzulernen, wenn er sie nicht schon vorher kannte."

„Er wusste, dass ich an dem Thema arbeitete. Er wollte mir zuvorkommen!" Fouqué keuchte trotzig. Um die Wogen zu glätten erklärte ich:

„Heinrich konzipierte alle seine Werke so, dass sie in die Mitte der Zeit fielen. Wenn er sich kurz vor seinem Tod noch den Homburg abhustete, muss dessen Thema aktuell und ihm dringlich gewesen sein. In dieser Situation konnte er schwerlich auf Empfindlichkeiten Rücksicht nehmen, so berechtigt sie gewesen sein mögen."

Er zögerte. Als habe er Kreide gefressen fuhr er dann sanftmütig fort:

„In Heinrichs letzten Lebensjahr gab es zwischen uns einen kleinen agōn. Heinrich spielte mit offenen Karten, ließ mich wissen, dass er an einem Roman nach dem Muster der Manon Lescaut arbeitete—wie er sagte, um mit mir in einen Ring zu steigen in dem ich schon brilliert hatte, denn ich hatte Mitte 1811 mit meiner Undine Eindruck beim Publikum gemacht und mich als Romancier ausgewiesen; sein Metier waren ja Dramen und Erzählungen. Er bot mir also im Duell die Wahl der Waffen an."

„Ihre Undine war, in Fechtsprache ausgedrückt, ein Ausfall gegen ihn?"

„Eine veritable Flèche, möchte ich sagen," rief er mit unverhohlenem Stolz.

„Undine ist wohl eine Kleist-Figur?" Er dementierte es nicht sondern zischelte:

„Wie sind Sie darauf gekommen?"

„Die Figur scheint mir amphibisch; zudem verwundbar zugleich und fatal—das passt alles gut auf Heinrich. Auch erinnere ich mich dunkel, dass Sie den Roman kurz vor Jahresende 1811 zum zweiten Mal herausbrachten, als Buch mit einer schönen Widmung vorangestellt, die mir schon damals wie ein Nachruf vorkam. Nach Heinrichs Tod, kommt es mir jetzt vor, modelten Sie kurzerhand den Roman, den Sie zunächst als Attacke gegen ihn konzipiert hatten, in eine Widmung für ihn um." Meine Worte enthielten wohl Ironie und Anerkennung in gleichem Maße; jedenfalls verleiteten sie ihn zu einer ähnlich ironisch-anerkennenden Retourkutsche:

„Lieber Brockes, Sie sind nicht nur ein aufmerksamer Zuhörer, sondern auch ein gewiefter Spurensucher."

Ich deutete eine Verbeugung an.

* * *

Der stete Herbstwind durchdrang meine Umhüllung. Ich ließ mich aber vom Frösteln nicht beeindrucken, sondern drängte Fouqué sachte weiter.

„Dann können wir uns also bald auf Ihr Fehrbellindrama freuen?"

„Sehr bald, mein Lieber, sehr bald. Ich arbeite täglich daran. Es ist ein dramatisches Gedicht, nicht ohne Bezüge zur derzeitigen Situation: es feiert die Rückkehr des Großen Kurfürsten und fordert implizit Friedrich Wilhelm auf, die Seiten zu wechseln und eine große Koalition gegen den Korsen zu schmieden. Es wird Heinrichs verschollenen Versuch zur großartigen Vollendung bringen."

„In Ihrem Werk stellt also der Große Kurfürst Friedrich Wilhelm III. dar?"

„Selbstverständlich. Wen den sonst?"

„Heinrich hatte, schien es mir, nicht den Großen Kurfürsten, sondern den Prinzen von Homburg als Friedrich Wilhelm-Figur gedacht."

„Mein lieber Brockes—das wäre, mit Verlaub, Unsinn. Der Prinz macht in Heinrichs Version eine ganz und gar lächerliche Figur. So hätte er unseren großen K nie und nimmer auf die Bühne gebracht."

„Sie scheinen Heinrichs Schauspiel gut zu kennen?" Er warf mir einen spöttischen Seitenblick zu der mir gar nicht gefiel, obwohl mir nicht klar war, warum.

„Ich sah das Manuskript von dem Heinrich eine schönschriftliche Abschrift erstellte, die er Prinzessin Amalie widmete, einer geborenen Hessen-Homburg—"

„—deren Gatte, des Königs jüngerer Bruder Wilhelm, den Krieg gegen Napoleon befürwortete."

„Richtig. Die Kleisten, Heinrichs Cousine, reichte die Abschrift Anfang September bei Hof ein."

„Diese Abschrift existiert also noch?"

„Ich weiß es nicht. Das Drama wurde bei Hof nicht gnädig aufgenommen. Es enthält Szenen, die man sowohl unter den Hessen-Homburg als auch unter den Hohenzollern als unwürdig empfand. An eine Aufführung in Berlin war nicht zu denken. Als ich Anfang dieses Jahres bei Hof nach der Abschrift anfragte, wurde mir mitgeteilt, sie sei unauffindbar."

„Sie könnte in der Privatbibliothek der Prinzessin sein."

„In irgendeiner tiefen Schublade versteckt, ja. Es ist ein gebrandmarktes—man möchte fast sagen: ein gebanntes—Werk."

„Sie sagten, Heinrich kopierte diese schönschriftliche Abschrift von einem MS das Sie selbst einsehen konnten?"

„Ja."

„Diese Vorlage könnte also auch noch existieren?" Er legte den Kopf schräg.

„Das wäre logisch."

„Und wo könnte sie sein?" Er besah mich höhnisch und sagte umständlich:

„Man muss wohl davon ausgehen, dass Heinrich mit ihm verfuhr, wie mit den anderen Manuskripten, mit denen er am Vorabend seines Todes den Ofen befeuerte." Für einen Augenblick blitzten seine dunklen Augen auf. Was wusste er wirklich? hatte er etwas zu verbergen? Laut summierte ich:

„Wir müssen Heinrichs letztes Drama wohl bis auf weiteres als verschollen einstufen, mit der vagen Hoffnung, dass die Prinzessin ihre Abschrift eines Tages wieder hervorkramt und der Öffentlichkeit übergibt—z.B. um sie Kleists gesammelten Werken beizusteuern—oder dass das MS wiederauftaucht."

Fouqué beäugte mich unentwegt unter halb geschlossenen Augenlidern. Ich versuchte es auf einer anderen Schiene:

„Heinrich zirkulierte oft Entwürfe im Freundeskreis, die er später wieder einsammelte; dabei blieben gelegentlich Exemplare irgendwo liegen.

Dies könnte auch bei seinem Homburg der Fall gewesen sein. Wer könnte im Sommer 1811 einen solchen Entwurf erhalten haben?" Er überlegte, antwortete dann ausweichend:

„Schwer zu sagen. Er hatte damals in Berlin kaum noch Freunde."

„Sie selbst waren einer von ihnen."

„Nun ja—Freund und Rivale zugleich."

„Das MS sahen Sie—wann?" Die Pause die er benötigte um seine Antwort zurechtzulegen war auffällig, beinahe peinlich. Ich half ihm aus der Bredouille:

„Da die Abschrift Anfang September an die Prinzessin ging, wird es wohl gegen Mitte oder Ende August gewesen sein, meinen Sie nicht?"

„Ja—das ist plausibel. Ich kann mich nicht mehr genau erinnern."

„Waren Sie zu der Zeit in Berlin oder kam Heinrich hier zu Ihnen?"

„Weder noch. Ich war damals selten in Berlin. Ich lud ihn wiederholt hierher ein, doch er kam nicht. Immerhin sagte er mir zu, dass ich das fertige MS zu lesen bekäme. Als ich ihn schriftlich daran erinnerte, bot er an, es mir per Boten hierher zu schicken, dergestalt, dass der Bote warten sollte, während ich es las, und es anschließend wieder mitnehmen würde. Der Bote kam, ich überflog das Manuskript, notierte mir ein paar Zeilen, er nahm es wieder mit."

„Eine ritterliche Geste," resümierte ich die abenteuerliche Transaktion mit einiger Ironie. „Wer sonst könnte eine Kopie erhalten haben—Armin?"

„Der hatte sich mit seiner Neuerwerbung Bettina in eine Berliner Gartenlaube verkrochen. Heinrich versuchte noch, sich als drittes Rad an ihren Wagen zu hängen, aber Bettina spielte wohl nicht mit. Ich habe Armin diesbezüglich schon befragt—er hat es nicht."

Fouqué hatte offensichtlich allerhand Anstrengungen unternommen, das MS oder eine Abschrift von Heinrichs letztem Drama zu lokalisieren. Mein Gefühl, dass er etwas zu verbergen hatte, erhärtete sich.

„Die Kleisten—?"

„Möglich. Sie hält sich seit Heinrichs Tod völlig bedeckt; sicher hat sie jede Menge Briefe unter Verschluss, und könnte auch eine Kopie des Homburg haben. Wenn's so wäre, würde sie die aber niemals herausgeben: sie ist um Heinrichs Ruf bei Hof besorgt, und aus ihrer Sicht könnte nichts Besseres passieren, als dass dieses Drama nie wiederauftaucht." Mir fiel sonst niemand ein und ich beließ es dabei.

„Sie rechnen damit, lieber Fouqué, dass Ihr dramatisches Gedicht bei Hof gnädig aufgenommen wird?"

„Es hat, wenn ich das in aller Bescheidenheit sagen darf, das Zeug dazu."

„Würde es Heinrichs Drama bei Hof weiter abwerten?" Er keifte:

„Es wird Heinrichs unglücklichen Versuch in Vergessenheit geraten lassen—was, glauben Sie mir, für seinen Nachruhm das Beste wäre."

„Nicht aber für die deutsche Literatur: auch gebannte Literatur ist Literatur—sie insbesondere." Er zuckte mit den Schultern.

„Wir stehen an einer Zeitenwende. Es gilt jetzt, die Herzen und Gemüter der Deutschen zu mobilisieren. Heinrichs auf den Kopf gestellte Figuren, mit Verlaub, sind nicht nur anzüglich, sondern auch unserer patriotischen Sache abträglich. Mein Werk stellt alles wieder auf die Füße. Es wird Preußen und den K beflügeln. Ich trete damit Heinrichs Erbe an, setze seine letzten, schon von der Paralyse verwirrten Gedanken dichterisch um, stelle so seine Ehre wieder her." Er sah mich an als erwarte er von mir eine Huldigung.

Ich aber konnte nur mühsam mein Entsetzen darüber verbergen, dass diese poetische quantité négligeable sich anmaßte, Heinrichs Erbe anzutreten. An ihn gerichtet wandte ich ein:

„Ein Sieg über Napoleon ist aber noch in weiter Ferne."

„Napoleon hat sich zwar samt seinen Unsterblichen bis kurz vor Smolensk durchgeschlagen, von wo er nach Minsk und Wilna entkommen könnte, doch haben die Russen Beauharnais Flügel gezwungen, nach Westen abzuziehen, und rücken nun mit zwei großen Armeen nach. Noch vor der Beresina könnten sie die Überreste der Grande armée einholen, einkesseln und aufreiben.

In Paris wird schon von Umsturz gemunkelt. Napoleon wird bald gezwungen sein, seine Soldaten im Stich zu lassen und zurückeilen, um einem Putsch in der Hauptstadt vorzubeugen.

Die Österreicher hielten sich bisher aus dem Schlimmsten heraus und verfügen noch über ihre volle Solltruppenstärke; die Preußen erlitten zwar an der Nordflanke herbe Verluste, doch ist ihre Hauptarmee noch intakt.

Der König wird dem Druck der Patrioten, die Allianz mit Napoleon aufzukündigen und sich wieder auf die Seite des Zaren zu schlagen, bald nachgeben müssen—und mein Gedicht wird ihn darin bestärken."

„Auch wenn er diese Kampagne nicht mehr erfolgreich abschließen kann, ist Napoleon noch lange nicht am Ende."

„Am Anfang vom Ende. Kommen Sie, es wird dunkel, gehen wir hinein. Ich will Ihnen meine Bibliothek zeigen."

* * *

Wir betraten einen hohen, langgestreckten Raum im Erdgeschoß des Hauptgebäudes, von dem er wohl gut die Hälfte einnahm. Er war auf der Türseite auf ganzer Länge mit Bücherregalen versehen, auf der gegenüberliegenden Seite mit vier großen Fenstern, die zum Park hin orientiert und mit schweren Vorhängen verhängt waren. Das Kopfende zur linken war mit einem enormen Kamin versehen, in dem ein lebhaftes Feuer brannte, das zur rechten mit schmalen Seitenfenstern. Die Bücherregale waren von gleicher Breite, abgesehen vom zweitletzten, dessen Breite der der Eingangstür entsprach. Im hinteren Bereich befand sich eine Sitzgruppe, bestehend aus vier im Karree um einen runden Tisch angeordneten schweren Sesseln nebst kleinen Beistelltischen; zwischen den Fenstern standen mehre Kabinette und Kredenzen sowie ein Sekretär. Die folgende Skizze verdeutlicht diese Anordnung:

```
,────,──,────,────,==,────,      <= Bücherwand
I     S              K            mit Tür
I     S O S          K
I     S              K
"──"────"──"────"──"────"         <= Fenster zum
                                     Park
```

Fouqué führte mich mit theatralischem Gehabe an der Bücherwand entlang. Die Bücher waren thematisch und alphabetisch geordnet. Das erste große, vom Betrachter aus ganz linke, Regal enthielt militärische, geographische und wissenschaftliche Sachbücher. Ich blätterte in einem Atlas aus dem späten 18. Jahrhundert, der ausgezeichnete Reichskarten enthielt, und in einer französischen Abhandlung über die Festungskunst Vaubans, deren Zeichnungen ungewöhnlich detailliert ausgeführt waren.

„Eine erstklassige Sammlung," lobte ich. Tatsächlich besaß Fouqué einige sehr schöne und rare Bücher. Seine Wangen glänzten vor Vergnügen.

„Es hat mich allerhand Mühe und Geld gekostet, sie zusammenzutragen."

Ich glaubte es ihm aufs Wort. Das zweite Regal von links—das schmale—enthielt Miszellen wie Wörterbücher und mathematische und astronomische Almanache. Während in den anderen Regalen die Bücher dichtgedrängt standen, war dieses Regal nur zur Hälfte gefüllt.

„Hier haben Sie noch Platz für Nachkäufe," ulkte ich. Er lachte übertrieben, als habe er wie eine aufgedrehte Feder unter einer Anspannung gestanden die meine Bemerkung auslöste. Etwas an diesem Regal schien merkwürdig, doch war mir nicht klar, was. In den verbleibenden Regalen befanden sich hauptsächlich Werke der Literatur und Philosophie. Ich schaute mir, beim Buchstaben A anfangend, in Ruhe seine recht vollständigen Sammlungen der Werke Aristophanes und Aristoteles an, arbeitete mich dann zügiger bis zum Buchstaben K vor.

„Kleist. Da haben wir ihn ja." Ich ging bedächtig durch die Bände. „Die Schroffensteiner sind nicht dabei," bemerkte ich.

„Seinen Erstling ist unausgegoren. Die Figur der Ursula ist unglücklich gewählt und grob ausgeführt. Das Ende ist schwach. Nach meinem Dafürhalten sollte dieser erste Versuch nicht zum Kanon seiner Werke gezählt werden—erst mit dem Amphitryon fand Heinrich zu seiner wirklichen Größe."

„Sie scheinen ein Freund der Selbstzensur zu sein, oder davon, sich zum Richter aufzuschwingen." Er ließ sich von meinem Sarkasmus nicht irritieren.

„Jede Bibliothek ist begrenzt; man muss auswählen was man ausstellt."

„Sie meinen, Sie mögen das eine oder andere Buch wohl besitzen, es aber trotzdem nicht ausstellen? Die Schroffensteiner zum Beispiel?"

„Nein—die nicht." Er sah mich belustigt an. „Ein Werk, das ich für zweitklassig halte, möchte ich erst gar nicht besitzen."

„Aber ein Werk das Sie—wie war Ihr Ausdruck letztens—bannen wollen, das würden Sie nicht vernichten, sondern verbergen?" Er spürte die Falle. Statt zu antworten gestikulierte er in Richtung Sitzgruppe.

„Likör, lieber Brockes?" Wir nahmen Platz.

Ich wählte den dem Kamin am nächsten stehenden Sessel aus, so dass ich das Feuer im Rücken und das merkwürdige Regal, ein paar Schritte zu meiner rechten, sowie ihn selbst, mir gegenüber im vollen Schein des Feuers sitzend, gut im Blick hatte, während ich von seiner Warte aus gesehen gegen den Kamin und somit im Halbdunkel saß. Wo, fragte ich mich, würde man ein gebanntes Buch verstecken? Am unauffälligsten zwischen anderen Büchern! Allerdings handelte es sich bei dem Werk das ich im Sinn hatte nicht um ein gebundenes Buch, sondern um ein MS aus losen Blättern, ggf. zusammengeheftet. Fouqué hatte eben die Ausdrücke auswählen und ausstellen betont. Meinte er damit, dass er bestimmte Bücher in der Bibliothek nicht aus-, sondern einstellte, zum Beispiel in eines der Kabinette, oder dass er sie zwar ausstellte, aber nicht in der Bibliothek selbst, sondern an einem geheimen Ort?

Fouqué reichte Zigaretten und Feuer.

Ich saugte genüsslich das vermischte Aroma von Tabak, Brennholz und Buchpapier ein, das den Raum angenehm durchflutete, und ließ meinen Gedanken freien Lauf. Die feste Überzeugung hatte sich in mir herangebildet, dass Fouqué das verschollene Homburg-Manuskript hier irgendwo verborgen hielt.

Wir genossen den exzellenten Likör.

Fouqué erzählte von der Rheinkampagne, an der er wie Heinrich als junger Mann teilgenommen habe—wenn auch in einer anderen Kompagnie, so dass sie sich erst später in Potsdam kennenlernten.

Ich gab vor, aufmerksam zuzuhören. Tatsächlich aber schweiften meine Gedanken zu dem merkwürdigen Regal; ich schielte unauffällig in dessen Richtung, in der Hoffnung zu ergründen, was es war das mir auffällig an ihm erschien.

Ich wurde einer schwachen Schleifspur auf dem Parkettboden gewahr, die einen Viertelkreis vom linken Rand des schmalen Regals bis hin zu dessen Mitte beschrieb—dem Segment eines Kreises gleich, dessen Mittelpunkt exakt in der Mitte des Regals lag und dessen Durchmesser der Seitenlänge des Regals entsprach, als habe das Regal mittig einen Dreh- und Angelpunkt um den es sich schwingen ließ, wodurch sich eine Öffnung auftun würde die in einen dahinterliegenden Raum führen könnte. Hatte ich den Eingang zu Fouqués Schatzkammer entdeckt?

Er war meinem Blick gefolgt, lauerte wie eine zum Sprung geduckten Raubkatze. Ich ging in die Offensive:

„Was sagen Sie zur Constanza Parquet im Findling—der Frau Nicolos, die im Wochenbett stirbt?" Fouqué stutze ob dieser unerwarteten Frage. „Ihr Name bedeutet ja ungefähr beständiges Parkett."

„Bei Heinrich haben alle Namen eine Bedeutung," sagte er unbestimmt.

„Mit diesem Namen wies er, denke ich, auf das regelmäßige administrative Raster der französischen départements hin, das an einen Parkettboden erinnert und im Gegensatz zu dem unregelmäßigen, organisch gewachsenen Flickenteppich das deutschen Reiches mit Sein zusammengewürfelten Fürstentümern steht. Dieses Raster dehnte Napoleon infolge seiner Eroberungen zunächst bis zum Rhein und Po, später bis zur Ostsee und Adria aus. In Heinrichs Erzählung schickt Nicolo sich an, mit Constanza eine deutsche

Ausgeburt dieses Systems zu zeugen. Es wird aber eine Fehlgeburt, in deren Folge Nicolo sich von Piachis loyalem Verwalter zu seinem Herausforderer wandelt. An dieses System der Gleichschaltung musste ich eben angesichts Ihres fachmännisch verlegten Parkettbodens denken." Ich senkte meinen Blick bedeutungsvoll auf das vor dem schmalen Regal liegende Parkett.

Seine Sicht auf die Schleifspuren war durch einen der Sessel verstellt, doch sollte meine Vermutung korrekt sein, würde er genau wissen, wohin ich blickte. Er rührte sich nicht, setzte wohl darauf, dass ich es mir nicht herausnehmen würde, tatkräftig einen Beweis für meine Hypothese zu erbringen.

Doch genau das war ich entschlossen zu tun! Ich sprang auf, stand in null Komma nichts vor dem Regal und rief:

„Nicht wahr, das Regal ist halbleer damit es sich besser—dreht." Bei diesen Worten drückte ich gegen die rechte Seite des Regalrahmens, in der Erwartung, dass sie nach innen nachgeben würde.

Nichts tat sich. Er lachte gehässig.

„Sie haben zu viel Phantasie Brockes. Sie sehen wohl Gespenster."

Ich war jetzt erst recht davon überzeugt, dass meine Hypothese korrekt war: aus der Nähe konnte ich die Zwischenräume zwischen dem beweglichen und den angrenzenden Regalen, sowie den Spalt über dem Boden deutlich sehen. Doch mein über hasteter Versuch, den Beweis zu erbringen, war zunächst fehlgeschlagen.

„Nehmen Sie noch ein Gläschen, lieber Brockes. Vielleicht kommt Ihnen noch der Gedanke, ich hätte Heinrichs Mumie in den Wänden versteckt."

Ich beschloss die Sache zunächst auf sich beruhen zu lassen. Es gab bestimmt einen Mechanismus, der das Regal in Bewegung setzte, wahrscheinlich rechts oder links davon hinter Büchern versteckt. Dies konnte ich aber nur in seiner Abwesenheit weiter untersuchen.

„Verzeihen Sie meine Erregung. Ich habe immer das Gefühl, dass es in einem Schloss geheime Türen und Kammern geben muss. Schon als Kind spielte ich gerne Spürnase. Vielleicht habe ich ein wenig zu viel von dem Likör gekostet." Er grinste süffisant und sagte mit seiner Reptilienstimme:

„Ach was, genehmigen Sie sich noch einen vorm Schlafengehen. Sie bleiben doch ein paar Tage? Wir haben noch viel zu bereden."

Ich nahm dankend an.

Zehntes Kapitel

Mein Schlafzimmer lag im Obergeschoss, am nordwestlichen Ende des zweistöckigen Hauptgebäudes, Fouqués Zimmer im selben Geschoss, am gegenüberliegenden Ende. Dazwischen lagen weitere Zimmer sowie die imposante Treppenhalle. Das Personal schlief im Nebengebäude. Vorausgesetzt sie war nicht abgeschlossen, würde es mir ein leichtes sein, nachts unbemerkt in die Bibliothek im Erdgeschoß einzudringen. Dank der schweren Vorhänge würde gedämpftes Kerzenlicht kaum nach draußen dringen. Ich wollte ein paar Tage warten bevor ich den Versuch unternahm.

Nach den Strapazen der letzten Wochen war mir Muße durchaus willkommen. Fouqué erwies sich als großzügiger Gastgeber; er hatte einen vorzüglichen Koch und allerhand Wildbret in der Speisekammer. Bei gutem Wetter unternahmen wir gemeinsam Spaziergänge im Park, bei schlechtem saßen wir gelegentlich bei Tabak und Wein zusammen in der Bibliothek oder in seinem Arbeitszimmer—er am Schreibtisch, ich auf einem Sofa.

Er las mir aus seinem Roman Der Zauberring vor, den er gerade abschloss und der mich gewaltig langweilte, sowie—um mich anzustacheln?—aus dem Versdrama Die Heimkehr des großen Kurfürsten, an dem er gleichzeitig arbeitete und dass dem Anspruch, Heinrichs verschollenes Werk zu ersetzen, unter keinen Umständen genügen würde.

Meistenteils aber saß ich alleine in der Bibliothek, schrieb dort am Sekretär meinen Bericht und plante meine weitere Vorgehensweise. Sollte ich Adam Müller und Friedrich von Gentz in Wien aufsuchen? Friedrich Christoph Dahlmann in Wittenberg? Letzterer hatte 1809 eine kurze aber intensive—und mir bisher weitgehend unbekannte—Episode mit Heinrich erlebt: eine Reise nach Österreich die mich ein wenig an unsere Würzburger Reise erinnerte. Vor einer Unterredung mit Müller graute mir—sein zwielichtiger Charakter und sein zwiespältiges Verhältnis zu Heinrich ähnelten unangenehm denen Fouqués. Auf ein Treffen mit Dahlmann war ich dagegen erpicht. Ihn wollte ich daher als nächstes aufsuchen.

Zunächst aber galt es, hier meine Arbeit zu verrichten.

* * *

An einem stürmischen, dunklen Herbstnachmittag—Fouqué hatte sich in sein Arbeitszimmer zurückgezogen und das Personal angewiesen, sein Abendessen dort zu servieren, und ich war alleine in der Bibliothek—machte ich mich daran, den Schwenkmechanismus des Regals zu finden. Bald entdeckte ich einen hinter ein paar Büchern in die Wand eingelassen metallenen Hebel, der wahrscheinlich über ein Gestänge oder einen Seilzug Gewichte in Gang setzte, die das Regal bewegten.

Ich hatte eigentlich vorgehabt, meine Untersuchungen nachts durchzuführen, wenn ich nicht damit zu rechnen brauchte, dass ein Bediensteter oder

der Hausherr unerwartet einträten, doch als ich nun den Hebel in der Hand spürte konnte ich mich nicht zurückhalten, ihn umzulegen. Dies zu bewerkstelligen bedurfte einiger Kraft; erst nachdem ich ihn schon halb heruntergedrückt hatte fing das Regal an, sich fast geräuschlos um seine Achse zu drehen. Die Schleifspuren bezeugten, dass einst die Aufhängung entlang der Achse nachgegeben hatte, so dass das Regal beim Drehen über den Boden schleifte; der Schaden muss aber anschließend wieder behoben worden sein, so dass nun das Schleifen ausblieb. Die Öffnung reichte bald für mich aus, hindurch zu schlüpfen.

Ich betrat eine—von einem kleinen, hochliegenden Fenster, das man zum Lüften mittels einer Stange anheben konnte, abgesehen—fensterlose Kammer von vier, fünf Schritt Seitenlänge, an deren Wänden z.T. mit Büchern und Schriftstücken, z.T. mit Schatullen gefüllte Regale und mit Vorhängeschlössern versehene Kabinette standen. In der Mitte der Kammer thronte auf einem Sockel eine Glasvitrine, in der sich einer jener Buchständer befand, auf denen man einzelne Blätter festklammern und bequem im Stehen lesen konnte. Sofern Fouqué das verschollene MS tatsächlich besaß—ich schloss die Möglichkeit nicht aus, dass er ein keckes Spiel mit mir trieb und mich auf eine falsche Fährte geführt hatte—wäre dies der ideale Ort, seinen Schatz aufzubewahren und ab und an einzusehen. Der Buchständer war jedoch leer.

War ich Fouqué auf den Leim gegangen oder hatte er seinen Schatz sicherheitshalber entfernt, möglicherweise gleich nach unserem ersten Gespräch in der Bibliothek? Überzeugt, dass das MS nicht mehr hier war, hielt mich nichts länger in der Kammer. Das Regal verschloss sich so lautlos wie es sich geöffnet hatte. Ich glitt zurück in meinen Sessel und lauschte. Alles blieb ruhig.

Wohin wohl könnte Fouqué seinen Schatz verlegt haben? Natürlich könnte er ihn einfach für mich unerreichbar in sein Arbeitszimmer oder seine Schlafkammer mitgenommen haben. Aber ein solcher Rückzieher entspräche nicht seinem Charakter; wahrscheinlicher schien mir, dass er, nachdem er merkte, dass ich Lunte gerochen hatte, ein Versteckspiel inszenierte um sich auf meine Kosten zu amüsieren, indem er nämlich das MS dergestalt versteckte, dass es für mich im Prinzip auffindbar war. Ein Duell der Phantasien wäre ganz nach seinem Sinn, zumal er erwarten durfte, als Sieger daraus hervorzugehen.

Ich schaute in den herbstlichen Park hinaus und entschied, zunächst die Bibliothek einer gründlichen Inspektion zu unterziehen. Dazu benötigte es eines Suchprinzips: Fouqué hätte seinen Schatz sicher nicht wahllos versteckt. Ein wertvolles aber gewöhnlich aussehendes Dokument, vielleicht geheftet und eingebunden in einen Schutzumschlag aus Pappe, Filz oder Wachspapier, versteckt man am besten inmitten anderer gewöhnlich aussehender Dokumente. Im hintersten Regal waren mir zuvor mehrere Stapel loser Manuskripte aufgefallen, die ich jetzt Stück für Stück durchzusehen begann.

Es klopfte an der Tür. Ich unterbrach meine Arbeit und rief den Bediensteten herein, wohl wissend, dass er gekommen war, die Lichter anzuzünden, was mir gerade recht war, da es mittlerweile draußen fast

Dunkel war und ich kaum noch etwas sehen konnte. Dem jungen Mann meinen Rücken zudrehend wartete ich, bis er seine Aufgabe ausgeführt und anschließend die Tür hinter sich geschlossen hatte.

Ich kannte Heinrichs Zitterschrift gut; obwohl sie sich über die Jahre verändert haben mochte, war ich sicher, dass ich sie erkennen würde. Ich unterzog die Schriftbilder der Manuskripte einer flüchtigen Okularinspektion, ohne zunächst auf ihren Inhalt zu achten. Die weitaus meisten stammten von ein und derselben Hand, mutmaßlich Fouqués eigener. Ich fand nichts, das auch nur annähernd nach Heinrichs Hand aussah.

Als nächstes nahm ich mir die zu Heften zusammengebundenen Dokumente vor, die in beträchtlicher Zahl über die Bücherwand verteilt waren, eingezwängt zwischen gebundenen Büchern. Zunächst konzentrierte ich mich auf die Stelle, wo Heinrichs Werke standen. Hier schien alles unverändert wie am ersten Tag; trotzdem ging ich jedes Buch noch einmal durch um sicherzustellen, dass Fouqué das gesuchte Heft nicht nachträglich in eines von ihnen hineingesteckt hatte—in den Krug zum Beispiel, der einschließlich dem Variant allerhand Volumen hatte. Es ergab sich hier nichts. Ich gönnte mir ein Gläschen Rotwein, nahm mir dann die H Sektion vor—H wie Heinrich und Homburg. Hier ergab sich wie Jupiter nichts. Ich stand sinnend vor dem Regal als es erneut klopfte. Der Diener trat ein: es sei für mich im Speisezimmer angerichtet. Ich folgte ihm dorthin.

Bei den exzellenten Wachteln dachte ich unwillkürlich an Alkmenes dekadente Ortolane und ließ mich dazu verleiten, meine Vöglein wie Jupiter vom Schwanzende her zu vernaschen. Beim genüsslichen Kauen grübelte ich weiter. Könnte Fouqué bei seinem Versteckspiel an irgend etwas angeknüpft haben, das wir im Laufe der vergangenen Tage angesprochen hatten? Ich ließ unsere Gespräche Revue passieren, insbesondere das vom ersten Tag, auf der Bank unter der Eiche. Abgestorbne Eiche, Dichterlorbeer, Fehrbellin, Manon Lescaut, Undine waren Stichwörter die mir im Gedächtnis hafteten. Nach der Mahlzeit ging ich schnurstracks zurück in die Bibliothek.

Aus dem Regal mit den Militär- und Geschichtsbüchern entnahm ich Friedrichs Mémoires sowie Karl Heinrich Krauses Geschichte. Dort fand ich nichts. Als nächstes nahm ich mir Prévosts Roman vor. Das Buch war abgegriffen; offensichtlich war es widerholt gelesen worden. Ich stellte mir vor wie der aufgescheuchte Fouqué, nachdem Heinrich ihm sein Romanprojekt angekündigt hatte, gierig Prévosts Meisterwerk verschlang um Anhaltspunkte zu finden, was Heinrich im Schilde führen mochte. Von dem MS war hier abermals keine Spur.

In der F Sektion—F wie Fouqué—nahm mir zunächst die Buchversion seiner Undine von Ende 1811 vor. Die Zueignung an Heinrich fiel mir ins Auge. In deren ersten vier Strophen besang Fouqué ihre Liebesaffäre, in der dritten ihren agōn. Unumwunden gab er dort zu, Kleist nachgeeifert und kopiert zu haben:

> Doch meine Zither tönte nach
> Aus ihrer goldbezognen Pforte

Jedwedes Deiner leisen Worte,
Bis fern man davon hört' und sprach.

Gleichzeitig konnte die Strophe satyrisch gelesen werden: Zither = Phallus; Pforte = Anus. In den übrigen drei Strophen evozierte Fouqué Heinrichs Seele, nunmehr in den amphibischen Körper Undines eingenistet, die Fouqué wie ein eudaimon begleitet, insbesondere während seiner Liebschaften mit edlen Herrn und schönen deutschen Frauen—letzteres, monierte ich stillschweigend, hätte Heinrich wohl kaum getan. Fouqués Zweigleisigkeit stempelte ihn selbst als Amphibion ab, und nicht Heinrich, dessen Orientierung nie in Zweifel stand. In der letzten Strophe brachte Fouqué seine Hoffnung zum Ausdruck, fortan Frauen in den Mittelpunkt seiner Begierde und seiner Poesie—Schwerdt und Zither—zu rücken, und forderte Heinrichs Seele auf, es ihm gleichzutun. Schon wieder so ein elendiger Versuch Fouqués, Heinrich für sich zu vereinnahmen! Das MS fand ich nicht.

Ich wollte gerade angewidert Fouqués Roman ins Regal zurückstellen als mich eine Stelle in der Widmung stutzig machte: tritt vertraulich in den Saal. Grüß' sittig jeden edlen Herrn. Die Strophe kam mir wie ein Fingerzeig vor—bloßes Hirngespinst? Gab es hier irgendwo einen Saal in dem Fouqué edle Herren zu versammeln pflegte? Die Bibliothek eignete sich zum geselligen Rauchen und Plaudern, nicht aber zu dem, wofür Brüder sich vorrangig versammelten: dem Symposium. In Gedanken ging ich die Räumlichkeiten des Gutes durch. Im Erdgeschoss gab es neben der Bibliothek die Empfangshalle, den Salon und den Speisesaal; im Nebengebäude die Küche nebst Speisekammer und Abstellkammern. Im Obergeschoss befanden sich mehrere Schlafzimmer, Fouqués Arbeitszimmer und ein weiterer kleiner Raum, vielleicht ein Gebetsraum, im Nebengebäude die Unterkünfte für das Gesinde. Ich konnte somit ausschließen, dass es im Gebäude einen substantiellen Raum gab von dem ich noch nichts wusste. Gab es einen Keller? Nirgendwo im Hauptgebäude war mir eine Tür oder Falltür treppabwärts aufgefallen. Auch schien es mir unwahrscheinlich, dass Fouqué brüderliche Feste in einem Keller abhalten würde, der im Sommer wahrscheinlich feuchtschwül und im Winter eiskalt sein würde.

Da fiel mir die Orangerie ein.

* * *

Am nächsten Morgen frühstückte ich mit Fouqué, der kaum geschlafen hatte und in fiebriger Aufregung verkündete, sein Zauberring ginge am folgenden Tag zur Post. Ich erwähnte en passant, dass ich im Laufe des Tages, sobald der Sturm nachließ, frische Luft schnappen wollte. Er selbst habe mit dem Versdrama zu tun und müsse sich entschuldigen; er ermunterte mich, mir von den Bediensteten feste Stiefel zu besorgen, da der Park jetzt einem Sumpf gliche. Gegen Mittag ließ der Sturm nach und ging in leichten Nieselregen über. Ich borgte mir Fouqués Jagdstiefel sowie einen Regenmantel nebst Schlapphut mit breiter Krempe, erbat mir den Schlüssel zur Orangerie und stapfte in den Garten hinaus.

Die Orangerie war ein zweistöckiger, beinahe quadratischer Bau mit einer Seitenlänge von ungefähr zwölf auf vierzehn Schritt. Am Eingang entledigte ich mich meiner verdreckten Stiefel und schlüpfte in ein Paar Filzhausschuhe, die dort bereitstanden und meine Füße in den ungeheizten Räumen warmhalten würden.

Sofort erkannte ich, dass ich gefunden hatte worauf ich spekuliert hatte: Fouqués Lusthaus. Die Decke des Saales war aufwendig mit Stuck und einem ovalen Deckengemälde verziert, das eine bukolische Satyrszene zeigte. An den Wänden wechselten sich frivol-rustikale Burlesken im Stil eines Teniers mit Bacchus- und Satyrdarstellungen à la Poussin ab. Der Boden war mit luxuriösen Perserteppichen und Kissen bedeckt. Vor den hohen, schön geschwungenen Fenstern, allesamt zum Wald ausgerichtet und mit schweren Vorhängen verdunkelt, standen im Oval angeordnet sechs Chaiselongues, in einer Mischung aus üppigem Empire und orientalischem Stil gehalten und mit Kissen und Beistelltischchen versehen. Das persische Wort divan, kam mir in den Sinn, hatte eine dreifache Bedeutung, Versammlung hoher Herren, Sammlung von Dichtungen und Sofa, was es dem griechischen symposion verwandt machte. Entlang den Wänden standen erotische Skulpturen, exotische Vasen und verzierte Kommoden.

In den Nebenräumen fand ich eine Küche, eine Kühlkammer mit Wein und Fruchtkonserven, ein opulentes Bad und eine Abstellkammer mit Apparaturen, die bei einer Orgie zum Einsatz kommen würden: ein Mesmerscher Bottich, mehrere Kleistsche Flaschen, allerlei Lustspielzeug. Vom Manuskript jedoch keine Spur.

Eine Wendeltreppe führte ins Obergeschoss, in dem unter den Schrägen des Satteldachs drei komplett eingerichtete Schlafkammern untergebracht waren, in die sich Gäste zu zweit oder in kleinen Gruppen zurückziehen konnten. Mein Blick fiel auf die Tür am Ende des Gangs, hinter der ich das Hauptschlafzimmer vermutete.

Ich trat ein. Ein riesiges Bett dominierte den Raum. Ich schlug die schwere Bettdecke zur Seite. Voilà! Vor mir lag ein in einen rosafarbenen Schutzumschlag eingebundenes Dokument. Ich blätterte es durch. Seite um Seite war es mit Heinrichs unnachahmlicher Schrift gefüllt. Ich nahm den Schatz an mich. Hier also hatte Fouqué mit Heinrich gelegen— oder zumindest davon geträumt, denn tatsächlich war Heinrich vielleicht nie hier gewesen.

Unten schwenkte ich meinen Blick noch einmal quer über den großen Saal, in dem Fouqué manch rauschende Feste gefeiert haben dürfte, kam dann zur mannshohen Marmorherme am Ausgang, die wohl schon manchem Symposiasten beim Abschied die Hand gereicht hatte——

Auch mir——

* * *

Zu Abend speiste ich mit Fouqué. Er war erschöpft, aber in bester Stimmung. Die Zeitung berichtete, dass Napoleon binnen weniger Wochen an der Beresina eingekesselt sein könnte, nachdem er bereits drei Viertel seiner Armee an Morast, Frost, Krankheit, Wundfieber, Hunger, Erschöpfung, Desertation und russische Schafschützen verloren hatte.

Es zeichne sich, frohlockte Fouqué, ein totales Desaster für den Korsen ab.

„Zum Jahrestag von Heinrichs Tod," rief er voller Pathos, „wendet sich nun das Blatt. Mein Drama soll diesem Sieg gewidmet sein."

Wir stießen auf Heinrich an, auf den Sieg und auf Fouqués Kurfürsten. Ich ließ unerwähnt, dass für mich das Gefühl der Trauer überwog—darüber, dass Heinrich diesen Wendepunkt im Kampf gegen Napoleon nicht mehr hatte erleben dürfen.

Beiläufig kündigte ich meinem Gastgeber meine bevorstehende Abreise an, für die ich die nächste Flaute zwischen den Herbststürmen ausnützen wolle. Fouqué stutzte einen Moment, doch trugen wohl der Wein, der Freudentaumel und die schlaflosen Nächte das ihre dazu bei, dass er weder versuchte, mir meinen Entschluss auszureden, noch deswegen argwöhnisch wurde. Das Wetter der nächsten Tage versprach relativ ruhig zu werden und ich erbat seine Erlaubnis, seine Kutsche bis zur nächsten Poststation nehmen zu dürfen, ihn inbrünstig vergewissernd, dass Heinrichs Aufenthalt bei Wieland in Oßmannstedt nicht erbaulicher habe gewesen sein können als meiner hier bei ihm in Nennhausen.

Geschmeichelt und betrunken ging er zu Bett, vergaß sogar, bei mir Hand anzulegen, wie er es sonst gerne vorm Schlafengehen tat.

Am nächsten Vormittag war das Wetter freundlich. Ich packte sofort meine Sachen. Fouqué ließ sich zum Frühstück nicht blicken; ich wies das Gesinde an, ihn schlafen zu lassen; wir hätten uns bereits verabschiedet. Mein Gepäck war schon auf der Kutsche verpackt und ich dabei, mich in Schal und Mantel gewickelt neben den Kutscher auf den Bock zu schwingen, als Fouqué schlaftrunken im Morgenrock zur Tür hinauskam und mir Lebewohl zurief.

„Kommen Sie bald wieder, lieber Brockes. Und haben Sie Acht: mein Kurfürst kommt noch vor Ende des Jahres heraus." An Heinrichs Prinzen in meinem Gepäck denkend, anstelle seines Kurfürsten, rief ich fröhlich zurück:

„Auf den gebe ich bestens Acht. In Staub mit allen Feinden Brandenburgs!"

„In Staub mit allen Feinden Brandenburgs!" krächzte er mir nach, wie es schien ohne sich gewahr zu werden, dass ich gerade eine Zeile aus genau jenem Drama zitiert hatte, welches ich seines Wissens nach gar nicht kennen konnte.

Als der Wagen Fahrt aufnahm, blieb mein zurückgewandter Blick an den verräterischen Jagdstiefeln haften, die die Magd zum Trocknen neben der Küchentür ausgestellt hatte.

„Holla!" rief ich. „Hussahe!"

Der Kutscher gab den Pferden die Peitsche, hurtig flogen wir durch die Niederungen des Havelländischen Luchs auf Brandenburg zu.

* * *

Sollte ich Kleists letztes Drama sofort an die Öffentlichkeit bringen? Während der Fahrt mehrten sich meine Zweifel. Angenommen es fände sich überhaupt ein Verleger, könnte eine unmittelbare Veröffentlichung Heinrichs Reputation schaden, denn käme sein Prinz zeitgleich mit Fouqués Kurfürsten heraus, würde der alles daran setzen, Heinrichs Drama zu verunglimpfen—z.B. indem er öffentlich darauf hinwies, dass Heinrich darin den allseits verehrten Großen Kurfürsten gar keine gute Figur machen ließ. So gesehen schien es mir ratsam, mit jener Veröffentlichung zu warten.

Dies aber warf ein weiteres Problem auf: ironischerweise war Heinrichs Manuskript bei Fouqué sicherer aufgehoben gewesen als in meinem Reisegepäck. Ich musste sicherstellen, dass es, sollte mir etwas zustoßen, weder in falsche Hände noch in Vergessenheit geriet. Tieck käme wohl als Treuhänder in Frage.

Ich nahm mir vor, diese Frage zunächst mit Dahlmann zu erörtern, zu dem ich mich nun auf den Weg machte. Ich hatte ihn nie persönlich kennengelernt, aber Heinrich hatte von ihm als einem Mann gesprochen, auf den man setzten konnte.

Der ominöse Schatz in meinem Reisekoffer, der mir so unerwartet und auf nicht ganz legalem Wege in die Hände gefallen war, brannte mir plötzlich unter den Fingern—fast wie ein Schwarzer Peter, den es so schnell wie möglich wieder loszuwerden galt.

Als ich mir Fouqués Rage vorstellte, wenn er den Verlust entdecken würde, sträubten sich unwillkürlich meine Nackenhaare.

Ich rief dem Kutscher zu, er solle sich sputen.

Elftes Kapitel

In Brandenburg entließ ich Fouqués Kutscher und bestieg am nächsten Morgen die Postkutsche nach Wittenberg, das ich am Nachmittag des darauffolgenden Tages—es war der 1. November—nach einem Zwischenstopp in Belzig erreichte. Die Tage wurden merklich kürzer und Nachtfahrten vermied ich bei dem unbeständigen Herbstwetter tunlichst.

In Wittenberg stieg ich in der Alten Canzley nahe der Schlosskirche ab. Am darauffolgenden Tag begab ich mich zur Leucorea, wo ich Dahlmann vermuteten durfte, da das Wintersemester nun in vollem Gange war. Noch am selben Nachmittag saß ich ihm in seinem kleinen Büro gegenüber.

„Es ist eine glückliche Fügung, mein lieber Brockes, dass Sie jetzt hier vorbeikommen, denn ab Dezember werde ich an der Kieler Universität tätig sein—das wäre ein langer Weg für Sie gewesen. Sie waren eng mit Heinrich befreundet?"

„Wir waren 1800 mehrere Monate in Würzburg und Berlin, später nochmal in Dresden zusammen. Ich liebte ihn sehr."

„Wir alle liebten ihn sehr," versetzte er lapidar. „Ich selbst war ein knappes Jahr lang mit ihm zusammen, im Schicksalsjahr 1809. Anfang 1809 kam ich nach Dresden, um am Phöbus mitzuarbeiten, doch als ich dort eintraf wurde der gerade eingestellt. Als im April der Krieg losging schlugen Heinrich und ich uns zusammen nach Österreich, wie ein Ehepaar mit gemeinsamem Pass reisend." Er lächelte verschmitzt. „Nach dem Krieg verschlug es mich hier nach Wittenberg, ihn nach Berlin, und wir verloren uns aus den Augen."

„Es ist nicht gerade weit von Wittenberg nach Berlin."

„Nein, aber ich musste mich auf meine Laufbahn konzentrieren; er hielt wenig von Laufbahnen, wollte mir aber meine nicht verleiden. Außerdem wurde er erneut krank und ich scheute ehrlich gesagt die Ansteckungsgefahr. Er drängte mich, mit ihm zu sterben, doch ich teilte seinen Enthusiasmus für Seelenwanderungen nicht—ich bin altmodischer Protestant."

Ich verstand auf Anhieb, warum sich Heinrich zu dem schönen, intelligenten und einfühlsamen Mann hingezogen gefühlt hatte—welch wunderbar ausgleichender Gegenpol zu Heinrichs unstetem Genius!

„Woran lag es, dass der Phöbus abstürzte?"

"Heinrich war intellektuell die treibende Kraft, sein Interesse aber ließ im Herbst 1808 nach. Zudem gab es nur wenige Abonnenten. Der Verleger Walther, an den Adam Müller die Rechte verscherbelt hatte, hoffte die Pferde noch einmal herumzureißen, u.a. indem er mich für Redaktion und Beiträge gewann, doch schon bald wollte er kein Kapital mehr zuschießen; mit Auslieferung der letzten Ausgabe des ersten Jahrgangs im Februar 1809 gab er auf."

„Warum ließ Heinrichs Interesse nach?"

„Alle seine Publikationen—Phöbus, Germania, Abendblätter, Monographen—waren für ihn bloße Plattformen für zwei Hauptgegenstände: den Propagandafeldzug gegen Napoleon und die Dichterkampagne gegen Goethe. In beiden Arenen tat sich im Sommer und Herbst 1808 entscheidendes: mit der Pariser Konvention, der Stein-Affäre und dem Erfurter Kongress forcierte Napoleon bereits den nächsten Krieg—was Heinrich begrüßte, denn er wünschte nichts sehnlicher als mit seinen Dichtungen den deutschen Widerstand gegen Napoleon anzufachen; gleichzeitig gelang Goethe mit Faust zur Ostermesse ein großer Wurf; und mit den Wahlverwandtschaften, deren Entwurf im Herbst zirkulierte, zeichnete sich bereits der nächste ab.

Der Phöbus war als Plattform weder für die dichterische noch für die politische Kampagne ideal: das Format eignete sich für anhaltendes Sperrfeuer—Erzählungen, Fragmente, Epigramme—nicht aber für konzentrierte, schwere Kanonaden. Goethe hatte mit Faust eine veritable Grande batterie in Stellung gebracht, und Napoleon mit seinen Schachzügen sowieso; Heinrich sah sich genötigt, ebenfalls großkalibriges aufzufahren, also Dramen. Der kleinkalibrige Phöbus dagegen wurde ihm bedeutungslos—abgesehen davon, dass er zum finanziellen Mühlstein um den Hals zu werden drohte.

Die Penthesilea, die er als direkte Antwort auf Faust herausbrachte, fiel beim Publikum durch. Als im Herbst der Krieg schon absehbar war, machte er sich an die Herrmannsschlacht, die genau auf die Situation zugeschnitten war und von der er erhoffen durfte, dass sie beim preußischen Königshaus und bei den deutschen Patrioten einschlagen würde wie eine Bombe."

„Letztere ist ja leider verschollen."

„Ach was?" Ich überhörte den Anflug von Ironie in seiner Stimme, sagte eifrig:

„Bisher ist jedenfalls keine Kopie aufgetaucht, obwohl Adam Müller, Fouqué und vielleicht auch Tieck danach gesucht haben."

„Bei mir haben diese Herren nicht angefragt—ich hätte ihnen gerne weitergeholfen." Ich starrte Dahlmann an, der nonchalant zurücklächelte.

„Sie wissen von einer Kopie?"

„Allerdings."

„Und wo soll die sich bitteschön befinden?"

„Hinter Ihnen im Regal. Grünlich-grauer Aktenordner, zweiter von links, Aufschrift 1809. Wenn Sie mir den bitte reichen wollen."

Ich war wie vor den Kopf gestoßen. Mechanisch erhob ich mich; meine rechte Hand griff ins Regal und reichte Dahlmann den Ordner; ich ließ mich wieder nieder, in der Ferne unbändiges Lachen von Studenten durchs Bürofenster fallen hörend, und beobachtete starr, wie Dahlmann in Seelenruhe ein mit mehreren bunten Bindfäden zusammengehaltenes Manuskript aus dem Ordner fischte.

„Bitte schön." Er reichte es mir.

Wie durch eine Rauchglasscheibe sah ich meine ausgestreckte Hand das Dokument entgegennehmen. Vor meinen Augen geronnen die quer über das Papier verlaufenden grau-schwarzen Balken langsam zu einer Handschrift——Heinrichs!

Die Herrmannsschlacht.
Ein Drama.

Wehe, mein Vaterland, Dir! Die Leier, zum
Ruhm Dir, zu schlagen,

> Ist, getreu Dir im Schooß, mir, Deinem
> Dichter, verwehrt.

Es gibt Momente, die sich für ewig ins Gedächtnis einfrieren. Gelegentlich tauen sie auf, verflüssigen sich gewissermaßen, sickern in Träume oder Tagträume, funkeln, wenn momentan der Lichtstrahl der Luzidität auf sie fällt, wie Eiskristalle in der Sonne, erstarren und verschwinden wieder in den Rezessen des Unbewussten. Eben jetzt, da ich diese Zeilen niederschreibe, quillt dieses Traumbild wieder aus Urgründen hervor: unvermittelt stand Heinrichs mystischer Germanenfürst vor mir, roh, kraftvoll und souverän; alles andere vergessend war ich in Heinrichs tellurische Welt eingetaucht, hatte dieses kleistischste aller Kleistschen Dramen von Anfang bis Ende durchblättert, gelegentlich bei besonders machtvollen Passagen verweilend.

Dahlmann hatte sich schmunzelnd zurückgelehnt und in Ruhe gewartet, bis ich aus meiner Versunkenheit auftauchte, zu ihm aufblickte und flüsterte:

„Wie um Gottes Willen—?"

Er machte eine ausholende Geste.

* * *

„Als ich in Dresden eintraf war Heinrich gerade bemüht, das Drama auf die Bühne zu bringen—in Wien, denn Berlin war unter Druck, neutral zu bleiben. Sein Wiener Freund Heinrich Joseph Collin, der Beziehungen zum Burgtheater pflegte, zögerte jedoch, das Drama dort zu platzieren, denn neben dem Aufruf an König Friedrich Wilhelm, einen Aufstand in Norddeutschland zu entfachen, erhielt es auch einen an Kaiser Franz, nämlich die Insurrektion mit seiner regulären Armee zu flankieren. Das Drama stellte also nicht nur für Berlin, sondern auch für Wien ein diplomatisches Vabanquespiel dar: Napoleon hätte dessen Aufführung als Kriegserklärung werten können, zu einer Zeit, als der österreichische Generalissimus Erzherzog Karl noch nicht voll mobilisiert hatte."

„Eine heiße Kartoffel."

„Eine ganz heiße. Herrmannsschlacht ist eine brillante Simulation, ein taktisches Kriegsspiel nicht auf dem Spielbrett, sondern auf der Bühne ausgetragen. Es enthält genaueste Anweisungen an Friedrich Wilhelm, wie er die norddeutsche Insurrektion entfachen, die Rheinbündler auf seine Seite ziehen und die französischen Truppen in den Hinterhalt locken sollte, und an Kaiser Franz, wie er mit seinem Heer der Armée d'Allemagne in den Rücken fallen und ihren Rückzug abriegeln musste, während die deutschen Partisanen sie aufrieben. Nach meinem Dafürhalten—Ihre Freunde Rühle und Pfuel wären in dieser Frage kompetenter: ich bin Historiker, nicht Soldat—stellt dieses Drama eines der erstaunlichsten Handbücher der Kriegsstrategie und Kriegstaktik dar, welches jemals verfertigt wurde. Eines Tages wird es, davon bin ich überzeugt, zur Pflichtlektüre von Generationen von Offiziersanwärtern zählen."

„Es handelt es sich aber doch, zumindest auf den ersten Blick, um eine Rekonstruktion der Schlacht am Teutoburger Wald im Jahre 9 nach Christus?"

„Tatsächlich inszeniert Heinrich im Drama eine Kampagne im Jahr 1809 die allerdings, so wollte es Fortuna, mit jener genau 1800 Jahre zuvor allerlei Parallelen aufwies—in Bezug auf Ausgangslage, Taktik und topographischen Gegebenheiten. Diese zufälligen Parallelen nutzte Heinrich aus um sein hochaktuelles Kriegsspiel in dem patriotischen Germanischen Mythos zu verpacken. Da man bis heute kaum Genaueres über die historische Varusschlacht weiß, konnte er Details so gestalten, wie er es für nötig hielt, ohne sich an die historischen Vorlagen zu halten."

„Zum Beispiel?"

„In Tacitus Annalen ist vom Eingreifen Marbods und seiner Sueven keine Rede. Heinrich hielt es aber für kriegsentscheidend, dass Franz—Marbod—und Friedrich Wilhelm—Herrmann—gemeinsam gegen die Franzosen zogen."

„Heinrich plante also, eine Art zweiter Schlacht am Teutoburger Wald vom Zaun brechen, bei der die Armée d'Allemagne von einer Kombination aus norddeutschen Partisanen und österreichischen Regulären besiegt würde?"

„So ist es. Kannten Sie die Debatte über die preußische Strategie die Gneisenau, Scharnhorst und Stein im Spätsommer 1808 führten?"

Ich schüttelte den Kopf.

„Scharnhorsts Plan war der konkreteste; er sah vor, die Armée d'Allemagne tief ins preußisch-polnische Grenzgebiet zwischen Oder und Weichsel zu locken, fern ihrer Nachschublinien, um sie dort in einer Zangenbewegung zwischen aus Pommern und Ostpreußen vordringenden preußischen und aus Böhmen vorstoßenden österreichischen Verbänden aufzureiben. Der Plan war plausibel solange Preußen über eine schlagkräftige Armee verfügte. Als Napoleon jedoch dem preußischen Gesandten Prinz Wilhelm Anfang September mit der Pariser Konvention abnötigte, die preußische Armee auf einen Bruchteil ihrer ursprünglichen Sollstärke zu kappen, war Scharnhorsts Plan auf der Stelle obsolet. Port?"

Ich nickte dankend. Ein Schlöckchen kam jetzt gerade gerecht.

Er ging zu einem Schränkchen, entnahm zwei Gläser, füllte sie akademisch randvoll und prostete mir zu.

„Heinrich erkannte," fuhr er gestärkt fort, „dass Scharnhorsts Plan obsolet war und machte sich sofort daran, eine plausible Alternative auszuarbeiten indem er die nunmehr rudimentäre preußische Armee durch norddeutsche Partisanen ersetzte, die Friedrich Wilhelm persönlich zur Insurrektion aufrufen sollte—dergestalt, dass sich überall in Norddeutschland Freikorps, Partisanenverbände und Milizen formieren würden, was wiederum die am Rhein stationierte Armée d'Allemagne dazu verleiten sollte, im Raum Kleve, Calcar, Orsoy und Uerdingen über den Rhein zu gehen um von Wesel aus an der Lippe entlang quer durch Napoleons Großherzogtum Berg und seines Bruders Königreich Westphalen in Richtung Preußen zu marschieren."

„Denn hätten sie erst mal ihre Festung Magdeburg erreicht und sich entlang der Elbe formiert, würde Borussia den Franzosen rücklings und mit gespreizten Beinen wehrlos zu Füßen gelegen haben—"

„—so wie im Drama die Maid Hally ihren Schändern, genau. Es galt also, die Franzosen Richtung Preußen zu locken, ihnen aber unterwegs den Garaus zu machen.

Die Niederungen bei Paderborn und Lippspringe, ungefähr auf halber Strecke vom Rhein zur Elbe, würden ein idealer Ort für Überfälle deutscher Partisanen auf die vorbeimarschierende Armée d'Allemagne sein, wie Hermann 1800 Jahre zuvor auch bereits erkannt hatte. Die Partisanen würden von den bewaldeten Anhöhen des Teutoburger Waldes und des Sauerlands herabschwärmend die Franzosen von allen Seiten stichln, während Karls Böhmische Armee von Südosten via Eisenach und Kassel anmarschieren, den Franzosen in den Rücken fallen, ihnen den Rückweg abschneiden und sie in den vom Frühlingstauen aufgeweichten Morast drücken würde, wo die Partisanen sie völlig aufreiben konnten.

Heinrich kam bei seinen taktischen Überlegungen zugute, dass er als junger Offizier einst durch dieses Gebiet nach Osnabrück marschiert war und daher die topographischen und klimatischen Bedingungen genau kannte."

„Im Frühjahr 1795, auf dem Weg in die Wartestellung bei der Kommende Lage, während Hardenberg den Baseler Frieden verhandelte," warf ich ein. Eine verächtliche Grimasse huschte über sein schönes Antlitz.

„Verzeihen Sie, der Name Hardenberg bringt immer Ekel in mir hervor. Ich sehe, Sie wissen Bescheid. Einer der Schlüsselfaktoren für den Erfolg war aus Heinrichs Sicht, dass die deutschen

Monarchen den kairotischen Augenblick nicht verpassen durften, in dem Napoleon persönlich in Spanien weilte um dort die Guerillaaufstände niederzuschlagen und der im Feld unerfahrene Maréchal Berthier stellvertretend die Armée d'Allemagne führte." Er lehnte sich zurück, nippte am Glas.

„Und das alles findet sich in der Herrmannsschlacht?"

„Das und noch einiges mehr."

„Als da wäre?"

„Z.B. wie mit den verräterischen Rheinbündlern zu verfahren wäre: an dem elendigen Bayernkönig müsse ein Exempel statuiert werden, während die übrigen Fürsten gnädig zu behandeln seien, vorausgesetzt, dass sie die Seite wechselten, Friedrich Wilhelm als ihren Führer anerkannten und die Partisanen verstärkten."

„Jene grausige Szene auf die Sie eben anspielten, in der die Maid Hally von den Römern vergewaltigt, vom eigenen Vater und von den eigenen Vettern getötet, anschließend auf Anweisung Herrmanns zerstückelt und an die germanischen Fürsten verteilt wird—die hätte Heinrich sich aber doch wohl sparen können?"

„Keineswegs. Sie ist ein Meisterstück der Kriegspropaganda und absolut notwendig. Es werden mindestens hundert Jahre vergehen bevor einer kommt, der diese rhetorische Schärfe, diese symbolische Kühnheit auch nur ansatzweise nachmacht. Halley ist bekanntlich ein Komet; Komet aber war unter den Widerstandskämpfern Tarnbezeichnung für geheime Botschaften. Es sind also nicht buchstäblich Körperteile welche Herrmann an die deutschen Fürsten schickt, sondern Propagandabotschaften, die darauf ausgerichtet sind, den Hass auf den

Feind zu schüren, die Einheit der Deutschen zu beschwören und das Volk zu mobilisieren.

Um das patriotische Ziel zu erreichen, musste Friedrich Wilhelm nach Heinrichs Dafürhalten den Deutschen auf möglichst drastische Weise vor Augen führen, erstens, dass Napoleons erniedrigende Friedensverträge das alte Reich—die germanische Maid—dermaßen geschändet hatten, dass sich erst die Reichsfürsten—die Vettern—und dann der Kaiser selbst—der Vater—genötigt gesehen hatten, ihr den Gnadenstoß zu geben, indem sie anno 1806 den Rheinbund gründeten bzw. die Kaiserkrone niederlegten; zweitens, dass nun der Augenblick gekommen war, diese Schande zu sühnen, die Verträge zu zerreißen und das Reich zu restituieren; drittens, dass die deutschen Fürsten—allen voran Friedrich Wilhelm und Franz—dieses Ziel nur gemeinsam erreichen konnten. Herrmanns Medium—die zerstückelte Maid—mag vordergründig grausig erscheinen, aber genau dadurch ist es effektvoll. Die Zerstückelung ist die Botschaft—und deren Implikation war klar: lasst uns gemeinsam, im deutschen Wolfsrudel, den einsamen korsischen Wolf zur Strecke bringen"

Wir schwiegen beide. Selbst aus dem Jenseits vermochte Kleist uns in seinen Bann zu schlagen. Plötzlich rief Dahlmann lachend:

„Winckelmanns favorisierter castrato hieß übrigens Belly." Ich hob an:

„Hally, Belly! Jungfrau, Jüngling!"
„Auf die Brüderschaft!"
„Auf die Brüderschaft!"

„Aufs Vaterland—Ah!"
„Aufs Vaterland!—Oh!"

* * *

„Aber der K hörte nicht auf ihn," sagte ich etwas später erschlafft.

„Als sich Friedrich Wilhelm im April 1809 entschied, neutral zu bleiben, in Königsberg zu verweilen und den Kaiser erneut im Stich zu lassen, hielt den zutiefst enttäuschten Heinrich nichts mehr in Sachsen—von wo wir, hätte der K Heinrichs Regieanweisungen Folge geleistet, via Kassel schnell Richtung Teutoburger Wald hätten vorstoßen können, um möglichst nahe am Geschehen zu sein.

Stattdessen zogen wir nun gen Süden. Heinrich fügte seinem Drama das Distichon bei, als melancholischen Nachruf an eine verpasste Gelegenheit den Weltlauf zu ändern, versuchte auch noch kurzerhand, seinem König einen Denkzettel in Form seines bitterbösen Gedichts Zur Feier seines Einzugs in Berlin im Frühjahr 1809 (wenn sie stattgehabt hätte) zu verpassen, dessen Veröffentlichung der Berliner Zensor jedoch verhinderte—und schon brachen wir nach Österreich auf, um dort den Generalissimus Karl, Kaiser Franz und die deutsche Sache mit Propaganda, Berichterstattung, Botendiensten und Geheimmissionen zu unterstützen."

„Berichterstattung? Geheimmissionen?"

„Wir verkehrten in Prag mit österreichischen Verbindungsmännern, unter ihnen Friedrich von Gentz und Graf Kolowrat, denen wir informelle

Berichterstattung anboten. Wir simulierten gerade in Stockerau mit einem taktischen Kriegsspiel taktische Optionen durch als die Nachricht kam, die Schlacht von Aspern habe begonnen. Sofort machten wir uns dorthin auf; einen Tag nach der Schlacht waren wir auf dem Schlachtfeld, dessen Topographie Heinrich eingehend studierte.

Napoleons Erfolge beruhten auf ausgeklügelter Logistik und hoher Beweglichkeit, die die Konzentration überlegener Feuerkraft auf die schwächste Stelle des Gegners ermöglichten; um ihn zu besiegen galt es daher, unter Ausnützung des Geländes seinen Nachschub zu unterbinden, seine Beweglichkeit einzuschränken und die Entfaltung seiner Grandebatterie zu verhindern. Genau dies gelang Karl bei Aspern: er besetzte in den Donauauen die höhergelegenen Positionen und warf den Feind gegen die Flussböschungen, ihm so jegliche Chance nehmend, Artillerie und Kavallerie zu entfalten.

Heinrich verfasste anschließend einen Bericht in dem er Karls Erfolg analysierte und Empfehlungen für eine zukünftige chthonische, acherontische Kriegsführung entwickelte, die dem Guerillakrieg ebenso viel schuldete wie der konventionellen Feldschlacht. Erscheint es Ihnen nicht auffällig," fragte er jäh, „dass Karl bei Aspern genau jene Prinzipien der Kriegsführung anwandte, die Heinrich bereits in der Hermannsschlacht entwickelt hatte?"

„Nicht nur Heinrich," erwiderte ich, „kannte solche Prinzipien, sondern zum Beispiel auch Rühle und die beiden Pfuels, mit denen er oft Kriegstaktik diskutierte und im taktischen Kriegsspiel durchexerzierte."

„Aber nur Heinrich hatte die Gabe, diese Prinzipien plastisch und dynamisch als drei-, ja vierdimensionales dramatisches Rundumpanorama zu artikulieren."

„In Berlin," warf ich erregt ein, „sahen wir 1800 tatsächlich ein physisches Panorama—es stellte die Stadt Rom dar—dass ihn damals sehr bewegte."

„Da haben Sie's. Seine Werke sind nicht nur szenarisch, indem sie plausible Zukunftsbilder entwerfen, und simulativ, insofern sie konkrete Handlungsoptionen durchspielen, sondern auch panoramisch: sie erlauben dem Leser mitten ins Geschehen einzutauchen und aus zentraler Position in alle Richtungen klare Sicht zu haben."

„So," unterbrach ich ihn atemlos, „wie es Heinrich zufolge dem Betrachter von Caspar David Friedrichs Mönch am Meer geht: er hat das Gefühl, nicht betrachtend vor dem Gemälde, sondern eingetaucht in ihm zu stehen, und von diesem zentralen Standpunkt sowohl ringsum ins Unendliche zu schauen als auch von der Welt um ihn herum eingenommen zu werden, sich darin zu verlieren und mit ihr eins zu werden."

„Heinrich wollte seine Zuhörer dazu bewegen, selbst zu Akteuren zu werden, gleichsam mit seinen fiktiven Figuren zu verschmelzen, deren Standpunkt einzunehmen und so das Geschehen zu manipulieren."

„Die Grenze zwischen Simulation und Wirklichkeit aufzulösend—"

„—und so seinen virtuellen Text in tatsächliche Politik aktualisierend—Ja!"

„Friedrich Wilhelm hätte also bloß in die Figur Herrmanns schlüpfen müssen um den Krieg zu gewinnen."

„Hätte er Heinrich verstanden und auf ihn gehört, hätte er den Weltlauf verändert." Ich schwieg ehrfurchtsvoll. Doch kam mir ein Einwand in den Sinn:

„Allerdings war Napoleon, erinnere ich mich, schon im Dezember aus Spanien nach Paris zurückgekehrt; der kairotische Augenblick von dem Sie sagten, er sei eine Bedingung für den Erfolg gewesen, war also schon verstrichen."

„Wie so oft zauderte der K genau an der Stelle, wo unverzügliches Handeln geboten gewesen wäre. Trotzdem hoffte Heinrich noch bis April, dass die Situation noch zu retten wäre, wenn der K sich an des Kaisers Seite stellte und die Insurrektion in Norddeutschland entfachte. Er tat's aber nicht." Er ließ die Schultern hängen.

„Der Erzherzog Karl hatte wohl bei Aspern dieselbe Intuition, wie Heinrich in der Herrmannsschlacht?"

„Nicht bloß dieselbe Intuition: unser Kontaktmann Gentz war direkt dem Minister Stadion unterstellt und gehörte dem Beraterstab Karls an—dem er die Herrmannsschlacht überreichte."

„Sie wollen doch nicht etwa behaupten, dass Karl deshalb bei Aspern siegreich war, weil Heinrich ihm das Skript zum Sieg geliefert hatte?" Er raunte mir zu:

„Doch—genau dies behaupte ich: der erste Sieg zu Lande über Napoleon persönlich ging nicht zuletzt auf Heinrichs Konto! Ich weiß dies zuverlässig von Gentz, der dem Erzherzog persönlich aus dem Drama vortrug und die Implikationen mit ihm und seinen Generälen durchsprach.

Natürlich musste dies streng geheim bleiben, denn Heinrich war ja offiziell dem Preußenkönig verpflichtet—Sie werden daher von dieser Episode nirgendwo ein schriftliches Zeugnis finden."

„Meines Erachtens nach war Heinrich zuallererst dem Reich verpflichtet." Dahlmann deutete eine Verbeugung an und erwiderte:

„Völlig d'accord, mein Freund. Heinrich hatte seinem König sozusagen ein Recht auf erste Ablehnung seines Dramas eingeräumt; als der von dieser Offerte keinen Gebrauch machte, sah sich Heinrich im Recht—nein, sogar in der Pflicht—es dem österreichischen Kaiser anzubieten. Damals traten viele preußische Offiziere und Intellektuelle, die über Friedrich Wilhelms Zaudern enttäuscht waren, in des Kaisers Dienst, so wie sie es heuer beim Zaren tun. Heinrich war diesbezüglich sehr korrekt: er wollte dem Hohenzollern keinen Anlass geben, an seiner Loyalität zu zweifeln.

Im Anschluss an Aspern wurden wir Karl persönlich in seinem HQ vorgestellt; Heinrich übergab ihm bei der Gelegenheit eine Zusammenfassung seines Berichts."

„Wie nahm der Erzherzog den Bericht auf?"

„Zunächst enthusiastisch, schließlich zurückhaltend, würde ich sagen. Man hatte Napoleon bei Aspern zwar über die Donau zurückgedrängt, doch war es dem Korsen gelungen, seine Soldaten geordnet zurückzuziehen und das rechte Donauufer, insbesondere die strategisch gelegene Donauinsel Lobau, zu halten, die ihm als Brückenkopf für einen erneuten Angriff gegen Karls Hauptarmee auf dem linken Donauufer dienen konnte. Aufgrund dieser strategischen Situation empfahl Heinrich, eine offene Feldschlacht zu vermeiden und stattdessen die Franzosen in einer Serie von Scharmützeln entlang der Donauauen zu zermürben. Die Traditionalisten in Karls Stab, die Heinrichs chthonische Kriegsführung kategorisch ablehnten, drängten auf eine herkömmliche offene Feldschlacht, darauf pochend, dass Napoleon seine Armee nur unter großen Verlusten aufs linke Donauufer bringen konnte. Sie setzten sich am Ende bei Karl durch. Wenige Monate nach Aspern kam es dann bekanntlich bei Wagram zur Entscheidungsschlacht."

„Mit elendigstem Ausgang für Österreich, das sich bis heute nicht von dieser verheerenden Niederlage erholt hat, und für Deutschland insgesamt."

„Heinrich setzte ein Jahr später im Käthchen Napoleons Übersetzten über die Donau von seinen Stellungen auf der Insel Lobau—einer beispiellosen logistischen Meisterleistung—und der nachfolgenden Kanonade von Wagram—der bis dahin schwersten der Kriegsgeschichte—ein ironisch-polemisches Denkmal: die Donau wird dort zum Forellenbach, die epische Schlacht zum Getümmel, und Karls Hauptarmee zum bloßen Gesindel das von den Franzosen völlig in die Pfanne gehauen wird. Ha!"

„Und ich dachte," ulkte ich, „Käthchen sei ein romantisches Märchen."

„Ein romantisches Märchen mit 300.000 Soldaten, 1.000 Geschützen und 80.000 Opfern. So viele Leichen, Sterbende und abgerissene Gliedmaßen wie wir bei Wagram wird wohl kaum jemand jemals zuvor über ein einziges Schlachtfeld verstreut liegen gesehen haben."

„Sie und Heinrich waren also wiederum in der Nähe?"

„Wir beobachteten die Bewegungen aus der Distanz, inspizierten wie zuvor bei Aspern anschließend das Schlachtfeld. Heinrich verfasste erneut einen Bericht für den Grafen Kolwarat, der allerdings nichts mehr ändern konnte, denn binnen weniger Tage kam es zum Waffenstillstand und der Krieg war vorbei. Heinrich vermachte seine beiden Berichte Rühle, der sie in eine Abhandlung in der Pallas einarbeitete."

„Dann müsste ja," rief ich, „der Herausgeber von Heinrichs gesammelten Schriften prüfen, ob Rühles Abhandlung als Koproduktion zu inkludieren wäre."

Er nickte grinsend.

* * *

„Sie verblieben bis zum Abschluss des Friedens von Schönbrunn in Prag? Das Gerücht kursierte in Berlin, Heinrich sei bei den dortigen Brüdern verstorben."

„Er—wir—waren in der Prager Brüderschaft aktiv, die dort zum Wiederstand zusammengekommen war; es kam überall zu Verbrüderungen. Bald litt er aber unter heftigen Symptomen, war erst nach langwieriger Quecksilbertortur einigermaßen wiederhergestellt. Mitte September gingen wir dann nach Wien."

„Nach Wien? Ich meinte immer, Heinrich habe die Kaiserstadt nie betreten."

„Sie erinnern sich an die Trauungsszene im Käthchen? Sie findet auf dem Schlossplatz der Hofburg und in der Augustinerkirche statt, wo im März 1810

Napoleon per Stellvertreter Marie-Louise ehelichte. Heinrich beschreibt das Panorama der Hofburg exakt so, wie wir es im Herbst 1809 erlebten: vom Burgwall auf den Schlossplatz herabblickend, auf dem im Drama Strahl und Käthchen sich vereinen, den Leopoldtrakt nebst Rampe zur linken, das Alte Burgtor, in dessen Schatten Kunigunde harrt, zur rechten."

„Ich war davon ausgegangen, dass er dieses Panorama einem Gemälde entnommen hatte. War denn der Zutritt zur Stadt nicht streng kontrolliert?"

„Es war nicht schwer, in die Stadt zu kommen und dort unterzutauchen. Die Franzosen hatten Teile der Stadtmauern und mehrere Stadttore geschleift; der Zugang war entsprechend durchlässig. Es gab zwar überall Militärpolizei, aber solange man nicht auffiel, konnte man sich frei bewegen.

Als in Wien im August anlässlich Napoleons 40. Geburtstags die große Parade stattfand waren wir noch in Prag, doch kam der Korse bis zum Friedendschluss regelmäßig von Schönbrunn in die Stadt, nicht zuletzt um sich im Theater und in den Straßen den Wienern zu zeigen: nachdem Metternich, Stadions Nachfolger, während der Verhandlungen die Vermählung mit Marie-Louise ins Gespräch gebracht hatte war Napoleon sehr darauf erpicht, die Herzen der Wiener zu gewinnen. Einmal sahen wir ihn zum Alten Burgtor hinausreiten—einem Kartoffelsack ähnlicher als einem Weltgeist zu Pferd, würde ich allerdings sagen."

„Sie sahen ihn?"

„Wir sahen ihn von fern, kamen aber nicht nah genug an ihn heran um—"

„Heinrich hätte ihn bestimmt—"

„Einmal heckten wir aus, ihn im Theater zu liquidieren. Collin hatte uns einen Hinweis gegeben und Heinrich hatte eine kleine Pistole in der Tasche. Aber Napoleon war völlig abgeschirmt. Kurz danach unternahm ein junger Patriot aus Sachsen in Schönbrunn im Alleingang einen Versuch—einen äußerst stümperhaften, mit einem Küchenmesser! Der junge Mann wurde geschnappt und füsiliert."

„Heinrich war also genau dort, wo er immer hatte sein wollen: am Puls der Zeit." Wir versanken eine Weile in Gedanken. Nach einer Weile blickte er auf:

„Sie haben vom Scheitern von Malets Verschwörung gehört?"

Nein, hatte ich noch nicht. General Malet, wusste ich, hatte soeben in Paris Napoleon als gefallen erklärt und sich und seine republikanischen Mitverschwörer mit Hilfe von gefälschten Dokumenten an die Spitze der Pariser Stadtwache gesetzt.

„Sein Versuch, die Militärkommandantur zu übernehmen, ist gescheitert. Der diensthabende Offizier wurde misstrauisch, ließ die Verschwörer verhaften, deckte alles auf und ließ sie standrechtlich erschießen."

„Der Wolf ist nicht loszuwerden."

„Aber der Versuch zeigt doch, wie wackelig seine Herrschaft mittlerweile ist. Obschon er nun einen legitimen Thronfolger hat, kam in Paris offenbar keiner auf den Gedanken, Napoléon Franz zum Kaiser auszurufen, oder seine Mutter zur Regentin."

„Umso schneller wird Napoleon jetzt nach Paris zurückeilen."

„Er ist in der Bredouille. Bevor seine Armee nicht zumindest die Beresina überquert hat kann er sie kaum im Stich lassen: sein Mythos als General wäre dahin."

„Es ist (ich schlug meine Hand vor die Stirn) schon wieder genau wie in der Herrmannsschlacht, nur ist der Schauplatz vom Westen nach dem Ostern verlegt."

„Sie meinen—?"

„Ich meine, es gälte doch bloß die Herrmannsschlacht in Dmitrisschlacht umzubenennen, und Rhein und Lippe durch Neman und Moskwa zu ersetzten, und schon könnte Heinrichs Drama den Russen als präzise Anleitung im Kampf gegen die Grande armée dienen: was in der Norddeutschen Tiefebene funktioniert, funktioniert in der Osteuropäischen Ebene ebenso. Tatsächlich entspricht die Strategie, die Zar Alexander und Feldmarschall Kutusow jetzt umsetzen, fast haargenau der Heinrichs." Ich sah ihn eindringlich an. „Sagten Sie nicht, Pfuel sei mit Ihnen in Aspern gewesen?"

„Der jüngere Pfuel, Ludwig."

„Kannte er die Herrmannsschlacht?"

„Natürlich—Heinrich las daraus vor und wir setzten sie in Kriegsspiele um."

„Stand Ludwig mit seinem Bruder Ernst in Verbindung?"

„Selbstverständlich. Ernst war in österreichischen Diensten und befand sich in Karls HQ; er war derjenige, der uns dort dem Erzherzog vorstellte."

„Wussten Sie, dass Ernst von Pfuel jetzt auf

Vermittlung des Freiherrn zum Stein, der in St. Petersburg den Zaren berät, Offizier bei Kutusow ist?"

Er schüttelte den Kopf.

„Und dass Ernst nach Schönbrunn in Österreich blieb, wo er eng mit Stein zusammenarbeitete?"

Wiederum schüttelte er den Kopf, und zwar zunehmend heftiger.

Ich lehnte mich vor, sah ihm in die Augen und formulierte präzise:

„Könnte es nicht sein, dass Ludwig die Herrmannsschlacht an Ernst gab und dass der—oder der Freiherr zum Stein—eine Kopie in der Tasche hatte, als er nach Russland ging? Mit anderen Worten, könnte es nicht sein, dass der Sieg, den der Zar jetzt erringt, auf Heinrichs Drama beruht?" Seine Pupillen weiteten sich.

„Dann wäre die Herrmannsschlacht," schrie er, „das folgenreichste Drama der Weltgeschichte." Wir schwiegen lange. Die Welt stand auf der Kippe und der preußische Barde, so schien es jetzt, war noch im Tod ihr Dreh- und Angelpunkt.

Plötzlich gluckste ich, lachte dann schallend auf.

„Mir fiel gerade ein," erklärte ich dem verdutzten Dahlmann, „dass im Drama der frankophile Legat Ventidius ausgerechnet von einer Bärin zerrissen wird!"

„Die wohl die deutschen Partisanen symbolisiert—?"

„So hatte Heinrich es sicher gemeint. Doch könnte der Bär ja genauso gut der russische sein—als ob er schon damals unbewusst auf Mütterchen Russland setzte."

„Dann würde diese Passage den Zaren köstlich amüsiert haben."

Nun lachten wir beiden und stießen auf die Herrmannsschlacht an.

* * *

Ich bat Dahlmann, mir eine Abschrift der Herrmannsschlacht anfertigen zu dürfen, mit der Absicht, sie zu gegebener Zeit zu veröffentlichen.

Er willigte ein. Wen ich ins Auge gefasst hätte, die Veröffentlichung zu besorgen? Adam Müller? Emphatisch sagte ich:

„Den am allerwenigsten. Auch nicht Fouqué. Diese beiden wirken auf mich wie eifersüchtige Kobolde. Am geeignetsten erscheint mir Tieck. Aber ich will einen günstigen Zeitpunkt abwarten. Solange Preußen offiziell mit Napoleons verbündet ist greift die Zensur, und solange Iffland die Berliner Bühnen kontrolliert kann man auf die nicht rechnen. Wenn man nur Iffland loswerden könnte, diesen Affen—"

„—der immerhin Goethes Satyr-Knöpfe trägt und die Gunst Hardenbergs und des Königs genießt."

„Den aus dem Weg zu schaffen—das wäre ein würdiger Nachruf an Heinrich."

Dahlmann grinste verschwörerisch, pfiff leise eine schöne Melodie und raunte mir, indem er mir die Herrmannsschlacht überreichte, zu:

„Hören Sie den Wind des Umbruchs, der von der Moskwa Richtung Rhein und Seine weht? Hören Sie die Balalaika singen, was einst die Gitarre erklingen ließ?"

Ich berichtete ihm die Episode von Nennhausen, zeigte ihm den Homburg.

Er war begeistert, bat seinerseits davon eine Abschrift machen zu dürfen, so dass sicherheitshalber eine zweite Kopie im Umlauf wäre.

Ich pflichtete ihm bei und bot an, die Abschriften beider Dramen zu besorgen und ihn in drei Tagen wiederzutreffen.

Wir kamen überein, niemandem von diesen beiden Werken zu erzählen bis wir gemeinsam entschieden hatten, wie mit ihnen weiter zu verfahren sei.

* * *

Die Anfertigung der Abschriften, in einer Schreibstube nahe der Leucorea, würde zwei Tage in Anspruch nehmen. Ich nutzte die Muße um meine Notizen in Reinschrift zu bringen und Wittenberg zu erkunden.

Im Augusteum besuchte ich Luthers Wohnung. Vor seinem Schreibtisch kam mir in den Sinn, dass Luther im Kohlhaas eine ausgesprochen ambivalente Rolle spielt: die Amnestie, die er für Kohlhaas erwirkt, führt dazu, dass der die Waffen streckt und sich genau jener Rechtsordnung unterwirft, gegen die er so vehement rebelliert hatte. Aus Amnestie wird Amnesie und Atrophie—aus Heinrichs Sicht sicher kein Positivum. Tatsächlich waren im Krieg von 1809 nur die katholischen Mächte aktiv, während die protestantischen aus sicherer Entfernung zuschauten.

Auf welche aktuelle Person Heinrich seinen vordergründig vermittelnden, tatsächlich aber lähmenden

Luther wohl gemünzt hatte? Als er die Erzählung fertigstellte, kurz vor der Herbstmesse 1810, hatten in Preußen gerade zwei wichtige Ereignisse stattgefunden: im Juli war unerwartet Königin Luise verstorben, und im Juni war Hardenberg vom K zum Staatskanzler ernannt geworden, nachdem er bei ihm die Entlassung von Heinrichs vormaligem Gönner Altenstein und dessen Kabinett erwirkt hatte.

Der verstorbenen Königin hatte Heinrich in seiner Erzählung ein Denkmal gesetzt, indem er sie als wahrsagende Zigeunerin aus dem Jenseits zurückkommen und im entscheidenden Moment zugunsten der Hohenzollern eingreifen ließ.

Und Hardenberg? Der hatte, um Napoleon zu beschwichtigen, in Folge der Stein-Affäre in seiner Braunsberger Denkschrift nicht nur die Demontage Steins betrieben, sondern auch den K gedrängt, alles Aufsehen sorgfältig zu vermeiden. Könnte Heinrichs Luther-Figur Hardenberg darstellen, und der offene Brief, in dem Luther Kohlhaas zum Aufgeben aufruft, die Braunsberger Denkschrift? Im Kohlhaas werden die Schweinereien des Abdeckers (Napoleons) auf dem Schlossplatz von Dresden (Wien) und das Gerangel in der Meierei von Dahme (Schönbrunn) ja erst dank Luthers Intervention möglich, und es schien mir, dass sich die destruktive Rolle, die Heinrich Hardenberg im Geschehen von 1808 zugeschrieben haben wird, in der des windigen Reformators im Kohlhaas genau spiegelte: nämlich einen führenden Befürworter der Insurrektion (Stein) kaltgestellt und den unschlüssigen K zum Einhalten gebracht zu haben.

Mehr noch als mit seinem König und seiner Königin, die ja am Ende der Erzählung einigermaßen glimpflich davonkommen, wäre deren Veröffentlichung im Sommer 1810 also einer Abrechnung Heinrichs mit Hardenberg gleichgekommen.

* * *

Nachdem ich die schön ausgeführten Abschriften vom Schreiber abgeholt hatte begab ich mich zu Dahlmann und erzählte ihm von meinen Überlegungen.

„Ich kann Ihnen bestätigen, lieber Brockes, dass Heinrich der Ansicht war, dass Hardenberg zu viel Einfluss auf die Königin ausübte, die ihm geradezu verfallen war, und diese wiederum auf ihren Gatten."

„Es muss für Heinrich furchtbar gewesen sein," reflektierte ich daraufhin, „sich 1810 in Berlin mit Hardenberg herumschlagen zu müssen, der Heinrichs Abendblätter versenkte und gleichzeitig seine schützende Hand über Iffland hielt, der seinerseits Heinrichs Werke von den Berliner Bühnen verbannte."

„Diese Grabenkämpfe könnten Heinrich tatsächlich an den Rand des Abgrunds gebracht haben. Iffland ist ein Hanswurst; Hardenberg aber ist ein formidabler Gegner, der zudem am längeren Hebel saß."

„Es kamen wohl," meinte ich, „eine ganze Reihe widriger Umstände zusammen, die Heinrich in den Tod trieben."

„Mag sein. Nach meinem Dafürhalten gab er aber das Heft des Handelns trotzdem nie aus der Hand, war niemands Marionette und zeichnete für seinen Suizid selbst verantwortlich. Wie lange haben Sie vor, in Wittenberg zu bleiben?"

„Ich reise übermorgen weiter."

„Haben Sie morgen Abend schon etwas vor?" Ich verneinte. „Es findet eine Séance bei Herrn C. statt—vielleicht haben Sie schon von ihm gehört?"

Ich verneinte abermals.

„Ich will Sie gerne zu dieser Gelegenheit in meine Brüderschaft einführen. Es sind größtenteils jüngere Burschen—aber Ihre reichhaltige Erfahrung werden sie keineswegs verschmähen."

Ich nahm die Einladung gerne an.

Wir verabredeten uns für sechs Uhr abends bei der Luthereiche am Elstertor.

Zwölftes Kapitel

Unser Baiae an der Elbe, unser Rasthaus der Laster, wie Seneca jenen antiken Vergnügungsort in der Bucht von Neapel einst treffend bezeichnet hatte, entpuppte sich als ein kleines Uferpalais jenseits des Elstertors, gleich hinterm Gottesacker.

„Willkommen in unserer Meierei," schmunzelte Dahlmann als er mich hineingeleitete. Die Szene erinnerte mich vage an das Bankett in Petronius Satyrikon. Das Thema des Dekors war nicht wie bei Fouqués orientalisch, sondern antik-römisch: neun U-förmig angeordnete Chaiselongues im kurulischen Stil; an den Wänden Kopien einschlägiger Fresken aus den Villen, Bädern und Freudenhäusern Pompejis und Herculaneums. Man trug römische Tracht, im Einklang mit der Rolle, die man einnahm: die erastai—älteren Herren—trugen reichverzierte Togen, die eromenoi—jungen Liebhaber—Stolen gegürtet im Stil der Aphrodite, die dmotes—Liebesdiener—schmucklose Togen. Beim Eintritt in die an die Halle anschließenden Thermen wurde ich in die Toga eines erastes, Dahlmann in die Stola eines eromenos gekleidet; im Saal wurde mir eine Chaiselongue, ihm ein Platz auf dem mit Teppichen und Kissen üppig bedeckten Boden zugewiesen, wo sich zu Füßen der auf ihren Chaiselongues ausgestreckten erastai deren eromenoi lasziv räkelten. Letztere trugen mit Glocken unterschiedlicher Größe oder Form versehene Halsbänder, wodurch sie auch im Dunkeln leicht zu unterscheiden sein würden. Hinter jeder Chaiselongue stand ein dmos; meiner, ein kräftiger, gutmütiger Incroyable, beeilte sich, mir mein Kissen zurechtzulegen und Wein einzuschenken. Zwei Merveilleuses, in schlichte, kaum verhüllende Kittel und aufwendige Perücken gekleidet, bewegten sich graziös mit Weinkaraffen und Appetithäppchen umher. Ein angenehmer Duft wie von Hatschepsuts kyphi und allen Wohlgerüchen des Orients durchdrang den Raum. Ein Ephebe spielte Flöte, zarte Frauenhände zupften eine Harfe; der sanfte Luftzug ließ Glockenspiele erklingen, antiken tintinnabuli nachempfunden.

In der Mitte stand ein riesiger Mesmerscher Kübel, angeschlossen an eine Batterie Kleistscher Flaschen und dekoriert im Stil eines griechischen krater, an den mittels aus dem Kübel ragender Metallstangen und mit diesen verbundenen Kordeln bis zu zwanzig Schwelger gleichzeitig geknüpft werden konnten. Neben dem Kübel thronte breitbeinig auf einem kurulischen Stuhl der magnétiseur Herr C.: ein fetter Glatzkopf, das schweißperlende Haupt mit Lorbeer bekränzt, misstrauisch die Augen zusammenkneifend, die Hakennase rümpfend und zwischen schwülstigen Lippen spitze Zähne entbergend, seine Schultern von einer reich verzierten Toga umhangen, vorne offen, in seiner Linken eine aus weichen Lederriemen geflochtene Peitsche, in seiner Rechten eine Sklavin an einer Leine haltend, die ihm zu Füßen kauerte und die er gelegentlich an sich zog, um ihren Mund zwischen seinen Oberschenkeln in Stellung zu bringen. Während ich es mir bequem machte musste ich unwillkürlich an die Soldaten denken, die jetzt an der Beresina tausendfach erfroren, während wir uns hier an der Elbe einem üppigen Gelage hingaben.

„Silentium," schrie ein neben Herrn C. aufgestellter Herr, seinen Trinkbecher erhebend. „Silentium! Liebe Brüder und (mir zunickend) Gäste, ich heiße Sie eindringlich willkommen und erkläre unsere heutige Sitzung für eröffnet (allgemeines Kichern und Klopfen). Wir sind geehrt, erneut bei unserem hervorragenden Herrn C. zu Gast sein zu dürfen (Applaus); möge seine famose Elektrisiermaschine (er streichelte ehrfürchtig den Mesmerschen Kübel) uns unversehrt zwischen der Charybdis der Ziererei und der Skylla des Skorpions in den Hafen tiefster Ekstase navigieren. Ein Hoch auf die Brüderschaft! (allgemeines Anheben; auf sein Zeichen begannen die Dienerinnen, Speisen aufzutischen) Wir wollen heute das Fest des Ortolans feiern (Gemurmel)—selbstverständlich à l'Allemande! (Applaus): unser vortrefflicher Küchenchef (erneuter Applaus) hat zur Feier des bevorstehenden Sieges frisch gefangene Wachteln entbeint, zu mundgerechten Knödeln geformt und in Likör eingelegt; separat werden entkernte Butter und Meerrettichwurzeln gereicht. Ich wünsche allseits guten Appetit und Waidmanns Heil!"

Wir stülpten Servietten über den Kopf, das Aroma der gebratenen Vögel einzufangen, und begannen die eingedeutschten Ortolane vom Schwanzende her zu verköstigen. Die Butter würde als Schmiermittel dienen; die Meerrettichwurzeln würden zum Einsatz kommen falls sich einer unserer Kinäden einen Fehltritt leisten und pönalisierende Maßnahmen erfordern sollte. Nachdem allerhand Wein und

Milch geflossen waren, wies der Zeremonienmeister die Sklavinnen an, die Speisereste abzuräumen und die Lichter zu löschen. Nur ein paar Kerzen flackerten jetzt noch hier und da.

„Brüder! Erhebt Euch! Verbindet Euch!"

Alle knüpften wir unter allgemeinem Werkeln und Kichern unsere Glieder an die Maschine, deren summenden Magneten grünlich schimmerten. Ein leichtes, regelmäßiges Zucken durchfuhr mein Glied. Ich schloss die Augen und gab mich der Exzessivmaschine hin. Der magnétiseur bewegte sich im Uhrzeigersinn um den Saal, scheuerte den Angeknüpften einem nach dem anderen das Glied und regte mit mal sanften, mal kräftigen Bewegungen sein Fluidum an.

Er kam vor mir zu stehen. Seine fleischigen Hände waren angenehm warm und zupackend. Das Zucken verstärkte sich, wurde fast unerträglich. Ich würde nicht lange zurückhalten können. Ich stöhnte leise, während ich des zunehmenden Bebens und Keuchens um mich gewahr wurde. Da——kam ich mit Getöse.

Als ob ich den Ton angab folgten mir die anderen sofort nach und gingen fast gleichzeitig in jauchzendem Crescendo wie eine Artilleriesalve ab. Ich gab mich den Vibrationen ganz hin.

Nach geraumer Zeit öffnete ich die Augen und blickte mich um. Mancher erastai lag mit seinem eromenoi eng verbunden, in manchen Fällen zusätzlich vom dmos gestützt. Mancher war, wie ich selbst, von selbst gekommen. Einer war im Mund einer Sklavin gelandet, die mit geschlossenen Augen den süßen Nektar saugend vor ihm kniete.

Die Glieder erschlafften. Man verblieb in angenehmer Trance. Nur gelegentlich wurde die Ruhe vom zarten Klingeln einer Glocke oder von einem verhaltenen Nachbeben unterbrochen.

* * *

Opiumpfeifen und witzige Schoten machte die Runde. Eine Stimme hob an:

„Schon der tugendhafte Juvenal entwickelte ein brüderliches Vokabular. In der zweiten Satire macht er sich über den adligen Gracchus lustig, der aufwendig einen Straßenmusiker ehelicht, obschon dieser nichts als Horn und Trompete blasen kann und seinem Herrn nur am Hals hängt (Kichern), beschwert sich dann bei Mars, dass dieser zuließ, ohne auch nur mit seinem Helm gewackelt oder mit seinem Speer gestoßen zu haben (erneutes Kichern), dass Gracchus, der dem Kriegsgott als Priester immer zur Hand gewesen war, sich einem bloßen Sterblichen hingibt, der noch dazu bei Orgien immer wild mit seinem Dreizack in der Arena herumstochert (schallendes Gelächter)." Das Wort Arena ließ mich an Heinrichs Amphitheater denken und ich warf ein:

„Meine Herren, darf ich darauf hinweisen, dass unser verehrter Bruder Heinrich von Kleist allerhand tugendhaftes von Juvenal lernte. Denken Sie nur an seine beiden Protagonisten in der vortrefflichen Erzählung von der Marquise, deren offen-empfängliches O und priapisch-ithyphallisches F ohne weiteres Juvenals Helm und Speer entlehnt sein könnten, oder denken Sie an den Ring und den

Pfeil im Zweikampf, oder an die Schlösser und dazu passenden Schlüssel im Findling."

Beifälliges Murmeln. Eine Stimme warf ein Zitat Martials in die Runde:

"Nie gab es einen frecheren Schlüssel, Fabullus, als jenen, der aus der gefalteten Toga des hochmütigen Ritters fiel" (allgemeines Lachen). Ich fuhr fort:

"Denken Sie an Kleists + und - Pole, an seine Schießscharten und Kanonen der Würzburger Festung, die Rosette durch die im Erdbeben der Lichtstrahl fällt, die Hintere Pforte des Paradieses im Marionettentheater und das Flammschwert des Engels der davor steht."

"Erzählen Sie mehr von Kleists Engeln, Herr Brockes," bat ein Stimmchen.

"In Kleists frommem Gedicht Engel am Grabe des Herrn klafft nach dessen Auferstehung sein Grab vor den drei Marien weit offen; als diese drei eromenoi sich vor der öden Öffnung aufstellen, erscheint ihnen ein Engel, am Rande der Öffnung sitzend seine Flügel regend, woraufhin sie sich prompt vor Erregung ergießen (Gelächter und Klopfen). Der Engel aber schickt sie in die Welt, um allen Jünglingen zu verkünden, dass der Gekreuzigte auferstand. Und die Marien, schreibt Kleist, tun also wie er getan (allgemeines Grölen)." Dahlmann zwinkerte mir zu:

"Ist Ihnen aufgefallen, lieber Brockes, dass unser Treffpunkt vorhin die Luthereiche vorm Elstertor war?"

Da musste ich selbst lachen.

Die Stimme im Hintergrund bat erneut um Aufmerksamkeit.

„Martial beschreibt den idealen Lustknaben so:
Ich möchte einen Jüngling, wie folgt: möge er am Ufer des Nils geboren sein, denn keine Nation weiß besser, wie man es macht, und zwar in der unflätigsten Weise... Er möge mir oft befehlen, es zu tun, wenn ich Nein sage, und er möge oft Nein sagen, wenn ich es fordere—er möge sich die Hälfte der Zeit mehr Freiheiten nehmen als ich, sein Herr, selbst. Er möge sich von anderen Jünglingen fernhalten und die Aufmerksamkeiten der Mädchen zurückweisen; aus Sicht anderer mag er zum Manne heranwachsen, für mich (und für mich allein) möge er immer Jüngling bleiben.

Solch ein idealer Lustknabe war auch unser Kleist. Ein Hoch auf Kleist!"

„Hoch, Hoch, Hoch!" Alle erhoben ihre Schläuche und bespritzten sich gegenseitig mit ihrem göttlichen Nektar. Dann sanken sie erschöpft in ihre Kissen.

„Nein heißt Nein," gluckste eine Stimme.

„Nein heißt Nein, es sei denn es heißt Ja," prustete eine andere.

„Ich sagte: sag Nein—nicht: sag ständig Nein," kreischte eine dritte, erstickte dann in ihrem Erbrochenen (allgemeines Grölen). Die erste Stimme:

„Martial: er lebe hoch!" Alle anderen:

„Hoch, Hoch, Hoch!"

Vor Erschöpfung stand aber kein Glied mehr.

* * *

Nachdem wir uns ein wenig beruhigt und gestärkt hatten wurde ich eingeladen, einen kleinen Vortrag zu halten. Ein Bruder erhob sich:

„Ich erhebe meinen Schlauch vor Herrn Brockes, der uns heute mit seinem Ar—tigen Lo—b beglückt (fröhliches Klatschen und Klopfen). Mein lieber Brockes, die Bühne ist Ihre, geben Sie es uns."

Ich ließ meinen Blick über die Runde schweifen. Alle Augen ruhten auf mir, alle Glieder streckten sich mir entgegen. Ich erhob mich, raffte meine Toga auf und warf sie mir über die Schulter, Front und Rückseite entblößend.

„Alle zusammen: ein Hoch auf Brockes!" rief der Bruder.

„Hoch, Hoch, Hoch!" Ich setzte an:

„Aristophanes, Lysistrata, Erste Szene. Die erfahrene Lysistrata tritt im Vergleich mit jüngeren eromenoi wie Kalonike nicht vulgär und geil, sondern beinahe staatsmännisch auf. Sie ruft ihre Kameradinnen zu einer Operation Ziererei auf, indem sie sie anstachelt, sich ihren erastai zu verweigern, bis diese die unsägliche Zwietracht untereinander beenden.

Als ihre Kameradinnen ihrem Aufruf nicht Folge leisten, weil sie sich von ihren eigenhändigen Schweinereien nicht losreißen können (vereinzeltes Kichern), läuft Lysistrata bewegt im Athener Rotlichtbezirk auf und ab, ruft alle Götter der Kopulation an—Dionysos, Pan, Genetyllis—und klagt (ich mime Lysistrata indem ich einen Korintherhelm aufsetze und im Bariton rezitiere):

Sie schlafen und sie kommen nicht! (erneutes Kichern). Kalonikie erscheint und flötet (ich mime Kalonike indem ich statt des Helms eine Perücke überziehe und in ein Falsett übergehe):

Sie kommen gewiss, mein Herz! (Anhebendes

Kichern). Ein Ausgang eröffnet sich bei Frauen allerdings nicht so leicht (allgemeines Glucksen und Prusten), man muss den Mann bedienen (Lachen), die Knechte wecken— (lautes Lachen; ich, an die Brüder gewandt):

Silentium meine Herren, Si-len-ti-um! (der Saal beruhigt sich, ich fahre fort):

Lysistrata ermahnt Kalonike (ich tausche die Perücke wieder gegen den Helm, rezitiere wieder im Bariton): Ei, andere Dinge, zehnmal gewichtiger, gibt's hier zu tun! (erneutes Kichern; ich wieder mit Perücke und im Falsett):

Ei, sag mir doch, lieb Herzchen: was ist's, wie ist das Ding gestaltet?' (im Bariton):

Riesig! (im Falsett):

Auch mächtig? (erneutes Prusten; ich, wiederum im Bariton):

Auch mächtig! (im Falsett):

Wie? Und da zögern wir zu kommen? (Schallendes Gelächter; ich, wieder im Bariton):

Nicht so!—da wären wir schnell beisammen!— Nein, das Ding ist etwas, das mich nachts hart durchdringt, womit ich mich manche Nacht schlaflos herumgewälzt— (im Falsett):

War es gut, das Ding mit dem du dich gewälzt? (ein Trinkbecher fällt scheppernd zu Boden; Hände gehen an die Schäfte; ich, wieder im Bariton):

So gut, dass es jetzt in unseren Weiberhänden gelandet ist. (Homerisches Lachen und haltloses Rubbeln; ich, mit ernster Stimme an die Schwelger gewandt):

Aber ich bitte Sie, meine Herren, es geht in dieser

Komödie doch um eine ernsthafte Sache—um die allgemeine Verbrüderung."

„Hoch," rief nun der Zeremonienmeister, seinen Schlauch hebend: „Ein dreifaches Hoch auf unsern tugendhaften Brockes!"

„Hoch! Hoch! Hoch!"

„Und jetzt alle zusammen: eins, zwei, drei—und: Ab!" (Alle gehen fast gleichzeitig ab. Ruhe kehrt ein; Wein wird nachgeschenkt, Süßigkeiten werden gereicht). Nach einer Weile meldete sich ein anderer Herr zu Wort:

„In einem Epigramm Martials entflieht Cleopatra—nicht *die* Cleopatra, sondern ein hübscher Jüngling—ihrem Neuvermählten, der in der Hochzeitsnacht auch noch das Letzte von ihr verlangt, indem sie ins Bad eintaucht: merserat in nitidos se Cleopatra lacus, dum fugit amplexus.

Diesen Umstand nutzt ein Nebenbuhler aus—vielleicht ist es Martial selbst—indem er sich im Wasser dieselben Küsse von ihr erwirkt die sie dem Gatten zugestanden hatte. Die Moral von der Mär? Das warme Bad dehnt zwar ihre Schließmuskeln, was dem Buhler den Eintritt und Cleopatra das Überwinden ihrer Ziererei vereinfacht, erweicht aber auch seinen Schwellkörper, so dass er trotzdem nicht einzudringen vermag. Zudem schrumpf sein Finger im warmen Wasser und er fürchtet, dass sie, anstatt ihn zu küssen, ihn abbeißt" (Gegröle).

„Ich meine," meldete sich ein anderer, „Martials Witz ist dieser: weder das Ehebett noch das Bad eignen sich für den Akt, den die beiden erastai vom eromenos erhoffen, denn in beiden Orten verfällt er der Ziererei."

„Der ideale Ort um das Geschäft der Engel zu verrichten," rief ein dritter und zog wie zur Demonstration seinen eromenos an sich, „ist ein andrōn wie unserer!"

„Ich frage mich," warf ich ein, „ob Kleist mit seiner Posse Der Schrecken im Bade an Martials Epigramm dachte."

„Erklären Sie sich, lieber Brockes."

„Also, bei diesem Ding (vereinzeltes Kichern) handelt es sich wohl um eine Ausgliederung (allgemeines Lachen) aus dem Käthchen; da er es im Drama nicht einfügen konnte (wiederholtes Lachen) veröffentlichte Kleist es separat, als Ausarbeitung jener kurzen Szene in der Käthchen im Quecksilberbade die nackte Kunigunde erblickt, deren Körper so von der Krankheit zersetzt ist, dass es Käthchen bei dem Anblick graut weil sie darin ihr eigenes Schicksal erahnt.

In der Posse wird aus Kunigunde Margarete, aus Käthchen Johanna, aus dem Grafen Strahl der Jäger Fritz. Johanna ist es strengstens verboten, mit Margarete das Bad zu teilen, denn Margarete ist, wie Kleist es in den Schroffensteinern ausdrückt, ein Basilisk: dermaßen ansteckend, dass ein einziger Blick die Krankheit überträgt. Wie Selene vom göttlichen Schein Jupiters, würde Johanna vom schwanenhaften Glanz der dem Quecksilberbad entsteigenden Magarete auf der Stelle getötet.

Johanna umgeht nun das Verbot indem sie Margarete, als deren Verlobter Fritz verkleidet, heimlich beim Baden zuschaut. Margarete aber entdeckt den Kleidertausch." Ich hielt inne und schaute in die Runde. Alle waren ganz Ohr.

„Es handelt sich also um eine typische Entdeckungsszene im Kurbad, wie viele von uns sie aus eigener Erfahrung kennen." Einige Brüder waren ob der Vorstellung sichtlich bewegt; einige der Knaben hatten diese Erfahrung selbst noch nicht gemacht und schauten sich gegenseitig an. Eine Stimme durchbrach die Stille:

„Martial spielt auch oft auf venerische Krankheiten an, beispielsweise wenn im Epigramm von Ledas zerbrochnem Weinkrug und flackernder Lampe die Rede ist: quod spurcae moriens lucerna Ledae."

„Als ob Martial Kleists zerbrochnen Krug vorwegnähme," grinste ich. „Eine Szene darin, in Eves Zimmer, ist unserer Veranstaltung übrigens nicht unähnlich."

„Klären Sie uns auf, Brockes."

Kleists orgiastische Szene in Eves Kammer, erklärte ich, inszeniert sowohl eine magnetische séance und ein dionysisches Symposion als auch Napoleons gefürchtete manoeuvres sur les derrières. Adam, der nachdem er aus dem Fenster geflogen ist im Busch vom Ziegenbock lädiert wird, ist Franz II., der in Austerlitz verkloppt wird.

Einer der Schwelger verlangte lautstark, dass wir diese Szene gemeinsam inszenierten. Bald hatte er eine grölende Mehrheit hinter sich versammelt.

Nach kurzem Zögern stimmte ich zu.

* * *

Der von den Chaiselongues umschlossene Raum wurde zur Bühne erklärt. Unser magnetischer krater war zu groß, um als Marthes Krug herzuhalten;

stattdessen entnahmen wir der Batterie eine Kleistsche Flache und stellten sie auf den Kübel. An der Ostseite des Saals, zum Garten hin, öffneten wir ein Fenster, unter dem dichte Büsche wuchsen. Wir verteilten Rollen: der gravitätische Herr C. sollte Walter—Napoleon—mimen und zunächst auf seinen kurulischen Thron sitzen bleiben; einer der erastai wurde auserkoren, Adam—Kaiser Franz—zu spielen, der sich von Osten her in Eves Kammer—Bayern—schleicht; ein weiterer, Ruprecht—Beauharnais—der sich gleichzeitig von Westen nähert.

Dahlmann stellte sich als Eve zur Verfügung—die bayrische Prinzessin Augustine, die gewissermaßen den Schinken darstellt, auf den die österreichischen und französischen Wölfe aus sind; da diese aber im entscheidenden Moment von beiden Seiten gleichzeitig penetriert wird, wurde beschlossen, diese Rolle Herrn C.s Gespielin anzuvertrauen (mein Protest, bei Kleist wären nur männliche Akteure zum Einsatz gekommen, wurde ignoriert). Dahlmann sollte stattdessen den Ziegenbock—Napoleon bei Austerlitz—spielen, zumal der behäbige Herr C. keine Lust hatte, sich draußen in die Büsche zu machen.

Eine Reihe von Satyrn—Nachbarn Ralf und Hinz, Muhmen Sus, Lies und Brigitte, Joseph und Maria, allesamt österreichische und französische Anführer darstellend—sollten von unseren eromenoi gemimt werden; sie würden, sobald Adam von Osten und Ruprecht von Westen in Eve eingedrungen waren, einer nach dem anderen von hinten in Ruprecht bzw. ineinander eindringen und so eine Gänseblümchenkette bilden.

Der Rest unserer Gruppe sollte das Publikum darstellen.

Ich selbst wollte Kleist mimen und die Regieanweisungen geben.

Nachdem alle ihre Rollen kurz einstudiert und sich Kostüme besorgt hatten, bezogen die Darsteller Position.

Eve kauerte ihre Stola hochgerafft in der Mitte der Bühne, ihre Handgelenke an den summenden Mesmerschen Bottich geknüpft.

Adam stand beim offenen Fenster, die Toga zusammengerafft über die Schulter geworfen und dadurch sein kampfbereites Schwert entblößend, seine Amtsperücke—die Reichskrone—übergestülpt, seinen linken Fuß als Klumpfuß verpackt, am Gürtel einen hölzernen Dildo tragend, den er später an einen Baum gelehnt zurücklassen würde, so wie der Harfenist in Goethes Meister sein beschädigtes Instrument.

Ruprecht bezog gegenüber Adam Position, seiner Toga entledigt und bloß mit einem schwarzen Gürtel samt ledernem Penishalter ausgestattet, der ihn stützen sollte, während er seine delikate Aufgabe erfüllte, Eve vaginal zu penetrieren.

Die Satyrn reihten sich hinter Ruprecht auf.

Ich gab das Startsignal.

ADAM (sich an Eve heranschleichend). „Ei sieh."

EVE (erregt). „Bist du's, Ruprecht?"

ADAM (mit verstellter Stimme). „Ich bin's."

EVE (ihm ihren Po entgegenstreckend, den sie hündisch wedelt, und die Beine leicht gespreizt mit den Fingern ihre Schamlippen öffnend). „Zeig mir deine wahre Römergröße."

ADAM (seine Perücke, deren Zopf an seinem Schaft festgebunden ist, über die Kleistsche Flasche stülpend und in Eves hintere Öffnung eindringend). „Erst das Vergnügen, dann die Arbeit!" (Gelächter im Publikum).

EVE (jauchzend, während Adam sie unter den Schenkeln packt und anhebt um tiefer einzudringen). „Was machst du? (Sie droht vornüber zu fallen) Halt mich!"

RUPRECHT (frontal auf Eve zustoßend in ihre Vagina eindringend). „Da——!"

EVE (Ruprecht entgegenfallend und ihm die Arme um den Hals schlingend). „Du bist's Ruprecht! Wer aber ist dann der Schuft hinter mir?"

ADAM (ihr ins Ohr flüsternd, tiefer in sie eindringend). „Die Ursünde."

EVE (quiekend). „Ruprecht, mein Erlöser! Adam, du Sünder!" (Sie gibt sich der Doppelpenetration hin).

WALTER (dazwischen donnernd). „Heda, und ich?" (Er steht von seinem kurulischen Stuhl auf; Adam und Ruprecht gehen vor ihm in die Knie, Eve zwischen sich geklemmt, ihren Mund vor Walters Instrument positionierend. Meinen Einwand, von einer Intervention Walters stünde im Skript nichts, überhören sie geflissentlich).

EVE (lasziv hauchend). „Mein Jupiter!" (Walter rammt sein groteskes Werkzeug in ihre dritte Öffnung; indem Eve explodiert bekommen Adam, Ruprecht, sowie die gesamte an ihm hängende Gänseblümchenkette einen Kleistischen Schlag verpasst).

ADAM (durch Eves magnetischen Rückstoß aus

ihrer Rosette quer durchs Zimmer und durchs offene Fenster in die darunter stehenden Büsche geschleudert, dabei die Kleistsche Flasche vom Bottich reißend, die zerschellt). "Ahhhhgggg!"

RUPRECHT (durch Eves Anziehungskraft tief in sie gezogen). "Ohhhhhhhhh!"

DIE SATYRN (tief in die Rosette des jeweiligen Vordermanns gezogen, bis alle dichtgepackt aufgereiht stehen). "Joooohhhh!" (Grölen im Publikum).

LIES (jammernd). "Ich bin nicht richtig drin." (An den Vordermann gerichtet). "Sus, mach auf!" (Erneutes Grölen; Anfeuerungsrufe).

PUBLIKUM (fordernd). "Brecht auf, brecht auf!"

LIES (erneut die Lampe zündend). "Sus, lass' die Ziererei, öffne dich."

PUBLIKUM (ungeduldig). "Die Butter, die Butter!"

EINER AUS DEM PUBLIKUM (Lies einen Behälter hinhaltend). "Hier, frisch aus dem Topf!" (Lies schmiert Sus und sich selbst gründlich ein und dringt in sie ein).

Ich kündige eine kurze Pause und einen Szenenwechsel an.

* * *

Die erschöpften Schauspieler ließen sich auf ihre Plätze sinken. Das Luder das Eve mimte sank vor Walters Füßen nieder; der Herr der Adam spielte kam recht zerzaust von draußen wieder herein.

Ich wies die dmotes an, vor dem Bottich Kissen zusammenzutragen, das Gebüsch darstellend, daneben ein metallenes Gartenspalier aufzustellen und mit Lederriemen in ein Andreaskreuz zu verwandeln, einen Pferdesattel durch Anbringen von Handschellen und Lederriemen zu einem Prügelbock zu machen, und das gesamte Ensemble mit Weinblättern zu dekorieren (die Schlacht von Austerlitz, die wir nun inszenieren wollten, fand ja in den mährischen Weinbergen statt).

Dahlmanns Ziegenbock bezog als Schinder, der zerzauste Adam als Geschundener Position. Die Anderen bildeten das Publikum.

ADAM (bis auf den Gürtel völlig nackt, verrenkt und benommen auf den Kissen liegend). „Autsch! Ich bin wie gerädert."

ZIEGENBOCK (mit gehörntem Helm im gallischen Stil, Lederstiefeln und Lederkorsett ausgestattet, eine Peitsche in der Hand): „Dir helf' ich, Schwuchtel." (Ihn mit der Peitsche schlagend). „Ans Kreuz mit dir." (Adam erhebt sich mühsam, der Ziegenbock drückt ihn ans Spalier, fesselt seine Hand- und Fußgelenke daran).

ADAM (mit schmerzverzogenem Gesicht). „Pass auf—mein Klumpfuß."

ZIEGENBOCK (gezielt nachtretend). „Der hier?"

ADAM (brüllend). „Ahhhhggggg!"

ZIEGENBOCK (anklagend). „Ei, Adam, hab' ich dich eben in flagranti dabei erwischt, wie du's einem Frauenzimmer aufs Unflätigste gegeben hast? Gesteh!"

ADAM (uneinsichtig). „Du Hurensohn—"

ZIEGENBOCK (böse grinsend mit dem Peitschengriff Adams Hoden betätschelnd). „Ei, ei, Adam, brauchst du die noch?"

ADAM (trotzig). „Du wagst es nicht, einen Kaiser zu kastrieren, du—"

ZIEGENBOCK (demonstrativ Adams Perücke aufsetzend): „Ich tat's schon!"

ADAM (unbeeindruckt). „Pah, ich hab' noch eine zweite—in Reparatur."

ZIEGENBOCK (sich das Kinn reibend). „Ei, ich schickte schon den Ruprecht, sie abholen—ihm wird sie sicher bestens stehen, meinst du nicht?"

ADAM (erbost). „Dieb! Hochstapler! Thronräuber!"

ZIEGENBOCK (höhnisch). „Na, na, wer wird denn gleich—"

ADAM (gravitätisch). Mach' mich los, ich befehle es."

ZIEGENBOCK (mit der Peitschenspitze auf Adams Weichteile abziehend). „Da, mit schönen Grüßen an die Familie."

ADAM (heulend, Sterne sehend). „Das wirst du bereuen. Eines Tages wirst du noch um eine aus meiner Familie betteln, du Namenloser!" (Jubeln im Publikum).

ZIEGENBOCK (die Peitsche wieder anhebend). „Genug. Gestehst Du's?"

ADAM (einknickend). „Ich gesteh's!"

ZIEGENBOCK (Adams Hoden mit der Peitsche streichelnd). „Lauter."

ADAM (laut wimmernd). „Ich tat's!"

ZIEGENBOCK. „Aha! Verräter! Darauf steht Verbannung ohne Parole. In die Feste Olmütz mit dir. Gemeinschaftszelle mit drei geilen Weibern." (Johlen).

ADAM (gequält). „Nein, nur das nicht, das halte ich nicht aus."

ZIEGENBOCK (samten). „Nun gut. Die

Strafe wird auf Meerrettichtortur abgemildert. (Dem Publikum zugewandt):

Auf den Bock mit ihm! (Mehrere aus dem Publikum binden Adam vom Spalier los und zurren ihn bäuchlings auf dem Prügelbock fest, die Ellenbogen am Sattelhorn, die Hände unterm Sattel gefesselt, die Unterschenkel durch die Steigbügel gezwängt und mit Lederriemen an den Bock gebunden, so dass er dem Publikum seinen Hintern entgegenstreckt).

Alle fertigwerden zum Schinkenklopfen!

Du da (an den ersten in der Reihe gewandt), halt die Peitsche und warte auf mein Kommando. Vier Schläge pro Nase. Schön fest. (Adam heult auf; der Schinder, an ihn gewandt):

Klappe halten, Verurteilter, sonst wird das Strafmaß erhöht.

Heda (an eine der Sklavinnen gerichtet): eine Meerrettichwurzel her—schön groß und fest (das Mädchen bringt eine). Ramm' rein (sie tut's; Adam grunzt erbärmlich, versucht, seine Fesseln abzuschütteln; der Schinder ans Publikum):

Einen Knebel her, der schreit ja wie am Spieß. (Adam wird geknebelt, hört nach einer Weile auf, an seinen Fesseln zu zerren; der Schinder zum Mädchen):

Weitermachen."

SKLAVIN (feste drückend). „Es geht nicht, der Meerrettich ist zu groß."

ZIEGENBOCK (amüsiert). „Papperlapapp. Zu groß gibt's nicht—höchstens zu eng. Drück fester." (Adam schüttelt sich und zerrt an seinen Fesseln).

SKLAVIN (ermüdend). „Erbitte Erlaubnis, ein wenig vom Meerrettich abschaben zu dürfen."

ZIEGENBOCK (gnädig). „Na gut. Erlaubnis erteilt. (An Adam gerichtet). Du dankst mir doch meine Nachsicht, nicht wahr?" (Adam nickt heftig).

SKLAVIN (erleichtert). „Jetzt passt's."

ZIEGENBOCK (zufrieden). „Na also, brav Weitarsch."

HERR C. (wirft eine Requisite unter die Menge). „Versiegelt ihn gefälligst." (Die Sklavin hebt den mit einem buschigen Fuchsschwanz verzierten Analstöpsel auf und rammt ihn in Adams Rektum, den Rettich einschließend).

ZIEGENBOCK (an den ersten Peiniger gewandt). „Fertig werden. (Sich vor Adams Gesicht aufstellend, an ihn gewandt):

Ich hätte mir recht gerne während deiner Züchtigung von dir ein paar Küsse gegönnt; ich befürchte aber, dass du in deiner Leidenschaft Küsse und Bisse verwechselst. Der Knebel bleibt also drin. (Er winkt eine zweite Sklavin her; sie kniet vor ihm nieder und bedient ihn oral. An den ersten Peiniger gewandt):

Auf mein Kommando, fertig, los! (Er zählt laut). Eins—zwo—drei—vier. (Der erste Peiniger gibt die Peitsche an den nächsten weiter). Eins—zwo—drei—vier. (Es geht der Reihe nach; einige Minuten vergehen, in denen Adams vier Backen immer röter werden). Eins—zwo—drei—vier. Das war's. Befreit ihn!" (Der wimmernde Adam wird losgebunden und ins Bad getragen; eine Sklavin entleert sein Rektum, wäscht es mit Wasser aus, ölt sein Gesäß).

ICH (ans Publikum): Was meint Ihr, hat sich unser Adam tapfer geschlagen?"

PUBLIKUM (einstimmig). „Ein dreifaches Hoch auf Adam! Hoch, Hoch, Hoch!" (Alle klatschen, spritzen ab, sinken erschöpft auf ihre Liegen nieder. Wein und Früchte werden gereicht; zur Entspannung unterhält man sich mit den Dirnen).

ICH (an einen Knecht, der eine Decke als Vorhang hält): „Der Vorhang fällt."

* * *

Wir plauderten über prominente Brüder: den großen Friedrich, der das antike symposion, seinen Protegé Winckelmann, der die Päderastie in Deutschland wieder salonfähig gemacht hatte; den alten Gleim, der den Anakreontiker Ewald von Kleist zum Beißen liebhatte; Goethe, der nach seinem Sturm und Drang durchs schwüle Rom nun in Weimar allerlei Weiber- und Männerfreundschaften unterhielt; Karl Philipp Moritz, der nur im Kleidertausch ganz aufging und immer Goethe dienen wollte; Johannes von Müller, der gerne die Seiten wechselte und Liebling des Hannoverschen Gunderrode Bonaparte war; Gentz, der in Wien vielfältig Metternich zu Diensten war; Altenstein und Gneisenau, die Kleists Lieblinge gewesen waren; Hardenberg und Iffland, die wie Rad und Wagenschmiere zusammenhingen; die Gebrüder Humboldt, von denen der eine die Kultur, der andere die Natur penetrierte; die Gebrüder Grimm, die ungeniert in wilder Ehen lebten; Clemens Brentano, der sich nie zwischen Jünglingen und Mädchen entscheiden konnte; Achim von Arnim, der mit seiner sapphischen Bettina eine zerbrechliche familiäre Einrichtung betrieb.

Letztere brachte uns auf den Gedanken, dass es in unseren Zeiten Schwestern noch schwerer fiel als Brüdern, das von ihnen ersehnte Leben zu führen. Wir huldigten daher der Brentano, die sich für die Produktion von Armins Söhnen opferte, der Günderrode, die sich lieber umbrachte als verstoßen ließ; und der amphibischen Ulrike von Kleist, die jetzt ein Mädchenpensionat führte.

Der, der den Adam gespielt hatte und sich erst mal hatte ausruhen müssen, gesellte sich wieder dazu und zeigte uns seinen in allen Farben schillernden Hintern, angesichts dessen mir in den Sinn kam, dass an Goethes Farbenlehre vielleicht doch etwas dran sein mochte.

Wir fragten uns noch, wie Goethe mit dieser tugendhaften Komödie, die wir eben so erfolgreich aus dem Stegreif inszeniert hatten, in Weimar dermaßen hatte scheitern können.

Ich selbst war mir unserer kleinen Aufführung recht zufrieden: ich hatte das Gefühl, wir waren damit Heinrichs Meisterwerk einigermaßen gerecht geworden.

Dreizehntes Kapitel

Im November 1809 ging Heinrich von Prag nach Frankfurt an der Oder um seine Finanzen zu regeln; im Februar 1810 ließ er sich in Berlin nieder. Und in den Wochen dazwischen?

Noch so eine mysteriöse Lakune in Heinrichs Leben! Im Dezember 1809 nahmen die jubelnden Berliner Bürger ihr aus dreijährigem ostpreußischem Exil zurückgehrendes Königspaar in Empfang. Ich selbst war nicht dort. Und Heinrich? Dieses Ereignis hätte er kaum verpassen wollen; erwähnen tut er es allerdings nirgendwo. Wer konnte, fragte ich mich, in der Kutsche Richtung Berlin rasend, etwas darüber wissen? Zu Heinrichs Kreis in Berlin hatten die Dichter Achim von Arnim, Otto von Loeben und Joseph von Eichendorff gezählt. Von Eichendorff wusste ich, dass er im Laufe des Jahres 1810 nach Wien gewechselt war; Loeben wähnte ich noch in Berlin; Arnim lebte wohl überwiegend auf seinem Familiengut im Spreewald, halbe Strecke zwischen Jüterbog und Dahme. Letzteres lag genau auf meiner Route, und so fuhr ich dort auf gut Glück vorbei.

Mitglieder der Familie Armin empfingen mich freundlich. Achim weile derzeit bei seiner Frau in Berlin. Heinrich von Kleist sei auf der Durchreise einst für eine Nacht hier gewesen; mit seiner Familie sei man weitläufig bekannt, doch habe man lange keinen Kontakt gehabt. Nur Armin könne mir bezüglich Kleist weiterhelfen. Nach einer angenehmen Tasse Kaffee fuhr ich nach Berlin weiter.

In Berlin fand ich Otto von Loeben. Der Dichter und Mystiker, von Syphilis schwer gezeichnet, lebte zurückgezogen in der Mauerstraße, unweit Heinrichs ehemaliger Wohnung. Wie ich selbst, hatte er 1808 dem erweiterten Dresdner Kreis um Heinrich, Adam Müller, Pfuehl und Rühle angehört; persönlich hatten wir uns damals nicht kennengelernt.

Ich schloss den ernsten jungen Mann sofort ins Herz.

Er fand offensichtlich auch Gefallen an mir, lud mich zu sich aufs Sofa ein, erklärte, er stelle gerade den zweiten Band seines Schäferromans Arkadien fertig, in dem ein autobiographischer Jüngling allerlei Liebesabenteuer besteht. Er las mir aus seinem Werk vor:

> „Ich nannte mich Aurora, theils weil ich in der Zahl der Tropfen, womit ich die Blumen begoß, mit der himmlischen Rosengärtnerin wetteifern zu können meinte, theils weil Aurora die wahre Patronin des Schäferstandes ist, seine frühe und späte Gefährtin, seine Vertraute, seine Geliebte sein Vorbild, seine irdische und überirdische Hoffnung."

„Ähnlich schöne Bilder wie Ihres von den Samentropfen," kommentierte ich, „mit denen der Jüngling die Blumen seiner Liebhaber begießt, gebrauchte Heinrich auch oft: Löschwasser, Weihwasser, Morgentau, usw.—wobei er es oft satyrisch und syphilitisch zugleich meinte: als orgasmischen Samenerguss einerseits und als Reinigungsritual oder Quecksilbertherapie andererseits. Ihre Rosengärtnerin ist wohl eher ein Apollon als eine Aphrodite?"

„Genauer gesagt ist Aurora eine Syphilus-Figur, bei Fracastoro Namensgeber der venerischen Seuche, den Apollon mit dieser Krankheit bestrafte. Wie die Morgenröte leuchtet er am Ende der Nacht kurz auf, bevor der dem aufsteigenden Phoebus weicht."

„Das Titelblatt von Heinrichs Phöbus stellte den strahlenden Apollon dar, unter der Ägide Heinrichs—flankiert von Goethe und Schiller—im Streitwagen über Dresden und die deutsche Literatur waltend, vier herrliche Hengste lenkend, von anmutigen kouroi umgeben, den Skorpion in die Schranken weisend."

„Heinrich mag einigen von uns den Skorpion beschert haben," lächelte Loeben versonnen, fragte dann: „Waren Sie schon bei Fouqué?" Ich bejahte. „Und?"

„Er nahm mich gastfreundlich in Nennhausen auf."

„In seinem Rattenloch?"

„Ich fand es dort recht angenehm. Er öffnete mir seine Bibliothek."

„Wurde er nicht—ähm—übergreifend?"

„Gelegentlich. Doch meistenteils war er damit beschäftigt, seinen Kurfürsten fertigzustellen, so wie Sie gerade Ihr Arkadien."

„Was mich aber nicht davon abhalten soll," betonte er hastig, „mich bestens um Sie zu kümmern, mein lieber Brockes." Mit treuen Kinderaugen sah er mich an.

Ich, nicht abgeneigt, erwiderte seinen Blick. Er nahm meine Hand:

„Vor Fouqué nehmen Sie sich in Acht. Er ist ein Schlitzohr."

„Er war aber doch Mitglied Ihres Berliner Kreises?" Er seufzte.

„Das Mitglied, das Eifersucht säte und Heinrich ganz für sich alleine wollte, das Adam Müller beflügelte, Berlin wegzugehen und in Wien einen glücklicheren Kreis zu finden—was der dort auch prompt tat: mit dem großen Metternich, dem sanften Gentz, dem standhaften Eichendorff."

„Es hieß, Hardenberg habe Müller auf Mission nach Wien geschickt."

„Müller sollte in Wien informell Informationen sammeln und gelegentlich an Hardenberg berichten. Eigentlich strebte er eine Stelle in Berlin an, unternahm alles Erdenkliche, u.a. polemische Streitschriften in den Abendblättern, um den Kanzler auf sich aufmerksam zu machen—was ihm auch gelang: tatsächlich schien Hardenberg nicht abgeneigt, sich dessen gewandte Rede und Verbindungen zu den Berliner Salons zunutze zu machen; als der Kanzler aber merkte, wie schlüpfrig und unberechenbar Müller war, verbannte er ihn nach Wien, wo er ihm keinen Schaden und womöglich sogar einen Nutzen bringen würde."

„Dass durch seine ketzerischen Artikel er zwar Aufmerksamkeit, Heinrich jedoch Zensur erntete, störte Müller nicht?"

„Müller war in dieser Hinsicht Heinrich nicht unähnlich: beide hielten immer mehrere Bälle gleichzeitig in der Luft. Eben diese Wendigkeit schätzten sie wohl aneinander. Bloß war Heinrich gegenüber Freunden loyal, Müller war es nicht."

„Es hieß, die beiden seien im Zwist auseinandergegangen."

„Etwas abgekühlt war ihre Leidenschaft wohl schon; doch Heinrich, der zunehmend vereinsamte, zog noch im Spätsommer 1811 in Erwägung, Müller nach Wien zu folgen." Ich kam auf die Lakune in Heinrichs Leben zu sprechen, derentwillen ich nach Berlin gekommen war:

„Waren Sie und Heinrich Ende 1809, als der König und die Königin aus dem Exil zurückkehrten, zusammen in Berlin?"

„Aber ja. Am 23. Dezember standen wir mit Abertausenden am Bernauer Tor um die Königlichen zu begrüßen. Eichendorff und Franz Theremin waren mit dabei, sowie Müller und seine Frau—oh, und die Werdecks. Heinrich verließ aber schon am nächsten Tag Berlin."

„So?"

„Er reiste zum magnétiseur Neufville in Frankfurt am Main."

„Ein weiter Weg von Berlin, für eine magnetische Kur."

„Er hatte vor, sich in Berlin niederlassen und wollte dort keine Gerüchte aufkommen lassen. Deshalb kam eine Behandlung in Berlin—z.B. bei Wolfart— für ihn nicht in Frage. Gmelin in Heilbronn war schon tot. Für Wedekind in Mainz hätte er einen Pass gebraucht. Es blieb wohl nur Neufville."

„*Der* in Heinrichs Verlobung als von Hoango massakrierter Gutsbesitzer auftritt. Kann ich daraus schließen, dass Neufvilles Behandlung nicht effektiv war?"

„Heinrich fühlte sich zunächst besser, sei es wegen, sei es trotz der Behandlung. Möglicherweise fügte er Neufville seiner Erzählung erst kurz vor deren Veröffentlichung im Sommer 1811 hinzu, als er mit magnetischen Kuren bereits abgeschlossen hatte—oder sogar mit Kuren insgesamt."

Er schmiegte sich an mich; am Feuer wurden wir warm.

* * *

Ich richtete mich bei Otto häuslich ein, blühte bei dem 26-Jährigen geradezu noch einmal auf. Er für seinen Teil genoss es, sich von mir hofieren zu lassen.

Am Vormittag des 21. November fuhren wir hinaus zu Heinrichs Grab. Meinen Vorschlag, schon am Vorabend anzureisen und eine Nacht bei Stimmings zu verbringen, wie Heinrich und Henriette Vogel es getan hatten, lehnte er rundweg ab—das sei ja gespenstisch. Als wir ankamen, zierte ein Strauß frischer Dahlien, Herbstastern und Chrysanthemen das Grab: jemand war am Morgen dagewesen.

„Was empfandst Du damals, als es geschah?" fragte ich Otto, auf den herbstlichen See hinausschauend.

„Sein Tod traf mich sehr. Ich liebte Heinrich über alles, schon seit unserer Dresdner Zeit—als er, der dicke Bose und ich eine gar liebliche Triade bildeten."

„*Der* Bose?"

„Rittmeister Ernst Ludwig von Bose," nickte er, „von dem es hieß, man habe Dresden nicht gesehen, wenn man ihn nicht kennengelernt hatte."

„Dann habe ich wohl Dresden nicht gesehen," scherzte ich.

„Ein Zyniker, ein waschechter Diogenes. Faul, aber messerscharf. Er schlief manchmal nachts auf der Elbbrücke, saß dann tagsüber dort und parodierte Goethe, oder verwickelte Passanten in allerlei geistreiches Geschwätz. Heinrich schätzte seinen Witz, seinen unbändigen Hass auf Napoleon, und seinen Sarkasmus gegenüber dem alternden Goethe. Als Heinrich seine Penthesilea als Hundekomödie bezeichnete, zitierte er Bose. Bose soll jetzt in russischen Diensten sein."

„Fiel Dir damals nichts an Heinrichs Benehmen auf, das auf seine fatalen Absichten hätte hinweisen können?" Sein Antlitz verdüsterte sich.

„Ich—ich war gar nicht in Berlin als es geschah. Ich mache mir deswegen die ärgsten Vorwürfe. Ich verbrachte den größten Teil des Jahres bei Fouqué. In eben jener Bibliothek, die Du schon kennenlerntest, stellte ich den ersten Teil Arkadiens fertig, praktisch gleichzeitig mit Fouqués Undine, und begann den zweiten Teil während sich Fouqué an seinen Zauberring und Kurfürsten machte. Er versuchte, Heinrich Nennhausen zu locken. Der sträubte sich—er wollte wohl vermeiden, Müller zu pikieren. Fouqué und ich kamen daher gelegentlich gemeinsam nach Berlin um Heinrich dort zu treffen."

„Du nanntest vorhin Nennhausen ein Rattenloch."

„Es wurde mir bald klar, dass Fouqué Heinrich ausbooten wollte, besonders mit dem Fehrbellin-Thema an dem beide arbeiteten. Fouqué wusste, dass sein Kurfürst im Vergleich mit Heinrichs Prinzen nicht bestehen würde. Heinrich ging es zwar auch um Dichterstreit—allerdings mit Goethe, nicht mit Fouqué—aber vorrangig ging es ihm darum, Friedrich Wilhelms Allianz mit Napoleon zu verhindern. Fouqué konnte mit Heinrichs Arbeitstempo nicht mithalten, ließ seinen Missmut an mir aus. Zeigte er Dir seine Folterkammer? Im vorletzten Schlafzimmer?"

„Ich war im letzten untergebracht," schüttelte ich den Kopf.

„Er traute sich wohl nicht. Im Herbst 1810 hatte er zwei weitere Brüder nach Nennhausen geholt, Wilhelm Neumann und Georg Saegemund. Platz hatte er genug, und Karoline störte es scheinbar nicht—sie war oft bei ihrer Familie, und wenn sie zuhause war, gesellte sie sich uns zu. Nur Heinrich fehlte—wir waren wie ein Wagen ohne Zugpferd, die Deichsel nutzlos abgelegt.

Frustriert verführte Fouqué Neumann und Saegemund dazu, mich wie ihren Sklaven zu behandeln. Einmal lud er auch die berüchtigte Werdeck zu sich ein, eine wahrhaftige Domina. Zu viert unterwarfen sie mich den perversesten Experimenten. Ich will nicht davon sprechen. Ich hatte weder Geld noch Zuhause; so blieb ich trotz allem den ganzen Winter über dort: Fouqués Stube war warm und das Essen gut. Heute schäme ich mich—warum lief ich nicht einfach weg? Wäre ich doch bloß bei Heinrich in Berlin gewesen! So aber ließ ich die entscheidenden Wochen nutzlos verstreichen. Ende November 1811 erreichte uns dann aus heiterem Himmel die Nachricht von Heinrichs Tod."

„Wie reagierte Fouqué?"

„Freudebeklemmt. Der Dichter Fouqué empfand Heinrichs Tod als Chance, der Liebhaber Fouqué, als Verlust. Er schrieb noch am selben Abend an dem uns die traurige Nachricht erreichte ein Gedicht, Abschied von Heinrich von Kleist, in dem er ihren Männerbund feierte und sich selbst unverschämt als aufglüh'nd in gleicher Dichterlust darstellte. Eitle Hybris! Das Gedicht schickte er am nächsten Morgen an Hitzig, der es in den Berliner Blättern bringen sollte.

Aufs Schamloseste suchte Fouqué aus Heinrichs Tod Kapital zu schlagen! Um Adam Müller zum Verfassen einer Lobschrift auf Kleist zu bewegen, die er in seiner eigenen kläglichen Zeitschrift bringen wollte, hielt er sogar seine Gattin Karoline dazu an, Müller mit einem pretiösen Brief in sein kleines, heimliches Zimmer zu kriechen. Eichendorff berichtete später, dass unsere Freunde in Wien nicht schlecht über Karolines Brief gestaunt hatten: sie hatte Heinrich noch nicht einmal persönlich gekannt! Tatsächlich steckte natürlich Fouqué dahinter. Bei solchen Freunden braucht man fürwahr keine Feinde!

Aber genug—Heinrichs Seele ist jetzt frei. Ich wünschte, meine könnt's seiner gleichtun. Könnt's Deine?"

„Sie könnt's." Er schaute mich nachdenklich an. „Ich glaub's dir." Ich schaute auf den See, meinte: „Ein bemerkenswerter Ort, den Heinrich für seinen Freitod aussuchte. Direkt an der königlichen Chaussee, auf halber Strecke zwischen den hohenzollernschen Schlössern von Potsdam und Charlottenburg. Der K konnte gar nicht anders, als dies als Fingerzeig an ihn selbst zu deuten—wenn nicht sogar als infame Aufforderung, sich ebenfalls die Kugel zu geben. Kein Wunder, dass ihn die Sache echauffierte."

„Ich denke, hinsichtlich Heinrichs Ortswahl und Zeitpunkt mag noch etwas anderes eine Rolle gespielt haben. Es gab nämlich eben hier, bei Stimmings, genau ein Jahr vor Heinrichs Tod eine denkwürdige Zusammenkunft."

„Eine Zusammenkunft?" Er nickte eifrig.

„Ich selbst war nicht dabei, aber Fouqué prahlte oft davon, dass er im November 1810 Heinrich in seinen Kreis initiiert habe; er und Hitzig hätten zu diesem Zweck extra für eine Samstagnacht Stimmings komplett gebucht—Heinrich gab ja damals die Abendblätter heraus, die täglich außer Sonntag erschienen, und Samstagnacht war seine einzige freie Zeit.

Heinrich kam tatsächlich, und in Folge dieser denkwürdigen Nacht brach zwischen Fouqué und Müller ein regelrechter Konkurrenzkampf um Heinrichs Gunst aus, einer korsischen Stammesfehde gleich, die ein Jahr später prompt ihr Opfer forderte: Heinrich selbst.

Nach dessen Suizid hieß es oft, Adam Müller hätte ihn mit seinen provokanten Artikeln ruiniert, Hardenberg und Iffland hätten sich gegen ihn verschworen, Henriette Vogel hätte ihn mit ihrer Mystik zum Sterben verführt. All das mag auch eine Rolle gespielt haben, aber wenn Du mich fragst, waren es insbesondere Fouqués und Müllers Ränke die damals an Heinrich zehrten. Er konnte Eifersucht unter Freunden nicht ertragen. Ich sage: Fouqué—mehr als jeder andere—hat Heinrich auf dem Gewissen!" Unversehens brach er zusammen.

Ich nahm ihn tröstend in den Arm.

Ottos Verteufelung Fouqués hielt ich für etwas übertrieben. Die Liste der Missgeschicke, die Heinrichs Selbstmord mit herbeiführt haben könnten, ließe sich noch beliebig ausweiten: sein sich verschlechternder Gesundheitszustand; seine finanzielle Mittellosigkeit; die Todesstille bei Hof bezüglich seines Homburg; Goethes Desinteresse. Was mir selbst als ausschlaggebend erschien, war, dass die Allianz, die der K mit Napoleon besiegeln wollte, einerseits Preußen verpflichten würde, auf Seiten Frankreichs gegen ihren ehemaligen Verbündeten Russland zu kämpfen, andererseits Heinrich persönlich, dessen Antrag auf Wiederaufnahme in die Armee der König ja für den Kriegsfall stattgegeben hatte, nötigen würde, als Offizier eines Vasallenstaates für Napoleon zu kämpfen. Heinrich hatte sich am Kleinen Wannsee m.E. nicht Fouqué oder Adam Müller, auch nicht Hardenberg oder Iffland entzogen, sondern seinem König: als er glaubte, dass das schrecklichste aller Szenarios unabwendbar war, indem Preußen nicht gegen, sondern für Napoleon kämpfen würde, beschritt er seinen ganz eigenen Weg. Ottos Stimme riss mich aus meinen Gedanken.

„Hitzig teilte Fouqué von Heinrichs letzten Briefen mit. Deren fröhliche Gelassenheit wirkte auf Fouqué wie eine Ohrfeige. Er schwang sich öffentlich zu Heinrichs Anwalt auf, dessen Ruf und literarisches Erbe zu bewahren, redete ihn aber unter der Hand schlecht und machte sich daran, seines Nachlasses habhaft zu werden, insbesondere des letzten Dramas. Erst als Hitzig ihm versicherte, dass Heinrich alles verbrannt hatte, löste sich seine Anspannung.

Wer weiß, was er mit Heinrichs Nachlass gemacht hätte, wäre er in seine Hände gefallen."

Ich schwieg, mich an meine Verabredung mit Dahlmann haltend. Bei Stimmings am gegenüberliegenden Seeufer sahen wir eine Kutsche vorfahren. Eine Person stieg aus und eilte am Ufer entlang in unsere Richtung—eine junge Frau, wie sich herausstellte als sie näherkam, mit einem gewundenen Kranz in der Hand. Sie hatte uns anscheinend noch nicht bemerkt.

Wir traten hinter ein Gebüsch.

* * *

Am Grab legte die junge Schöne den Kranz nieder und verharrte. Otto und ich nickten einander zu, schlugen einen weitläufigen Bogen und näherten uns ihr, um sie nicht zu erschrecken, von der Seeseite her. Sie erblickte uns aus geröteten Augen. Bald standen wir vor ihr und stellten uns gegenseitig vor. Es war Luise Wieland.

Ich berichtete ihr von meinen Besuchen bei ihrem Vater und Bruder.

Sie seufzte, sie habe Heinrichs Tod noch nicht überwunden, freue sich aber, Freunde von ihm hier anzutreffen. Wir luden sie zum Mittagstisch bei Stimmings ein.

Es wurde bald klar, dass uns drei nicht nur die Trauer über den verlorenen Freund einte, sondern auch die Reue darüber, im entscheidenden Moment anderswo gewesen zu sein und seine Tat nicht verhindert zu haben.

„Ich schrieb," erinnerte sich Luise, „letzten

September an Ludwig, der gerade aus Wien zurück war und vorrübergehend in Berlin weilte, er solle sich um Heinrich kümmern, der praktisch alleine dastand und dem ein Freund tröstlich sein würde. Aber Ludwig reagierte ausweichend und war kurz danach schon wieder in Weimar. Ach, wäre ich doch nur selbst nach Berlin gereist! Später wurde mir bekannt, dass sich Heinrichs Cousine, die er als seinen Schutzengel betrachtete, ausgerechnet in jenem Herbst nicht in Berlin, sondern im Mecklenburgischen weilte. Ein äußerst unglücklicher Umstand—alles schien sich gegen ihn verschworen zu haben. Und so wurde ihm die Vogel zum Todesengel."

„Sie werfen ihr dies vor?" Otto betrachtete sie eindringlich.

„Nein. Ich gehe davon aus, dass Henriette Vogel wahrhaftig sterben wollte, und berechtigten Anlass hatte, anzunehmen, dass es Heinrich genauso ging. Sie verstand aber nicht, dass sein Leben in der Schwebe hing und dass ihr Auftauchen dazu beigetrug, die Waagschale fatal zu neigen." Ihre Stimme wurde sanft. „Ich glaube übrigens, dass Heinrich bis zum Schluss die Möglichkeit offenhielt, vom Abgrund zurückzutreten, sollte das erwartete Zeichen nicht erscheinen."

„Zeichen—?"

„Allerdings."

„Das wäre?"

„Der Komet."

„Der Komet?"

„Der Große Komet von 1811."

„Wie—?"

„—das zusammenhängt? Ich erklär's Ihnen.

Mitte November 1811 erschien jener Komet, der noch im Oktober tagsüber gut sichtbar gewesen war, in unseren Breiten nur noch kurz über dem Horizont, und zwar am späten Nachmittag; bei einsetzender Dunkelheit war sein fahles Licht zu jener Zeit dann noch am ehesten sichtbar.

Heinrich feuerte die Schüsse zwischen vier und vier Uhr dreißig ab, also als die Abenddämmerung gerade einsetzte. Wenig später wäre es völlig dunkel gewesen—im Dunkeln aber hätten sie ihre Tat wohl kaum ausführen wollen, zumal der Bote, den sie nach Berlin geschickt hatten, dort nicht später als gegen vier Uhr eintreffen würde und die Vogel dem Kriegsrat Peguilhen—der sich um ihre Leichen kümmern sollte—in ihrer Nachricht mitgeteilt hatte, dass sie in dem Moment, in dem er ihren Brief erhielt, bereits erschossen da lägen. Sie hatten also offensichtlich geplant, die Tat durchzuführen, bevor es dunkel wurde, so dass ihre Leichen noch geborgen werden konnten.

Bevor die Schüsse fielen, waren sie stundenlang am See herumspaziert, hatten sich trotz fast winterlicher Temperaturen Tisch und Stühle hinausbringen und mehrfach Kaffee servieren lassen, sich gegenseitig vorgelesen und Wein und Rum genossen. Warum waren sie nicht früher zur Tat geschritten? Dafür gibt es m.E. nur eine einleuchtende Erklärung: sie warteten auf etwas bestimmtes, und zwar etwas, das dort draußen stattfinden würde. Ich behaupte: sie warteten auf das Erscheinen des Kometen. Heinrich hatte ihn zum Schicksalszeichen auserkoren: würde er am Horizont sichtbar, wäre dies das ersehnte Zeichen, dass seine Zeit gekommen war."

„Napoleon, fällt mir gerade ein," meldete ich mich zu Wort, „hatte das Erscheinen dieses Kometen zum Omen seines erfolgreichen Russlandfeldzugs erklärt. Heinrich könnte sich Napoleons Omen zu eigen gemacht haben: erschien der Komet am ausgewählten Ort und zum erwarteten Zeitpunkt, würde er dies als Zeichen für Napoleons bevorstehenden Sieg und als Anlass für seinen Freitod werten."

„Heinrich," führte Luise weiter aus, „könnte eine Frist gesetzt haben, bis zu deren Ablauf sie warten würden—sagen wir, vier Uhr; daher die Nachricht der Vogel an Peguilhen. Nachdem sie lange gewartet hatten—vielleicht waren sie schon im Begriff, die Aktion abzubrechen—erblickten sie doch noch den Kometen und schritten zur Tat."

„Heinrich," versetzte Otto, dem dies alles recht abenteuerlich erschien, „hatte aber in der Nacht zuvor alle seine Manuskripte verbrannt; und spätestens nachdem die beiden gegen Mittag den Boten abgeschickt hatten, der ihren Tod ankündigte, wäre eine Kehrtwende in letzter Minute doch wohl kaum mehr denkbar gewesen? Es wäre jedenfalls für Heinrich ungewöhnlich inkonsequent gewesen."

„Heinrich," gab ich zu bedenken, „war grundsätzlich immer erpicht, sich eine wichtige Entscheidung bis zum letztmöglichen Augenblick offen zu halten. Wäre der Komet wider Erwarten nicht erschienen, und hätten sie die Aktion dementsprechend abgeblasen, hätte er Peguilhen irgendeine Geschichte aufgetischt:

es sei bloß ein Experiment gewesen, in Vorbereitung für sein nächstes Drama; der Herr Kriegsrat möge die Unannehmlichkeit entschuldigen, usw."

„Es ist übrigens möglich," warf Luise ein, „meine These zu testen, indem wir herausfinden, in welcher Himmelsrichtung der Komet sichtbar gewesen wäre und ob die beiden ihre Stühle entsprechend ausgerichtet hatten. Das Personal hier erinnert sich vielleicht noch; vielleicht bekamen sie damals den Kometen sogar selbst zu Gesicht, als sie im Anschluss an die Schüsse zum Tatort eilten."

„Ihre These," fügte ich hinzu, „würde auch erklären, warum die beiden bis zur Mittagszeit warteten, bevor sie den Boten nach Berlin schickten: zu diesem Zeitpunkt werden sie relativ sicher gewesen sein, dass das Wetter am Nachmittag beständig bleiben würde. Denn wären schwere Wolken aufgezogen, hätte der Komet ja sozusagen keine Chance gehabt ihnen zu erscheinen, und Heinrich hätte den Versuch abgebrochen und auf einen anderen Tag verschoben."

Wir befragten die Magd, die unser Essen brachte. Sie selbst sei damals nicht dabei gewesen und verwies uns auf den Wirt, den wir sogleich einluden, sich zu uns zu setzten.

Den Kometen, berichtete der Wirt, habe er selbst vom Wirtshaus aus nicht sehen können, doch sein Handlanger habe ihn gesehen. Der Himmel sei nur leicht bewölkt gewesen und die leicht erhöhte Stelle am Südufer die sich die Selbstmörder für ihren Kaffeetisch ausgesucht hatten wäre für eine Sichtung des Kometen gut geeignet gewesen, da sie einen unverstellten Blick über den Kleinen und Großen Wannsee nach Norden freigab, wo um jene Zeit am Spätnachmittag der Komet nahe der Konstellation des Großen Bären erscheinen würde. Luise schaute uns triumphierend an.

Wir beendeten erregt unsere Mahlzeit. Ich schlug vor, unseren Kaffee dort einzunehmen, wo Heinrich und Henriette es getan hatten, um so ihre letzte Stunde ein zweites Mal zu inszenieren, wenn auch ohne Komet, doch dies fanden Otto und Luise makaber. Stattdessen kamen wir überein, zunächst unseren Kaffee im Stimmings in der warmen Stube zu genießen, gegen drei Uhr dreißig dann zu den Gräbern zurückzukehren und dort bis zur Sterbestunde auszuharren. Anschließend würde Luise uns in ihrer Kutsche zurück nach Berlin nehmen.

Wir unterhielten uns über die letzten Lektüren der beiden Todgeweihten: Cervantes Quixote, Richardsons Clarissa, Klopstocks Oden, Goethes Wahlverwandtschaften. Es schien uns, dass der Quixote als Standardwerk der Brüderschaft dabei war, Clarissa als bitterer Abschied an Heinrichs Lausitzer Clan, denn Clarissa wird vom Drangsal der eigenen Familie in den Tod getrieben, die Oden als Schwanensang für den preußischen König, denn Klopstock hatte die dem dänischen König anlässlich seines frühen Todes infolge einer Syphilisinfektion gewidmet, und die Wahlverwandtschaften als Heinrichs endgültige Vereinigung mit dem Dichterfürsten, denn unter den beiden Liebenden, die sich am Ende des Romans innig im Grab umarmen, mochte Heinrich sich Eduard als Goethe vorgestellt haben, und Ottilie als sich selbst.

* * *

Bei den Gräbern war es windig und kalt. Ich ließ mich in der kleinen Grube am Abhang des Hügels, in der die Leichen quer übereinanderliegend aufgefunden worden waren, auf die Knie gleiten und ließ meinen Blick über die Seenlandschaft schweifen—wie im Mittelpunkt eines Seenpanoramas, dachte ich. Vorausgesetzt Heinrich hatte an eben dieser Stelle gekniet als er die Schüsse abgab, könnte er noch im Augenblick seines Todes den Komet vor sich aufstrahlen sehen haben. Hatte Luise mit ihrer Theorie recht—und ich glaubte mittlerweile fest daran—so hatte Heinrich diesen Ort nicht nur ausgewählt, weil er für den König symbolisch war, sondern auch, weil er sich zur Beobachtung des Kometen hervorragend eignete. Die Inszenierung seines Todes hätte somit auf demselben panoramischen Prinzip beruht, wie jenes, das oft in seinen Werken zur Geltung kam, und man konnte seinen Selbstmord mithin als sein letztes Drama bezeichnen.

Seine Inszenierung entsprach einer Versuchsanordnung, deren binäres Resultat, wie in der Würfelszene im Leopold, entweder Rot oder Tod sein würde, in Abhängigkeit davon, ob das Omen sichtbar wurde oder nicht. Dabei hatte Heinrich sichergestellt, dass der Komet grundsätzlich sichtbar werden konnte, indem er einen für eine Sichtung optimalen Ort, einen unbewölkten Tag, und die günstigste Tageszeit auswählte: wie ein Zweikampf unter billigen Konditionen.

Es kam mir nun so vor, als hätte Heinrich diesen Versuch im Homburg bereits durchgespielt, und zwar einmal ohne und einmal mit Erscheinen des Kometen. Im dritten Akt bittet Homburg, nachdem er sein Grab sah, die Kurfürstin um Aufschub:

> Ach! Auf dem Wege, der mich zu dir führte,
> Sah ich das Grab, beim Schein der Fackeln,
>   öffnen,
> Das morgen mein Gebein empfangen soll.
> Laß mich nicht, fleh ich, eh die Stunde schlägt,
> Zu jenen schwarzen Schatten niedersteigen!

Homburg, schien es mir, ist hier nicht von Todesfurcht bewegt, sondern von der Furcht, verfrüht zu sterben: eh die Stunde schlägt. Heinrich ging es also um den kairotischen Augenblick. Die Szene findet abends oder nachts statt: beim Schein der Fackeln. Der Komet war Ende August 1811, als Heinrich das Drama fertigstellte, in unseren Breiten gerade am Abendhimmel sichtbar geworden. In dieser Szene erscheint er aber nicht. Dass Homburg hier noch nicht zum Tode bereit ist, mag andeuten, dass Heinrich selbst es Ende August noch nicht war—sei es, weil noch offen war, ob des Königs Allianz mit Napoleons zustande käme.

Die darauffolgenden Szenen des Dramas spielen in naher Zukunft—sagen wir: im Herbst 1811. Der fünfte Akt inszeniert den Moment in dem Homburg—also Heinrich selbst—zum Tode ganz reif ist. Als er mit verbundenen Augen vor die Rampe geführt wird, von der Kurfürst und Gefolge wie in der ersten Szene auf ihn niederblicken, sieht Homburg durch die Binde ein grelles Strahlen:

> Nun, o Unsterblichkeit, bist du ganz mein!
> Du strahlst mir, durch die Binde meiner
> Augen,
> Mir Glanz der tausendfachen Sonne zu!

Das Du das ihm durch die Binde strahlt, meint einerseits den Kurfürsten, Napoleon, der in seiner ganzen Machtfülle von der Rampe auf ihn niederglänzt, kann aber andererseits auch den Kometen meinen, das strahlende Fanal von Napoleons Triumph. Hier trennt sich Heinrich von der Figur Homburgs, d.h. seines Königs: der König verbleibt in Knechtschaft auf Erden, Heinrichs Seele aber entschwindet:

> So geht mir dämmernd alles Leben unter:
> Und jetzt liegt Nebel alles unter mir.

Ich stand auf und wandte mich an Luise, die an Heinrichs Grab verharrte.

„Verehrte Luise, Sie haben recht: Heinrich sah den Kometen—und schoss."

Sie nickte stumm.

Wir spazierten in Gedanken verloren zurück und bestiegen ihre Kutsche.

Auf dem Rückweg sann ich, wie fest Heinrich davon überzeugt gewesen sein musste, dass die Allianz zustande kommen und Preußen auf Seiten Frankreichs in den Krieg eintreten würde, und wie recht er damit behalten sollte: die Allianz kam im

März 1812 tatsächlich zustande, im Juni zog Preußen als Napoleons Vasall in den Russlandfeldzug.

Was, wenn der Komet an jenem 21. November nicht erschienen wäre? Hätte Heinrich dann Mut geschöpft, jenes ominöse Gesetz, das er Napoleon im fünften Akt selbst in den Mund legte, doch noch abwenden zu können, sozusagen bevor es unumstößlich in Kraft trat?

> Den Sieg nicht mag ich, der, ein Kind des Zufalls,
> Mir von der Bank fällt; das Gesetz will ich,
> Die Mutter meiner Krone, aufrecht halten,
> Die ein Geschlecht von Siegen mir erzeugt!

Dieses Gesetz—es war ein militärisch-logistisches und ein dynastisches zugleich: eine Proliferation von Armeen und Fürstentümern, angeführt von einer ganzen Reihe von jungen Bonapartes—einem wolfenden Rudel von Wölfen—die jetzt noch dem ersten folgten, jenem Überwolf von dem sie abstammten und dessen Singularität sie reproduzierten. Die völlige Wolfisierung der Welt!

Mir schauderte vor der visionären Kraft, die Heinrich innegewohnt hatte.

In Berlin verabschiedeten wir uns von Luise Wieland, die unverzüglich nach Weimar zurückzukehren beabsichtigte—was sich als glückliche Fügung herausstellen sollte, denn binnen weniger Wochen starb dort ihr Vater.

So war es ihr vergönnt, am Sterbebett bei ihm zu sein.

Vierzehntes Kapitel

Zehn Tage nach Heinrichs erstem Todestag erreichte uns die ersehnte—und doch so unfassbare—Nachricht: beim Übergang über die Beresina war die Grande armée fast völlig aufgerieben worden und Napoleon nur um Haaresbreite der Gefangennahme entkommen. Eine Woche später kamen erste Gerüchte auf, dass er seine Truppen verlassen hatte und sich inkognito auf dem Weg durch Deutschland nach Paris befand. Mitte Dezember zogen die letzten französischen Verbände von russischem Territorium ab.

Am 30. Dezember 1812 unterzeichnete General Yorck ohne königliche Ermächtigung die Konvention von Tauroggen, einen Waffenstillstand mit Russland mit dem die preußische Armee de facto die Seiten wechselte.

In der Silvesternacht feierte Preußen das neue Jahr wie eine Zeitenwende.

Am 5. Januar 1813 marschierten russische Truppen in Königsberg ein und wurden als Befreier gefeiert; wie schon nach Tilsit wurde die Stadt erneut zum Zentrum des preußischen Wiederstandes.

Nur Friedrich Wilhelm zauderte noch, auch de jure mit Napoleon zu brechen. Mal wieder schien sich der K im Kreis zu bewegen, das Ziel zwar fest im Auge, das zu erreichen ihm aber auf geheimnisvolle Weise verwehrt blieb.

Jemand sollte mal, dachte ich mir, einen Roman über diese asymptotische Annäherung des K schreiben.

* * *

Die Neujahrseuphorie mit Otto genießend nahm ich mir vor, beim ersten Anzeichen des nahenden Frühlings Ludwig Tieck auf Gut Ziebingen aufzusuchen und mich dann an die beiden Kleistinnen heranzutasten.

Zuvor galt es in Berlin noch Besuche bei drei bemerkenswerten Damen zu absolvieren: bei Sophie Sander, Rahel Levin und Elisabeth Staegemann, die in Heinrichs Todesjahr mit ihm befreundet gewesen waren. Als sein Ende nahte, hatte er die Nähe von Frauen gesucht. Allen dreien eilte ein Ruf voraus: die Sander galt als die schönste und schlagfertigste, die Levin als die geistreichste, die Staegemann als die aufgeschlossenste unter den Berliner salonnières. Ich war gespannt.

Anfang Februar machte ich mich auf die Suche nach Heinrichs Frauen. Als erste suchte ich die Staegemann in der Jägerstrasse auf.

Es war ein Donnerstag; an Freitagen fand hier ihr berühmter Salon statt. Ihre Wohnung befand sich oberhalb des Salons, der das Erdgeschosses einnahm.

Für eine reife Frau war sie noch ungewöhnlich schön; zudem, wie ich schnell herausfand, liebenswürdig und hochgebildet. Wir nahmen im Salon Platz.

„Sie haben sich keine leichte Aufgabe gestellt, mein lieber Herr von Brockes," meinte sie. „Kleists Spuren sind voller Melancholie."

Ich erzählte ihr von meinem Gespräch mit Otto und Luise an Heinrichs Grab. „Aus Liebe zur Vogel ist er jedenfalls nicht gestorben," stellte sie lapidar fest.

„Es ging ihm wohl nicht um die Vogel—die war gerade zur Hand—sondern um eine Frau: er wollte sein Leben mit einer Frau abschließen." Sie sagte sanft:

„Warum ausgerechnet mit einer—scheinbar beliebigen—Frau?"

„Er war der Überzeugung, dass sein Leben einem Gesetz der Bewegung folgte, ähnlich der Laufbahn eines Kometen: aus seiner Heimat am Rande des Sonnensystems geschleudert, umkreist er auf ausgedehnten exzentrischen Bahnen die Sonne, bis er, von ihrer Schwerkraft angezogen, in sie stürzt und in ihr verglüht. Die Sonne aber—sie war für ihn eine Frau: er wies gelegentlich darauf hin, dass die Sonne im Deutschen weiblich ist—kein König, sondern eine Königin.

„Er soll aber auch Männer aufgefordert haben, mit ihm zu sterben."

„Sein Rendezvous mit der Sonne hatte zwei Aspekte, von denen nur der eine das Weibliche betraf.

„Sie meinen—?"

„Heinrich hoffte auf einen Sohn. Er wollte sich gewissermaßen erst in einer Frau sonnen, bevor er in ihr verglühte. Er fand aber keine passende Sonne—"

„Aus dem Nachwuchs wurde somit nichts."

„Nein. Am Ende begnügte er sich damit, gemeinsam mit einer, die ihn immerhin noch ein bisschen wärmte, zu verglühen.

„Die Vogel soll an Gebärmutterhalskrebs gelitten haben, wäre mithin nicht zeugungsfähig gewesen."

„Jedenfalls wird er davon ausgegangen sein—es ist nicht auszuschließen, dass Frau Vogel die Schwere ihres Leidens übertrieb, sei es, um ihrer Familie, der

Öffentlichkeit und vielleicht auch sich selbst den Suizid verständlicher zu machen, sei es, um Männern wie Heinrich zu signalisieren, dass sie für Fortpflanzung nicht zur Verfügung stand, sei es, um ihn zur Tat aufzustacheln."

„Sie können sich in eine Frau recht gut einfühlen."

Ich überging ihre ambivalente Bemerkung und resümierte:

„Heinrich suchte bis zuletzt nach einer zeugungsfähigen Frau, nahm aber schließlich mit einer vorlieb, die zwar nicht gebär-, aber immerhin sterbebereit war."

„Ihr Bild vom kometenhaften Lebenslauf erscheint mir recht esoterisch."

„Das Bild stammt wohl von Georg Christoph Lichtenberg: junge Männer, die sich sinnlich zu anderen Männern hingezogen fühlen, gleichzeitig aber eine Familie wünschen, bewegen sich gleichsam wie ein Komet auf exzentrischen Bahnen in sicherer Distanz um die Sonne, der sie sich periodisch nähern, bis sie schließlich bei ihr in den Hafen der Ehe einlaufen und dort im Schoße ihrer Familie verglühen. Sie wussten, dass Heinrich der Brüderschaft angehörte?"

Sie neigte fast unmerklich den Kopf und lächelte bedeutungsvoll.

„Dieses Bild erklärt einige seiner Anspielungen. Ich selbst war schon aus dem entsprechenden Alter heraus; aber auch bei jüngeren Frauenzimmern gingen seine Versuche ins Leere: jede noch so abenteuerlich Veranlagte suchte unweigerlich das Weite, sobald sie herausfand, was genau er von ihr erwartete."

„Tatsächlich scheint es Frauen gegeben zu haben, die in Erwägung zogen, an seinem unorthodoxen

Familienexperiment teilzunehmen—sapphische Frauen zum Beispiel, die mit ähnlichen Dilemmata wie er selbst konfrontiert waren."

„Trotz seiner wilden Ideen hatte Heinrich nach meinem Dafürhalten ein recht altbackenes Frauenbild."

„Er blieb in gewisser Hinsicht ganz der preußische Junker, hatte durchaus konventionelle Vorstellungen was Familie, Nachfolge und die Rolle der Frau anging—dito bezüglich der Politik: er war Reichspatriot, hielt die aufgeklärte Monarchie für die effektivste Regierungsform und die erbliche Dynastie für das legitimste Nachfolgeprinzip. Gleichzeitig fühlte er sich aber als Kosmopolit und Emigrant, zu unkonventionellen Menschen und Leidenschaften hingezogen und von seiner provinziellen Sippschaft und seinen konservativen Standesgenossen entfremdet. Dieser Zwiespalt zerriss ihn. Viele von uns erleben ihn, doch war bei Heinrich alles heftiger, unbändiger.

„Zu Frauen fühlte er sich, meinen Sie, erotisch gar nicht hingezogen?"

„Wohl nicht. Er sympathisierte mit den alten Griechen, die laut Lichtenberg Frauen für die Produktion jenes Rohmaterials wertschätzten, aus dem sie ihre Helden, Weisen und Dichter formten, wahre Liebe aber nur unter Männern suchten. Heinrich verehrte Frauen als Mütter und Gefährtinnen; es gab Frauen die ihm sehr zugeneigt waren und ihm in schwierigen Lebenssituationen halfen—auch Sie selbst, nicht wahr gnädige Frau?"

Sie blickte mich dumpf an, flüsterte mit verletzlicher Stimme:

„Am Tag bevor er zum Kleinen Wannsee hinausfuhr stand er unerwartet vor unserer Haustür und fragte nach mir." Sie stockte. Ihr Blick richtete sich in die Ferne, vielleicht auf keinen bestimmten Punkt. „Ich fühlte mich an dem Tag nicht wohl, ließ ihm ausrichten, er möge bitte am nächsten Tag wiederkommen." Sie schluckte. „Hätte ich ihn hineingebeten (ihre Stimme drang wie durch einen Schleier zu mir), hätte ich ihn vielleicht retten können." Es verging eine Weile, bevor sie sich mir wieder zuwandte, blass und mit geröteten Augen. „In dem Augenblick, in dem es darauf ankam, ließ ihn an der Tür abweisen. In jenem Augenblick muss er sich als der einsamste Mensch auf der Welt gefühlt haben." Sie schluchzte.

„Gnädigste, grämen Sie sich nicht, Sie konnten es nicht wissen." Ich erzählte ihr wie Otto, Luise und ich am Grab festgestellt hatten, dass jeder von uns im entscheidenden Moment nicht für Heinrich dagewesen war, und versicherte sie, dass sie in ihrem Schmerz nicht alleine stünde. Ihre Stimme war zart und zerbrechlich.

„Vielleicht wird eines Tages ein Komet mit dem Namen Kleist gehrt werden. Es müsste aber ein außergewöhnlich schöner und exzentrischer sein."

Wir lächelten beide ob dieser Vorstellung.

Ob ich nicht am nächsten Tage ihren Salon beehren wolle? Sie erwarte namhafte Gäste—Scharnhorst und Knesebeck, allerlei Patrioten, vielleicht Arnim. Man spreche jetzt viel vom Befreiungskrieg; es werde sicher ein anregender Abend.

Ich nahm dankend an und bot an, ein paar Passagen

aus Kleists Werken vorzutragen, die der politischen Situation entsprächen, was sie begrüßte.

Rahel Levin, teilte sie mir beim Abschied noch mit, wohne auch in der Jägerstraße, ein paar Häuser weiter; sollte ich sie antreffen, möchte ich sie bitte an den Salon erinnern.

In ein weißes Gewand gehüllt stand ihre Feenerscheinung ein wenig verloren im Türrahmen—wie Friedrichs Mönch in seinem Bilderrahmen, dachte ich.

* * *

Rahel Levin traf ich zuhause an. Sie bat mich auf einen Kaffee hinein. Ich übermittelte Elisabeth Staegemanns Gruß. Sie sagte mit fester Stimme:

„Heinrich war wahr, und er sah wahr—grausam wahr. Es ging streng in ihm her, er litt viel." Als sie sich der Kaffeekanne zuwandte um uns einzuschenken, hatte ich Gelegenheit, ihre vergeistigte Schönheit zu bewundern: ihr klassisch-griechisches Profil, ihre anmutigen Brauen, ihre ein wenig herbe Erscheinung. Sie schenkte ein. Genussvoll das Aroma einsaugend kam mir eine Zeile Heinrichs in den Sinn und ich zitierte mit gleichmäßiger Stimme:

„Es hat das Leben mich wie eine Schlange, mit Gliedern, zahnlos, ekelhaft, umwunden." Sie nickte: sie kannte offensichtlich Heinrichs Werk.

„Sein Suizid überraschte mich nicht; im Gegenteil, ich war für ihn erleichtert."

„Am Ende erstickte ihn das Leben wohl tatsächlich wie eine Würgeschlange."

„Die Menschen hatten ihn im Stich gelassen. Manche, die seine Tat später tadelten, hätten ihm vorher keine zehn Thaler gereicht. Sein Leben war ihm selbst unwürdig und bedeutungslos geworden."

„Er war völlig mittellos?"

„Er konnte sich kaum noch Essen auf den Tisch stellen, und als die Nächte kühler wurden, nicht einmal mehr den Ofen befeuern."

„Außer mit Manuskripten," sagte ich bitter. „Er kam öfter zu Ihnen?"

„Ja. Bei mir fand er Zuspruch, eine heiße Tasse Kaffee, ein einfaches Mahl, ein paar Thaler—nicht viel: ich hatte selbst nicht viel. Ende Oktober 1811 sah ich ihn zum letzten Mal. Ich hatte eine vage Vorahnung, dass etwas passieren könnte, sagte aber nichts. Was hätte ich auch sagen sollen? Er wandelte auf eigenen Pfaden."

„Er suchte am Lebensende vorrangig Frauen auf."

„Zunächst suchte er eine Ehepartnerin; dann nur noch Wärme."

„Nehmen Sie mir bitte die indiskrete Frage nicht übel: Sie selbst hatten kein Interesse an einer Ehe mit ihm?" Sie lächelte verschmitzt.

„Ich war nicht abgeneigt: ich liebte ihn; und für eine Frau meiner Herkunft hätte diese Ehe einen gesellschaftlichen Aufstieg bedeutet: ich war nicht hoch-, sondern falschgeboren—wenn Sie wissen, was ich meine (Sie blickte mir unvermittelt in die Augen, ich nickte mechanisch, sagte nichts; tatsächlich war ich nicht sicher, ob sie ihre sapphische Neigung, ihre jüdische Abstammung oder ihren bürgerlichen Stand meinte). Auch er fühlte sich in meiner Gegenwart wohl; wir redeten und scherzten viel. Aber er war zu unstet für eine dauerhafte Verbindung. So blieb ich seine Freundin und war es zufrieden—und er war es wohl auch."

Ich verharrte eine Weile.

Sie starrte auf eine unbestimmte Stelle im Zimmer, als sähe sie eine Erscheinung. Zum Salon der Staegemann wolle sie lieber nicht kommen—es wecke bloß traurige Erinnerungen in ihr, Heinrich sei ja auch oft dort gewesen. Ihr Bruder Ludwig Robert spiele übrigens mit dem Gedanken, ausgewählte Texte von Heinrich zu adaptieren. Ihr selbst ginge es darum, Heinrichs Werk als Ganzes zu sichern—ob ich dabei helfen wolle?

Ja, sagte ich emphatisch, das wolle ich.

* * *

Am Freitag den 5. Februar 1813 fand ich mich spätnachmittags im Salon der Staegemann ein. Achim von Arnim war tatsächlich gekommen, samt Bettina.

Von der Brüderschaft wollte Armin wohl nichts mehr wissen: als ich vorsichtig nachfragte, ob Kleist im Sommer 1811, also nach ihrer Heirat, noch seine Nähe suchte, verneinte er es brüsk. Über die Umstände von Kleists Tod wisse er nicht viel; er gab sich unbeteiligt, ließ sich dann aber zu einem zotigen Zitat Clemens Brentanos hinreißen, der mal gesagt habe, er habe allerlei über Kleist durch viele Züge aus Pfuels Mund erfahren. Bettina grinste dazu koboldhaft.

Wo ich Brentano finden könnte, fragte ich. In

Böhmen, lautete die Antwort, und demnächst in Wien. Noch so ein Wahlwiener, vermerkte ich stillschweigend. Wie Brentanos Verhältnis zu Kleist gewesen sei? Als Antwort zitierte Armin erneut Brentano, der mal gereimt habe: Wenn Adam malt und Eva kleistert, dann wettert Phöbus hochbegeistert. Er fügte dann noch hinzu, Brentano habe Kleist für talentiert, aber auch für grenzenlos eitel gehalten.

Ich fand Gelegenheit, Bettina beiseite zu nehmen und bezüglich der Günderrode zu befragen. Sie seien eng befreundet gewesen, reminiszierte sie, doch als Karoline sich dem Heidelberger Professor Creuzer anschloss, hätten sie sich aus den Augen verloren. Ob diese Episode nicht genau zu jener Zeit stattgefunden habe, wollte ich wissen, als Kleist Karoline kennenlernte?

Davon, lispelte sie, wisse sie nichts. Ich musterte sie und fragte unverblümt:

„Warum beging Karoline von Günderrode Selbstmord?" Die Frage warf sie aus der Balance. Mühsam riss sie sich zusammen.

„Weil Creuzer sie verstieß, hieß es."

„Und Sie glaubten das?"

„Ich—wusste es nicht. S'war möglich. Sie schien an ihm zu hängen."

„Wirklich?"

„Sie hatte zuvor auch an Savigny gehangen. Sie wollte einen Mann."

„Sie selbst, Gnädigste, wollten auch einen Mann?" Ich deutete mit dem Kopf Richtung Arnim.

„Eine Frau hat wenig Optionen, Herr von

Brockes," sagte sie mehr resignierend als grollend. Ich ließ nicht locker:

„Karoline, Creuzer und dessen Gattin bildeten eine ménage-à-trois?"

Sie verzog keine Miene.

„Liege ich richtig, wenn ich mutmaße, dass Karoline in erster Linie nicht an Creuzer, sondern an dessen Frau Gefallen fand?" Sie erblasste:

„Das—erscheint mir recht abenteuerlich, mein Herr."

„Gesetzt es war so, wären Sie auf die Frau Professorin eifersüchtig gewesen? War Ihre Überwerfung mit Karoline der Eifersucht geschuldet?"

Sie schwieg. Unerbittlich bohrte ich weiter:

„Erschien nicht just zu jener Zeit Kleist im idyllischen Rheingau und eröffnete Ihnen und Karoline eine Alternative, ein à-quatre das es Ihnen und Karoline ermöglicht hätte, zusammen zu bleiben?"

„Herr von Brockes, ich muss schon sehr bitten. Was sind das für wilde Ideen. Sie haben entschieden zu viel Phantasie."

„Verzeihen Sie, aber Kleist hatte Ähnliches schon zuvor mal probiert. Er wollte partout eine Familie gründen, gleichzeitig aber auch einen Liebhaber um sich haben—und so lag es für ihn nahe, eine Einrichtung mit einer Gattin zu suchen, die für sich selbst dieselbe Freiheit ersehnte."

„Und wer, Herr von Brockes, hätte der Vierte im Bunde sein sollen? Haben Sie dafür auch eine Ihrer unerhörten Hypothesen parat?"

„Erinnern Sie sich an Kleists Erzählung Die Marquise von O....?"

Sie nickte stirnrunzelnd.

„In der entscheidenden Szene sitzen am gefürchteten Dritten die Obristin und die Marquise nervös im Besucherzimmer, beide im Brautschmuck auf einen harrend, der um elf Uhr vor der Tür stehen soll um seine Vaterschaft zu erklären. Als die Uhr elf schlägt, taucht nicht ein Mann auf, sondern gleich deren zwei: der Jäger, kurz darauf gefolgt vom Grafen. Des Jägers Auftauchen erregt bei den Damen keinerlei Reaktion, des Grafen dafür umso mehr: Freude bei der Obristin, Schauder bei der Marquise. Sagen wir mal, der Graf stelle Heinrich dar, die Obristin Karoline, die Marquise Sie selbst. Wer wäre dann der Jäger?"

Sie knetete schweigsam ihre Unterlippe.

„Einer—so ist es jedenfalls in der Erzählung—der sich früher schon mal der Marquise—also Ihnen—genähert hatte. Wenn dem so wäre, könnten Sie Ihre Frage nach dem Vierten im Bunde am besten selbst beantworten."

Bettina errötete—was ich als Anzeichen wertete, dass ich nicht völlig daneben lag.

In diesem Moment trat Arnim zu uns und wir wechselten das Thema.

* * *

Weder Generalleutnant Gerhard von Scharnhorst noch Oberstleutnant Karl Friedrich von dem Knesebeck waren erschienen.

Ich schickte mich gerade an, mich zu verabschieden, als es am Eingang lebhaft wurde.

Die beiden Offiziere standen in der Tür. Nach kurzer Begrüßung durch die Gastgeberin ergriff Knesebeck das Wort.

„Meine Damen, meine Herren. Ich weiß, wir befinden uns hier unter guten Freunden und wahren Patrioten. Ich erlaube mir daher Ihnen mitzuteilen, dass heute ein denkwürdiger Tag ist. In Königsberg kommen heute die preußischen Stände zusammen, die Generalgouverneur Graf zu Dohna im Einvernehmen mit dem Freiherrn zum Stein, dem Berater des Zaren, einberufen hat. Graf zu Dohna wird gemeinsam mit dem Major Clausewitz eine Landwehrordnung vorstellen, die vorsieht, das preußische Heer völlig neu aufzustellen. Zudem wird sich der Generalleutnant von Yorck, der für Preußen die Konvention von Tauroggen unterschrieb, im Vorfeld der Versammlung direkt ans preußische Volk wenden. Stimmt der Landtag erwartungsgemäß der Landwehrordnung zu, wird Preußen innerhalb kürzester Zeit wieder über eine schlagkräftige Armee verfügen.

Für uns hier in Berlin ist derweil Ruhebewahren die erste Bürgerpflicht. Noch sind die Festungen Stettin, Küstrin, Glogau, Magdeburg und Erfurt vom Feind besetzt und schon ist Napoleon dabei, eine neue Armee auszuheben. Unser geliebter König muss daher weiterhin mit äußerster Umsicht operieren; dabei rechnet er auf unser aller Geduld und Wohlwollen. In diesem Sinne fordere ich Sie auf, gemeinsam auf das Wohl unseres Königs und Landes anzustoßen. Erheben Sie sich.

Unser geliebter König, unser geliebtes Preußen, sie leben hoch!"

„Hoch! Hoch! Hoch!"

Als sich die Aufregung gelegt hatte zog ich ein Blatt aus der Tasche und räusperte mich.

„Liebe Freunde, mit Ihrer Erlaubnis möchte ich zu gegebenem Anlass (ich deutete eine Verbeugung in Richtung Knesebecks und Scharnhorsts an) zwei kleine Stücke unseres patriotischen Dichters Heinrich von Kleist vortragen, den viele von Ihnen kannten und liebten (beifälliges Gemurmel). Es handelt sich um Fragmente aus Werken, die als verschollen gelten und die, denke ich, vorzüglich auf unsere aktuelle Situation passen.

Zunächst ein paar Zeilen aus einem vaterländisch-brandenburgischen Drama, an dem der Dichter kurz vor seinem tragischen Tod arbeitete. Der oberflächliche Zusammenhang, der Brandenburgischen Geschichte entnommen, ist folgender: die Schweden sind in Brandenburg eingedrungen, haben die Truppen des Großen Kurfürsten über den Rhyn gedrängt und bedrohen die Hauptstadt. Der Prinz von Homburg prescht trotz gegenteiliger ordre mit seinem Kontingent vor, stellt den überraschten Feind und erringt in der Schlacht von Fehrbellin einen Sieg für den Großen Kurfürsten. Seine eigenmächtige und voreilige Aktion erlaubt es den Schweden allerdings, ihr Hauptheer über den Rhyn in Sicherheit zu bringen.

Der Prinz wird vom Kurfürsten wegen Insubordination zum Tode verurteilt, dann aber begnadigt und zum Sieger von Fehrbellin gekürt. In der letzten Szene erscheint der Kurfürst samt seiner Entourage auf der Rampe seines Schlosses, unterhalb welcher der Prinz mit verbundenen Augen unter einer Eiche auf einer Bank sitzt. Der Kurfürst windet eine goldene Kette um einen Lorbeerkranz und übergibt dieses Konvolut an die Prinzessin Natalie.

Sie tritt vor den Prinzen, der sofort aufsteht, setzt ihm den Kranz auf, hängt ihm die Kette um und drückt seine Hand an ihr Herz.

Der Prinz fällt in Ohnmacht.

Daraufhin endet das Stück mit dem folgenden Dialog—ich zitiere:

DER KURFÜRST. Laßt den Kanonendonner ihn erwecken! (es ertönen Kanonenschüsse und ein Marsch; das Schloß erleuchtet sich).
KOTTWITZ. Heil, Heil dem Prinzen von Homburg!
DIE OFFIZIERE. Heil! Heil! Heil!
ALLE. Dem Sieger in der Schlacht bei Fehrbellin! (es erfolgt ein augenblickliches Stillschweigen).
DER PRINZ VON HOMBURG. Nein, sagt! Ist es ein Traum?
KOTTWITZ. Ein Traum, was sonst?
MEHERE OFFIZIERE. Ins Feld! Ins Feld!
GRAF TRUCHSS. Zur Schlacht!
FELDMARSCHALL. Zum Sieg! Zum Sieg!
ALLE. In den Staub mit allen Feinden Brandenburgs! (Ende).

Ich schaute in die Runde. Es sei sehr patriotisch, sagte eine ergriffene Stimme, insbesondere die letzte Zeile. Auf die aktuelle Situation in Russland, meinte eine andere, passe es aber nicht recht.

ICH. „Um Kleists Drama zu verstehen, muss man die Perspektive wechseln. Sie glauben sicher, der Große Kurfürst sei auf unseren werten König gemünzt, und der Prinz auf einen seiner Heerführer? (Allgemeines Nicken) Was aber, wenn der Kurfürst Napoleon darstellte, und der Prinz unseren König?"

KNESEBECK. „Das wäre doch—"
SCHARNHORST. „Unmöglich!
KNESEBECK. „Das kann man nicht—"
ARNIM. „—machen? Ein Dichter schon."

ICH. „Schauen Sie: Kleist schrieb diese Zeilen im Spätsommer 1811, als der König die Allianz mit Napoleon abwägte. Wie viele von uns, lehnte der Dichter die Allianz ab. Er schrieb sein Drama, um unserem König vor Augen zu führen, dass die Allianz in einem totalen Sieg Napoleons und in völliger Unterwerfung Preußens gipfeln könnte. Sein Drama stellt also nur vordergründig den früheren Feldzug Schwedens in Brandenburg dar, tatsächlich aber den sich abzeichnenden Frankreichs in Russland.

Die Schweden stellen dementsprechend die Russen dar, die Brandenburger die Franzosen, und die mit diesen verbündeten Hessen die Preußen. Der Rhyn, über den die Schweden nach Brandenburg einfallen, repräsentiert die Memel, über die die Russen nach Ostpreußen eindringen, wo sie vom Prinzen von Homburg—König Friedrich Wilhelm—zurückgeschlagen werden. Der Sieg, den der Prinz für den Kurfürsten gegen die Schweden erringt, ist somit tatsächlich ein Sieg, den Friedrich Wilhelm für Napoleon gegen die Russen erringt!

Die merkwürdige, aus Lorbeerkranz und Sklavenkette zusammengesetzte Auszeichnung symbolisiert, dass Friedrich Wilhelm zwar siegreich ist, mit dem Sieg, den er im Namen Napoleons erringt, jedoch bloß seinen Status als dessen Vasall bekräftigt. Der Prinz fällt in Ohnmacht, weil er erkennt, dass er statt zu Napoleons Widersacher zu dessen Handlanger wurde, und dass er mit seiner vorschnellen Aktion dessen Vorherrschaft nur noch weiter festigte.

Homburgs Begnadigung ist daher aus Sicht Kleists keine begrüßens-, sondern eine verabscheuungswerte Geste, denn die Vollstreckung des Todesurteils wäre verglichen mit Unterwerfung die mildere St rafe für Friedrich Wilhelm gewesen." Im Kreis glotzte man sprachlos.

SCHARNHORST (sich räuspernd). „Der Krieg verlief aber insofern anders, als nicht Alexander in Ostpreußen, sondern Napoleon in Russland einfiel."

ICH. „Kleist antizipierte, dass der Zar einen Präventivschlag vornehmen würde, was insofern plausibel war, dass Napoleon, wenn er in der Offensive war, als unschlagbar galt, und dass es 1806, als die Preußen in Thüringen, und 1809, als die Österreicher in Bayern den Franzosen entgegenmarschierten, der Fall gewesen war. Diese geringfügige Diskrepanz im tatsächlichen Kriegsverlauf tut Kleists Hauptpunkt aber keinen Abbruch: ein Sieg Napoleons würde nicht zuletzt den Preußen und den Deutschen geschuldet sein. Dies war es, was Kleist mit seinem Drama dem König vor Augen führen wollte.

Als er im November letzten Jahres zu dem Schluss kam, dass seine Warnungen verhallt war und die Allianz, der Krieg mit Russland und Napoleons Sieg mittels preußischer Schützenhilfe unabwendbar waren, gab er sich die Kugel."

KNESEBECK. „Wer sind dann die Männer im Gefolge des Kurfürsten, die so lautstark den Sieg über alle Feinde Brandenburgs beschwören?"

ICH. „Die Generäle und Vasallen Napoleons. Da in Kleists Simulation Brandenburg für Frankreich steht, lautet die letzte Zeile tatsächlich: In Staub mit allen Feinden Frankreichs. Kleists Heil! Heil! Heil! ist quasi sein allerletzter Weckruf an den somnambulen König: Wach auf! Wach auf! Wach auf!" Jetzt war die ganze Runde aus dem Häuschen.

ALLE. „Wach auf, Friedrich Wilhelm, wach auf! Auf! Auf! Auf!"

* * *

Der Tumult legte sich, ich holte ein zweites Notizblättchen aus der Tasche, bat erneut um Aufmerksamkeit und setzte wieder an:

„Die folgenden Verse stammen aus einem unveröffentlichten Drama, das Kleist im Herbst 1808 hastig zusammenschrieb. Die Situation, Sie erinnern sich, war wie folgt: im August wurde der den König zum Wiederstand aufrufende Brief des Freiherrn zum Stein von den Franzosen abgefangen und im Moniteur veröffentlicht.

Im Anschluss daran wurde unser verehrter Prinz Wilhelm bei der Konvention von Paris regelrecht geohrfeigt: unser stehendes Heer wurde auf 42.000 Mann begrenzt, unsere wichtigsten Festungen wurden von den Franzosen besetzt und unserem Staatssäckel enorme Kriegskontributionen aufoktroyiert. An konventionellen militärischen Widerstand war fortan nicht mehr zu denken—ein Umstand der, wie der Herr Oberstleutnant Knesebeck soeben feststellte, in Kürze endlich wieder beendet sein wird.

Als Kaiser Franz Ende September 1808 Napoleon einen Korb gab, indem er dem Erfurter Fürstenkongress fernblieb, standen die Zeichen erneut auf Konfrontation. Doch sah der Korse sich zunächst genötigt, nach Spanien zu eilen um die Armée d'Espagne zu retten, die Gefahr lief, von Partisanen und britischen Expeditionstruppen aufgerieben zu werden.

In diesem Kontext schrieb Kleist das Drama Herrmannsschlacht. Anders als im Homburg ist im Herrmann leicht zu erkennen, wer wen darstellen soll: Herrmann unseren König, Marbod den österreichischen Kaiser, Augustus im fernen Rom den Korsen im fernen Spanien, sein General in Germania Magna, Quintilius Varus, dessen Oberbefehlshaber in Deutschland, Maréshal Berthier.

Herrmannsschlacht ist ein zu Papier gebrachtes taktisches Kriegsspiel mit dem Kleist unseren König drängte:

erstens, zuzuschlagen während Napoleon in Spanien gebunden war und der als Feldkommandant unerfahrene Berthier die Armée d'Allemagne führte;

zweitens, sich nicht auf die reduzierte preußische

Armee zu stützen, sondern einen Partisanenkrieg in Norddeutschland anzuzetteln;

drittens, eine Allianz mit dem österreichischen Kaiser einzugehen, dessen reguläre Armee die Franzosen in die Sümpfe Norddeutschlands und die Kugeln unserer Partisanen drücken sollte;

viertens, den bayerischen Verräter seiner gerechten Strafe zu übergeben, die übrigen Rheinbundfürsten aber zum Überlaufen zu bewegen, so dass Napoleon, wenn er aus Spanien an den Rhein eilte, sich dem geeinten deutschen Volk gegenübersähe, denn nur vom diesem, unter der gemeinsamen Führung seiner verbrüderten Fürsten, konnte der Korse besiegt werden.

Im fünften Akt fasst der Chor der Barden die Lage der Deutschen zusammen:

CHOR DER BARDEN (aus der Ferne).
Wir litten menschlich seit dem Tage,
    Da jener Fremdling eingerückt;
Wir rächten nicht die erste Plage,
    Mit Hohn auf uns herabgeschickt;
Wir übten, nach der Götter Lehre,
    Uns durch viel Jahre im Verzeihn:
Doch endlich drückt des Joches Schwere,
    Und abgeschüttelt will es sein!"

„Bravo," unterbrach Scharnhorst begeistert, „niemand hat es besser gesungen—Kleist, er lebe hoch!" Die Menge im Saal johlte.

„Hoch! Hoch! Hoch!" Nachdem der Lärm sich gelegt hatte, fuhr ich fort:

„Der Chor ruft Herrmann—Friedrich Wilhelm—auf, Milde und Besonnenheit beiseite zu legen, so dass er um nichts weniger schrecklich sei als Napoleon selbst:

CHOR DER BARDEN (fällt wieder ein).
Du wirst nicht wanken und nicht weichen,
 Vom Amt, das du dir kühn erhöht,
Die Regung wird dich nicht beschleichen,
 Die dein getreues Volk verrät;
Du bist so mild, o Sohn der Götter,
 Der Frühling kann nicht milder sein:
Sei schrecklich heut, ein Schloßenwetter,
 Und Blitze laß dein Antlitz spein!"

„Friedrich Wilhelm der Schreckliche," donnerte Scharnhorst, „er lebe hoch, hoch, hoch!"
„Hoch! Hoch! Hoch!" Der Salon bebte, dass die Scheiben klirrten.
„Die Zeit," schmetterte Armin, „ist gekomen, O König, Deine Blitze auf den Korsen niederzuprasseln!"
„Blitz ihn! Blitz ihn!" tobte die Meute. So etwas hatte wohl noch kein Berliner Salon erlebt. An diesem denkwürdigen 5. Februar 1813 probten wir Patrioten im Salon der Frau Staegemann den deutschen Volksaufstand! Ich hob beide Hände.
„Ich zitiere aus den letzten Zeilen. Herrmann hat mit Marbods Hilfe Varus Armee zerdrückt, den verräterischen Bayern abgeurteilt und die übrigen Rheinbündler auf seine Seite gebracht. Nun wendet er sich an die versammelten deutschen Fürsten und Feldherrn und gibt die Parole zum endgültigen Sieg:

HERRMANN.
>Uns bleibt der Rhein noch schleunig zu
ereilen,
Damit vorerst der Römer keiner
Von der Germania heilgem Grund
entschlüpfe:
Und dann—nach Rom selbst mutig
aufzubrechen!
Wir oder unsre Enkel, meine Brüder!
Denn eh doch, seh ich ein, erschwingt
der Kreis der Welt
Vor dieser Mordbrut keine Ruhe,
Als bis das Raubnest ganz zerstört,
Und nichts, als eine schwarze Fahne,
Von seinem öden Trümmerhaufen
weht!"

„Zum Rhein!" rief Scharnhorst.
„Zum Rhein! Zum Rhein!" überschlug sich der Saal.
„Nach Paris!" zeterte Scharnhorst.
„Nach Paris! Nach Paris!" geiferte die Menge. Armin schrie heiser:
„Verkohlet, Brüder, Napoleons Fahne; verödet, Brüder, der bonapartistischen Brut Nest!" Das Grölen der Patrioten schwoll zum Crescendo:
„Verkohlet, Verödet! Verkohlet, Verödet!" Schwerter reckten sich in geballten Fäusten, Hüte in fleißigen Händen; Schweiß perlte aus erregten Antlitzen.
„Wir," erklärte Scharnhorst feierlich, bedeutungsvoll auf Knesebeck blickend, „werden den König auffordern, sich mit Alexander zu vereinen und Napoleon

den Krieg zu erklären. Wir werden ihn zu unserem Herrmann küren."

Knesebeck, der bis jetzt noch zurückhaltend gewesen war, gab sich einen Ruck, sah in die Runde und rief inbrünstig:

„Heil Friedrich Wilhelm! Heil Preußen! Heil Deutschland!"

„Heil! Heil! Heil!"

„Ins Feld!"

„Ins Feld! Ins Feld!"

„Zum Sieg!"

„Zum Sieg! Zum Sieg!"

„In Staub mit allen Feinden Deutschlands!"

„In Staub! In Staub!" Alle gingen ab.

In meinem Delirium wähnte ich Napoleons verkohlte Kaiserstandarte über den Trümmern des Palais des Tuileries wehen, wie die zerfetzte Totenkopfflagge am Mast eines sinkenden Piratenschiffes.

Fünfzehntes Kapitel

Am folgenden Tag standen die Arnims bei Otto und mir vor der Tür. Mit Otto waren sie bekannt; er bat sie ins Gästezimmer. Armin begann, indem er meinen gestrigen Auftritt als historisch lobte, entschuldigte sich dann, so kurz angebunden gewesen zu sein. Es sei ihm seither noch etwas eingefallen: Heinrich habe während ihrer letzten Unterredung, im Sommer 1811, von einem Roman nach Art der Manon Lescaut gesprochen, an dem er damals arbeitete.

Ich versetzte, ich habe von dem Roman gehört, er gelte als verschollen.

„Ich war," fuhr Arnim unbeirrt fort, „einigermaßen überrascht, denn Heinrich hatte vorher nie von Romanprojekten gesprochen. Romane kamen allerdings beim Publikum gut an und er musste schließlich seinen Unterhalt bestreiten."

„Heinrich könnte vorgehabt haben," mutmaßte ich, „den Roman in seinem Dichterwettstreit mit Fouqué ins Feld zu führen, als Antwort auf dessen Undine."

„Glauben Sie, Fouqués Undine ist gegen Heinrich gerichtet?"

„Ich glaube sogar, die Undine-Figur stellt Heinrich dar."

„Und in Heinrichs Projekt," rief Bettina dazwischen, „die Manon-Figur dann wohl entsprechend Fouqué?"

„Nein, nicht Fouqué, sondern Heinrich selbst.

Fouqué wird von ihrem Liebhaber dargestellt, dem Chevalier Des Grieux."

„Bei Prévost stirbt Manon."

„Sie entkommt in den Tod. Des Grieux ist dazu verdammt, weiterzuleben." Arnim pfiff leise durch die Zähne. Bettina fragte mich:

„Denken Sie, der Roman taucht wieder auf?" Ich wog den Kopf hin und her:

„Möglich ist es. Heinrich könnte eine Abschrift zirkuliert haben. Ich hoffe, bei Gelegenheit die Grimms darauf anzusprechen, die mit vielen Verlegern bekannt sind. Ebenso ist möglich, dass es nur ein Manuskript gab, welches er im Kamin im Wirtshaus Stimmings verfeuerte."

„Dass es Konkurrenz zwischen Heinrich und Fouqué gegeben haben soll, wundert mich etwas," bemerkte Arnim. „Ich meine—das ist doch kein Vergleich. Für Kleist war allein Goethe ein würdiger Fechtpartner."

„Fouqué," meldete sich nun Otto zu Wort, „bildete sich ein, mit Heinrich konkurrieren zu können— immerhin beflügelte ihn diese Illusion zur Undine, die nicht stümperhaft ist. Heinrich hielt wenig von Fouqués Talent, doch wollte er ihn sich, mit Verlaub, als Liebhaber warmhalten, indem er ein bisschen mitspielte." Bettina, die solcherlei Männerspielchen achselzuckend zur Kenntnis nahm, flüsterte mir mit Seitenblick auf Otto zu:

„Ich möchte an unser gestriges Gespräch anknüpfen, wenn es Ihnen passt?"

„Wenn es Ihnen passt, gerne," bestätigte ich mit Seitenblick auf Armin.

„Mit Ihrer Idee, Karoline habe eine Vierergruppe bilden wollen—"

„—die Sie als wild abkanzelten—"

„—lagen Sie nicht völlig falsch. Doch war es noch komplizierter—"

„—Sie meinen, noch wilder?" Ich wollte mir den Sarkasmus nicht verkneifen. Mich eines vernichtenden Blickes strafend, redete sie eifrig weiter:

„Karoline wollte eine andere Freundin an meiner Stelle in die Runde bringen. Daraufhin machte ich erbost auf der Stelle mir ihr Schluss."

„Sie waren eifersüchtig wegen der anderen?"

„Wegen (mit Seitenblick auf den Gatten die Stimme senkend) Heinrich."

„Ah!"

„Alles brach dann auseinander. Ich floh zu meiner Schwester Kunigunde zum Hof der Savignys, in Trages bei Hanau. Heinrich ging nach Berlin. Die Freundin, Tochter des Pfarrers von St. Walburga, verließ Karoline. Karoline klammerte sich an die Creuzers, die ihre Verzweiflung und Einsamkeit ausnützten. Gelegentlich war sie bei uns auf Trages, wo Kunigunde ihr ein Häuschen eingerichtet hatte." Den Blick aus dem Fenster schweifend murmelte sie zu sich selbst: „Kein Ort. Nirgends." An uns gerichtet: „Die Creuzers verstießen sie. Karoline erstach sich an der Rheinwiese bei Winkel, wo wir öfter mit Heinrich spazieren gegangen waren, nur wenige Gehminuten von St. Walburga entfernt, wo sie jetzt zur Ruhe liegt."

„Ein Zeichen an die Pfarrerstochter?"

„Ein Zeichen an jene, an mich, insbesondere an Heinrich."

Die Tür war ins Schloss gefallen, Otto und ich sahen uns gegenseitig an. Was war Wahrheit, was Dichtung? Hatte die Günderrode von Bettina die Nase voll gehabt, weil sie nicht loslassen wollte und sie wie ein Dämon verfolgte? Wer konnte erahnen, welche Dramen sich in Karolines Häuschen auf Trages abgespielt hatten?

Kein Ort. Nirgends, hatte Bettina gesagt. Das war eigentlich zu schön, um dem wirren Geist dieses Kobolds entsprungen zu sein.

* * *

Ein paar Tage später saß ich in Sophie Sanders guter Stube, Breite Straße Nr. 23. Ich richtete Ottos Grüße aus; sie kannte ihn gut. Ihr Gatte, erzählte sie, Tee reichend, sei in einer Irrenanstalt, sein Buchhandel im Bankrott, ihr Salon aufgelöst. Nun führe sie ein Mädchenpensionat und lebe ansonsten zurückgezogen.

Ihre öffentlichen Liebschaften mit Adam Müller und Franz Theremin, wusste ich von Otto, waren längst passé. Damals hatte es geheißen, Müller reiche seine Verflossenen gerne an Freunde weiter, die bei Frauen weniger einschlugen als er selbst—typischerweise an Theremin oder Heinrich. Auf diesem Wege war Heinrich auch an Henriette Vogel gelangt: Müller hatte sie via Theremin an ihn durchgereicht. War die nun mindestens vierzigjährige, jedoch noch außerordentlich attraktive, Sander auch auf diesem Wege bei Heinrich gelandet? Sie erzählte:

„Kurz vor seinem Tod war Heinrich mehrmals

hier. Wir saßen dann im Salon zusammen am Klavier und sangen."

„Sangen?"

„Er komponierte Lieder, zumeist Duette. Manchmal brachte er seine Klarinette mit, die er ausgezeichnet beherrschte." Ich nickte bestätigend:

„In Potsdam war er Mitglied eines allseits beliebten Quartetts gewesen; selbst für das frischvermählte Königspaar hatten sie spielen sollen. Ob er wohl, als er dem Ende entgegensah, an seine Jugend anzuknüpfen hoffte, welche er mit Musik, mehr noch als mit Poesie, verband?" Sie überlegte.

„Über seine Jugend sprach er nicht, wohl aber über den Tod. Es schien mir fast so, als half ihm die Musik, in jenseitige Sphären zu entfleuchen."

„Heinrich glaubte an Seelenwanderung. Der Tod betraf demzufolge nur die sterbliche Hülle, die es abzustreifen galt, um die Seele freizusetzten. Musik war für ihn, glaube ich, kosmischer Natur—Sphärenmusik."

„Seine Lieder erschienen mir eher romanisch als kosmisch. Heinrich kam zu mir, auch zur Vogel, weil sie einen männlichen und einen weiblichen Part hatten."

„Er ging auch zur Vogel um zu singen?"

„Die beiden verbrachten viele Abende musizierend bei ihr zu Hause. Sie war eine ausgezeichnete Sängerin. Einige der Lieder waren von ihr signiert."

„Signiert? Haben Sie denn die Texte gesehen? Oder Noten?"

„Heinrich schrieb die Lieder in kleinen Heftchen zusammen, die er zu unseren Musikabenden mitbrachte. Einmal—er war bei mir angemeldet, dann aber kurzfristig verhindert—schickte er mir zur Entschuldigung ein besonders hübsches Gesangbuch, mit einem Duzend Liedern oder Singspielen, zum Teil mit Noten. Ich hab's noch."

Meine Erregung war wohl offensichtlich, denn sie fügte hastig hinzu:

„Warten Sie, ich hol's." Sie brachte ein Heftchen im Oktavformat und schlug es auf. „Hier zum Beispiel ein Duodram, Die Liebe und die Freude, von Henriette Vogel signiert. Das Libretto ist in Heinrichs Handschrift, die Noten, denke ich, in Henriettes—Heinrich schrieb keine Noten, obwohl er manchmal seine Texte mit Markierungen fürs Akzentuieren versah. Heinrich gab die Erzählstimme und den Generalbass am Klavier, ich die Singstimme (sie erhob ihre Stimme):

> Es schwankt der Mensch, sein Wollen und
>   sein Thun
> Welch süßes Kind
> Naht blöde hier? Es schweigt."

„Heinrich suchte also kurz vor dem Tod Frauen auf, mit denen er musizierte. Kam Ihnen je der Gedanke, dass er sich damit auf den Tod vorbereitete?"

„Das nicht. Aber von seinem Todesprojekt wusste ich. Er versuchte, mich dafür zu gewinnen."

                                         „Zu gewinnen?"

        „Er forderte mich auf."

                                           „Er forderte

Sie auf?"

„Ja, wie zum Todestanz."

„Sie lehnten ab?"

„Ja."

„Und dann ging er zur Vogel?"

„So ungefähr. Zur Vogel ging er vorher schon, vielleicht auch noch zu anderen Frauen. Doch als ich seinem Drängen nicht nachgab, wurden seine Besuche bei mir seltener. Die Vogel," sagte sie bitter, „machte ihm offensichtlich mehr Hoffnung."

„Heinrichs letztes Projekt, nennen wir es Projekt Orpheus, zielte also darauf ab, eine Todesgefährtin zu gewinnen und eine Sphärenmusik für seinen Eintritt in ein neues Leben zu schaffen, als wollte er verhindern, dass er im letzten Moment noch zurückblickte und seine Seele verlor, wie Orpheus seine Eurydike."

„Orpheus singender Kopf," sinnierte sie, „wurde auf der Insel Lesbos an Land gespült, wo er Sappho und ihre Schwestern zu seiner Religion und Poesie inspirierte. Vielleicht sollten Heinrichs Lieder ja seine Gefährtin zur rechten Religion inspirieren und zum letzten Schritt verführen."

„Dann wäre sein Liederbuch eine Art—Verführung?" Sie lächelte verklärt.

„Ich traute mich nicht—was mir im Nachhinein leidtut. Wer konnte ahnen, dass die Vogel es tun würde? Ach, hätt' ich's doch nur getan! Ihre Seele ist jetzt frei."

„Verehrteste, nehmen Sie es mir nicht übel, aber was für ein Jammer wäre es gewesen, hätten Sie uns schon verlassen." Sie honorierte mein Kompliment mit einer leichten Kopfbewegung, ließ dann traurig ihren Blick schweifen und sinnierte:

„Einst lagen mir die Männer zu Füßen; dann reichten sie mich weiter; schließlich kamen sie nicht mehr. Nur Heinrich kam noch—und sei es auch nur, um mich mit sich ins Jenseits zu führen. Ach."

„Sie wissen, dass er Männern zugeneigt war?"
„Ja, natürlich. Aber er schätzte Frauen."
„Als Todesengel?"
„Als Schutzengel."
„Seine fiktiven Engelsfiguren sind typischerweise männlich."
„Also meinetwegen: als Madonnen." Ich lächelte und nahm meinen Abschied. Dass Heinrich die berühmteste aller Madonnen, die Sixtinische, gelegentlich verabscheut hatte, sagte ich ihr nicht.

Ich kehrte zu Ottos heimeliger Bude zurück um ihm Bericht zu erstatten.

* * *

Er: warm, offen, ungeduldig: was gewesen war?

Ich, atemlos: dass Heinrich zuletzt nur noch Frauen aufsuchte, erst als Bräute, dann als Todesgefährtinnen; dass sein Interesse an jüngeren Frauen entsprechend ab-, an älteren zunahm: die Vogel war zwar erst gut 30, galt aber als nicht gebärfähig, die Levin und die Sander waren um die 40, die Staegemann und die Kleisten um die 50; dass er sich nach dem Bankrott der Abendblätter von ihnen durchfüttern ließ, indem er zu Mahlzeiten einfach vor ihrer Tür stand.

Er, kurzatmig: ob Leopold mir von seiner ernsten Krankheit im Sommer 1811 berichtet hatte? Nein? O! Leopold konsultierte damals in Berlin den berühmten

Hufeland, Leibarzt der Königsfamilie. O! Heinrich war dabei, er würde doch bestimmt Hufeland bei der Gelegenheit auch in eigener Sache konsultiert haben?

Ich, vorstoßend: durchaus, Heinrich kannte ihn ja aus Würzburg!

Er, zuckend: ob wohl Hufelands Prognose Heinrich dazu veranlasst hatte, aufzugeben?

Ich, weiter drängend: spekulier' er weiter!

Er, sich heftig windend: spelunk' er tiefer!

Ich, tiefer drängend: auf! auf!

Er, jauchzend: ob Hufeland Heinrich Musik als palliative Therapie verordnete?

Ich, in wundersame Tiefen eintauchend: mochte sein, als konventionelle Heilmethoden scheiterten!

Er, wimmernd: weil Heinrich das Quecksilber nicht mehr ertragen mochte?

Ich: !!!

Er: ???

Gleichzeitig kamen wir——ich aus seiner Spelunke hervor, er aus seinen Spekulationen.

* * *

Am 28. Februar 1813, drei Wochen nach unserer denkwürdigen Nacht im Staegemannschen Salon, unterschrieb Knesebeck im Beisein Scharnhorsts und mit Einwilligung des Königs im Russischen HQ den Vertrag von Kalisch, in dem das Preußisch-Russische Bündnis gegen Napoleon formalisiert, Truppenkontingente zugesagt und Nachkriegsgrenzen vereinbart wurden.

Am 4. März ritt General Yorck von Wartenburg an der Spitze seiner aus Russland zurückgekehrten preußischen Truppen erhobenen Hauptes in Berlin ein, wo er sich mit Dohna vereinte.

Am 10. März stiftete König Friedrich Wilhelm das Eiserne Kreuz.

Am 11. März empfing er in seinem HQ in Breslau den aus dem Exil zurückgerufenen Gneisenau.

Am 17. März wandte er sich mit dem von Hippel entworfenen Aufruf An mein Volk direkt an seine Untertanen—Preußen, Brandenburger, Pommern, Schlesier, Litauer—und alle Deutschen, und ratifizierte die von Scharnhorst und Dohna vorgelegte Landwehrordnung, die die allgemeine Wehrpflicht in Preußen einführte.

Am 27. März erklärte er Napoleon förmlich den Krieg. Der Wolf war endgültig zum Gejagten geworden!

Heinrichs letzte Dramen hatten—posthum und mit ein wenig Hilfestellung meinerseits—die Wende doch noch mit herbeiführt. Heinrich, bildete ich mir ein, wäre wohl mit mir zufrieden gewesen.

* * *

Es ist Nacht. Ich blicke zu den Sternen hinauf. Die Waage dominiert den Skorpion, dessen Klauen sie noch bei den alten Griechen dargestellt hatte, von dem sie sich aber seitdem emanzipierte.

Der Wolf ist von Wolken überzogen.

Alpha Librae funkelt mich an.

Sechzehntes Kapitel

Frühjahr 1813: ganz Deutschland ist in Aufruhr, die Befreiungskriege haben begonnen. Napoleons frisch gemusterte neue Armee—150.000 Mann—zieht von Mainz über Erfurt und quer über das Schlachtfeld von Jena-Auerstedt in Richtung Leipzig, Beauharnais' notdürftig zusammengeflickte alte Armee—40.000 Mann—nähert sich gleichzeitig von Magdeburg. Auf alliierter Seite stoßen Wittgensteins 56.000 Russen von Dessau, Blüchers 37.000 Preußen von Dresden aus vor, um sich zwischen Halle und Leipzig an der Elster zu vereinigen. Ein neuer Geist durchweht die Allianz, deren Generäle klangvolle Namen haben: Blücher, Wittgenstein, Scharnhorst, Yorck, Wilhelm von Preußen, Eugen von Württemberg, Leopold von Hessen-Homburg, Friedrich von Kleist.

1. Mai: Napoleon nächtigt in Lützen am Denkmal des großen Schwedenkönigs Gustav Adolf.

2. Mai: südlich von Lützen kommt es bei Großgörschen zur Schlacht. Der preußische König und der russische Zar beobachten die Schlacht gemeinsam, von einem Hühnengrab im nahen Pegau aus. Napoleon erringt einen Pyrrhussieg: er verliert mehr Soldaten als die Alliierten, ohne einen strategischen Vorteil zu erzielen.

20. Mai: bei Bautzen kommt es erneut zur Schlacht. Wieder erringt Napoleon einen Pyrrhussieg.

4. Juni: Napoleon geht in Pläswitz einen von Metternich vorgeschlagenen Waffenstillstand ein. Er hofft, damit Zeit zu gewinnen, seine Armee auf

Planstärke zu bringen, doch erlaubt er damit auch der Koalition, sich neu zu formieren und Österreich und Schweden auf ihre Seite zu ziehen.

Napoleon wird diesen Waffenstillstand später als den größten Fehler seines Lebens bezeichnen.

* * *

Ich wartete den Verlauf des Krieges bis zum Waffenstillstand in Berlin ab. Davon, dass ich mir mit Hilfe zweier befreundeter Apotheker einen Vorrat Altsitzerpulver ansammelte, erzählte ich Otto nichts—zum Mitwisser eines Mordversuchs brauchte ich ihn nicht zu machen.

Marie von Kleist war nach ihrer Scheidung Ende 1812 nach Berlin gekommen, wo ihr Salon bald von sich reden machte, in freundschaftlicher Konkurrenz zu dem der Staegemann. Um an die Kleisten heranzukommen schickte ich Otto vor, der dank seiner Beziehungen ohne weiteres eine Einladung zu ihrem Salon bekam. Dort machte er mich als Freund Heinrichs bekannt; bald erhielt ich meinerseits eine Einladung. Endlich sollte ich die famose Marie von Kleist kennenlernen!

Liebenswürdig und gebildet erschien sie mir, als Otto und ich bald darauf in ihrem Empfangszimmer standen, jedoch auch misstrauisch gegenüber jedem, der nach ihrem Protegé fragte, und gleichzeitig neugierig auf mich. Als sie merkte, dass ich nicht nur flüchtig mit Heinrich befreundet gewesen war, taute sie schnell auf.

Sie, erklärte sie als wir zum Salon schritten, die mit ihm hätte sterben sollen, sich ihm aber verweigerte, bis er schließlich an ihrer statt die Vogel (deren Namen sie mit unverhohlener Abscheu aussprach) wählte, war bald nach Heinrichs Tod selbst in ein neues Leben eingetreten, indem sie sich von ihrem Mann trennte und nach Berlin kam, um hier Heinrichs lädierten Nachruf zu berichten.

Acht oder neun Gäste saßen oder standen schon im Salon. Sie bot mir den Ehrenplatz zu ihrer Rechten an, Otto den Platz zu ihrer Linken. Man unterhielt sich lebhaft über den Krieg. Bald eröffnete sie den Abend:

„Heute wollen wir aus Kleists Penthesilea vorlesen. Haben Sie, verehrter Herr von Brockes, eine Lieblingspassage?" Ich erwiderte prompt:

„Die Anagnorisis in der 24. Szene. Die Hohepriesterin sorgt dort dafür, dass Penthesilea entdecken muss, was sie Achilles und dem Ungeborenen antat."

„Dem—Ungeborenen?"

„Achilles wurde zuvor von Penthesilea geschwängert."

„Achilles—geschwängert?"

„Achilles ist Penthesileas eromenos und Gattin zugleich. Penthesilea ist Achilles erastes und Gatte."

„Wie—?"

„Achilles ist ein Zwitter. Schon bei Aristophanes wurden schwangere Frauen von männlichen Schauspielern dargestellt, die sich Kissen unter die Frauenkleider stopften; im römischen Karneval gibt es noch heute eine beliebte Szene, in der ein als Frau verkleideter Mann ein Kind zur Welt bringt."

Marie von Kleist, sichtlich erblasst, schaute ratlos in den Kreis. Ich lenkte ein:

„Möchten Sie lieber eine andere Szene vorgelesen haben?" Sie hielt einen Moment inne, richtete sich dann entschlossen an die Runde:

„Mesdames et messieurs, liebe Freunde, verehrte Gäste, darf ich um einen Freiwilligen bitten, uns aus der 24. Szene vorzulesen."

Otto meldete sich zu großem Applaus.

„Wie immer," dirigierte die Kleisten, „wollen wir ein paar Zeilen lesen und dann diskutieren. Mit den Herren Schütz-Lacrimas und Brockes haben wir heute gleich zwei ausgewiesene Kenner von Kleists Werken unter uns. Wir dürfen gespannt sein. (Otto das Buch reichend): Herr von Loeben, bitte schön."

* * *

Otto steht auf, schlägt die entsprechende Seite auf, liest zunächst die Regieanweisung vor:

„Vierundzwanzigster Auftritt. Penthesilea. — Die Leiche des Achills, mit einem roten Teppich bedeckt. — Prothoe und andere."

Er hält mit dem Lesen inne, erläutert dem Publikum, dass Penthesilea hier Achilles Leiche der Hohepriesterin zu Füßen legen lässt, liest dann weiter:

„DIE OBERPRIESTERIN (mit Entsetzen).
    Diana ruf ich an:
    Ich bin an dieser Greueltat nicht schuldig!"

Otto hält wieder inne, erläutert, dass Penthesilea den Pfeil betrachtet, mit dem sie Achilles niederstreckte, und anschließend Ihren goldenen Bogen klirrend zu Boden fallen lässt; dann rezitiert er erneut:

„DIE OBERPRIESTERIN (sich plötzlich zu ihr wendend).
        Du, meine große Herrscherin, vergib mir!
        Diana ist, die Göttin, dir zufrieden,
        Besänftigt wieder hast du ihren Zorn."

„Darf ich mir eine Anmerkung erlauben?" Ich hebe meine Hand.
„Bitteschön, lieber Brockes."
„Es kommt beim Deklamieren Kleists stets auf die Akzentuierung an. In der Oberpriesterin Rede sollten, meine ich, *dieser* und *die Göttin* betont werden."
„Meinen Sie ungefähr so: Ich bin an *dieser* Greueltat nicht schuldig!?"
„Genau."
„Und: Diana ist, *die Göttin*, dir zufrieden?"
„Perfekt." Wilhelm von Schütz-Lacrimas meldet sich zu Wort:
„Herr von Brockes, erklären Sie's bitte." Ich tu's:
„Die Oberpriesterin fädelt hier Penthesileas Schicksal ein. Indem sie betont, dass sie an dieser Tat nicht schuldig ist, deutet sie an, dass sie demnächst einer anderen Tat schuldig werden wird—nämlich, wie sich gleich zeigen wird, Penthesilea in den Selbsttot getrieben zu haben."
„Und die zweite Akzentuierung?"

„Indem sie hervorhebt, dass die Göttin mit dem Opfer zufrieden ist, deutet sie im Umkehrschluss an, dass der Gott es nicht ist."

„Der Gott?"

„Mars, der Vertilgergott. Wie Diana, ist Mars Schutzgott der Amazonen, die zwei Hauptgöttern zugleich huldigen. Die Oberpriesterin stellt klar, dass zwar Diana mit Achilles Opfer besänftigt wurde, Mars jedoch sein ver sacrum noch fordert. Die Oberpriesterin beschließt nun, Mars zu besänftigen indem sie ihm Penthesilea opfert—die, indem sie den Skythenbogen, das Zeichen ihres königlichen Amtes, fallenließ, über keine Immunität mehr verfügt. Ob Mars tatsächlich zürnt, oder ob die Oberpriesterin dies bloß vorgibt, wissen wir nicht—jedenfalls nimmt sie die Deutungshoheit in Anspruch, was glaubwürdig ist, da die Oberpriesterin von Amts wegen für den Verkehr mit den Göttern zuständig ist." Stille im Saal.

Nach einer dezidierten Pause fährt Otto fort:

„DIE ERSTE AMAZONE.
    Sie schweigt—
DIE ZWEITE.   Ihr Auge schwillt—
DIE DRITTE.   Sie hebt den Finger, den blutigen, was will sie—Seht, o seht!
DIE ZWEITE. O Anblick, herzzerreißender, als Messer!
DIE ERSTE. Sie wischt sich eine Träne ab.
DIE OBERPRIESTERIN (an Prothoes Busen zurück sinkend).   O Diana!
    Welch eine Träne!"

„Eine romantische Stelle," meldet sich eine Stimme aus dem Kreis.

„Eher gotisch," meint Schütz, „wenn Sie den blutigen Finger bedenken."

„Der ist doch wohl phallisch—meinen Sie nicht, Herr von Loeben?"

„Finger," bestätigt Otto, „sind bei Kleist immer phallisch. Finger und Pfeil weisen auf denselben Sachverhalt hin: dass Penthesilea Achilles sodomisierte und dabei aus Versehen tötete." Schütz wirft ein:

„Achilles hat aber doch einen rundum gestählten Körper."

„Aber mit zwei ungeschützten Stellen: dem Rektum, durch das die inneren Organe und Gewebe verletzbar sind, und den Genitalien, an denen Thetis den Säugling Achill festhielt, als sie ihn in die stählenden Wasser des Styx tauchte."

„Kleist verlegte mithin Achilles sprichwörtliche Ferse vom tiefen Süden weiter nach Norden, nämlich in die Lenden?"

„Ja, und weist seine Leser in zwei hochkomischen Phöbus-Epigrammen darauf hin—erstens, dass Achilles Ferse kaum geeignet gewesen wäre, Penthesileas Leidenschaft dermaßen zu befeuern, dass sie sie in liebesblinder Raserei abgebissen statt geküsst hätte—Bisse statt Küsse, Sie wissen schon; zweitens, dass er nicht in der Lage sei mitzuteilen, ob sie seine Hoden—Schuhe—anschließend ausspuckte (Raunen im Saal). Das Blut welches ihr aus dem Mundwinkel rinnt bezeugt die Kastration, jenes, welches an ihrem Finger klebt, die Sodomie." Schütz merkt an:

„Penthesileas blutiger Finger wird von der Zweiten Amazone als Messer bezeichnet—die martialische Waffe. Dieselbe Amazone sah aber vorher Penthesilea ihren schlanken Pfeil betrachten—die Waffe Dianas. Es ist also ambivalent, ob Penthesilea Achilles mit der Waffe Dianas, oder mit der des Mars pfählte."

„Der Pfeil ist auch die Waffe Amors," merkt eine weibliche Stimme an.

„Amors Pfeil," meldet sich ein Professor der Philosophie, „symbolisiert sowohl Verliebt-sein als auch Den-Geliebten-niederstrecken und In-den-Wahnsinn-treiben; er bringt mithin das Urdilemma des Amazonenstaates auf einen Punkt, das ihm inhärent ist und ihn von vornherein in Frage stellt: dass die Amazonen zwar mit ihrem Pfeil einen Jüngling niederstrecken müssen, sich dabei aber nicht selbst von Amors Pfeil treffen lassen dürfen, denn es ist ihnen aufs Strengste versagt, sich in ihr Opfer zu verlieben. Sie müssen sozusagen der Schwangerschaftsgöttin Diana unter Ausschluss der Liebesgöttin Venus und unter Einschluss des Vertilgergottes Mars huldigen. Penthesilea, die zunächst Diana und Venus, anschließend auch noch Venus und Mars durcheinanderbringt, verdeutlicht exemplarisch, dass der Amazonenstaat an dieser Dialektik zerbrechen muss."

„Doch scheint, werter Kollege," wirft eine andere akademische Stimme ein, „eine Anlehnung nicht an Fichtes, Schellings oder Hegels Dialektik des Widerspruchs vorzuliegen, sondern eher an Adam Müllers banale Lehre des Gegensatzes."

„Das Fortbestehen des Amazonenstaats," meldet sich eine dritte gelehrte Stimme zu Wort, „beruht mithin auf drei Gewaltakten: zunächst fangen die Amazonen ihre Opfer zum Zweck der Paarung, indem sie sie mit dem Pfeil niederstrecken; nachdem sei beim Rosenfest schwanger geworden sind, kastrieren und erdolchen sie sie anlässlich des Fests der werdenden Mütter; schließlich ermorden sie neun Monate später alle männlichen Säuglinge. Wenn ich Herrn Brockes richtig verstehe, zog Kleist alle drei Gewaltakte, die sich sonst über einen Zeitraum von mehr als neun Monaten verteilen, in einen einzigen Moment, dem Aufeinandertreffen Penthesileas und Achilles, zusammen, womit er die Dramatik zuspitzt und die Einheit von Zeit, Raum und Handlung wart: Penthesilea streckt Achilles mit ihrem Pfeil nieder, kastriert ihn, indem sie und ihre Hunde seine Genitalien abbeißen, und pfählt ihn mit ihrem Dolch, wodurch sie nicht nur ihn, sondern auch ihr Ungeborenes in seinem Schoß zerstört. Kleist ist also keineswegs ambivalent, wie Sie, Herr Schütz, es eben ausdrückten, sondern im Gegenteil ausgesprochen präzise."

„Lassen Sie es mich so formulieren," führt Schütz zu seiner Verteidigung an: „das Niederstrecken mit dem Pfeil der Diana, das Kastrieren mit dem venerischen Kuss-Biss und das Sodomisieren mit dem Dolch des Mars finden hier nicht bloß, wie Sie richtig sagten, in einer singulären Bewegung statt, sondern aus Sicht Penthesileas auch somnambul: sie ist sich nicht dessen bewusst, was sie tut."

„Kleist," meint eine der vorherigen Stimmen, „insofern er sich Penthesilea als Napoleon dachte und Achilles als Borussia, und insofern er das Drama unter dem Eindruck von Jena-Auerstedt—dem Niederstrecken mit dem Pfeil—und Tilsit—dem Kastrieren—schrieb, könnte darauf haben hinweisen wollen, dass Napoleon seine Gegner zunächst in einer Schlacht zur Strecke bringt, sich dann mit ihnen dynastisch zu verbinden sucht—indem er z.B. eine Verbindung mit einer Hohenzollernprinzessin anstrebt—sie dabei aber so heftig umarmt, dass er sie—ungewollt—zermalmt."

„Als könne sich ein Wolf mit einem Schaf kreuzen."

„Dieser Versuch der Bastardierung geht ja auch schief: die Ausgeburt dieser unheiligen Verbindung geht mitsamt der Leihmutter über den Jordan und Napoleon steht weiterhin ohne Nachfolger da. Seine dynastische Hybris untergräbt sich selbst."

„Mit einem Schaf," ruft jemand dazwischen, „würde Kleist eine Prinzessin aus dem Hause Hohenzollern wohl kaum verglichen haben."

„Mit einem Achilles," knarrt die vorherige Stimme, „dessen stählerne Rüstung eine fatale Schwachstelle hat, aber schon."

„Und die wäre, im Falle der Hohenzollern—?"

„Deren Rivalität mit den Habsburgern—jene deutsche Zwietracht, die in Kleists Werk stets das Gegenstück zu Napoleons französischer Hybris bildet."

„Diese Schwachstelle," ruft eine patriotische Stimme mit Nachdruck, „müssen wir jetzt, da es dem Wolf endlich an den Pelz geht, um jeden Preis vermeiden."

„Genau das," erkläre ich feierlich, „hätte Kleist auch angemahnt!"

Otto verkündet eine kurze Pause; Erfrischungen werden gereicht.

* * *

Otto räuspert sich. Die Runde verstummt, schaut erneut gebannt auf ihn. Er:

„DIE OBERPRIESTERIN (mit einem bittern Ausdruck).
　　Nun denn—wenn Prothoe ihr nicht
　　　　　　　　　　　　helfen will,
　　So muß sie hier in ihrer Not vergehn.
PROTHOE (drückt den heftigsten Kampf aus. Drauf, indem sie sich ihr nähert, mit einer, immer von Tränen unterbrochenen, Stimme).
　　Willst du dich niederlassen, meine
　　　　　　　　　　　　Königin?
　　Willst du an meiner treuen Brust nicht
　　　　　　　　　　　　ruhn?
PENTHESILEA (Sie sieht sich um, wie nach einem Sessel).
PROTHOE. Schafft einen Sitz herbei! Ihr
　　　　　　　　　　　seht, sie wills.
(Die Amazonen wälzen einen Stein herbei. Penthesilea läßt sich an Prothoes Hand darauf nieder. Hierauf setzt sich auch Prothoe)."

„Prothoe," melde ich mich zu Wort, „wälzt einen Stein unter Penthesilea um sie zu stützten. Herr Schütz, erinnern Sie sich an die Passage im Guiskard, wo die Kaiserin dem pestkranken Fürsten eine Heerestrommel unterschiebt?"

„Allerdings—Sie sehen eine Parallele?"

„Wenn wir uns einig sind, dass Guiskard pestkrank ist (ich schaue ihn an, er nickt), können wir uns wohl ebenso einigen, dass Penthesilea es auch ist? (Er nickt erneut). Pest aber, wie Gelbfieber, Pips, usw., ist bei Kleist Platzhalter für Syphilis. An dieser leidet Penthesilea also. Prothoe ist dann ihre Ärztin, und die eben angeführte Geste mag mit Penthesileas Behandlung verbunden sein. Sagen wir: Prothoe unterzieht Penthesilea einem Quecksilberdampfbad—bei dem der Patient bis zum Hals in eine Kiste eingeschlossen wird; unter seinem Sitz wird ein Kohlenfeuer entfacht, über dem Quecksilber verdampft das die Kiste fumigiert. Zudem salbt Prothoe hier wohl Penthesileas corona veneris—Lorbeer—und Schanker—Wunde am Hals—mit Quecksilberpräparat ein. Penthesileas Suizid ist von ihrer Krankheit wohl kaum zu trennen—insofern kann man sie als autobiographisch betrachten."

„Sie meinen—?"

„—Kleist litt an Syphilis, genau." Der Saal brodelt. Die Kleisten ist fassungslos. Es dauert eine ganze Weile bis sich die Truppe beruhigt. Die Gastgeberin ergreift das Wort, wechselt geschickt das Thema:

„Sie deuteten eben an, Herr Brockes, dass die Oberpriesterin Penthesilea in den Selbstmord treibt. Können Sie dies noch weiter ausführen?"

„Sehr gern. Herr Loeben, würden Sie bitte hier weiterlesen?" Er liest:

„DIE ERSTE PRIESTERIN.
    Wenn man mit Wasser sie besprengt, gebt acht,
    Besinnt sie sich.

DIE OBERPRIESTERIN. O ganz gewiß,
                    das hoff ich.
PROTHOE. Du hoffst, hochheilige
               Priesterin?—Ich fürchte es.
DIE OBERPRIESTERIN (indem sie zu
überlegen scheint).
    Warum? Weshalb?—Es ist nicht zu wagen,
    Sonst müßte man die Leiche des
                             Achills—
PENTHESILEA (blickt die Oberpriesterin
blitzend an).
PROTHOE. Laßt, laßt—!"
DIE OBERPRIESTERIN. Nichts, meine
    Königin, nichts, nichts!
    Es soll dir alles bleiben, wie es ist.—"

Ich bitte Otto innezuhalten und erläutere:
„Prothoes Sorge, dass Penthesilea ihre Tat erkennen und sich selbst etwas antun könnte, bringt die Oberpriesterin erst auf den Gedanken: *indem sie zu überlegen scheint*. Sie zögert noch einen Moment es zu wagen, ruft dann für alle hörbar aus: *müßte man die Leiche des Achills*, usw. Als Penthesileas blitzender Blick sie trifft, weiß sie, dass sie gewonnen hat: Penthesilea erwacht aus ihrer Trance und erinnert sich, die Leiche zu ihren Füßen betrachtend, dass sie den Peliden überwand. Prothoe versucht die Leiche wegschaffen zu lassen, richtet dadurch aber erst recht Penthesileas Aufmerksamkeit auf sie. Herr Loeben, lesen Sie bitte hier weiter."

„PENTHESILEA (nach einer Pause, mit
einer Art von Verzückung).
    Ich bin so selig, Schwester! Überselig!
    Ganz reif zum Tod o Diana, fühl ich mich!
    Zwar weiß ich nicht, was hier mit mir
                              geschehn,
    Doch gleich des festen Glaubens könnt
                              ich sterben,
    Daß ich mir den Peliden überwand.
PROTHOE (verstohlen zur Oberpriesterin).
    Rasch jetzt die Leiche hinweg!
PENTHESILEA (sich lebhaft aufrichtend).
                          O Prothoe!
    Mit wem sprichst du?
PROTHOE (da die beiden Trägerinnen
noch säumen).   Fort, Rasende!
PENTHESILEA.   O Diana!
    So ist es wahr?"

Eine Stimme bemerkt, dass Prothoe offenbar die Machenschaften der Oberpriesterin noch nicht erkennt. Ich erkläre:

„Die Oberpriesterin geht ausgesprochen raffiniert vor: als Prothoe die Leiche aus Penthesileas Blickfeld wegschaffen lassen will, drängt sie die Frauen so dicht zusammen, dass sie die Trägerinnen behindern und dadurch Penthesilea Gelegenheit geben, das Objekt auf der Trage zu betrachten. Herr Loeben, bitte hier weiter:"

    „PENTHESILEA (mit immer steigender
    Ungeduld).

O ihr Hochheiligen,
Zerstreut euch doch!
DIE OBERPRIESTERIN (sich dicht mit
den übrigen Frauen zusammendrängend).
Geliebte Königin!
PENTHESILEA (indem sie aufsteht).
O Diana! Warum soll ich nicht? O Diana!
Er stand schon einmal hinterm
Rücken mir.
MEROE. Seht, seht! Wie sie Entsetzen faßt!
PENTHESILEA (zu den Amazonen, welche die Leiche tragen). Halt dort!---
Was tragt ihr dort? Ich will es wissen. Steht!
(Sie macht sich Platz unter den Frauen und
dringt bis zur Leiche vor)."

„Während Prothoe sich verzweifelt bemüht, Penthesilea von der Leiche abzulenken, stellt die Oberpriesterin sicher, dass sie sie bemerkt. Penthesileas Anagnorisis, und somit ihr Schicksal, nimmt ihren Lauf. Herr Loeben, hier bitte:"

„PENTHESILEA. Hinweg! Und wenn mir
seine Wunde,
Ein Höllenrachen, gleich entgegen gähnte:
Ich will ihn sehn!
(Sie hebt den Teppich auf).
Wer von Euch tat das, ihr Entsetzlichen!
PROTHOE. Das fragst du noch?
PENTHESILEA. O Artemis!
Du Heilige!
Jetzt ist es um dein Kind geschehn!"

"Sie erkennt, dass mit dem Mutterleib auch ihre Saat vertilgt wurde."

„Nicht aber, dass sie selbst die Vertilgerin war," ruft eine feste Stimme. Ich nicke und fahre fort:

„Die Oberpriesterin befielt, Penthesileas Behandlung abzubrechen, was ihrem Todesurteil gleichkommt. Prothoe will fortfahren, doch Penthesilea hält sie zurück: sie akzeptiert ihr Schicksal, will bloß noch wissen, wer es war, der durch alle Schneeweißen Alabasterwände—Pobacken—in diesen Tempel brach. Penthesileas Eifersucht, Sie merken es, ist die eines erastes dessen eromenos geschändet wurde."

Die Damen machen verlegene Gesichter, die Herren versagen sich ein Grinsen. Eine Stimme im Hintergrund fragt:

„Die Oberpriesterin ist zwar manipulierend, begeht aber doch, vorausgesetzt Penthesilea stellt tatsächlich Napoleon dar, im Grunde eine gute Tat."

„Genau. Die Oberpriesterin verkörpert nämlich—Kleist."

„Das Thema ist also eigentlich ein Zweikampf: Kleist gegen Napoleon."

„So ist es, und der Prophet siegt gegen den Krieger."

„Es könnte genauso gut Kleist gegen Goethe sein."

„Auch das—der visionäre Dichter siegt gegen den prosaischen."

„Deswegen," wird der Kleisten plötzlich klar, „war Heinrich so freudig erregt, als er das Drama fertigstellte: Nun ist sie tot, jubelte er." Ich lächelte stumm.

„Kleists Verse," meldet sich eine bisher noch nicht

vernommene Stimme, „sind wahrhaftig abendfüllend."

„Und gefährlich," murmele ich gedankenlos vor mich her: „Der so grausam zerstückelte Achilles stellt natürlich niemand anders dar als unseren Kö—"

„Halt!" Marie von Kleists Stimme donnert wie ein Gewitter auf mich nieder. „Genug! Vor lauter philosophischen Spekulationen vernachlässigen wir den Dichter Kleist. Sein Werk ist zuallererst poetisch, nicht politisch. Herr von Loeben, darf ich Sie bitten, Ihre Lesung mit der ergreifenden Todesszene abzuschließen."

Gern rezitiert Otto den unerhörtesten Selbstmord der Literaturgeschichte:

„Denn jetzt steig ich in meinen Busen nieder,
Gleich einem Schacht, und grabe, kalt wie Erz,
Mir ein vernichtendes Gefühl hervor." Usw.

Ottos ‚So! So! So! So! Und wieder!' vibriert noch in meinem Unterleib als wir uns verabschieden. Die Kleisten bringt uns zur Tür und raunt mir zu:

„Kommen Sie bitte morgen zum Tee, zu einem Gespräch unter vier Augen."

* * *

Am folgenden Nachmittag fand ich mich also erneut in ihrem Salon ein.

„Verzeihen Sie, Herr Brockes, dass ich gestern ein wenig ungehalten wurde. Ihre Ausführungen wurden mir etwas zu gewagt. Sie wissen wohl, dass ich eine enge Vertraute unserer geliebten Königin war. Was Sie vielleicht nicht wissen ist, dass ich seit Heinrichs Tod viel Kraft aufwandte, seinen Ruf wiederherzurichten—bis zum König persönlich ging ich deswegen. Es gab allerlei böse Stimmen wegen seiner unchristlichen Tat, und viele offene Fragen bezüglich ihrer mysteriösen Umstände.

Wenn das was Sie gestern sagten annäherungsweise zutrifft, bewegte er sich hart am Rande der lèse majesté. Als Sie sich anschickten, vor den versammelten Gästen unseren König mit dem vertilgten Achilles gleichzusetzen, ging es mir zu weit. Für Sie (sie rang die Hände) mag dies bloß müßige Spekulation sein; für Heinrich aber könnte es den übelsten Nachruf bedeuten, und für mich ein Theater ohne Ende."

„Verzeihen Sie meine Unachtsamkeit. Ich bin weder Poet noch Kritiker, weder Courtier noch Staatsdiener, sondern zuallererst Heinrichs Freund, und wünsche nur das Beste für ihn. Und auch für Sie, Gnädigste."

Etwas beruhigt sagte sie:

„Tatsächlich erahnte ich manches von dem, was Sie gestern ausführten. Als Heinrich die Penthesilea zu Ende brachte schrieb er mir, sein innerstes Wesen läge darin, der ganze Schmutz zugleich und Glanz seiner Seele. Er wollte dem König dienen, aber er ging oft hart mit ihm zu Gericht und seine Sprache war harsch."

„Seine Sprache vermochte sein Herz nicht ganz zu vermitteln." Sie nickte.

„Ich bitte Sie inständig, zukünftig bei ähnlichen Gelegenheiten ihre Ausführungen zu mäßigen. Wollen Sie es mir versprechen?"

„Wenn ich es ihnen verspreche, darf ich Sie dann auch um etwas bitten? Nämlich, dass wenn eines Tages Heinrichs Werke herausgegeben werden, Sie seine Briefe beisteuern?" Sie überlegte fieberhaft.

„Es gibt darin manches Privates und für Uneingeweihte Missverständliches. Ich kann Ihnen nicht versprechen, alles preiszugeben—vielleicht einen Teil."

„Ich verstehe, wie wichtig es Ihnen ist, seinen Leumund und Ihre Privatsphäre zu schützen; gewiss werden Pfuel, Rühle und Ulrike diesbezüglich ähnlich denken. Doch wird es unsere literarische Nachwelt Ihnen einst zutiefst danken." Sie nickte und wechselte das Thema:

„Wissen Sie—dass Heinrich die Tat ausgerechnet an der Potsdamer Chaussee beging, an deren Potsdamer Ende ich damals wohnte, wertete ich als Fingerzeig."

Ich schwieg. Mein Einwand, dass Kleist solche Fingerzeige gleich an mehrere Adressaten gab, hätte sie nur unnötig verletzt.

„Sein letzter Brief ist vom Morgen seines Todestags, und ich bilde mir ein, es sei der letzte gewesen, den er schrieb."

„Ich bin davon überzeugt, gnädige Frau, dass Sie und Ulrike die beiden Menschen auf der Welt waren, an die er am Ende vor allen anderen dachte." Sie wischte eine Träne aus dem Augenwinkel, erkundigte sich dann:

„Sie sagten, Heinrichs Werk solle veröffentlicht werden. Wer soll das besorgen—Sie selbst?"

„Nein, ich habe Herrn Ludwig Tieck dafür ins Auge gefasst. Er kannte Heinrich persönlich, stand eine Weile mit ihm im Schriftverkehr, ist ein ausgewiesener Kenner seiner Werke und selbst ein erstklassiger Dichter. Was meinen Sie?"

„Eine exzellente Wahl."

„Es heißt, er hielte sich derzeit in Prag auf."

„Nach Böhmen sollten Sie jetzt besser nicht fahren. Der Krieg könnte jederzeit wieder losgehen, und die französischen Verbände in Sachsen würden die Grenze nach Österreich sofort dicht machen."

„Es besteht keine besondere Eile mit der Veröffentlichung, vorausgesetzt wir stellen sicher, dass in der Zwischenzeit keine Werke verloren gehen—in einigen Fällen mag es nur noch eine einzige Kopie geben." Ich blickte sie eindringlich an.

„Mit Raritäten kann ich nicht dienen." Mir war, als ob ihre Stimme abflachte. Gab es vielleicht doch solche Raritäten in ihrem Besitz? Ich beschloss, die Sache jetzt nicht weiterzuverfolgen, sondern zu gegebener Zeit darauf zurückkommen.

„Es sind insbesondere die Briefe, um die ich mich sorge—sie könnten für ein Verständnis seiner Werke wichtig sein. Ich hoffe, nach Ihnen demnächst auch noch Ulrike, Pfuel und Rühle bitten zu können, ihren entsprechenden Bestand zu behüten und zu gegebener Zeit mit Tieck zu kooperieren."

„Pfuel war im Februar mit seiner Einheit hier in Berlin, zog dann nach Nordwesten weiter. Rühle ist in Blüchers HQ. Der Krieg kommt Ihrem Anliegen nicht gerade entgegen; auch Berlin könnte erneut besetzt werden."

„Sie selbst könnten zur Not an einen sicheren Ort ausweichen?"

„Ja, nach Groß-Gievitz, machen Sie sich um mich keine Sorgen. Und Sie?"

„Ich stamme aus Vorpommern, aus der Nähe von Pasewalk. Dort könnte ich jederzeit untertauchen. Ich habe aber vor," sagte ich augenzwinkernd, „zu tun, was Heinrich immer tat, nämlich nahe am Geschehen zu bleiben." Sie lächelte warm.

„Sie haben tatsächlich etwas von Heinrich, lieber Herr Brockes: seinen Eifer, seine Beharrlichkeit, sein großes Herz. Leben Sie wohl."

Ich trat hinaus.

Der Himmel über Berlin schien von Engeln bevölkert, die über uns wachen.

Siebzehntes Kapitel

Es war stockdunkel als ich an Ottos Haustür ankam. Die Hauswand türmte sich tiefgrau vor mir auf. In der Tasche suchte ich nach dem Schlüssel. Ein Schatten huschte an der Mauer entlang, entschwand um eine Ecke. Leer lag die enge Straße da, nur in der Ferne ein paar eilende Passanten. Ich trat ein.

Otto war ausgegangen, ich erwartete ihn erst spät zurück. Die Tür fiel ins Schloss. Im Lesezimmer im ersten Obergeschoß, an den Balkon angrenzend und zum Hinterhof ausgerichtet, machte ich es mir bequem. Der Abend war fast frühsommerlich lau.

Ich öffnete die Fenster weit, saugte gierig die duftende Frühlingsluft ein, ließ die vergangenen Tage und Wochen Revue passieren, sortierte meine Gedanken. Es war mir dringlicher, Heinrichs Werke zusammenzubringen, als ich der Kleisten gesagt hatte: während der anstehenden Kriegswirren könnte leicht etwas verloren gehen. Nicht nur sie, sondern auch Pfuel und Rühle mochten etwas horten. Gab es neben dem Roman noch weitere verschollene Werke? Waren noch weitere Kopien von Homburg und Herrmannsschlacht irgendwo unter Verschluss, weil sie als gefährlich, oder als Heinrichs Nachruhm schädlich eingeschätzt wurden?

Ich aktualisierte meine Notizen.

* * *

Der Großstadtlärm ist durch die Innenhoflage zu einschläferndem Moll gedämpft. Der stetige Luftzug durchs offene Fenster streift meine Haut.

Der kalte Stahl an meiner Schläfe steht in merkwürdigem Kontrast zur lauen Luft— Mein Atem synchronisiert mit dem des Eindringlings, der hinter mir steht.

Seine Hand ist ruhig.

„Sie wissen, weswegen ich gekommen bin." Die vertraute Stimme bebt. Ich benetze meine Lippen, bringe keinen Laut hervor.

„Rücken sie meinen Homburg heraus." Ich reagiere nicht.

„Machen Sie schon, sonst gibt's ein großes Loch im Schädel." Mein Blick folgt der Flugbahn einer Stubenfliege. „Sie ist geladen."

„Ein Schuss," höre ich meine Stimme kühl und gelassen sagen, „würde im ganzen Hof schallen und sämtliche Nachbarn alarmieren."

„Keine Sorge, ich komme ebenso flugs hinaus wie ich hineinkam. Ich zähle bis Drei. Eins—."

Ich starre durch die sich sachte hin und her bewegenden Gardinen in den Innenhof. Ein Fenster gegenüber ist beleuchtet. Dort Konturen zweier Personen in angeregter Unterhaltung. Eine undefinierbare Zeitspanne verstreicht.

„Zwei—." Es handelt sich um einen Mann und eine Frau. Ihr bin ich schon mal auf der Straße begegnet. Eine alltägliche Szene.

„Drei!!!" Der Knall——er bleibt aus.

Die Muskeln aufs äußerste angespannt bleibe ich regungslos sitzen. Fouqués Hand erschlafft. Der kalte Stahl löst sich von meiner Schläfe, brennt eine Weile auf der Haut nach. Er lässt sich in den Sessel zu meiner Rechten sinken, atmet tief. Ich wende mich ihm zu:

„Geben Sie mir die Waffe." Umständlich beugt er sich zur Seite, legt die Pistole auf den kleinen Beistelltisch zwischen uns, sinkt zurück in seinen Sessel.

„Sie sind unverfrorener als ich dachte," bemerkt er emotionslos.

„Sie hielten Heinrichs Drama unter Verschluss, weil Sie die Konkurrenz fürchteten?" Er sinkt in sich zusammen. „Dabei haben Sie sich mit Ihrer Undine bereits verewigt." Er winkt matt ab.

„Sie gelang mir, weil ich mich damit am Käthchen abarbeitete. Eine derivative Arbeit. Das Fehrbellin-Material dagegen——Tatsächlich weiß ich, dass sein Prinz Heinrich zum Gipfel des Olymps katapultiert, nicht mein Kurfürst mich." Sein Mundwinkel erschlafft, seine Stimme bricht ab.

Ohne ihn eines Blickes zu würdigen stehe ich auf, schließe das Fenster, kehre zu meinem Sessel zurück.

Mühsam fährt er fort: „Heinrichs Stern würde alles überstrahlen, gelänge es mir nicht vorab, ihn zum Verglühen zu bringen. Fehrbellin ist meine Heimat." Trotzig blickt er mich an. „Geben Sie ihn heraus."

„Ich werde Ihnen den Homburg nicht herausgeben." Geduckt sitze ich auf der Sitzkante. „Er ist an einem sicheren Ort, in sichern Händen. Mein Tod würde seine sofortige Veröffentlichung zur Folge haben." Seine Pupillen verengen sich. Seine rechte Hand schnellt zum Beistelltisch.

Es gelingt mir, seinen Arm hochzureißen, bevor das Rohr seinen Mund erreicht. Der Schuss löst sich, zischt an seinem Kopf vorbei, schmettert in die Decke.

Ich entreiße ihm die Waffe, schleudere sie quer über den Fußboden, presse ihn tief in seinen Sessel.

Er ermattet, starrt ungläubig vor sich hin. Ich mache eine Wende:

„Sind Sie Syphilitiker?" Er glotzt mich an. „Ob Sie Syphilitiker sind?"

Er schüttelt den Kopf.

„Heinrich war es."

Er nickt matt.

„Ein genialer Syphilitiker: dem wollen Sie ernsthaft nacheifern? Wenn ja, sagen Sie's mir, ich besorg's Ihnen." Er lässt sich zu einem verhaltenen Lächeln verleiten, wendet dann ein:

„Nicht jedes Genie ist Syphilitiker, nicht jeder Syphilitiker ein Genie."

„Heinrich drückte wie kaum jemand anders sein Leiden in seiner Dichtung aus: seine Penthesilea gräbt sich ein vernichtendes Gefühl hervor, kalt wie Erz, tränkt es im heißätzenden Gift der Reue, schärft es auf dem ewigen Amboss der Hoffnung zum Dolch, den sie ihrer Brust reicht—so etwas erdichtet man nicht, es sei denn man erlitt diese Kälte, diese Reue, diese Hoffnung am eigenen Leib."

„Auch mein Ritter Huldbrand bringt mein Leiden zum Ausdruck."

„Genau deshalb ist Ihre Undine ein Meisterwerk. Leben Sie, Fouqué! Bringen Sie in Gottes Namen ihren Kurfürsten heraus."

Es klopft heftig an der Wohnungstür. Ein Nachbar, der den Schuss hörte, steht im Flur, bald darauf noch ein zweiter. Ich schicke sie beschwichtigend weg: ein Schuss löste sich aus Versehen, ich entschuldige mich wegen des Lärms.

Ich schenke uns Likör ein.

Langsam füllen sich Fouqués Wangen mit Farbe.

Otto kommt nach Hause. Wir bieten Fouqué an, bei uns zu übernachten.

Er winkt ab.

Otto fragt, wie er an den Homburg kam?

Den hatte er erst vor ein paar Wochen Marie von Kleist abgeluchst, nachdem Hitzig ihn auf ihre Kopie aufmerksam machte. Wie genau er die Kleisten verführte, ihren Schatz herauszugeben, fragen wir den scharwenzelnden Charmeur erst gar nicht. Eine einsame, unglücklich verheiratete Frau: welch leichtes Opfer für diesen kreisenden Habicht! Im Flur bleibt er noch einmal stehen.

„Wissen Sie Brockes, ich wünschte, wir hätten uns früher kennengelernt."

Ich antworte nicht.

Er nimmt Stock und Hut, verneigt sich und geht ab.

* * *

Ein paar Wochen später lag eine Einladung Armins an Otto und mich in der Post, an einer Sitzung der Deutschen christlichen Tisch-Gesellschaft teilzunehmen.

Am darauffolgenden Freitag sprachen wir am Tagungsort vor, dem Wirtshaus Casino in der

Behrenstrasse. Staegemann und Savigny waren da, ferner Schleiermacher, Iffland und ein gutes Duzend weitere Gäste. Ich nahm mir vor, die Gelegenheit zu nutzen, Iffland aufmerksam zu beobachten.

Die Tischreden waren erwartungsgemäß billig und judenfeindlich, der Wein gewöhnlich, das Essen gutbürgerlich aber reichlich.

Nach der Mahlzeit lenkte ich das Gespräch auf Kleist: ob er ein regelmäßiger Gast gewesen sei?

Nein, stellte Armin kurz angebunden fest, man habe ihn nur zwei- oder dreimal begrüßen dürfen. Offensichtlich sprach man hier nicht so gerne über ihn—wegen seines unchristlichen Todes?

Unbeirrt fragte ich weiter: er sei ein Freund der Rahel Levin gewesen—wie man an diesem Tisch darüber dächte?

Die Levin, antwortete ein Tischgesellschafter, sei zwar Jüdin, jedoch keine Philisterin. Ihr damaliger Salon sei von ehrenwerten Leuten frequentiert worden, und sie sei jetzt in patriotischen Frauenvereinen aktiv, was man anerkenne. Man wünsche ihr, dass sich ein guter Christ fände, sie zu ehelichen. Was Kleist betreffe, sei seine Qualifikation für diesen Tisch in mancher Hinsicht fragwürdig gewesen.

Was man denn, bohrte ich weiter, von dem Judenedikt des Königs hielte, das ja auf weitgehende Gleichstellung der Juden hinauslief?

Wenig, war die lapidare Antwort. Man anerkenne, dass die Devise in dieser Lage Alle Mann an Deck! sein musste, da man jeden Bürger für den Wiederstand benötige. Wenn der Sieg erst errungen war, werde man sich aber für Restauration der alten Ordnung einsetzen. Darauf stieß die Runde fröhlich an.

Iffland merkte an, dass Kleist zwar talentiert gewesen sei, seine Werke aber für die Bühne ungeeignet—das habe schon Goethe erfahren müssen, als er sich für den jungen Unbekannten einsetzte. Er selbst habe das Käthchen auf die Bühne bringen wollen, das Projekt jedoch wieder verworfen: man habe das Stück ein paarmal in Wien gegeben, mit mäßigem Erfolg beim Publikum.

Worauf denn die mangelnde Bühnentauglichkeit von Kleists Dramen beruhe, fragte ich, mich bewusst naiv stellend.

Er bemängelte vage Kleists Regieanweisungen, die kontraproduktiv seien.

Ich versetzte, dass es doch gerade diese seien, die seinen Dramen Textur gäben, indem sie den gesprochenen Text qualifizierten oder relativierten.

Iffland beäugelte mich misstrauisch, meinte dann, dass es eben solche Widersprüchlichkeiten seien, die Kleists Stücke unspielbar machten.

Ich beließ es dabei. Er hatte nicht ganz unrecht: Heinrichs Dramen benötigten nicht nur einen Interpreten, der ihre Vielschichtigkeit aufzudecken vermochte, sondern auch einen Intendanten, der diese auf der Bühne realisieren konnte. Heinrich hatte Theater für Interpreten und Intendanten der Zukunft geschrieben.

Man besprach ein Familienrührstück mit dem Iffland soeben die Berliner Damenwelt amüsierte. In diesen Zeiten, stellte er fest, müsse man dem Publikum, zumal dem weiblichen, Leichtverdauliches präsentieren, romantisch an- oder patriotisch aufrührendes. Ernsthafte Themen müssten Männerkreisen wie diesem vorzubehalten bleiben.

Von dieser Feststellung angeregt fragte Otto, was wohl die Pläne der Koalition für die Wiederaufnahme der Kampfhandlungen seien.

Ein junger Offizier in der Runde, Leopold von Gerlach, führte aus, dass in Kürze auf dem Trachenberger Schloß ein von Bernadotte und Radetzky vorzulegender Kriegsplan verabschiedet werden würde, demzufolge das Koalitionsheer zunächst eine direkte Konfrontation mit Napoleons Hauptarmee vermeiden und stattdessen kleinere französische Kontingente konfrontieren sollte, um dadurch die feindliche Hauptarmee in Richtung der russischen Armee zu ziehen, und erst wenn numerische Überlegenheit sichergestellt wäre, mit vereinter Infanterie, Artillerie und Kavallerie einen Hauptschlag gegen sie zu führen.

Dieser Plan erschien mir zwar grob gestrickt, doch hatte Napoleon tatsächlich bisher stets Feldüberlegenheit für sich beanspruchen können—warum also nicht den Spieß umdrehen?

Was man denn, fragte Otto weiter, an diesem Tische von den Freikorps und Freiwilligeneinheiten hielte, die derzeit überall in Preußen aufgestellt würden, und auf die schon Kleist gesetzt hätte?

Eher wenig, hieß es. Militärisches Laientum könne zwar flankierend hilfreich sein, doch um Napoleon zu schlagen bedürfe es einer professionellen Armee.

Und die Turner und anderen patriotischen Bewegungen?

Man betrachte sie mit gemischten Gefühlen: sie seien zwar patriotisch, aber auch bürgerlich. Man brauche die Massen jetzt zwar, müsse sie aber nach dem Sieg in die Büchse der Pandora zurückzwängen, aus der man sie in der akuten Not des Wiederstands hatte entweichen lassen.

Wann man denn mit Wideraufnahme der Kriegshandlungen rechnen müsse, fragte ich noch.

Die Koalition, hieß es, werde zu Ablauf des Waffenstillstands am 20. Juli einen Kompromissfrieden anbieten, der den Krieg ohne weiteres Blutvergießen beenden würde. Doch werde Napoleon, so die einhellige Meinung am Tisch, keinen Kompromiss bezüglich Frankreichs zukünftiger Grenzen eingehen, und der Kompromissfrieden werde daher nicht zustande kommen. Der Krieg werde dann noch vor Beginn des Herbstes wieder losbrechen, und diesmal bis zum bitteren Ende geführt werden: man werde nicht lockerlassen, bis der stramme Tritt deutscher Soldatenstiefel die Champs-Élysées hinunter und zum Marsfeld hinüberhallte!

Otto und ich verabschiedeten uns bald. Wohlgefühlt hatten wir uns in diesem reaktionären Kreis nicht. Heinrich hatte es wahrscheinlich auch nicht getan.

Nützlich war mir der Abend trotzdem gewesen.

Achtzehntes Kapitel

Meine anvisierte Reise nach Frankfurt an der Oder verzögerte ich nun nicht weiter. Sobald der Krieg wieder ausbrach, würde Ausnahmezustand herrschen und weiteres Reisen behindern.

Es war ein verregneter Tag, an dem ich an Heinrichs Geburtshaus in der Oderstraße vorfuhr, direkt hinter der düsteren Marienkirche. Ich war unangemeldet, hatte aber Glück: Ulrike von Kleist war zuhause und bat mich herein. Wir hatten uns nie persönlich kennengelernt, doch hatte Heinrich mich in Briefen erwähnt.

Um mit ihr warm zu werden teilte ihr einige Details von der Würzburger Reise mit. Doch sie blieb zurückhaltend und misstrauisch. Marie hatte ich für mich einnehmen können—mit Ulrike, merkte ich bald, würde es mir kaum gelingen. Nur als ich auf Heinrichs Tod zu sprechen kam taute sie ein wenig auf: ihr harter Blick wurde etwas weicher, ihre kalte, abweisende Stirn kräuselte sich leicht.

„Sie haben keine Vorstellung, Herr Brockes, welch erbarmungswürdiges Bild mein Bruder bei seinem letzten Besuch abgab. Krank und abgemagert stand er vor der Tür, wie ein Landstreicher, stürzte sich aufs Mittagessen als hätte er seit Tagen nichts gegessen. Wie immer wollte er Geld. Der K habe ihn für den Fall, dass der Krieg ausbrach, eine Stelle in der Armee zugesagt und Heinrich wolle sich sofort eine Equipage zulegen. Ich kann te meinen Bruder: die Equipage brauchte er, um seinem elendigen Müller nach Wien nachzureisen.

Seine Aussöhnung mit dem K hatte Marie eingefädelt. Sie meinte es gut, aber Heinrich wollte gar nicht zurück in die Armee: es war bloßer Vorwand um an Geld zu kommen und auf sich aufmerksam zu machen. Nicht nur mich zapfte er ungeniert nach Barem an, sondern sogar den Kanzler Hardenberg!

Nach einigem hin- und her beim Mittagstisch ließ ich mich schließlich erweichen, seine Equipage zu finanzieren, allerdings nicht sofort, sondern nur für den Fall, dass er tatsächlich einberufen wurde. Im Herbst 1811 war es durchaus noch nicht ausgemacht, dass es zum Krieg kommen würde.

Heinrich glaubte allerdings fest daran. Er rechnete damit, dass der K, sollte er sich nicht nach Kolberg schlagen—Gneisenau riet dazu, Hardenberg riet davon ab—binnen weniger Wochen in einer Entscheidungsschlacht unterliegen würde, noch bevor er selbst gemustert worden wäre.

Wir bei Tisch—neben mir eine Schwester und eine Tante—hielten seine Ideen für die reinsten Hirngespinste. Die beiden anderen drängten ihn, er solle doch lieber etwas Vernünftiges zu tun—z.B. bei der Verwaltung wegen einer anständigen Stelle vorsprechen.

Da verließ er zornig die Tafel, machte sich sofort auf den Weg zurück nach Berlin. Es war das letzte Mal, dass ich ihn sah." Sie schwieg.

„Heinrichs Rechnung," gab ich zu bedenken, „hätte durchaus aufgehen können: wäre der K in einer Schlacht besiegt worden, in die Hände Napoleons geraten oder sogar gefallen, hätten die Patrioten ihn zum Märtyrer küren und einen allgemeinen Volksaufstand anzetteln können. Genau dieses Szenario hatte er in seiner Erzählung Der Findling bereits durchgespielt: die Napoleon-Figur zermalmt dort die Friedrich Wilhelm-Figur, die Leute im Haus—die Deutschen—werden auf den Plan gerufen, erhaschen ihn und richten ihn auf dem Place de la Concorde hin."

„Heinrich setzte aufs ungezügelte Volk. Der K zögerte verständlicherweise, solch unbändige Kräfte zu entfesseln. Doch auf Seiten Napoleons gegen den Zaren zu kämpfen—das war tatsächlich Heinrichs schrecklichster Albtraum."

„Noch dazu ausgestattet mit einer von Ihnen finanzierten Equipage," stichelte ich. Sie schaute missmutig drein.

„Mir war die Aussicht, Preußen zum Vasallen Frankreichs degradiert zu wissen, genauso unerträglich. Doch hätte sich der K offen gegen Napoleon gestellt, wäre er—wäre Preußen—zermalmt worden."

„Was Heinrichs Hirngespinsten, wie Sie es ausdrückten, exakt entsprochen hätte. Nur wäre dies aus seiner Sicht nicht notwendigerweise einer Katastrophe gleichgekommen, vorausgesetzt das königliche Opfer hätte den Auftakt zu einer gesamtdeutschen Insurrektion gebildet, die Napoleon zu Fall bringen würde."

„Ein Königsopfer? das geht nicht."

„Heinrich sah es wohl eher als Bauernopfer an."
Sie erschrak.

„Der K ist doch kein—Bauer?"

„Es ging Heinrich um den Erhalt der Hohenzollerndynastie als solcher, nicht um den Erhalt eines ihrer Glieder, welches durch ein nachrückendes ersetzt werden konnte. Und es ging ihm um die Rekonstitution des alten Reiches—bei der er den Hohenzollern eine wichtige Rolle beimaß, aber nicht notwendigerweise in der Person Friedrich Wilhelms: es konnte auch dessen jüngerer Bruder oder ältester Sohn sein."

„Heinrich bewegte sich auf dünnem Eis."

„Und doch sollte er recht behalten: zwar sah sich Friedrich Wilhelm zunächst gezwungen, an Napoleons Seite gegen den Zaren zu ziehen, doch fiel er, sobald sich das Blatt in Russland wendete, wieder von ihm ab und stellt sich seitdem gegen ihn, indem er sich heuer direkt an sein Volk wendet und sogar die allgemeine Wehrpflicht und Milizen autorisiert, was ja genau dem entspricht, was Heinrich gefordert hatte. Lebte er, würde Heinrich jetzt unseres Königs Aufrufe an sein Volk komponieren."

„Ach, hätte ich ihm bloß damals Geld gegeben." Sie schluckte, faltete ihren Rock, hielt einen Moment sinnend inne, und sah mich dann fest an:

„Was genau führen Sie im Schilde?"

Ich erklärte behutsam, es ginge mir um meinen eigenen Frieden; ich habe Heinrich sehr liebgehabt, ihn aber nie ganz verstanden, und fände keine Ruhe, bis ich mit ihm und mir selbst ins Reine gekommen sei.

Ob ich mir Aufzeichnungen anfertige?

Ab und an, erwiderte ich ausweichend.

Sie verfolgte die Sache nicht weiter und bot mir ein Zimmer für die Nacht und Abendbrot an, was ich beides dankend annahm.

* * *

Bald falle ich in einen tiefen Schlummer. Einmal scheint es mir mitten in der Nacht, als verspüre ich eine sachte Bewegung, vernähme ein gedämpftes Geräusch. Dann ist es wieder mucksmäuschenstill.

Ich träume vom Krieg, von den schrillen Attacken der Kavalleristen, vom beißenden Qualm der Kanonaden, der durch die Türritzen in mein Zimmer dringt—ein Traum, was sonst? Im Halbschlaf wandert mein Blick an der Decke entlang zu den Bücherregalen an der Wand schräg gegenüber—die dicken Wälzer, kommt mir wie beiläufig in den Sinn, würden wie Zunder brennen. Leichtes Kratzen im Rachen—wo ist eigentlich meine Pfeife? Der Pulverqualm wird dichter—sind es die Kanonen der Franzen oder unsere eigenen? Ich röchle. Hustenanfall——

Plötzlich bin ich hellwach—es ist kein Traum! Ich springe auf, taste mich durch den dichten Qualm, finde die Zimmertür, reiße sie auf, falle beinahe die Treppe hinunter, dem Qualm entgegen. Ein Feuer mitten im Sommer? Unten öffne ich eine Doppeltür, stehe wie angewurzelt im Nachtkleid im Kaminzimmer.

Da kauert Ulrike, den Rücken mir zugewandt, vorm Kamin, den sie mit Papier befeuert.

Mein Bericht! Im Bruchteil einer Sekunde stehe ich hinter ihr, ziehe sie vom Kamin weg, fische die halb verkohlten Papierfetzen aus dem Feuer.

Ulrike wehrt sich nicht. Unbewegt schaut sie zu, wie ich alles den Flammen entreiße was zu retten ist, das Feuer ersticke, vorsichtig die brüchigen

Papierstücke aufnehme, zu einem Kartentisch bringe und dort sorgfältig ausbreite.

* * *

Der Schaden erwies sich als geringfügiger, als ich zunächst hatte befürchten müssen. Einige Stunden später war das Dokument wieder in leidlicher Verfassung, sorgfältig rekonstruiert und mit Leim und Papierstreifen stabilisiert. Ein Paar verkohlte Passagen würde ich später ersetzen, wenn ich dazu die notwendige Muße haben würde. Nichts Gravierendes war passiert, ich war mit dem Schrecken davongekommen.

Ulrike verlor über die Angelegenheit anschließend kein Wort mehr. Heinrichs Vermächtnis betrachtete sie wohl als ihre Privatangelegenheit, an der kein Dritter Anteil haben sollte.

Ich wiederstand der Versuchung, ihr, wie zuvor der Kleisten, das Versprechen abzuringen, Heinrichs Briefe zu behüten. Doch sie erriet wohl meine Gedanken, denn zum Abschied sagte sie:

„Ich halte Heinrichs Briefe in Ehren. Einige sind privat, aber andere für die Öffentlichkeit vielleicht von Interesse. Wenn Sie eines Tages wiederkommen, zeige ich sie Ihnen."

Gegebenenfalls, stellte ich klar, würde nicht ich, sondern jemand anders die Aufgabe auf sich nehmen, Heinrichs Schriften zu sammeln und zu gegebener Zeit bei ihr anfragen. Wenn sie dann Hilfe leisten wolle, würde die Nachwelt es ihr danken.

Dann wäre es wohl am besten, lächelte sie spitzbübisch, dass dieser Jemand nicht allzu lange wartete, denn sollte sie erst mal ihren Tod vor Augen haben, werde sie sicherlich alles den Flammen übergeben.

Heinrich hatte recht gehabt, dachte ich an der Türschwelle: Ulrike war keinem Reich präzise zuzuordnen. Ich hatte wenig Neues von ihr erfahren, doch eins war mir klar geworden: es war genau dieses zwischen-den-Welten-Schweben das er an seiner Schwester geliebt hatte. In gewisser Hinsicht hatten sie sich wie ein Ei dem anderen geglichen, nur mit entgegengesetzten Vorzeichen.

Der Regen hatte nachgelassen. Als ich hinter der Garnisonsschule in die Uferstraße einbog lag ein graugrüner Schleier über der Oder, der die Insel Ziegenwerder geheimnisvoll umhüllte.

Hier, inmitten der uralten Auen, dachte ich nicht ohne Schmerz, hatten Heinrich und Karl einst gemeinsam die Liebe entdeckt.

* * *

Spätsommer 1813: der Waffenstillstand war ausgelaufen, Verhandlungen zu einem Kompromissfrieden waren in Prag gescheitert, am 12. August hatte Österreich Frankreich den Krieg erklärt. Die Koalitionsarmee, den Franzosen zahlenmäßig im Verhältnis 5:4 überlegen, schlug zunächst mehrere kleinere französische Heere, wie es jener Offizier bei der Tischgesellschaft angekündigt hatte, und rückte dann gegen die von Napoleon persönlich kommandierte Hauptarmee vor.

Am 26. und 27. August kam es bei Dresden zur Schlacht, die Napoleon für sich entscheiden konnte—es sollte sein letzter großer Sieg gewesen sein. Die Alliierten wichen nach Böhmen zurück.

Am 29. und 30. August kam es dort bei Kulm zu einer weiteren Schlacht, in der die Alliierten unter dem Oberkommando des preußischen Generals Friedrich von Kleist das Korps des französischen Generals Vandamme vernichteten.

Napoleon stationierte seine Hauptarmee nun bei Leipzig, auf das sich im Laufe des Septembers drei alliierte Armeen konzentrisch zubewegten: von Süden Schwarzenbergs Böhmische Armee, von Norden Blüchers Schlesische Armee, von Nordosten Bernadottes Nordarmee. Die Entscheidungsschlacht lag in der Luft.

Am 8. Oktober gelang es Metternich, Bayern zum Seitenwechsel zu bewegen, wodurch Napoleon der Rückzug nach Südwesten abschnitten war. In Berlin blieb die Lage prekär: noch immer umzingelten französische Truppen die Stadt in engem Radius; sollte Napoleon die Koalition bei Leipzig schlagen, würde er die nahezu verteidigungslose preußische Hauptstadt unverzüglich besetzen können.

Vom 16. bis 19. Oktober kam es zur größten Schlacht, die die Welt je gesehen hatte—Armin sollte sie grandios als Völkerschlacht bei Leipzig betiteln—mit 600.000 Soldaten und 2.200 Kanonen auf dem Schlachtfeld, zweimal so vielen wie bei Wagram wenige Jahre zuvor. Napoleons Armee wurde fast komplett eingekesselt. Er ersuchte Waffenstillstand auf Basis jener Bedingungen, die er drei Monate zuvor in Prag noch abgelehnt hatte. Doch die Verbündeten ließen jetzt nicht mehr locker: der totale Sieg war nun das Ziel.

Am 19. drängten sie die Franzosen im Leipziger Stadtgebiet zusammen. Hätte Napoleon nicht den Rückzug über die einzige noch verbleibende Ausfallstraße in Richtung Weißenfels befohlen, wäre er zur Kapitulation gezwungen worden. Ganz knapp entkam er entlang dem Ranstädter Steinweg aus dem Leipziger Kessel.

Anfang November zog sich Napoleon mit 100.000 ihm verbliebenen Soldaten über den Rhein zurück; seine in Deutschland zurückgebliebenen gerieten in Gefangenschaft.

Der Rheinbund löste sich auf; Holland, die Schweiz und alle deutschen Staaten sagten sich von Napoleon los. Selbst sein Schwager Murat, König von Neapel, fiel von ihm ab. In Spanien rückte Wellington bis an die Pyrenäen vor. Trotz seiner prekären Lage ließ Napoleon ein Angebot Metternichs unbeantwortet, einen Frieden auf Basis der natürlichen Grenzen Frankreichs zu schließen.

Das turbulente Jahr 1813 endete dann noch mit einem Paukenschlag: in der Neujahrsnacht 1813/14 setzte eine Vorhut Blüchers bei Caub über den Rhein; kurz darauf folgte seine gesamte Armee über von russischen Pontonnieren gebaute Brücken nach. Man wollte Napoleon, dessen Position in Paris in Folge der Niederlage bei Leipzig geschwächt war, keine Ruhe geben.

Unstimmigkeiten zwischen den Alliierten verzögerten aber ein weiteres Vordringen in Frankreich. In Deutschland befürchtete man, dass eine

Demütigung Frankreich eine Übermacht Russlands in Europa zur Folge haben könnte.

Erst am 4. März 1814 einigten sich die Alliierten schließlich in Châtillon-sur-Seine, 220km südöstlich von Paris, in der Allianz von Chaumont auf ihr weiteres Vorgehen und auf gemeinsame Kriegsziele: Kampf bis zum Sieg, Widerherstellung der Grenzen von 1792, Restauration der Bourbonen, Gleichgewicht der Mächte.

Der Wolf war in der Falle.

* * *

Der Abzug der Franzosen aus Deutschland erlaubte es vielen Exilanten, in die Heimat zurückzukehren. Ich erfuhr bald, dass Tieck aus Prag nach Ziebingen zurückgekehrt war.

Ich schrieb ihm dorthin; kurze Zeit später lud er mich zu sich ein.

Neunzehntes Kapitel

Anfang März—die Verbündeten tagten noch in Châtillon—fand ich mich bei Ludwig Tieck auf Gut Ziebingen südöstlich von Frankfurt an der Oder ein.

Er plante gerade eine längere Reise nach England, wo er auf eine deutsche Shakespeareausgabe hinarbeiten wollte, wollte aber erst noch das Ende des Krieges abwarten. Derweil sammelte er Märchen und Erzählungen für seinen Phantasus.

Er wolle, versicherte er mir, sehr gerne die Herausgabe Kleists hinterlassener Werke oder Schriften besorgen, könne damit allerdings erst beginnen, wenn er das Shakespeareprojekt auf den Weg gebracht habe, an dem er eng mit August Wilhelm Schlegel zusammenarbeite.

Ich wies auf die Gefahr hin, dass zwischenzeitlich Werke Kleists verloren gehen könnten.

Er räumte dies ein, gab sich aber zuversichtlich, dass sich von bisher unveröffentlichten Werken noch Kopien finden lassen würden.

Ich deutete an, dass Marie von Kleist im Besitz von weiteren Manuskripten sein könnte, diesbezüglich aber Stillschweigen bewahre.

Er werde zu gegebener Zeit, sobald er einen Verleger an der Hand habe, bei ihr, wie auch bei Rühle und Pfuel, vorsprechen. Ob er die Herrmannsschlacht überhaupt inkludieren wolle, wenn er sie denn fände, müsse er im Übrigen erst noch sehen—bei ihr handele es sich dem Hörensagen nach eher um entartete Kriegspropaganda als um kunstvolle Dramatik.

Von den Kopien in meinem Besitz sagte ich nichts, erwähnte aber Dahlmann als eine mögliche Ansprechperson.

* * *

Wir verbrachten angenehme Tage in Tiecks Bibliothek, und bei schönem Wetter in seinem aufblühenden Garten, die Übersetzungen aus dem Französischen und dem Englischen diskutierend, die zu der Zeit den deutschen Markt überfluteten.

Ich fragte ihn, ob deutsche Literatur auch Übersetzer fände, worauf er erwiderte, dass von Goethe abgesehen für Übersetzungen aus dem Deutschen, wenn überhaupt, nur in Osteuropa Nachfrage bestünde. Ob es zu Übersetzungen von Kleists Werken kommen könnte? Die ließen sich, scherzte er, ja noch nicht einmal in Deutschland verkaufen. Ohne Scherz fügte er dann hinzu, dass sie seines Erachtens unübersetzbar seien, er sich in dieser Frage aber mit Schlegel uneins sei, der grundsätzlich jeden Text für übersetzbar hielte.

Nicht nur unaufführbar, wie Iffland meinte, sondern auch unübersetzbar? Gab es da einen Zusammenhang? Welchen? Ich beschloss, der Sache auf den Grund zu gehen und fragte Tieck bei Gelegenheit:

„Was ist es in Heinrichs Werken das ihre Übersetzbarkeit einschränkt?"

„Zunächst einmal die vielen Polysemien, die es ihm erlauben, in einem einzigen Satz oder Wort mehrere Dinge gleichzeitig zu sagen. Wenn in der Zielsprache dieselben Polysemien nicht vorkommen, was häufig der Fall ist, lässt sich die in der Ursprungssprache bestehende Mehrdeutigkeit eines Begriffs kaum effektiv in die Zielsprache übersetzten: der Übersetzer müsste die Bedeutungen quasi auf verschiedene Wörter auffächern, wodurch er zwar im Prinzip alle ursprünglichen Bedeutungen des Ursprungstextes erhalten könnte, dessen Rhythmus und Melodie aber ggf. deutlich einschränkte. Nehmen Sie z.B. den Titel von Kleists Erzählung Der Findling. Im Deutschen hat Findling zwei wesentliche Bedeutungen, Findelkind und erratischer Block. Ich gehe davon aus, dass Kleist an beide dachte."

„Die meisten Leser denken wahrscheinlich bloß an die erste: ihnen kommt sofort Nicolo in den Sinn, den Piachi ja am Straßenrand aufliest."

„Nicolo ist aber genaugenommen kein Findelkind, sondern eine Vollwaise: seine Eltern sind als verstorben bekannt und es ist keine Rede davon, dass sie ihn aussetzten. Tatsächlich überlagert diese sich dem Leser aufdrängende Lesart die zweite Bedeutung: ein in grauer Vorzeit von unbekannten Kräften—Riesen, Vulkane, Urfluten oder, wie kürzlich von einem Schweizer Naturforscher behauptet, urzeitliche Gletscher—zufällig in der Landschaft deponierter Steinbrocken."

„Nicolo—und die historische Figur die er repräsentiert—wäre also wie ein erratischer Block vom Schicksal genau dort bei Ragusa am Straßenrand deponiert worden, wo Piachi dann zufälligerweise vorbeifährt, ihn aufsammelt, weil sein eigener Sohn gerade der Pest zum Opfer fiel, und mit nach Rom nimmt?"

„Ja: der Findling als Symbol einer schonungslosen, schicksalshaften Macht. Nicolo erweist sich dann für Piachi aber eher als schwer verdaulicher Wackerstein."

„Ein allzu schwerer Brocken ist er aber nicht—es fehlt ihm an Gravitas." Tieck stimmte zu, brachte dann eine überraschende Wende ins Spiel:

„Der Titel ist wohl auch gar nicht in erster Linie auf Nicolo gemünzt."

„Sondern?"

„Auf Piachi. Er ist tatsächlich ein Schwergewicht, ein ziemlicher harter Brocken, den das Schicksal selbst einst nach Rom verschlug—Kleist führt ihn als Geschäftsmann *in* Rom ein, nicht *aus* Rom— von wo er sein Handelsimperium dirigiert. Nicolo dagegen ist vielleicht im eigentlichen Sinne gar kein erratischer Block, denn es ist ja nicht auszuschließen, dass er sich bewusst an den Straßenrand stellte, in der Hoffnung, dort aufgegabelt zu werden."

„Aber warum hätte Kleist eine Nebenfigur zur Titelfigur gemacht?"

„Piachi ist tatsächlich die zentrale Figur der Erzählung, auch wenn der Leser bis fast zum Schluss den Eindruck haben mag, Nicolo sei die Hauptperson. Erst ganz am Ende wird deutlich, dass es Piachi ist, der vom Schicksal dergestalt verschlagen wurde, dass er nicht in die Landschaft passt und dass eigentlich nur die Hölle ein adäquater Aufenthaltsort für ihn ist. Diese im Titel zugleich ankündigte und verschleierte Verschiebung ist etwa vergleichbar jener in der Marquise, deren Schauplatz bekanntlich vom Norden nach dem Süden verlegt worden ist.

„Aber in der Marquise," wandte ich ein, „ist die Verschiebung dank des Untertitels für den Leser sofort transparent."

„Einen ähnlichen Hinweis gibt es auch ganz am Anfang vom Findling. Erinnern Sie sich an den Beginn der ersten Zeile?"

Ich schüttelte den Kopf. Oft ist in Kleists Erzählungen der erste Satz so wuchtig, dass man ihn nie vergisst; beim Findling ist es merkwürdigerweise nicht so.

Tieck ging zum Bücherregal, kehrte mit dem zweiten Band der Erzählungen zurück und las vor:

„Der Findling. Antonio Piachi." Ich starrte auf den Text, der auf mich beinahe ironisch zurück zu starren schien.

„Wie konnte ich dies übersehen? Ich habe diese Erzählung x-mal gelesen."

„Weil Kleist es bewusst so konstruierte, dass man es übersieht: wer Der Findling ist wird dem Leser hier so beiläufig mitgeteilt, dass er es fast überlesen muss—der Hinweis ist im ursprünglichen Sinn des Wortes transparent: durch-sichtig, deshalb beinahe unsichtbar. Ich selbst habe ihn erst wahrgenommen, nachdem ich aus dem Text heraus rekonstruiert hatte, dass der Begriff Findling besser auf Piachi als auf Nicolo passt, und dass Piachi die eigentliche Hauptfigur ist—so dass, nach den üblichen Regeln der Kunst, der Titel in erster Linie auf ihn gemünzt sein müsste."

„Warum aber streute Kleist dem Leser Sand in die Augen?"

„U.a. zur Camouflage. Vergegenwärtigen Sie sich, an wen er seine Werke richtete: typischerweise in erster Linie an seinen König. Der wird in der Erzählung durch die Nicolo-Figur verkörpert, Napoleon durch die Piachi-Figur. Sie sind diesbezüglich mit mir d'accord?"

Ich nickte bekräftigend.

„Gut. Also, Kleist bezeichnet seinen K offenbar als Findling—als jemanden, der vom Schicksal wie zufällig auf der Weltbühne herumgeschoben wird. Im Laufe der Geschichte gewährt er Nicolo jedoch eine gewisse Entwicklungslinie—vielleicht mit Seitenblick auf Goethes Bildungsromane: er lässt ihn seine kämperische Seite entfalten und sich schließlich gegen den Übervater Piachi auflehnen. Im Gegenzug kommt zunehmend Piachis schwarze Seele zum Vorschein—die, wie sich herausstellt, noch viel düsterer als Nicolos ist."

„Am Ende verweigert der Priester dem todgeweihten Piachi die Absolution."

„Genau. Kleists Ausdruck *kein Priester begleitete ihn* zitiert übrigens Goethe: *Kein Geistlicher hat ihn begleitet*, heißt's in dessen Werther. Im Konstrast zu Piachis Verdammnis wird Nicolo zum Märtyrer erhoben, also beinahe heiliggesprochen, da sein Tod ja dazu beiträgt, den teuflischen Piachi zu Fall zu bringen."

„Wozu aber so konsequent den Anschein erwecken, der K sei der Findling?"

„Um den erratischen Napoleon in den Hades zu verfrachten, muss der K erst selbst zum Findling werden, der Piachi entgegenstößt um ihn per Karambolage abzuräumen, so wie beim Billard eine Kugel eine andere einlocht."

„Aber Nicolo ist doch, wie wir sagten, ein Leichtgewicht."

„Entsprechend vermag er Piachi auch nicht eigenhändig zu beseitigen, sondern nur ihn zum Äußersten zu provozieren, wodurch er das deutsche Volk gegen ihn aufbringt das Piachi dann zu Fall bringt. Der Billardspieler Kleist lässt seinen K-Ball gewissermaßen den N-Ball nicht direkt einlochen, sondern spielt ihn über die Bande, die vom deutschen Volk gebildet wird."

„Wäre dann nicht," warf ich ein, „das deutsche Volk der eigentliche Findling, in dem sich das Schicksal manifestiert?" Jetzt war Tieck an der Reihe, verblüfft dreinzuschauen. Ich fuhr fort: „Die Hand des Schicksals ist natürlich die des Maschinisten Kleist. Anstatt aber das Volk direkt zu bewegen, manipuliert er sozusagen eine einzige Puppe—den König—deren Schwerkraft dann die Masse des Volkes anstößt."

„Ihr Bild des Puppenspielers beschreibt Kleists poïetische technē insofern besser als meins des Billardspielers, als der Puppenspieler eine große Masse—nämlich das Publikum—dadurch zu aktivieren vermag, dass er auf der Bühne eine einzige Puppe—wie Sie sagen, mit dem Antlitz des Königs bemalt—vom Schwarzen Mann verprügeln lässt. Der Billardspieler kann sich zwar die Ruhemasse der Bande als Wiederstand zunutze machen, sie aber nicht als solche animieren, da sie inert ist; er kann den Ball und dessen Bewegungsenergie mit Hilfe der Bande umlenken, die inerte Masse der Bande selbst aber nicht bewegen. Beim Puppenspiel dagegen kann die Puppe die unerschöpfliche latente Energie des Publikums freisetzen und sich dadurch multiplizieren, wofür es sich dann durchaus lohnt, die Puppe zu opfern."

„Als ich der Kleisten gegenüber den K kürzlich als Bauernopfer bezeichnete, warf sie mich fast hochkantig raus," lachte ich. „Wenn die uns über den König als Puppe reden hörte, den man ruhig vom Buhmann Napoleon verhauen lassen könnte, ging's uns beiden schlecht, mein Lieber." Er grinste und sagte, sein Glas erhebend:

„Wir haben doch bloß aus dem hässlichem Nicolo ein hübsches Püppchen gemacht!"

„Auf Heinrichs Püppchen," rief ich feixend. „Prost!"

„Prost," rief Tieck ausgelassen.

* * *

„Sie sprachen vorhin von Kleists Polysemien."

„Nehmen Sie z.B. das Englische: Findelkind ist dort foundling, erratischer Block erratic block; ein einzelnes Wort das beide Bedeutungen gleichzeitig ausdrückt, wie es im Deutschen Findling tut, gibt es nicht. Der Übersetzter, will er sich nicht von Anfang an auf eine der beiden Bedeutungen festlegen, muss Kleists Titel also genaugenommen als The Foundling, or: The Erratic Block übersetzten. Dito übrigens im Französischen: L'Enfant trouvé, ou: Le Bloc erratique. Sie sehen schon die Problematik: erstens geht der Fluss verloren, wenn der Übersetzter für jede im Original auftretende Polysemie in der Übersetzung alle möglichen Bedeutungen explizit aufführt; zweitens würde dadurch die Opazität des Originals in der Übersetzung sofort transparent, die Ambivalenz, die der Autor ja explizit so gewollt haben mag, geht also verloren. Der Übersetzer liefert seinem Leser quasi den Dechiffrierschlüssel gleich mit—vorausgesetzt natürlich, er war selbst in der Lage, alle relevanten Bedeutungen im Sinne des Autors zu entschlüsseln."

„Könnte es sein," wandte ich ein, „dass dieser Titel nicht repräsentativ ist?"

„Im Gegenteil, denke ich. Nehmen Sie z.B. gleich den ersten Satz: Antonio Piachi, ein wohlhabender Güterhändler in Rom. Der Name an sich ist bereits polyvalent: Antonio ist die italienische Fassung des lateinischen Namens Antonius; dessen allgemein akzeptierte Bedeutung—von unschätzbarem Wert—ist von der Übersetzung zwar nicht tangiert, etwaige der Ursprungssprache idiosynkratische Konnotationen wären es aber schon. So könnten z.B. im Original die Silben an und Ton auf jemanden hinweisen, der den Ton angibt. Im selben Erzählbändchen, in dem der Findling erschien, findet sich auch Die Heilige Cäcilie oder Die Gewalt der Musik, wo Antonia bei einer musikalischen Aufführung in Aachen, deren Gewalt die Bilderstürmer zum Einhalten bringt, an der Orgel den Ton angibt. Antonia ist also buchstäblich diejenige, die dirigiert, die das Kommando hat. Für Antonio trifft dasselbe zu: er dirigiert von Rom aus ein Handelsimperium. Die Möglichkeit, seinem Träger durch den Namen Antonio diese spezifische Eigenschaft zuschreiben, gibt es im Englischen oder Französischen aber nicht."

„Sie machen mich ganz schwindelig," rief ich, nur halb im Spaß.

„Der Nachname Piachi hat auch versteckte Bedeutungen. Zunächst bilden P—das griechische Rho—und

Chi—das griechische X—das Christusmonogramm. Piachi wird also mit dem Gesalbten gleichgesetzt."

„Hölderlin ironisiert Napoleon auch als Erlöser," schmunzelte ich. „Doch ist dies unabhängig von der Sprache, es funktioniert auch auf Englisch und Französisch."

„Das stimmt. Was jedoch nur auf Deutsch funktioniert ist, dass das Bindeglied zwischen P und Chi—nämlich i-a—den Eselsschrei darstellt, so dass dieser Erlöser zugleich ein Esel ist—also ein Dummkopf oder, wie bei Lukian und Apulius, ein geiler Bock—oder aber derjenige, der auf einem Esel reitet, wie Christus beim Eintritt nach Jerusalem, wo er den Tod fand, oder derjenige, der dem Priapus zu opfern ist, denn dessen Opfertier ist der Esel. All diese Konnotationen des i-a gehen in den Übersetzungen verloren, denn der Eselsschrei wird im Englischen als hee-haw, im Französischen als hi-han gegeben, kommt also im Namen Piachi nicht vor."

„I und A kommen schon im Amphitryon vor, in die Tiara eingeritzt."

„Ja, und dort gilt natürlich dasselbe. Antonio Piachi ist also für den deutschen Leser ein tonangebender und zugleich todgeweihter Gesalbter, für den Leser einer englischen oder französischen Übersetzung dagegen bloß ein Gesalbter.

„Ein wohlhabender Güterhändler in Rom: das ist aber doch wohl unzweideutig übersetzbar?"

„Jain. Im Englischen würde man Güter als goods oder wares übersetzen, Güterhändler entsprechend als trader in goods oder merchant. Im Deutschen kann Güter aber auch Grundbesitz bedeuten, insbesondere adlige Guts- oder Ritterhöfe, und tatsächlich wird Piachi später im Text auch als Landmäkler bezeichnet, so dass man korrekterweise Güterhändler als property dealer oder dealer in real estate übersetzen würde—"

„—denn es geht Heinrich darum, Piachi, d.h. Napoleon, als jemanden zu ironisieren, der ganze Landstriche und Königreiche vereinnahmt und an seine Familienmitglieder, Kampfgenossen und Vasallen verschachert."

„Das Dilemma für den Übersetzer ist damit folgendes: übersetzt er Güterhändler als merchant, geht der Bezug auf Ländereien, der im deutschen Wort Güter mitklingt, verloren; wählt er dagegen property dealer, oder dealer in real estate, wird der Bezug sofort transparent und Kleists Ambivalenz geht verloren."

„Das ist schon recht subtil, was Sie da herausarbeiten, mein lieber Tieck."

„Es geht noch weiter. Auch in Rom ist problematisch. Ich erwähnte bereits, dass Piachi zwar in Rom waltet, aber nicht aus Rom stammt. Übersetzte man ein wohlhabender Güterhändler in Rom als a wealthy property dealer residing in Rome, wäre dies zwar korrekt und vollständig, würde sich für einen englischen Leser aber recht sperrig anhören, zumal dieser, mehr als der deutsche Leser, an adjektivierte Ortsangaben gewöhnt ist. Ein Übersetzter wäre daher wahrscheinlich geneigt, den Ausdruck a wealthy Roman merchant zu wählen, wodurch Kleists Hinweise auf Adelsgüter und auf Piachis Status als Zugewanderter zunächst wegfielen." Wir gönnten uns ein paar Schlöck Flensburger Rum.

„Insofern Rom Paris darstellt, oder metonymisch Frankreich," fügte ich hinzu, „ist der Korse ja tatsächlich kein Römer, sondern ein Zugewanderter. Heinrich bezeichnete ihn mal als Latier—also nicht als Römer, sondern eher als einen von der Peripherie. Er war bemerkenswert konsistent in seinen Wortspielchen."

„Genau deshalb lassen sie sich mit etwas Akribie finden und nachvollziehen."

„Aus Kleists Sicht, und aus Sicht des europäischen Hochadels insgesamt, ist Napoleon zudem ein parvenu, ein Emporkömmling."

„Deshalb ist der Titel Findling—gemeint als erratischer Block—ja auch so treffend für die Figur Piachis, d.h. Napoleons: er wurde vom Schicksal oder vom Zufall nach Paris und auf den Kaiserthron geschwemmt, wo er nicht hingehört, wo er immer ein Fremdling bleibt, wo er partout nicht hinpasst. Der Priester muss ihm die Absolution schon deshalb verweigern, weil sie einer Legitimierung noch im Tode gleichkäme die ihm, nach Kleists Dafürhalten, keineswegs zustand."

„Puh," sagte ich erschöpft. „Wer hätte es gedacht, dass die Aufgabe eines Übersetzers so anstrengend und kompliziert sein kann." Tieck lachte heiter, sagte:

„Ich mache mich jetzt erst mal daran, Shakespeare ins Deutsche zu übersetzten—dass dies sowohl möglich als auch wünschenswert ist hat Wieland bereits gezeigt. Was Kleist angeht—den haben die Deutschen selbst noch nicht verstanden, und bevor wir an Übersetzungen denken, gilt es dies es als erstes zu beheben, indem wir zunächst seine Werke sammeln und der Öffentlichkeit vorstellen und anschließend über ihre Interpretation debattieren." Ein Satz Friedrich Schlegels kam mir in den Sinn—aus dem Stegreif zitierte ich:

„Wahrlich, es würde euch bange werden, wenn die ganze Welt, wie ihr es fordert, einmal im Ernst durchaus verständlich würde."

Wir stimmten überein, dass in Heinrichs Werken bei aller Mühe, die sich seine Kritiker und Interpreten geben mochten, ihn zu ergründen, immer ein unergründbarer, unaussprechlicher, mystischer Rest zurückbleiben würde—und dass das auch gut so war.

Mit diesem beruhigenden Gedanken im Hinterkopf genehmigten wir uns einen letzten Schluck Rum und gingen zu Bett.

Zwanzigstes Kapitel

Die Kampagne in der Champagne war in vollem Gange, die Übermacht der Koalition bald erdrückend. Noch war Napoleon nicht endgültig geschlagen—mit ein paar zehntausend ihm loyal ergebenen Truppen fügte er den Alliierten noch taktische Niederlagen zu, verlangsamte ihren Marsch auf Paris—doch strategisch war seine Situation aussichtslos.

Bald würde der Weg nach Paris frei sein.

* * *

Ich verweilte einige Wochen bei Tieck in Ziebingen. Wir unterhielten uns lustvoll über Kleist, die Romantiker, Goethe.

Kleist, berichtete Tieck, habe er 1808 in Dresden kennengelernt, im Goldenen Engel, zusammen mit Adam Müller. Für letzteren sei das Hotel ein geradezu mystischer Ort gewesen: Jahre zuvor habe er dort mit Gentz und Brinkmann, wie Müller es ausdrückte, göttliche Nächte verbracht, in deren Erinnerung er schwelgte und die er nun mit Kleist und ihm selbst neu zu inszenieren hoffte.

Mit Kleist, jedoch nicht mit Müller, sei er danach in regelmäßigem Austausch geblieben. Das Käthchen habe er sogar ein wenig mit beeinflusst, was er allerdings nun bedauere: eine Szene, in der Käthchen von einer Sirene oder Nixe beinahe unter Wasser und ins Verderben gelockt wird, sei ihm damals gar zu märchenhaft erschienen; als er dies Kleist mitteilte, strich der sie kurzerhand, obwohl sie sehr schön war: da quillt es wieder unterm Stein hervor, hieß es da ungefähr.

„Es ist wohl Syphilis, die da hervorquillt—?"
„Oder Quecksilber."

* * *

Goethe, sinnierte Tieck einmal, sei von Kleist fasziniert zugleich und entsetzt gewesen, weil er eine fast hysterische Angst vor venerischen Krankheiten hatte und weil ihm dessen Genie unbändig, fast krankhaft, erschien. Kleist betrat mit seinen Schroffensteinern die dichterische Arena zu einem Zeitpunkt, als Goethe seinen künstlerischen Zenit schon überschritten zu haben schien; vielleicht schrieb jener seinen Horror vor dem Herausforderer ja in seinen Zauberlehrling ein, der zwar im Dichterwettstreit mit Schiller entstand, aber auf Kleist gemünzt sein könnte.

„Einige von Goethes größten Werken," wandte ich ein, „sollten aber doch erst noch kommen: Faust, Wahlverwandtschaften."

„Der erste Teil von Faust lag als Fragment bereits vor; der zweite ist bis heute nicht erschienen. Wahlverwandtschaften hatte beim Publikum keinen Erfolg— war aber offensichtlich eine Kampfansage an Kleist."

„Inwiefern?"

„Bereits der fulminante Auftakt ist ein satyrisches Feuerwerk, nur leicht in artiger Landschaftszeichnung verhüllt: Baron Eduard—Baron bedeutet Herr: also ein erastes im besten Mannesalter—verbringt viele Stunden in der Baumschule—einem Ort voll junger Sprösslinge, d.h. eromenoi—wo er fleißig seinen Pfropfreiser auf junge Stämme pfropft und seine Gerätschaft in Futterale einführt, seine Arbeit mit Vergnügen betrachtend während ein Gärtner—ein dmos—hinzustößt. Charlotte ergötzt sich derweil bei ihrer Mooshütte mit arbeitenden Leuten, deren Kirchturmspitzen, Talöffnungen und Felsenstiege sie erkundet und die preisen, dass man unter ihr mit Vergnügen arbeite. Eduards Schloss ist ein Lustschloss, sein Garten ein Lustgarten, sein Gut voll sprießender Pflanzen, offenstehender Gebäude und stiller Teiche—die schöne Anlage menschlicher Anatomie als Parkanlage; der hilfreiche Gärtner pendelt darin zwischen Eduard und Charlotte hin und her."

„Hier—traf er, da," unterbrach ich ihn, „hatte Kleist solcherlei Pendeln mal herrlich komisch ausgedrückt. Goethe komponierte Satyrisches aber schon lange bevor Kleist auftauchte—denken Sie z.B. an den Auftakt vom Meister."

„Die Puppentheatergeschichte? Eine orgiastische Initiierung eines eromenos."

„Genau. Vielleicht zitierte Kleist ja mit seiner Vignette vom Dornauszieher die Historie von Meisters Bildung, an der Goethe sich so langatmig abgerackert hatte."

„Im Auftakt vom Meister erzählt Goethe, wie Wilhelm, Mariane und Barbara Es sich vorstellen; im Auftakt der Wahlverwandtschaften dagegen, wie Eduard, Charlotte und der Gärtner Es tun. Diese neuentdeckte Unmittelbarkeit könnte auf Kleists

Einfluss hindeuten. Indem sie den Hauptmann und Ottilie zu sich einladen, konstruieren Eduard und Charlotte unter dem Deckmantel eines konventionellen Haushalts eine ménage von vier Ottonen: Eduards zweiter Vorname ist Otto, des Hauptmanns erster auch; Ottilie ist die verweiblichte Form von Otto; Charlotte enthält es beinahe."

„OTTO: zwei phallische T und zwei anale—oder vaginale—O."

„Um dieses Idyll ordnet sich noch eine variable Geometrie größerer und kleinerer Zirkel an—Bedienstete, Arbeiter, Gärtner, Architekten, Nachbarn, Mittler, Jäger, Bauern, Dörfler, usw."

„Ein hübscher Reigen. Wie beim jüngeren Teniers."
Er kicherte und fuhr fort:

„Wie bei Kleist typisch, verfolgt Goethe im Roman zugleich eine satyrisch-syphilitische und eine familial-filiale Problematik; Syphilis ist allgegenwärtig—in den Hinweisen auf Hausapotheke, Feldchirurgus, Quecksilberkügelchen—und ein Sohn wird geboren, der aber wie das Jesuskind nicht überleben darf."

„Halten Sie Goethes Roman für autobiographisch?"

„Jedenfalls für autopoïetisch. Sechzigjährig, hatte er soeben die Vulpius geehelicht und spielte nun im Roman durch, wie seine Libertinage unter den neuen Umständen aufrecht zu halten wäre. Dort holt er sich einen Jüngling ins Haus, der nicht nur ihm, sondern auch der Vulpius gefällt, dazu eine Maid, die er sich als Jüngling denkt und in einen solchen umzubilden sucht."

„Ein Gedankenexperiment."

„Für Goethe ist Dichtung immer Gedankenexperiment."

„Für Kleist dagegen immer auch Tat." Er nickte zustimmend und flachste:

„Stellen Sie sich unsern ehrwürdig alternden Dichterfürsten vor, in Bademantel und Pantoffeln, gravitätisch im Gartenhäuschen im Ohrensessel sitzend, jugendliche Gefühle wallen lassend—Ha!"

„Mit dem Auftakt, Eduard—so nennen wir einen reichen Baron im besten Mannesalter, stellt Goethe wohl klar, dass Eduard im Roman sein Inkognito ist?"

„Ja. Er ist Eduard; Charlotte seine Christiane, Ottilie wohl seine Minna, der Graf der Herzog Karl August. Der Hauptmann wäre sein geliebter Schiller gewesen—"

„—der aber zum Zeitpunkt der Veröffentlichung schon tot war—"

„—der jedoch später wie ein revenant als Major aus der Schlacht zurückkommt." Ich überlegte:

„Es könnte doch sein, dass Goethe, als Schiller starb, die Figur neu besetzte."

„Mit einem Syphilitiker, denn in der Schlacht ward sein Hut durchlöchert."

„Ein Offizier und Syphilitiker. Hmm!"

„Worauf wollen Sie hinaus?"

„Es weist auf Kleist hin."

„Kleist?

„Kleist!"

„Unmöglich. Goethe hasste Kleist wie—"

„—die Pest? Ach was, es war Hassliebe!"

„Sie rücken mir einiges in ein neues Licht." Tieck zog heftig an der Pfeife. Im Eifer des Gefechts war sie ausgegangen, er stopfte sie neu.

Ich gab ihm Feuer. Er fuhr fort: „Der Hauptmann erkundet mit seiner Magnetnadel, die gleich ins Weite und Große geht, Charlottes Körper. Anschließend gesteht er Eduard aufrichtig, dass Charlottes Parkanlagen seinen Anforderungen nicht entsprechen, dass der Aufstieg dorthin mit Qualen verbunden sei und von der Mooshütte hinaufwärts und über die Anhöhe noch mancherlei und viel Angenehmes zu leisten sei, dass Charlotte sich zwar selbst bemüht habe, ihren Zugang zu erweitern, doch ihre Anstrengungen nicht ausreichten, sondern gröbere Arbeiten notwendig seien, um ihren Zugang zu weiten und ihn so zu modellieren, dass eine schön geschwungene Wendung zum Aufstieg entstünde, für deren Ausführung er gerne zur Verfügung stehe." Er zog, stieß aus, sank zurück, paffte. Ich fragte: „Der Architekt, der immer grad und ruhig steht und die Kuppel mit einem Schwarm von Engeln ausmalt, Ottilies Physiognomie kopierend—wer ist der?"

„Das Naheliegende wäre, dass dies Johann Heinrich Meyer ist, Goethes geliebter Kunschtmeyer, der ein Jahrzehnt lang bei ihm am Frauenplan lebte."

„Und Luciane, das wilde wunderliche Wesen, der brennende Kometenkern, der einen langen Schweif nach sich zieht und mit einer Garderobe wie eine Venezianische Gaukler- oder eine Berliner Theatertruppe ausgestattete ist?"

„Vielleicht Henriette Hendel-Schütz, die ein Faible für Pantomime hat und in weiblichen

Hauptrollen Schillerscher Dramen Aufsehen erregte? Sie ist dafür bekannt, jeden zu becircen, der Rang und Namen hat, und ihm dann die Freundin auszuspannen. Goethe fand sie ganz toll."

„Ah—die Hendel! Kleist ließ sie abblitzen," bemerkte ich.

Genüsslich sogen wir an unseren Pfeifen.

* * *

„Der Anlass für Goethes Roman," nahm Tieck den Faden wieder auf, „dürfte wie gesagt Goethes Vermählung mit Christiane Vulpius gewesen sein. Da seine Römischen Elegien und Venezianischen Epigramme mit dem Beginn ihrer wilden Ehe in Verbindung gebracht werden, liegt es nahe, die Wahlverwandtschaften mit ihrer formellen Ehe in Verbindung zu setzen. Die Elegien und Epigramme waren Goethe, wie er sagte, Erinn'rung und Hoffnung zugleich—also eine Art Autohypnose."

„Der Roman ist dagegen eher eine Art alchemische Versuchsanordnung."

„Trotzdem geht es im Roman um dieselbe Frage wie in den Elegien und Epigrammen: wie brüderliche Liebe mit bürgerlicher Ehe in Einklang zu bringen sei." Ich kramte in meinem Gedächtnis:

„In der Zweiten Priapea exerziert Goethe mit Frauenzimmern Philainis zwölf Stellungen durch, nachdem er seine prächtige Rute im Verkehr mit Knechten so schändlich besudelte, dass sie zu faulem Holz verkam."

„Und," warf Tieck ein, „nachdem er jene besudelte

Rute dichtend wieder schöngeredet hat—damit sich die Maiden und Matronen nicht vor ihr entsetzen."

„Ein Kunstgriff, der es ihm erlauben sollte, sein Knabenlaster und potentielle venerische Folgen zu übertünchen und sich für Christiane genießbar zu machen."

„Es ging ihm um seine Verabschiedung—schweren Herzens—vom reinen Jünglingsdasein und seine Initiierung—bangen Herzens—in ein erotisches, nicht bloß platonisches, wie bei Frau von Stein, Verhältnis mit der Vulpius und ihrer Vulva. Das achtzigste Epigramm liefert eine praktische Anleitung, wie das Reizende mit dem Tröstlichen zu verbinden ist: dem Mädchen wird dort empfohlen, Goethes Büchlein für den Fall bereit zu halten, dass der Geliebte an ihrer Seite nicht kommt: bei Bedarf soll sie es unterm Kopfkissen hervorholen und ihm daraus vorlesen, um ihn mittels der Vorstellung der Knabenliebe zum Orgasmus zu stimulieren."

„So wie Elegien und Epigramme dazu dienten, ihm die wilde Ehe schmackhaft zu machen, diente der Roman also dazu, sein Eheleben nachzuwürzen: Eduard vermag seine eheliche Pflicht gegenüber Charlotte nur zu erfüllen, indem er sie sich als Ottilie, mithin als Knaben denkt."

„Oder zumindest als Mädchen das ihm als Knabe dient, wie die alten Lateiner es so trefflich ausdrückten. Die berühmte imaginäre Ehebruchsszene hatte Goethe übrigens schon vorher geprobt: in den Elegien schläft der Erzähler bei einem Mädchen, denkt dabei aber an ein Triumvirat, also eine Triade von Männern; und in den Epigrammen heißt es:

es ist mein Körper auf Reisen und es ruhet mein Geist stets der Geliebten im Schooß: also im Geist bei der Freundin, aber mit dem Körper—"

„—bei einem feschen Jüngling?" Er prustete und fuhr fort:

„Im Meister empfiehlt die Alte Marianen, sich nach genau diesem Muster vis-à-vis dem geliebten Wilhelm und dem ungeliebten Norburg zu verhalten."

„Goethe erprobte also in seinen Werken, einerseits, den Liebesakt mit Christiane ohne Ekel zu ertragen, indem er sich während des Akts italienische Knaben vorstellt, andererseits, den Liebesakt mit seinen Knaben ohne Reue zu genießen, indem er währenddessen keusch an seine Gemahlin denkt. Im Roman kommt dann noch das Neugeborene—noch ein Otto—wie ein fünftes Rad am Wagen dazu—es spielt wohl auf Goethes Sohn August an?"

„Ich glaube kaum, dass Goethe den hätte ertränken wollen."

„Im tatsächlichen Leben richtet Goethe seinen Haushalt aber wohl kaum so ein, wie er es im Roman durchspielte?" Tieck wiegte den Kopf hin und her.

„Man kann nicht ausschließen," meinte er, „dass sein Gartenhaus Schauplatz süßer Stunden nicht nur mit der Herzlieb, sondern auch mit dem einen oder anderen Jüngling geworden ist. Am Frauenplan gehen ja ständig Jünglinge ein und aus." An meinen Besuch im Weimarer Park an der Ilm denkend sagte ich:

„Goethe pflanzte an den Spalieren des Gartenhauses neben heimischen Rosen auch mediterrane Weinreben. Sie gediehen prächtig als ich vorbeikam."

„Priapus und Bacchus: das sind seine wahren Götter."

* * *

„Sie insistieren, lieber Tieck, dass Goethes Roman auf Kleist gemünzt ist?"

„Ja. Dass seine Vermählung den Anlass für den Roman gab, schließt ja nicht aus, dass Goethe ihn gleichzeitig als Seitenhieb auf Kleist dachte—"

„—oder als Einladung, sich zu verbrüdern?"

„Auch möglich. Der Roman kam im Herbst 1809 heraus. Die Veröffentlichung des Amphitryon im Frühjahr 1807 hatte Goethe auf den jungen Kleist aufmerksam gemacht, dessen Phöbus-Beiträge er 1808 mit Interesse verfolgte; im März 1808 brachte er Kleists Krug auf die Bühne. Die Wahlverwandtschaften entstanden also genau zu jener Zeit, als Kleist begann, Goethe herausfordern—denn daran, dass es eine Herausforderung war, ließ sein Epigramm Herrn Göthe ja keinen Zweifel."

„Kleist," kam mir in den Sinn, „schickte Goethe Anfang 1808 eine Kopie seiner Penthesilea. Kurz darauf, zur Frühjahrsmesse 1808, brachte der seinen Faust heraus. Es könnte doch sein, dass Goethe seine Alchemiekomödie raushaute als er sah, dass Kleists Amazonomachie ihm den Lorbeer streitig machen könnte."

„Tatsächlich war Penthesilea ein veritabler Kleistischer Stoß—elektrisierend, magnetisierend—auf den Goethe mit einem Fausthieb antwortete."

„Und dann trieb er den Roman voran, um gleich noch einen nachzusetzen?"

„Das scheint mir plausibel. Die amazonenhafte Charlotte und die androgyne Ottilie reihen sich ja nahtlos an Penthesileas merkwürdiges Geschlecht an. Goethes Roman ist aber kein Hochzeitstableau, wie Kleists Drama, sondern im ursprünglichen Sinne ein Bildungsroman: Eduard bildet sich seinen idealen eromenos aus Ottilie, so wie JHWH sich seinen Adam aus Erde und Pygmalion sich seine Galatea aus Elfenbein formen. Schnell lernt sie, den anderen das Geschäft zu besorgen—der Charlotte auf Französisch, den Männern, indem sie sich dienstpflichtig und ergeben schnell bückt sobald jemand etwas aus der Hand fallen lässt, und allen, indem sie gegen jedermann dienstfertig und zuvorkommend ist.

Derweil stellt Charlotte auf dem Kirchhof Grabsteine zu einem phallischen Spalier auf, an dem sie sich übt wie ein Turner an seinen Geräten, und lässt den Architekten ihre kleine Kapelle—diesen engen Raum beim jenseitigen Pförtchen—als Gegenstück zur phallischen Phalanx ausbauen. Eduard und Charlotte sind Künstler."

„Und der Architekt?"

„Ein Nekrophiler, der nachts die Gräber aufmacht und den Kadavern gewisse Körperteile wegschneidet, die er seiner Sammlung hinzufügt— welche er dann stolz den Frauen zeigt. Von den männlichen Gliedern stellt er Umrisszeichnungen her, die ihm als Vorlage für seine Arbeiten im Gewölbe von Charlottes Kapelle dienen."

„Ein kunstreicher Baumeister."

„Als Charlotte und Ottilie ihn auf der Baustelle besuchen, steht sein Gerüst gerade und beide steigen prompt drauf. Ottilie bemerkt dabei wie angenehm dieser Verkehr ihr mittlerweile ist und führt dies auf ihre Bildung durch Eduard und den

Hauptmann zurück. Ihre Lehrzeit steht also vor dem erfolgreichen Abschluss."

„Der Bildungsfanatiker Goethe zieht alle Register," schmunzelte ich.

„Als einmal Knaben in erotischen Kostümen vor Charlotte her paradieren gefällt das Ensemble dem Architekten so sehr, dass er die artigen Stellungen und Tätigkeiten der Knaben als Fries im Lusthaus verewigen will, wohl von der Prozession der Panathenäen im Fries des Parthenon und den Fresken Pompejis inspiriert."

„Oder dem dionysischen komos."

„In Ottilies Gewölbe führt er seinen Pinsel dergestalt an den Wänden entlang, dass er ihn komplett mit hellen und dunklen Brauntönen überzieht." Unvermittelt lachte Tieck schallend auf. „Unser ach-so-gravitätischer deutscher Dichterfürst! Farbenlehre nennt der Schlingel sein kunterbuntes Treiben!"

„Schweinigel!" rief ich.

„Zotenreißer!" donnerte Tieck.

„Lavaters Physiognomie," kam mir in den Sinn, „war damals in Mode. Im Amphitryon betet Alkmene das Antlitz der Herme an, die vor ihrer Tür steht."

„Köstlich—sie betet den tückischen Merkurius an!"

„Wie Goethe trieb auch Heinrich die Frage nach Vervollkommnung im Kunstwerk um: wenn Jupiter sich Alkmene in der Gestalt Amphityrons zeigt, muss dann sein Simulakrum exakt dem Original entsprechen?"

„Also menschlich schlaff anstatt göttlich prachtvoll?"

„Mehr noch: mit allem Drum und Dran—den Schanker eingeschlossen?"

„Und, wie löst Kleist dieses Problem?"

„Heinrich hält es mit Platon: das Simulakrum nicht als perfekte, sondern als hyper-perfekte Kopie. Als Amphityron sich selbst kastriert, um so seinen mysteriösen Nebenbuhler herauszufordern, macht der es ihm nicht nach, sondern behält seine göttliche Potenz. Jupiter erscheint zwar in Amphitryons Gestalt, bleibt aber göttlich."

„Und Herkules—d.h. Napoleons Sohn—erbt er die prächtige Physiognomie und makellose Gesundheit seines göttlichen Vaters?"

„Anzunehmen. Jesus bleibt auch Gottes Sohn: Heiland, Heiler, Heilender."

„Alkmene, vor die Wahl gestellt, wählt den Gott. Wer will's ihr verübeln?"

„Germania, geifert Kleist, verfällt dem Charme Napoleons und schenkt ihm einen unsterblichen Sohn und Nachfolger, den Herrscher der Welt."

„Aber warum lässt Goethe im Roman den Sohn sterben?"

„Vielleicht weil es ihm ins Gesicht geschrieben steht, dass er ein Bastard ist, denn neben Charlottes weist er des Hauptmanns Physiognomie auf."

„Wenn aber der Hauptmann, wie wir vorhin spekulierten, im späteren Verlauf des Romans Heinrich darstellt—"

„—dann lässt Goethe hier Kleists Sohn kurzerhand ertrinken, genau."

„Er kämpfte nicht gerade mit ritterlichen Waffen."

„Kleist warf ihm den Fehdehandschuh hin, Goethe wehrte sich."

Wir genossen einen ausgezeichneten Portwein. Kontinentalsperre und Kriege hatten es jahrelang erschwert, an solch ein Tröpfchen heranzukommen. Jetzt kam der Handel wieder in Schwung und wir erfreuten uns seiner Früchte.

* * *

„Meinen Sie," fragte ich Tieck anderntags, „Goethe ist Syphilitiker? Die zweite Priapea deutet darauf hin: dürres Gereisig, faules Holz, Rabe auf dem Haupt."

„Die fünfzehnte Elegie legt dagegen nahe, dass Goethe bis dato verschont blieb, denn dort ruft er die Grazien an, ihn vor dem giftigen Schlamm zu bewahren, der die Quellen besudelt, sich heimlich im Busche krümmt und Amors belebenden Tau in Gift wandelt. Er hat also den Wurm noch nicht, fürchtet aber den Tempel Merkurs, in dem sich Bittende und Dankende auf ewig die Klinke in die Hand geben und gibt unumwunden zu, dass der wichtigste Grund für Treue unter Liebhabern die Furcht vor Ansteckung ist."

„Umso argwöhnischer hält er bei anderen nach Symptomen Ausschau, nicht zuletzt bei Heinrich— hat er ihn wohl wegen seiner Krankheit abgelehnt?"

„Das glaube ich eher nicht. Es gibt ja Leute in Goethes Umfeld, z.B. seinen Herzog, die Syphilitiker sind und mit denen er trotzdem verkehrt."

„Die Ermordung Winckelmanns und der Fall Johannes von Müllers könnten ihn erschüttert haben."

„Goethe scheut generell das Risiko, ist von Natur

vorsichtig. Die Knabenliebe bezeichnet er als halb verboten, die Männerliebe als in der Natur aber wieder die Natur—ein Dilemma, denn er sagt auch: alles was gegen die Natur sei, habe auf Dauer keinen Bestand. Er hat Karriere, Verpflichtungen gegenüber dem Landesvater, einen Ruf und persönlichen Adelstitel zu wahren. Kleists Natur ist ganz anders."

„Alles oder nichts, war Heinrichs Devise. Ob sich Goethe wohl von Christiane Vulpius hat einnehmen lassen, weil sie aus einfachen Verhältnissen stammte und anspruchslos und risikolos sein würde? Kleist war diesbezüglich wählerischer."

„Deshalb hat er auch keine abgekriegt," ulkte Tieck. „Im Ernst, ich stelle mir das so vor: in Italien erfährt Goethe aus erster Hand wie Brüder Familien unterhalten ohne auf ihre Freiheiten zu verzichten. Kaum zurück in Weimar, läuft ihm zufällig die Vulpius über den Weg und becirct ihn. Er greift die Gelegenheit beim Schopf. Sie stammt übrigens aus einem Akademikerhaushalt und ist möglicherweise gebildeter als Sie denken. Zugleich ist sie unkompliziert und loyal und lässt Goethe freie Hand—das wäre bei Kleists Grazien nicht unbedingt der Fall gewesen."

„Trotz einiger herrlicher Passagen fand ich die Wahlverwandtschaften immer etwas langatmig. Heinrich hätte Goethes weitschweifige topographische Karte in ein paar prägnante Nebensätze hingekleckst. Der Schluss ist recht konventionell: die Liebenden ruhen im Grab; der Erzähler stellt lapidar fest, welch ein freundlicher Augenblick es sein werde, wenn sie dereinst wieder zusammen erwachen."

„Nicht ganz so konventionell wie es scheint: das Grab ist eine Minnegrotte, in der Eduards Glieder auf ewig in Ottilies Gewölbe ruhen. Auf Augenblicke besuchen bedeutet, erfährt man beiläufig im Text, anal beglücken; zusammen erwachen erklärt sich von selbst. Erastes und eromenos sind im Grab also so unzertrennlich wie Chloris und Thyia im Hades. Für Goethe war dieses Ende ein himmlisches."

Man durfte, dachte ich anerkennend, den alten Fuchs nicht unterschätzen. Trotzdem erlaubte ich mir eine bissige Bemerkung:

„Die Penthesilea war Heinrichs tollwütiger Biss in Goethes A…; Goethe, von Natur aus weniger bissig, biss mit den Wahlverwandtschaften verbissen zurück, doch es fehlte seinem Biss an biss."

„Goethe," gab Tieck zu, „kann vieles—nur kleistern kann er nicht."

„Im Vergleich mit Kleist," rief ich, „ist Goethe ein alter Mann."

* * *

„Als Kleist ihm mit dem Krug und der Penthesilea den Fehdehandschuh hinwarf," ergriff Tieck wieder das Wort, „war Goethe schon nicht mehr Maß aller Dinge, auch wenn die Romantiker ihn noch hochhielten. Vielleicht schwang er sich zu den Wahlverwandtschaften nur deshalb auf, um diesem jungen Wilden zu zeigen, dass noch Sturm und Drang in dem alten Haudegen steckte."

„Der Krug war im Vergleich zur Penthesilea eher kleineres Kaliber."

„Langsam. Er könnte eine Replik auf Goethes Faust-Fragment sein: es gibt in Kleists Komödie allerlei Bezüge auf Faust, insbesondere in den ersten drei Szenen. So wie seine Licht-Figur Adam, war Kleist darauf aus, Goethe vom Sockel zu stoßen."

„Heinrich würde sich aber wohl kaum mit Licht identifiziert haben, der ja am Ende scheitert, denn Walter lässt Adam wieder ins Amt zurückholen."

„Sondern?"

„Mit Walter, also demjenigen, der am Ende über allem waltet."

„Wenn Walter politisch Napoleon darstellt, hätte Kleist sich also mit dem Eroberer gleichgestellt?"

„Das tat er gerne. Goethe verband er mit Franz II., dem abgedankten Kaiser des Heiligen Römischen Reiches, der zwar als Franz I. in Österreich weiterregieren darf, aber nur von Napoleons Gnaden."

„Kleist wäre also Walter, Goethe, Adam. Wer wäre dann Licht?"

„Vielleicht Schiller, der ja noch lebte, als Heinrich die ersten drei Szenen schrieb? Im weiteren Verlauf spielt er dann kaum noch eine Rolle."

„Weil er inzwischen tot ist."

„Und weil Licht gleichzeitig Friedrich Wilhelm III. darstellt, der im Dritten Koalitionskrieg zuguckte und Däumchen drehte." Er grinste:

„All das muss Goethe irritiert haben. Trotzdem brachte er das Stück."

„Was darauf hindeutet, dass er es absichtlich durchfallen ließ—was sagen Sie?" Er schien unschlüssig, wog alles ab, sagte schließlich:

„Möglich ist es. Goethe könnte sich einigermaßen sicher gewesen sein, dass der Skandal Kleist schaden würde, nicht ihm selbst, und erkannt haben, dass er so den Spieß umdrehen, Kleists freche Attacke gegen ihn wenden und seinen Ruf mit einem Handstreich ruinieren könnte: denn einmal auf Goethes Bühne in Weimar durchgefallen, wär's aus gewesen mit einer Karriere als Dramatiker in Deutschland."

„Es heißt, Goethe habe persönlich viel Zeit damit verbracht, das Stück mit den Darstellern einstudieren zu lassen."

„Das kann man so oder so auslegen. Er könnte die acteurs absichtlich dergestalt instruiert haben, dass die Aufführung das Publikum ennuyieren musste. Das wäre ihm ein Leichtes gewesen—er kannte ja seine Weimarer Pappenheimer."

„Herr Falk ist der Meinung, Goethe hätte die Monologe kürzen sollen, tat's aber aus unerklärlichen Gründen nicht."

„Oder aus erklärlichen: eben weil er wusste, dass die Monologe sein Publikum langweilen würden, zumal Kleists subtile Vielschichtigkeit auf der Bühne sowieso kaum greifbar wird—um sie zu entschlüsseln, muss man das Stück schon in Ruhe lesen, und zwar mehrmals. Mit seiner Dreiteilung könnte Goethe das Ganze dann bewusst noch weiter in die Länge gestreckt haben, bis ins Unerträgliche, und indem er es als zweites Stück des Abends brachte, könnte er sicher gestellt haben, dass das Publikum schon recht müde sein würde. Er wusste ganz genau, was er tat."

„Doch Heinrich wusste selbst, dass sein Sprechtheater auf der Bühne nur schwer bestehen konnte.

Er ging also ein ziemliches Risiko ein, indem er es Goethe schickte, der ja dafür bekannt war, Stücke junger Schriftsteller zu bringen."

„Als Herausforderer muss man Risiken eingehen. Vielleicht dachte er es als eine Art Test: würde Goethe die Nuancen erkennen? wie würde er reagieren?"

„Den Goethe mit fliegenden Fahnen bestand, zu Heinrichs Ärger. Aus Schaden klüger geworden, schloss er bei der Penthesilea dieses Risiko dadurch aus, dass es Hunde auf der Bühne brauchte—da würde Goethe, wusste er, auf keinen Fall mitmachen; beim Käthchen baute er publikumsfreundliche Elemente ein."

„Goethe mochte aber weder das eine noch das andere Stück. Kleists Käthchen, Mädchen, das reimte sich allzu artig auf Goethes Gretchen, nicht? Kleist erwartete wohl, dass er nach dem ersten Warnschuss mit dem Krug mit Penthesilea oder Käthchen eine volle Breitseite würde abfeuern können. Goethe aber gab ihm diese Chance nicht: er nahm ihm den Wind aus den Segeln, fiel von ihm ab und ließ ihn ohnmächtig an sich vorbeitreiben und ins Leere segeln."

Das Feuer war fast erloschen, die Haushälterin zu Bett gegangen, die Portflasche leer. Er holte eine Flasche Rum nebst zwei frischen Gläsern aus einem Schrank, schenkte uns ein und prostete mir zu, hob dann erneut an.

* * *

„Bei allen Schmähreden gegen den Olympier und Sympathiebekundungen für den Herausforderer dürfen wir, lieber Brockes, eins nicht übersehen: dass es nicht zuletzt Goethe war, der Kleists dichterisches Genie überhaupt erst erweckte."

„Gehen Sie da nicht etwas zu weit? Kleist dichtete schon als Bube."

„Das tun viele Buben—die meisten werden aber nie Dichter. Schauen Sie: jene berüchtigte Ausgabe der Horen in der Goethes Römische Elegien erschienen—Goethe nannte die Ausgabe einen Kentaur: aus einem Kopf aus Schillers Ästhetik und einem Leib aus seinen Schweinereien zusammengestellt—kam im Herbst 1795 heraus, also genau zu jener Zeit, als Kleist vom Rheinfeldzug in die Garnison in Potsdam zurückgekehrt war, wo er nichts weiter zu tun hatte als über den kriegsmüden König und seinen umtriebigen Gesandten Hardenberg zu lästern."

„Und Männerfreundschaften zu schließen und im Quartett Flöte zu spielen."

„Eben. In dieses Idyll junger Offiziere, zusammengepfercht im engen Potsdam nach Jahren des Herumschweifens, wird Goethes Kentaur wie eine Bombe eingeschlagen haben. Ich stelle mir gerade vor, wie Kleist an einem lauen Herbstabend erregt das Heft sinken lässt und sich das erste Mal ernsthaft ausmalt, selber Dichter zu werden und solch kühnen Dinge zu produzieren. Allein der Dichter, erkennt er vielleicht in diesem Moment, verfügt über die künstlerische Freiheit und die künstlerischen Mittel öffentlich zu sagen, was er denkt."

„Als Offizier war er lediglich eine Puppe am Drahte des Schicksals, von Hardenberg dirigiert;

als Dichter aber könnte er, wie wir letztens schon feststellten, einem Puppenspieler gleich, selbst ein Publikum bewegen."

Ich schaute in mein Glas, stürzte dessen Inhalt hinunter. Tieck hatte recht! Zwar hatten der König und Hardenberg mit Basel Heinrich den politischen Anstoß gegeben, Dichter zu werden—aber es war äußerst plausibel, dass es Goethe gewesen war, der den poetischen gab.

„Schade," meinte Tieck, da ich stumm blieb, wie zu sich selbst, „dass Kleist keinen Roman geschrieben hat—sonst könnten wir einen direkten Vergleich mit den Wahlverwandtschaften anstellen."

„Hat er vielleicht," sagte ich beiläufig. Er schaute mich verdutzt an.

„Wie kommen Sie darauf?"

„Achim von Arnim erzählte, Heinrich habe im Sommer 1811 an einen Roman im Stil der Manon Lescaut gearbeitet."

„Prévost? Hmm."

„Heinrichs Roman könnte als Antwort auf Wahlverwandtschaften gedacht gewesen sein. Allerdings glaubt Fouqué, er sei gegen ihn gerichtet gewesen."

„Ach Fouqué—der bildet sich immer viel ein."

„Das Manuskript dieses Romans könnte Heinrich vor seinem Suizid verbrannt haben—man weiß es nicht. Es besteht die Möglichkeit, dass es wiederauftaucht. Sie sehen schon, Ihre Aufgabe, seine Werke zu sammeln, ist keine einfache."

Er lehnte sich zurück, die Augen schließend. Nach einer Weile fuhr ich fort:

„Heinrich schoss sich in den Rachen, Werther in die Schläfe."

„Will heißen—?"

„An Goethes Adresse: schau her, Olympier, ich sterbe autosodomistisch, nicht autolobotomistisch wie Dein Avatar. Oder: ich habe meine Phantasien voll ausgelebt, Du Deine bloß Kantisch vergeistigt und Hegelianisch sublimiert."

„Cunt, trifft es sich, ist Englisch fürs weibliche Geschlecht." Er zwinkerte.

„Da haben Sie's: wie Buridans Esel kann Goethe sich nie entscheiden und darbt, sublimiert dann sein unbefriedigtes Begehren in endlosem Reimeschmieden und Briefeschreiben. Sein Werther handelt doch von nichts anderem als von unbefriedigter Sehnsucht. Schiller wurde vorrübergehend Goethes pharmakon; nach dessen Tod kam dann zwar Heinrich, erwies sich aber für Goethe als zu toxisch."

„Goethe vermag sich immer wieder neu zu erfinden, Kleist vermochte es nicht. Goethe ist plastisch, Kleist war authentisch aber damit auch rigide—am Ende blieb ihm nichts übrig, als sich per Kopfschuss aus der Welt zu katapultieren."

„Goethes Seele ist, wie Werthers, dazu verdammt zwischen Seyn und Nichtseyn zu zittern, durch unerfülltes Verlangen suspendiert; Kleists Seele dagegen gleitet längst fröhlich inmitten sphärischer Klänge durch den Äther."

„Man möchte Goethe beinahe wünschen," lachte Tieck, „dass er sein Hauptwerk noch dergestalt zu Ende bringt, dass Faust am Schluss in genau solch einen kleistschen Himmel aufsteigt, wo, wie Goethes

Prometheus es so schön sagt, alles—Begier und Freud und Schmerz—Im stürmenden Genuß sich auflöst."

Goethes Faust als Kleist-Figur: ob dieser Vorstellung wurde mir warm. Wer von den beiden Genies den anderen auf welche Weise beeinflusst hatte, würde sich kaum je völlig rekonstruieren lassen: Goethes Spätwerk war ebenso von den Spuren Kleists durchzogen wie Kleists Gesamtwerk von denen Goethes. In Bezug auf das Satyrische waren sie sich überaus ähnlich gewesen—was vielleicht, wie bei zwei gleichen magnetischen Polen, ihr vehementes gegenseitiges Abstoßen erklärte.

Von Port, Rum und Wonne erglüht spürte ich jetzt Tiecks Gegenwart.

Gemeinsam lehnten wir uns zurück.

Einundzwanzigstes Kapitel

Am 21. März 1814 wurde Napoleons zusammengeschmolzene Armee entscheidend geschlagen. Er brach nach Süden aus, die alliierte Kavallerie verfolgte ihn zum Schein, während die alliierte Hauptarmee sofort auf Paris marschierte.

Am 31. März kapitulierte die französische Hauptstadt.

Am 2. April wurde Napoleon formell abgesetzt.

Am 6. dankte er ab.

Am 13. ratifizierte er seine Exilierung nach Elba. Eine Ära ging zu ende.

Nach kurzer Siegeseuphorie ging das politische Europa zum Tagesgeschäft über. Ein Jahrzehnt lang hatte es sich mit nichts anderem beschäftigt als mit dem Korsen. Normalität kehrte ein. In Wien tanzte der Kongress.

Tieck bereitete seine Reise nach London vor.

Ich ging zurück nach Berlin, wo mich Otto mit offenen Armen empfing.

* * *

Mein Vorrat an Altsitzerpulver—die Franzosen nennen es treffend poudre de succession, die Apotheker prosaisch Arsenik—reichte nun aus, um als aqua toffana in eine Speise oder einen Trank geträufelt bei einem erwachsenen Mann die gewünschte Wirkung zu erzielen. Meine coniuratio pulveraria nahm ihren Lauf.

An Kanzler Hardenberg heranzukommen—dem nach dem König mächtigsten Mann Preußens—war alles andere als einfach: von Natur aus unnahbar und misstrauisch, war er sowohl in Berlin als auch auf seinem Gut Quilitz ständig von Mitarbeitern und Wachen umgeben. Auch wollte mir kein plausibler Vorwand einfallen, unter dem ich Audienz bei ihm ersuchen könnte.

Der Theaterdirektor Iffland hingegen bewegte sich frei und unbekümmert in Berlin umher und stellte daher ein viel plausibleres Ziel dar. Aufgrund meiner Beobachtungen im Salon der Kleisten wusste ich schon, dass er dem Wein zusprach, Linkshänder war und gelegentlich vom Tisch aufstand um Schnupftabak zu nehmen.

Ich erforschte nun seine Tagesabläufe, konnte aber kein offenkundiges Muster erkennen, bei dem ich hätte ansetzen können. Er traf sich des Öfteren mit Knaben, hatte aber wohl nicht nur einen Favoriten, sondern es gab mehrere, die er mal hier und mal da aufsuchte—gelegentlich ging er auch zu Frauen. Eigentlich, dachte ich boshaft, müsste man ihn publikumswirksam in den Armen eines seiner Adonisse erstechen! Zu sich nach Hause lud Iffland selten Gäste ein. Die meiste Zeit verbrachte er am Nationaltheater; Schauspielern tat er selbst kaum noch, doch war er emsig dabei, Berlin zur Theaterstadt zu machen. Seine Mahlzeiten pflegte er alleine in seinem Büro oder in der Theaterkantine einzunehmen—oder, wenn er in Gesellschaft war, in einem der Restaurants in Fußnähe zum Gendarmenmarkt.

Unsere finanzielle Lage verschlechterte sich; Anfang des Sommers schlug Otto vor, gemeinsam nach Dresden zu gehen, wo er hoffte, in den literarischen Kreisen Fuß zu fassen und ein Einkommen als Schriftsteller zu erwirtschaften. Ich bat um Aufschub, da ich noch einiges in Berlin zu erledigen habe. Er ging zunächst alleine nach Dresden, ich blieb in Berlin zurück, mietete mir vorrübergehend ein kleines Zimmer. Es war mir durchaus recht, ihn während der Ausführung meines Projekts nicht in der Nähe zu haben.

Ich schrieb Iffland einen schmeichelhaften, fast unterwürfigen Brief, in dem ich an unser Gespräch bei der Kleisten anknüpfte: ob Seine Hochwohlgeboren Kleists Käthchen auf die Bühne bringen wolle—selbstredend indem die Szenen und Wendungen die ihm missfielen gestrichen oder umgeschrieben würden? Ob ich ihn zum Mittagstische einladen dürfe, um das Projekt mit ihm zu besprechen? Geraume Zeit verstrich. Ich erwartete schon keine Antwort mehr, als sie doch eintraf.

Er nähme die Einladung an, schlüge Mittagessen im Café Maus in der Taubenstraße vor, Donnerstag in zwei Wochen.

Fieberhaft arbeitete ich nun an einer Adaption Käthchens. Iffland durfte keinen Verdacht schöpfen, dass diese eine bloße Finte war, und sie musste geeignet sein, seine Aufmerksamkeit so lange zu halten, bis sich mir die Gelegenheit bot, den Zaubertrank zu platzieren, den ich in einem kleinen Fläschchen abgefüllt in der Jackentasche mitführen würde—derart dosiert, dass er ihn binnen 24 Stunden, nicht aber innerhalb weniger Stunden, erledigen würde.

Bald kam ich bei der Überarbeitung des Käthchens an meine Grenzen. Ohne Unterstützung durch einen versierten Rezensenten würden meine dilettantischen Versuche kaum geeignet sein, Iffland lange bei Tisch zu halten. Jetzt fehlte mir Otto! Da kam mir ein Zufall zur Hilfe. Eines Nachmittags war ich zum Tee bei Rahel Levin eingeladen und lernte dort ihren Bruder Ludwig Robert kennen, der gerade mit seinen Libretti beim Publikum recht erfolgreich war und für ein paar Wochen in Berlin weilte. Ich teilte ihm mein Anliegen mit, Käthchen bühnenreif zu machen—selbstverständlich ohne Iffland zu erwähnen—und gewann ihn dafür, zwei Vormittage mit mir meine Adaption durchzusehen.

Die Holundertraumszene entfernten wir nicht, schwächten sie jedoch dahingehend ab, dass die parallelen Träume nicht mehr im Mittelpunkt standen, sondern nebensächlich wurden. Des Kaisers Schäferstündchen kassierten wir ebenfalls nicht, fügten es jedoch organischer in die Handlung ein. Die Figur der Kunigunde rückten wir in ein deutlich positiveres Licht, indem wir jene Passagen änderten, die sie als monströs erscheinen ließen. Heinrichs letztes Wort behielten wir—entgegen Roberts anfänglichen Bedenken—indes bei: Giftmischerin!

* * *

Mit Soufflierbuch und Fläschchen ausgestattet fand ich mich am 22. September kurz vor Mittag im Café Maus ein. Iffland war noch nicht eingetroffen, was mir ermöglichte, den Tatort zu rekognoszieren. Ich suchte einen Tisch in einem teilweise durch eine Trennwand vom Speisesaal separierten Winkel aus und nahm dort einen Platz ein, der von der Trennwand weitestgehend abgeschirmt war, mir aber erlaubte, den Zugang zu unserer Ecke im Auge zu behalten. Ich plante, Iffland den Platz zu meiner Rechten anzubieten, dergestalt dass der Linkshänder sein Glas zwischen uns abstellen würde.

Ich nahm Platz, legte meinen tief in die Stirn gezogenen Hut ab und studierte die Begebenheiten. Der Kellner war recht geschäftig, was mir entgegenkam. Das Mittagsmenü war einfach: es gab zwei deftige Speisen zur Auswahl, beide mit Saucen und Gemüse- oder Salatbeilagen, in die ich unauffällig Flüssigkeit würde träufeln können. Meine Präferenz war es jedoch, das farb- und geschmacklose Gift in Ifflands Getränk zu geben, wobei ich darauf baute, dass er sich zwischendurch entschuldigen würde um seinen Schnupftabak einzunehmen. Dafür würde er wahrscheinlich vor die Tür des Cafés gehen oder einen schräg gegenüberliegenden und halb verdeckten Winkel aufsuchen in dem keine Gästetische standen.

Bald erschien Iffland, in bester Laune. Seine effeminierte Theatralik und übertriebene Gestik—die Kleist in den Abendblättern heftig verspottet hatte—fand ich eher kindisch als abstoßend—se camper nennt Molière diese Art aufgebauschten Posierens. Der Herr Direktor setzte sich pompös.

Wir gaben sogleich unsere Bestellung auf: Eisbein mit Sauerkraut und Erbsenpüree für uns beide, dazu einen Krug trockenen Frankenwein. Ich musste unwillkürlich an die Szene im Amphitryon denken, in der sich Sosias und Charis Bratwurst mit Kohl nach bayrischer Art gönnen.

Iffland erzählte von der Inszenierung an der er gerade arbeite.

Ich machte Anstalten, unser Gespräch auf das Soufflierbuch zu lenken das ich auf den Tisch gelegt hatte, aber da kam auch schon das Essen.

Eins nach dem anderen, meinte er gutmütig.

Wir langten zu—er mehr, ich weniger herzhaft. Mir war nicht nach Essen zumute, doch spielte ich meine Rolle leidlich.

Schnell war eine halbe Stunde vergangen. Iffland hatte keine Anstalten gemacht aufzustehen. Hatte er sich den Schnupftabak abgewöhnt? Nahm er ihn nur abends, oder nur zu bestimmten Gelegenheiten? Ich begann fieberhaft einen Alternativplan für den Fall zu entwickeln, dass er nicht aufstand: solange er mit seinem Gericht beschäftigt war konnte ich nichts machen; sobald er aber mir der Hauptspeise fertig wäre, wollte ich ihn in das Soufflierbuch vertiefen und ihn drängen, einige Passagen zu studieren während wir auf den Nachtisch warteten. Dabei ergäbe sich sicher eine Gelegenheit, unbemerkt an sein Weinglas zu gelangen.

Bald hatten wir unser Geschirr beiseitegestellt und das Soufflierbuch vor uns liegen. Ich lenkte seine Aufmerksamkeit zunächst auf jene Passagen, aus denen Robert und ich Anspielungen an Kunigundes Monstrosität gestrichen hatten. Die letzte Szene vermied ich: ich bedauerte jetzt doch, die Giftmischerin nicht gestrichen zu haben—er konnte zwar nichts ahnen, mir aber perlte der Schweiß auf der Stirn.

Er schaute sich die aufgezeigten Passagen flüchtig an, hier und da zustimmend grunzend, und drohte, sehr bald durch das Dokument durch zu sein.

Ich bat ihn, die Traumpassagen zu kommentieren.

Sein Weinglas hatte er unglücklicherweise nicht links neben, sondern genau vor sich gestellt, für mich schwer erreichbar.

Ich deutete daher an, ihm nachschenken zu wollen—was er mit einem kurzen Nicken zuließ. Sein nachgefülltes Glas stellte ich zu seiner Linken ab, also in meiner Reichweite. Während er las, nahm ich das Fläschchen aus der Jackentasche; es war ganz sacht mit Kork verstöpselt, ich konnte es problemlos unterm Tisch öffnen und in meiner Rechten verbergen, indem ich es mit dem Daumen gegen die Handfläche drückte. Ich hielt meine Hand, den Handrücken nach außen, vor meinen Bauch, wenige Zoll von seinem Weinglas entfernt, und lauerte auf den geeigneten Moment.

Doch da blickte er auch schon auf und meinte:

„Sie haben das Stück recht artig bearbeitet. Ganz bin ich, mit Verlaub, mit Ihrem Ansatz noch nicht einverstanden, nehme aber gerne Ihre Skizze mit ins Büro und lasse sie von einem meiner Mitarbeiter bearbeiten—was sagen Sie?" Ich zögerte. Die Gefahr war jetzt akut, dass unser Gespräch in wenigen Momenten zu Ende sein würde, ohne dass ich zum Zuge gekommen wäre.

„Sehr gern. Wenn Sie den Mitarbeiter benennen wollen, spreche ich gerne mit ihm weiter darüber."

Er kniff die Augen zusammen, versprach dann etwas unwirsch, dass ein Mitarbeiter mich in Kürze kontaktieren werde. Er war schon im Aufbrechen begriffen als der Kellner mit den Nachspeisen kam. Ich hatte Glück: Pfannkuchen mit Apfelmus sagte Iffland zu.

„Einen Augenblick bitte." Er zog seine Schnupftabakdose aus der Tasche, schwenkte sie vor meinen Augen und erhob sich Richtung Ausgang. „Ich bin in ein paar Minuten wieder da."

Ich wartete bis die Tür hinter ihm zugefallen war und agierte zügig und klinisch. Das Fläschchen in meine Tasche zurückgleiten lassend wurde mir bange: würde er überhaupt zurückkommen?

Doch da kam er schon.

* * *

Die Todesanzeige am übernächsten Morgen war großformatig, Hardenbergs Nachruf überschwänglich, Berlin ganz aus dem Häuschen. Die Reaktionen waren geteilt: Liebhaber von Familienrührstücken jammerten Iffland nach; Connaisseurs anspruchsvollen Schauspiels jubelten insgeheim.

Die Berichterstattung blieb vage: am Morgen des 23. September sei Iffland tot im Bett aufgefunden worden; Todeszeitpunkt sei der späte Abend des 22. oder der frühe Morgen des 23., die wahrscheinliche Todesursache Herzstillstand, die Obduktion ansonsten unergiebig gewesen. Gerüchte kursierten, dass Giftmord nicht ausgeschlossen werden könne; zu einer Anklage gegen Unbekannt kam es nicht.

So war ich aus niederen Motiven zum

Meuchelmörder geworden. Ich hatte Heinrichs Demütigung gerächt und die Berliner Theaterwelt von ihrem Tyrannen befreit—doch diese Zwecke heiligte das von mir gewählte Mittel natürlich nicht.

Die herbstliche Berliner Luft roch nach Freiheit und nach Tod.

Mein Plan war es ursprünglich gewesen, zwischen Ifflands Todesanzeige und meiner Abreise nach Dresden einige Wochen verstreichen zu lassen, um so jegliche Aufmerksamkeit zu vermeiden. Doch jetzt erdrückten mich die grauglatten Wände meiner unbeheizten Kammer im vierten Stock eines miefigen Hinterhofmietshauses.

* * *

Ich liege im Bett, wälze mich hin und her. Füsslis grinsender Inkubus auf angstgeschwellter Brust, sein starrender Gaul zwischen unruhigen Vorhängen. Schweißausbruch. Schläfenpochen. Ich springe auf, reiße das verborgene Etui aus meinem Koffer, halte Heinrichs verhassten Brief in den Händen—jenen, den er mir zehn Monate nach seinem Scheiden geschickt hatte, als ich keine Rolle mehr in seinem Leben spielte. Ich greife den ganzen Packen Papiere, streife den Morgenrock über, stolpere die roh gehauenen Stufen hinunter.

Dunkler Hof. Abnehmender Mond. Kaltes Licht. Nieselregen. Großstadttöne. Ratte im Abfluss. Zittrige Hand. Streichholz. Vom zuobersten Dokument starrt mir Heinrichs Zitterschrift entgegen: Es ist umsonst, Thuskar, wir sind Verloren!, sagt

Wolf im ersten Auftritt. Wolf—das ist Gneisenau, den Kleist so liebte wie er eben herrliche Männer lieben konnte. Mich selbst hieß er im verhassten Brief anspruchslos, anhänglich, liebevoll——aber herrlich? Natürlich nicht.

Kloß im Hals. Verkrampfte Eingeweide. Einknickende Knie. Kollaps.

Papier—vom Winde verweht.

Dunkelheit.

Nichts.

* * *

Der Nieselregen brachte mich zur Besinnung. Heinrichs Papiere?

Hastig im Dunkeln zusammengeramscht und vorsichtig getrocknet überstanden sie meinen Albtraum mehr oder weniger intakt.

Ein einziger Umstand vermochte jetzt noch meine Lebensgeister zu wecken: einige Tage vor meinem Rendezvous mit Iffland hatte ich ein Schreiben von Luise Wieland erhalten. Sie habe den Grafen Otto von Loeben in Dresden getroffen, der ihr meine Berliner Adresse gab; sie sei nun offiziell Frau Emminghaus, wolle mich gerne privat sprechen—ob ich sie in Bälde in Dresden treffen könnte?

Ihr Anliegen war mir zwar merkwürdig, doch auch willkommener Anlass, meiner Melancholie zu entfliehen.

Wir verabredeten uns für Anfang November.

In Dresden angekommen, stieg ich nicht bei Otto ab, dem ich von meinem Ausflug dorthin nichts sagte, sondern im Goldenen Engel, wo Heinrich und Adam Müller einst denkwürdige Nächte verbracht hatten und dessen Café Frau Doktor Emminghaus als unseren Treffpunkt bestimmt hatte. English tea time war soeben le dernier cri.

Luise Emminghaus erschien, liebevoll, zerbrechlich—und offensichtlich unglücklich. Als ich ihr zur Heirat gratulierte trat eine Träne in ihren Augenwinkel. Während wir uns mit Bohea und Teegebäck versorgten erzählte sie vom Unfall ihrer Schwangerschaft und der Geburt ihres Sohnes Alexander, die ihre Gewissensehe notwendig gemacht hatten. Weder Geburt noch Ehe vermochten ihre Einsamkeit zu lindern. Ihr Sohn sei ständig von Ammen und Kindermädchen umgeben—sie selbst gäbe zu wenig Milch—und sie sähe nicht viel von ihm. Selbst seinen Vornamen habe sie nicht bestimmen dürfen—dies sei das Privileg der väterlichen Familie. Ihr eigener Vater habe trotz ihrer Vorbehalte mit Blick auf das Wohl seines Enkels die Ehe abgesegnet. Ihr Gatte, der Großherzoglich-Sächsische Geheime Regierungsrat Dr. Jur. Gustav Emminghaus, sei gradlinig aber kalt.

Ich verstand nicht recht, warum sie dies alles ausgerechnet mir erzählte. Das Teegeschirr wurde abgeräumt. Draußen war es bereits stockfinster geworden.

Sie bat um einen Schnaps, kippte ihn hinunter, bat um einen zweiten, dann einen dritten.

Ich gönnte ihr den kurzen Ausflug aus ihrem goldenen Käfig, zeigte mich aber besorgt, dass ihr Gatte sie vermisse.

Sie winkte ab. Ihre Augen glänzten verklärt; ihre Bewegungen wurden brüsker, unkontrollierter, kraftvoller. Sie mochte um die 25 sein. Vor meinen Augen blühte die Knospe auf, die soeben noch verfrüht verblüht schien. Meinen Vorschlag, im Hotelrestaurant noch gemeinsam zu Abend zu essen, bevor ich sie nach Hause brächte, lehnte sie ab. Stattdessen äße sie lieber gleich hier im Café ein Häppchen.

Es war mir recht: auch ich brauchte dringend was im Magen. Wir bestellten ein paar Kleinigkeiten, dazu einen Krug Wein.

„Machen Sie sich um mich keine Sorgen, lieber Herr von Brockes, ich trinke mir bloß ein wenig Mut an. Vielleicht sollten Sie dasselbe tun." Sie füllte mein Glass und sah mich mit feenhaften Augen an.

„Welche Mutprobe habe ich denn zu bestehen?"

„Die, mich mit auf Ihr Zimmer zu nehmen." Es dauerte einen Moment bis ich ihren Sinn verstand und passende Worte fand.

„Ich kann doch keine frisch verheiratete Frau—"

„Doch, das können Sie!" Sie lehnte sich vor, um mit mir anzustoßen. Ihr Dekolleté war atemberaubend.

Ich hatte meine Cäcilie schon länger nicht in den Armen halten können und verspürte tatsächlich Sehnsucht nach einer Frau.

„Ist es dies, weswegen Sie mich herbaten?"

„Ja."

„Warum mich?"

„Sie sind Frauen nicht abgeneigt."

„Der Zeitpunkt—"

„—ist passend."

„Wenn etwas—schiefgeht?"

„Ich setze darauf."

„Sie wollen—?"

„—ein Kind, genau! Eins das ich mein Eigenes nennen darf. Ich will es Heinrich nennen."

„Man kann einen Knaben nicht einfach herbeiwünschen."

„In Heinrichs Werken kommen auch immer Knaben."

„Heinrichs Züge würde er nicht aufweisen."

„Es geht mir um Ihre Seelenverwandtschaft mit Heinrich, nicht um Ihre Physiognomie. Ich werde nicht Sie in dem Knaben erblicken, sondern Heinrich."

„Wenn ich später Ansprüche auf das Kind erhöbe?"

„Das werden Sie nicht tun! Das Kind muss ein legitimer Emminghaus sein—mein Mann wird gute Miene zum bösen Spiel machen. Sie selbst werden bald heiraten und eigene Kinder bekommen. Ich bitte Sie lediglich, einer totunglücklichen Frau zu helfen, das Einzige zu erlangen das sie noch in diesem Leben halten kann."

Ich atmete tief durch. Als Zuchtbullen hatte ich mich bislang nicht gefühlt. Immerhin: Heinrich hatte selbst eine Mutterkuh gesucht, und Luise wäre für ihn in Frage gekommen, hätten es die Umstände erlaubt. Dass es das zu vollenden suchte, was Heinrich selbst angestrebt hatte, gab ihrem Anliegen Gewicht. Doch es waren ihre Reize, die schließlich meinen Widerstand brachen. Ich sagte:

„Versprechen Sie mir, dass Sie das Kind lieben werden, sei es auch ein Mädchen, oder ein Knabe der nicht so geriet, wie Sie ihn erträumten?"

„Ich verspreche es," erwiderte sie ernsthaft. „Ist es ein Mädchen, werde ich es Henrike taufen." Ihr Lächeln war aufreizend zugleich und träumerisch.

Ich beglich die Rechnung und erhob mich vor ihr. „Gnädigste, darf ich bitten?"

* * *

Luise hatte noch ein Weilchen in meinen Armen gelegen. Wir stellten uns beide vor, dass Heinrich einst in diesem Bette gelegen hatte; im Moment ihrer Ekstase, gab sie unumwunden zu, habe sie sein Antlitz aufleuchten sehen.

Als wir so dalagen erfasste mich ein leichtes Schaudern. Mord, Wollust und Beistand zum Ehebruch: es steckte mehr in dem guten Brockes als man hätte meinen mögen! Sollte die hundsköpfige Rachegöttin Tisiphone mir demnächst auf irgendeine Weise auflauern, wäre es verdient und ich würde mich widerstandslos ihrem geifernden Rachen ausliefern.

Zweiundzwanzigstes Kapitel

Am 28. Februar 1815 kehrte Napoleon aus dem Exil zurück, landete in der Provence und marschierte auf Paris. Täglich liefen ihm mit Ludwig XVIII. unzufriedene Franzosen zu. Sein alter Kampfgefährte Marschall Ney, den der Bourbonenkönig ihm entgegenstellte, lief samt seiner Armee zu ihm über.

Am 13. März wurde Napoleon vom Kongress in Wien für vogelfrei erklärt.

Am 19. zog er als Kaiser der Franzosen in Paris ein, wo er die Royalisten begnadigte und eine neue Verfassung erließ.

Am 25. mobilisierte die Koalition.

Ich selbst ging zurück nach Berlin. Dresden lag jetzt abseits vom politischen Geschehen; das Land Sachsen war beim Kongress Verhandlungsmasse.

In Berlin zeigte sich Hardenberg erneut von jener Seite, die Heinrich so gehasst hatte: er drängte den König zum Ausgleich mit Napoleon, um ein starkes Frankreich als Gegengewicht zum aufstrebenden Russland zu bewahren. Diesmal konnte er sich jedoch nicht durchsetzen: Napoleon an der Macht zu lassen war für König Friedrich Wilhelm III. ebenso Anathema wie für Zar Alexander I.

* * *

In Berlin stieß ich zufällig auf den dicken Bose, den zynischen Rittmeister aus Dresden, der im Dienst des Zaren dort Fragen der gemeinsamen

Mobilmachung sondierte und der von Hardenberg ähnlich wenig hielt wie Heinrich es getan hatte. Bei einem abendlichen Gelage heckten wir Pläne aus.

Bose war zu Ohren gekommen, dass Napoleons ehemaliger Stabschef Louis-Alexandre Berthier nach Bamberg in Pension gegangen war, nachdem Napoleon ihn aufgefordert hatte, wieder in seine Dienste zu treten und Ludwig XVIII. im Genter Exil davon Wind bekommen hatte.

Er erklärte, dass Berthier und seinem logistischen Talent im bevorstehenden Krieg erneut eine Schlüsselrolle zukommen könnte: nicht nur Napoleon und der Bourbone bemühten sich daher um ihn, sondern auch die Österreicher—sie umgarnten ihn bereits, kaum war er in Bamberg eingetroffen. Nur der Zar wolle mit Berthier partout nichts zu tun haben: aus seiner Sicht, der sich Friedrich Wilhelm anschloss, verschwände Berthier am besten ganz von der Bildfläche, so dass er weder in bonapartistische noch in habsburgische Dienste treten könnte.

Vor diesem Hintergrund erwöge er Hardenbergs Adjutanten anzubieten, Berthier diskret zu beseitigen, dergestalt dass weder Preußen noch Russland mit seinem Verschwinden in Verbindung gebracht werden konnten. Da er selbst bekanntermaßen in Alexanders Diensten stand, könne er das Komplott aber nicht persönlich ausführen—ich dagegen, als neutraler Außenstehender, könne es.

Es ginge mir, wandte ich ein, um Hardenberg, nicht Berthier. Das wisse er—sollte aber das Komplott erfolgreich sein und ich mich darin auszeichnen, könnte sich im Anschluss eine Gelegenheit für mich ergeben, an Hardenberg heranzukommen. Zudem habe Heinrich Berthier beinahe genauso wenig ausstehen können wie Hardenberg—ich solle nur an die klägliche Figur denken, die er als Varus in Heinrichs Herrmannsschlacht abgäbe.

Nach kurzem Zögern erklärte ich, im Prinzip zu der Tat bereit zu sein.

Nach einem Vieraugengespräch mit Hardenbergs Adjutanten berichtete Bode mir ein paar Tage später, man nähme im Kanzleramt unser Vorhaben wohlwollend zur Kenntnis, werde aber keine Schritte unternehmen, die Preußen in österreichischen Augen kompromittieren könnten—man habe sich schließlich erst kürzlich mühsam auf einen Kompromiss in der polnischen und der sächsischen Frage geeinigt—die italienische und die deutsche wurden noch weiter verhandelt—und man wolle sich in dieser Gemengelage keinerlei diplomatische Blöße geben; zudem seien Kampfhandlungen imminent—Blüchers und Wellingtons Heere sammelten sich bereits in den Niederlanden, Schwarzenbergs am oberen Rhein, und Barclays 150.000 Russen marschierten Richtung Sachsen und Mittelrhein—und man werde die revitalisierte Allianz jetzt nicht mit geheimdienstlichen Aktionen gefährden.

Berthier befände sich in Bamberg zwar auf neutralem Boden, jedoch unter dem persönlichen Schutz des bayerischen Königs, und man riete uns daher, die Sache so zu gestalten, dass die Polizei sein Ableben als Selbstmord einstufen musste.

Ob ich, fragte Bode, unter diesen Umständen das

Attentat ausführen wolle? Wenn ja, werde er erfahrene Mordbuben anheuern um mir zur Hand zu gehen.

Obwohl meine Hochzeit bevorstand willigte ich ein: es schien die einzige Chance zu sein, doch noch an Hardenberg heranzukommen.

* * *

Bose brachte mich mit einer Bande zwielichtiger Gesellen zusammen, mir versichernd, sie verstünden sich auf ihr Handwerk und seien zuverlässig. Der charismatische Anführer, den sie Schwarzpeter nannten, würde sozusagen den Kukupeter für meinen Bohemund spielen. Ich traf allerlei Vorkehrungen: Cäcilie schrieb ich, dass ich vor unserer Hochzeit noch nach Bamberg gehen müsse um dort einen alten Kämpfer zu begraben; den Homburg und die Herrmannsschlacht schickte ich nebst meinen Aufzeichnungen und einem ausführlichen Brief an Alexander Graf zur Lippe, mit der Bitte das Paket für mich aufzubewahren und, sollte ich unerwartet ums Leben kommen, das Siegel zu brechen.

Schwarzpeter und seine drei Kumpane begaben sich einige Tage vor mir zwecks Rekognoszieren nach Bamberg.

Ich selbst traf am 31. Mai, einem Mittwoch, in der Residenzstadt ein.

Schwarzpeter berichtete. Eile sei geboten: Teile der russischen Armee marschierten schon durch Sachsen in Richtung Franken und könnten binnen weniger Tage in Bamberg eintreffen; es sei abzu sehen, dass Berthier sich vorher nach Süden absetzen würde um nicht den Russen in die Hände zu fallen.

Berthier sei im Kaiserapartment der Residenz untergebracht, im zweiten Stock; dessen Fenster seien zur Residenzstraße und zum Rosengarten ausgerichtet. Es gäbe zwei Zugänge zum Apartment, einen über das große Treppenhaus und den Kaisersaal, einen über den Dienstflügel, der tagsüber recht geschäftig sei, obwohl die Residenz insgesamt derzeit wenig genutzt werde.

Einer seiner Männer habe sich in den letzten sechs Tagen rund um die Uhr nahe des Haupteingangs aufgehalten, ein weiterer mit einem Feldstecher die auf die Residenzstraße ausgerichteten Fenster des Apartments beobachtet, wofür er eigens ein Eckzimmer im schräg gegenüberliegenden Hotel angemietet habe; ein dritter habe die Dienstbotenzugänge ausgekundschaftet und mit Geld und Ritterlichkeit ein Dienstmädchen bestochen. So habe man folgendes herausgefunden:

Erstens, Berthier verließ in diesem Zeitraum die Residenz nur zweimal, am Samstagnachmittag, um in einer Kutsche für einige Stunden nach einer unbekannten Destination zu fahren und am Sonntagmorgen, um am Gottesdienst im Dom, wenige Schritte von der Residenz entfernt, teilzunehmen.

Zweitens, er empfing an Wochentagen gelegentlich Besuch, entweder in den Morgenstunden nach dem Frühstück oder am späten Nachmittag, einmal auch zum Abendessen, war ansonsten normalerweise allein im Apartment, welches sein Dienstpersonal nur zu bestimmten festen Zeiten betrat—das erste Mal um 06:00 Uhr, das letzte Mal um 20:30 Uhr—oder gelegentlich auf direkte Anforderung Berthiers, wofür er eine Klingel oder ähnliche Vorrichtung benutzte.

Drittens, sein Tagesablauf war regelmäßig: Frühstück um 07:00 Uhr (Abräumen: 08:00 Uhr), Mittagessen um 12:00 Uhr (Abräumen: 13:00 Uhr), Kaffee um 16:00 Uhr (Abräumen: 17:00 Uhr), Abendessen um 19:00 Uhr (Abräumen: 20:00 Uhr); er nahm alle Mahlzeiten im Tafelraum ein, den Kaffee aber im zweiten Vorzimmer, welches ihm auch als Schreibzimmer diente; das Licht im Schlafzimmer ging um 06:00 Uhr an und gegen 22:30 Uhr aus.

Viertens, der beidseitige Haupteingang der Residenz, der sich nördlich zum Rosengarten und zur Residenzstraße, südlich zum Domplatz öffnet, war ebenso wie ein Nebeneingang im Nordflügel von 22:00 Uhr bis 08:00 Uhr fest verriegelt, der Diensteingang bis 05:30 Uhr, zu welcher Zeit die ersten Lieferungen einsetzten.

Fünftens, das Personal—an die zwanzig Personen— schlief auf der ersten und dritten Etage des Dienstflügels, einige von ihnen nahe am Dienstpersonaleingang.

Sechstens, der Nordflügel beherbergte Amtsstuben die tagsüber von Amtsleuten genutzt und von Boten frequentiert wurden, weshalb ein Eindringen von dieser Seite nicht ratsam war.

Siebtens, nachts gab es im Bereich des Haupt- und Nebeneingangs je einen Wachposten, sowie im Erdgeschoß des Ostflügels eine Wachtruppe von drei Mann.

Achtens, wenige Gehminuten von der Residenz entfernt befand sich eine größere Polizeistation deren Personal rund um die Uhr in Bereitschaft war.

Aufgrund dieser Sachlage empfahl Schwarzpeter das Attentat nicht nachts, sondern bei Tageslicht zu verüben, und zwar zu einem Zeitpunkt, zu dem man davon ausgehen konnte, dass Berthier sich allein im Apartment aufhielt.

Bevorzugter Zeitpunkt für den Zugriff sei seines Erachtens nach wochentags um 12:45 Uhr: Berthier habe dann sein Mittagessen gerade beendet, so dass sein Selbstmord der Polizei als geplant und ohne Hast ausgeführt erscheinen würde; die Bediensteten kämen erst um 13:00 Uhr zum Abräumen und generell herrsche in den Amtsstuben und im Eingangsbereich mittägliche Flaute im Tagesgeschäft, so dass das Gelände um die Residenz ruhig und der Haupteingang wenig genutzt wären, letzterer aber unverschlossen bliebe; der Pförtner säße bei der nördlichen Tür und hielte ein Nickerchen, so dass man unauffällig entlang der engen Gasse zwischen Residenz und Alter Hofhaltung zum südlichen Eingang gelänge, dort unbemerkt eintreten und über das Treppenhaus eine Treppenflucht emporschleichen könnte.

Um den Anschein von Selbstmord zu wahren, habe man sich von dem bestochenen Dienstmädchen die Schlüssel zu Kaisersaal und -apartment ausliefern lassen und Kopien angefertigt, so dass man lautlos und unverzüglich zu Berthier gelangen könne. Kurzum: er und seine Männer stünden bereit, schon am nächsten Tag, dem Donnerstag, zur Sache zu gehen.

Ich wies darauf hin, dass Donnerstag genau derjenige Wochentag war, den sie nicht hatten auskundschaften können, so dass ein gewisses Risiko bestand, dass Berthier ausgerechnet an diesem Tag nicht seiner normalen Routine folgte.

Das Zimmermädchen, versetzte Schwarzpeter, habe mehrfach betont, Berthiers Tagesablauf sei an allen Wochentagen regelmäßig; er rate dringend davon ab, weitere Zeit verstreichen zu lassen, da sich Berthier jeden Augenblick auf die Flucht begeben könnte.

Ich stimmte ihm diesbezüglich zu.

Er verlangte, dass ich im Hotel bliebe und nicht an der Aktion teilnähme. Dies lehnte ich ab. Ich sei, argumentierte er, nicht in diesem Geschäft geübt und stelle für ihn und seine Bande ein Risiko dar.

Ich wies darauf hin, dass Berthier nicht leicht zu überwältigen, und ich dabei nützlich sein würde. Wie sie ihn denn aus dem Weg zu räumen gedachten?

„Fenstersturz," sagte er kurzangebunden. „Fünfzig Ellen Fallhöhe, aufs Pflaster der Residenzstraße; Überlebenschance gleich null. Ein Unfall. Um Spuren von Gewaltanwendung zu vermeiden, ihm einen Sack über den Kopf stülpen, ihn zu Dritt vom Mittagstisch zum nächsten Fenster zerren und achtkantig hinauswerfen, und ihm im letzten Moment den Sack vom Kopf reißen, so dass er zum Schreien erst kommt, wenn er schon im Fallen ist."

„Um dies zu bewerkstelligen," rechnete ich vor, „benötigen Sie fünf Mann, drei im Apartment und zwei zur Sicherung des Rückzugs: einen außerhalb des Südeingangs, der sicherstellt, dass beim Abzug der Weg frei ist, einen zweiten am Kaisersaal, der den Pförtner und die Eingangshalle im Auge behält. Es fehlt Ihnen also ein Mann und Sie werden mich brauchen."

Er wog seine Optionen ab und gab schließlich nach. Wir verabredeten uns für den nächsten Tag, Donnerstag den 1. Juni 1815, um 12:30 Uhr hinter der Alten Hofhaltung, von wo wir paarweise in kurzen Abständen zum Südeingang der Residenz schlendern würden. Grußlos gingen wir auseinander.

Unser Zeitplan erlaubte es mir, abends noch einen einschlägigen Ort aufzusuchen—es könnte das letzte Mal sein, man konnte es nicht wissen—und am nächsten Morgen auf der Post mein Paket aufzugeben.

Epilog

Am 18. Juni 1815 wurde Napoleon bei Waterloo von Blücher und Wellington vernichtend geschlagen. Nach Paris zurückgeeilt gelang es ihm nicht mehr, politische Unterstützung für sich zu mobilisieren.

Am 22. dankte er ab.

Am 4. Juli kapitulierte Paris; Ernst von Pfuel wurde Kommandant des preußischen Sektors der Stadt.

Am 15. ergab sich Napoleon an Bord eines britischen Marineschiffes.

* * *

Ende Juli 1815 war Ludwig von Brockes, wie eingangs erwähnt, bei mir im Dresdener Sanatorium aufgetaucht. Sein Paket war längst bei mir eingetroffen und lag für ihn bereit. Er bat mich, es zu öffnen und seinen Bericht zu lesen. Auf unseren ausgedehnten Spaziergängen erzählte er mir die ganze Geschichte nochmals und führte dabei das eine oder andere Detail weiter aus.

Was das Attentat auf Berthier betraf, war alles planmäßig verlaufen: in der Öffentlichkeit wurde zwar spekuliert, dass Berthier von einer Geheimgesellschaft ermordet worden war, doch die Polizei, die den Fall untersuchte und Berthiers vom Sturz auf das Pflaster der Residenzstraße übel zugerichtete Leiche obduzieren ließ, entschied auf Selbstmord, da man keine Spuren von Gewaltanwendung fand, er sein Mittagessen bis auf den Nachtisch aufgegessen hatte, und

Pförtner und Bedienstete nichts Auffälliges bemerkt hatten. Ein Abschiedsschreiben fand man zwar nicht, doch erschien Ausweglosigkeit angesichts der herannahenden russischen Truppen als Tatmotiv plausibel.

Im Moniteur hinterfragte ein anonymer, wahrscheinlich französischer, Kommentator kurze Zeit später noch, ob es sich um faules Spiel handeln könnte, indem nämlich preußische oder russische Agenten hinter der Sache stünden, doch in Berlin und St. Petersburg reagierte man auf solche Mutmaßungen nicht; in München hielt man sich in der ganzen Angelegenheit sowieso völlig bedeckt. Da sich die militärische Lage in den Niederlanden rapide zuspitzte und eine entscheidende Schlacht imminent war, geriet die Affäre Berthier schnell wieder in Vergessenheit.

Ludwig selbst blieb nach dem Attentat zunächst in Bamberg. Eine sofortige Abreise wäre auffällig gewesen; zudem wollte er die Gelegenheit nutzen, an der renommierten medizinischen Fakultät Ärzte zu konsultieren, darunter Schüler des Bruonischen Arztes Andreas Röschlaub und dessen Nachfolgers Ignaz Döllinger, letzterer ein Schüler jenes berühmten Karl Kaspar von Siebold, der 1805 am Würzburger Juliusspital den ersten modernen Operationssaal der Welt eingerichtet und im Jahre 1800 dort Heinrich operiert hatte. Nach seiner Therapie, die nur noch palliativer Natur war, kam Ludwig direkt zu mir, bevor er reiseunfähig würde.

Nach Waterloo soll Napoleon gesagt haben: Wäre Berthier da gewesen, wäre mir dieses Unglück nicht widerfahren.

Dieses Zitat empfand Ludwig als nachträgliche Bestätigung für seine Mordtat. Heinrich habe Napoleon bei aller Kraft seiner Dichtung nicht zur Strecke bringen können; er hoffe inständig, mit seiner Tat Heinrichs Werk trotz des unlauteren Mittels in dessen Sinne vollendet zu haben.

* * *

Anfang August erfuhren wir, dass Luise Emminghaus, geborene Wieland, am 31. Juli 1815 in Folge einer Fehlgeburt verstorben war.

Ludwig war unendlich traurig; sein Zustand verschlechterte sich. Zuletzt belebte ihn seine bevorstehende Hochzeit mit Cäcilie noch einmal: er durfte hoffen, doch noch einen Nachkommen zu zeugen, bevor er seine schöne Seele aushauchte.

Im Laufe des Monats erfuhren wir außerdem, dass im Berliner Salon der Kleisten, in dem jetzt Brentano, Arnim, Schütz-Lacrimas und andere Bekannte regelmäßig verkehrten, die Herrmannsschlacht gelesen worden war—es gab also mindestens noch eine zweite Kopie—und dass Paris Ende August von den Koalitionstruppen wieder geräumt werden und Ernst von Pfuel in Berlin beim Generalstab zurückerwartet würde.

Ludwig machte sofort Pläne, Pfuel in Berlin aufzusuchen—durch ihn hoffte er auch an Rühle heranzukommen—um so seinen Bericht zu vervollständigen. Doch sein Zustand verschlechterte sich tagtäglich.

Ende August verabschiedete er sich von mir— nicht um nach Berlin, sondern um zu seinen Ärzten in Bamberg zu reisen. Retten konnten sie ihn nicht mehr.

Am 23. September 1815 verstarb Ludwig von Brockes in Bamberg in den Armen seiner herbeigeeilten Cäcilie.

* * *

Zu Weihnachten 1815—ich hatte es mir nach seinem Tod zur Aufgabe gemacht, Ludwigs Projekt zu vervollständigen—schrieb ich an Tieck in London um ihm über Ludwigs Tod und dessen Abschriften des Herrmann und des Homburg zu informieren. Von Ludwigs Bericht sagte ich nichts.

Tieck schrieb unverzüglich zurück, er nähme mein Schreiben zum Anlass, seine lange vernachlässigte Ausgabe von Kleists hinterlassenen Schriften erneut in Angriff zu nehmen; seine Arbeit an Shakespeare sei weit fortgeschritten und er hoffe, bald nach Deutschland zurückzukommen.

Er habe sich schon vor einem Jahr mit Unterstützung einer ihrer Hofdamen die der Prinzessin Amalie gewidmete Homburg-Abschrift besorgen können; zudem habe er von Hitzig den Hinweis erhalten, Frau von Kleist in Berlin könne eine weitere Kopie haben. Letztere Spur habe er bislang nicht weiterverfolgt—ob ich ihm Auskunft geben könne, ob es sich bei Herrn von Brockes Version um die der Kleisten oder um eine dritte Kopie handle? Jedenfalls bäte er um eine Abschrift der beiden von Ludwig aufgespürten Dramenkopien; was die Herrmannsschlacht anginge, wäre zu prüfen, ob er sie überhaupt inkludieren wolle, da sie sehr auf den damaligen Zeitpunkt ausgerichtet gewesen sei und im Nachhinein ggf. unvorteilhaft wirken könnte. Er plane, demnächst Briefkontakt mit Marie und Ulrike von Kleist sowie engen Freunden Kleists aufzunehmen, um bei ihnen nach etwaigen Materialen anzufragen.

Ich schrieb zunächst an Dahlmann in Kiel, dem Ludwig ja versprochen hatte, nichts ohne sein Einverständnis zu unternehmen. Er freute sich auf mein Schreiben und teilte mir schriftlich mit, er habe nichts dagegen einzuwenden, dass ich Ludwigs Abschriften an Tieck weiterzugäbe.

Ich wollte mich in dieser Frage jedoch auch noch mit Heinrichs beiden engsten noch lebenden Freunden beraten, Rühle und Pfuel, die Ludwig nicht mehr hatte aufsuchen können. Ich meldete mich daher bei Marie von Kleist an, in der Hoffnung, dass sie mich an die beiden Herren weiterleiten würde.

Anfang Februar 1816 reiste ich nach Berlin wo Frau von Kleist mich freundlich empfing. Weder Pfuel noch Rühle waren in letzter Zeit in ihrem Salon erschienen, doch bot sie gerne an, mich mit ihnen in Verbindung zu setzen. Sie sei selbst von Herrn Tieck angeschrieben worden und habe ihm versprochen, ihren Freund Wilhelm von Schütz-Lacrimas Abschriften ausgewählter Passagen aus ihren Briefen, sowie von einem Herrmann-Manuskript anfertigen zu lassen, über das sie verfügte.

Ich traf mich daraufhin mit Schütz-Lacrimas um unsere Herrmann-Versionen zu vergleichen und Marie von Kleists Briefe einzusehen. Erstere schienen von Abschreibfehlern abgesehen identisch zu sein;

wir einigten uns darauf, separat Tieck unsere jeweilige Abschrift zukommen zu lassen, so dass er seine eigenen redaktionellen Entscheidungen treffen könnte. Letztere waren aufschlussreich, doch waren einige Stellen unleserlich gemacht und einige Passagen herausgeschnitten worden—wohl von der Kleisten selbst. Zudem waren es nur wenige, was darauf schließen ließ, dass sie nur einen ausgewählten Teil ihres Bestands ausmachten.

In Bezug auf ihre geringe Anzahl machte ich gegenüber Schütz-Lacrimas eine beiläufige Bemerkung. Er zuckte mit den Achseln und brummte lapidar:

„Verbrannt."

„Kürzlich?"

„Nein, kurz nach Kleists Tod. Zu enthüllend, nehme ich an."

Ludwigs Nachfolge als Dokumentendieb brauchte ich also wegen Marie von Kleists fehlender Briefe nicht anzutreten.

* * *

Neben Ernst von Pfuel hielt sich mittlerweile auch Otto Rühle von Lilienstern in Berlin auf, nun seines Zeichens Redakteur des Militär-Wochenblatts. Nach einigen Verzögerungen schlugen sie auf meine Anfrage hin vor, uns zu Dritt in einem Café in der Leipziger Straße zu treffen.

Dort saß ich ihnen Anfang März 1816 endlich gegenüber. Ich war ein wenig nervös: Ludwig und ich waren einst ihre Rivalen um Heinrichs Gunst gewesen, in separaten Kreisen. Die beiden hohen Herren—sie

machten jetzt eindrucksvolle Karrieren in Berlin—
waren vor mir da und empfingen mich freundlich.

Von Ludwigs Schicksal und seinen Bemühungen
um Heinrichs Lebensspuren zeigten sie sich berührt;
Tiecks Plan, Heinrichs hinterlassene Schriften herauszubringen begrüßten sie, meinen Vorschlag, die von
Ludwig gefundenen Dramen an Tieck weiterzureichen, auch. Zu gegebener Zeit—Tieck habe sie beide
schon diesbezüglich angeschrieben—würden sie ausgewählte Briefabschriften beisteuern. Bezüglich ihres
Verhältnisses zu Heinrich blieben sie verschlossen.

Wir waren schon im Verabschieden begriffen als
ich erwähnte, wie sehr mich die Szene im Leopold
berührt hatte, in der die Soldaten auswürfeln, wer
von ihnen in der Schlacht fallen wird—ob Heinrich
in ihrem Beisein auch manchmal solche makabren
Spielchen erfunden hätte?

Woher ich diese Szene kenne? kam prompt die
Gegenfrage.

Ludwig Brockes, erklärte ich, habe die Anekdote
von einem Schweizer Freund Heinrichs gehört.

Um den Tod gewürfelt, antworteten sie daraufhin,
hätten sie zwar nicht, wohl aber hätten sie einmal darüber gefachsimpelt, wie man sich am effektivsten und
sichersten selbst umbringen würde. Sie standen gerade zu Dritt auf der Brücke am Kleinen Wannsee und
Heinrich hatte den Gedanken, man würde in einem
Boot zur Mitte des Sees paddeln, sich dort, die Jackentaschen mit Steinen gefüllt, auf den Bootsrand setzen,
so dass man unweigerlich rückwärts in den See fallen
und in die Tiefe sinken musste, und sich dann mit
einer Pistole in den Kopf schießen.

„Ganz so hat er es dann selbst nicht gemacht," stellte ich fest.

„Nicht ganz," sagte Rühle. „Vielleicht war Henriette Vogel nicht darauf erpicht, als Fischfutter zu dienen."

„Auch legte Heinrich," fügte Pfuel hinzu, „Wert auf Symbolik." Ich wartete darauf, dass er den Gedanken weiter ausführte, doch er schwieg.

Da erzählte ich von Luise Wielands Kometentheorie. Sie lauschten aufmerksam; schließlich nickten sie sich sanft und ohne Worte gegenseitig zu. Ich wandte mich zum Ausgang. Dort drehte ich mich noch einmal um.

„Was vermissen Sie an Heinrich?" Sie sahen sich verschmitzt an.

„Sein Talent," erwiderte Rühle vorsichtig, „könnte ich jetzt beim Militär-Wochenblatt gut gebrauchen."

„Seine Leidenschaft," rief Pfuel etwas weniger vorsichtig. Ich lächelte den Familienvater an und empfahl mich.

„Lieber Graf, lassen Sie Heinrichs Seele in Frieden," rief mir einer von ihnen nach. Aber ich schritt schon mit zügigen Schritten die Leipziger Straße hinunter.

Plötzlich fiel mir auf, dass Leipziger Straße lediglich den Berliner Abschnitt jener berühmten Chaussee bezeichnet, die gen Westen als Potsdamer Chaussee über die Brücke am Kleinen Wannsee nach Potsdam, gen Osten als Frankfurter Chaussee durch das Pfuelenland—das uralte Stammland der Pfuels—nach Frankfurt an der Oder führt. Pfuel und Rühle hatten mich mithin in ein Café bestellt das geographisch beinahe mittig zwischen Kleists Geburts- und Sterbeort lag!

Ich schmunzelte ob dieser Geste: wir sind jetzt, dachte ich, als ich meine Schritte beschwingt in Richtung Nationaltheater lenkte, alle Kleistianer.

Vor den ehrwürdigen Mauern des Nationaltheaters konnte ich mich des Gedankens nicht erwehren, dass man die alte Dame in Brand stecken müsste, um für ein neues Schauspielhaus Platz zu schaffen, offen für ein Theater das da käme, dessen Bühne mit einer Aufführung von Kleists Homburg eingeweiht werden würde.

* * *

Von Tieck hörte ich längere Zeit nichts. Mein Gesundheitszustand verbesserte sich zwischenzeitig; im Laufe des Jahres 1816 wurde ich aus dem Sanatorium entlassen und blieb in Dresden.

1819 kam Tieck dorthin und richtete einen Dichterkreis ein, zu dem er mich einlud. So kam ich endlich mit ihm persönlich zusammen—sowie, neben Schütz-Lacrimas, den ich schon kannte, mit Otto Graf von Loeben und Hedwig von Staegemann. Letztere hatte Heinrich als junges Mädchen von elf oder zwölf Jahren im Salon ihrer Mutter persönlich kennen und lieben gelernt; jetzt war sie mit Marie von Kleist eng befreundet. Ein paar Jahre später sollte sie als Wilhelm Müllers schöne Müllerin und als salonnière des Gelben Salons stadtbekannt werden.

Tieck berichtete, er mache gut Fortschritte mit der Akquise, Bearbeitung—letztere unter Mithilfe des Berliner Philologen Solger—und Redaktion von Kleists hinterlassenen Schriften, sowie mit einer Vorrede dazu.

Ich bot an, den Entwurf seiner Vorrede durchzusehen, wenn er fertig würde.

Zwischen Otto und mir entwickelte sich bald eine warme Freundschaft—ich tat mein Bestes, ihm Ludwig zu ersetzten. Otto kränkelte jedoch; 1824 würde er sich von Justinus Kerner in Weinsberg magnetisch behandeln lassen; im April 1825 würde er tot sein—und ich erneut dazu verdammt, alleine weiterzuleben.

Das Berliner Nationaltheater brannte am 29. Juli 1817 komplett aus——kein Kommentar! Der Neubau würde im Mai 1821 nicht mit Kleists Homburg, sondern mit Goethes Iphigenie eingeweiht werden. Was sollte man dazu sagen? Die preußischen Kulturkonservativen ließen es sogar zu, dass ausgerechnet das Wiener Burgtheater ein paar Monate später die Erstaufführung des Homburg besorgte. Vielleicht, dachte ich grimmig, war es ja besser so: schließlich kam der preußische König in Kleists Drama gar nicht gut weg.

Statt im Jahre 1817, wie ursprünglich erhofft, kamen 1821 schließlich Heinrich von Kleists hinterlassene Schriften heraus, herausgegeben von Ludwig Tieck, aufgelegt bei G. Reimer in Berlin. Tieck hatte immer wieder gezaudert und gehadert; Solger, der die Überarbeitung der Texte besorgte, war auf halber Strecke plötzlich verstorben; diverse Manuskripte waren auf-, dann mysteriös wieder abgetaucht. Dennoch: nun lag Heinrichs Nachlass vor! Und auch wenn Tiecks Vorrede fast den größeren Teil einzunehmen schien, hatte er immerhin—ich rechnete ihm dies hoch an—neben dem Homburg, dem Guiskard-Fragment und einigen Gedichten auch die verpönte Herrmannsschlacht aufgenommen.

Fouqué schob im Dezember 1821 in der Zeitung für die elegante Welt in der ihm typischen, mir von Ludwigs Bericht hinreichend bekannten, gehässigen Manier seinen Aufsatz Die drei Kleisten hinterher, in dem er so tat, als habe er von Tiecks Veröffentlichung gar nichts mitbekommen—was natürlich allein schon der Umstand widerlegte, dass er sich zu dem Aufsatz hinreißen ließ, denn den veröffentlichte er offensichtlich aufgrund und infolge von Tiecks Herausgabe von Heinrichs Schriften, insbesondere Homburgs—und in dem er nonchalant den kräftigen, aber nur im treuherzigen Lächeln seiner Augen anmutigen Heinrich dem ernsten Ewald und dem idealschönen Franz nach-, ja unterordnete: die Schwingen der letzteren, schwafelte er ungeniert in seinem Aufsatz, seien rein, wie Schwanengefieder gewesen, während Heinrichs Fittiche leider manchen entstellenden Fleck aufgewiesen hätten. A…loch!

Im April 1825 verstarb, wie gesagt, Otto von Loeben. Bei der Grablegung des schönen Jünglings fielen mir Goethes Zeilen à propos der schönen Helena ein:

> Warum bin ich vergänglich, o Zeus? so
>   fragte die Schönheit.
> Macht' ich doch, sagte der Gott, nur das
>   Vergängliche schön.

1826 kamen im Vorfeld seines 50. Geburtstages Heinrich von Kleists gesammelte Schriften heraus, in drei Bänden, wiederum herausgegeben von Tieck und aufgelegt von Reimer. Briefe fehlten weitgehend—aber gut, jeder erinnerte sich noch an den Skandal der entstand als Körte zwanzig Jahre zuvor den Briefwechsel Gleims und Heinses veröffentlichte, in dem nicht nur die beiden bereits toten Schriftsteller, sondern auch mehrere noch lebende impliziert wurden: Johannes von Müller, Sömmering, Jacobi. Das hatte damals ein ziemliches Tohuwabohu gegeben! Kein Wunder, dass Tieck sich nicht so recht an Kleists Briefe traute. Es handelte sich bei den drei Bänden ja, wie der Titel sagte, um Heinrichs gesammelte—man könnte auch sagen: von Freunden ausgewählte und zensierte—und nicht um seine gesamten Schriften. Immerhin, Tieck hatte getan was er konnte und was Adam Müller, Fouqué und Konsorten nicht hinbekommen hatten—Gott sei Dank im Übrigen, denn hätten sie's, wär's für Heinrich und für uns alle wahrscheinlich eine Katastrophe geworden, denn wer weiß, wie die sein Werk verhunzt hätten. Also: Hut ab vor Tieck!

Ebenfalls 1826 erschien erstmals eine Kleist-Biographie, vorgelegt von Eduard von Bülow. Ich selbst und Ludwig tauchen dort beiläufig auf, als in dieser Zeit—im Sommer 1800—zu Kleists vertrauterem Umgange gehörig. Warum Bülow mich nicht im Zuge seiner Recherchen angeschrieben hatte, wusste ich nicht—allerdings lebte ich recht zurückgezogen—doch war's auch recht, denn er hätte von mir sowieso nichts Privates erfahren. Seine Biographie war nach meinem Dafürhalten in erster Linie dafür bemerkenswert, was sie ausließ: fast alles wirklich Wichtige nämlich.

Offenkundig hatten all jene, die Kleist aufs intimste gekannt hatten und selbst noch lebten—Marie und Ulrike von Kleist, Wilhelmine und Luise von Zenge, Rahel Varnhagen, Sophie Sander, Elisabeth Staegemann, Pfuel, Rühle, Zschokke, Lose, Altenstein, Hartmann, Dahlmann, Müller, Fouqué—entweder völliges Stillschweigen gewahrt oder Informationen nur häppchenweise rausgerückt—oder sie waren, wie ich selbst, von Bülow erst gar nicht kontaktiert worden.

Eine Geschichte seiner Seele ist Bülows Biographie daher eben gerade nicht: das Wesentliche bleibt unsichtbar.

Gelegentlich spielte ich mit dem Gedanken, auf Basis von Ludwigs Bericht selbst eine Biographie Heinrichs anzufertigen, um zumindest etwas von dem vielen einzubringen, was bei Bülow fehlte, doch war mir dazu sowohl die Kraft als auch die Neigung abgegangen. Auch wäre es schwierig gewesen zu entscheiden, was zu bringen wäre und was besser unausgesprochen bliebe.

Ich unterließ es; und das war, schien es mir, alles in allem auch gut so.

* * *

Seit Ende 1838 weile ich im Sanatorium Merseburg.

Hier fügte ich Ludwigs Bericht meinen Prolog und Epilog zu bat kürzlich—meine Lebensgeister lassen jetzt endgültig nach—Ulrike von Kleist zu mir.

Ludwig hatte immer befürchtet, dass sie ihre Briefe vernichten, zumindest diese nicht herausrücken würde.

Trotz seiner nicht unberechtigten Sorge konnte ich mir—zumal Marie von Kleist inzwischen verstorben war—jedoch keine bessere Treuhänderin für Ludwigs Bericht vorstellen als Heinrichs geliebte Schwester.

Die mittlerweile fast 65-jährige Ulrike kam ohne zu zögern. Seit einigen Tagen sitzt sie nun an meinem Bett—ich gab ihr sogleich Ludwigs Bericht zu lesen, was sie kommentarlos tat—wo wir fast ausschließlich über Heinrich reden. Was, darf ich hier nicht mitteilen.

Soeben sitzt sie wieder neben mir, wartet darauf, dass ich diese letzten Zeilen niederkritzele.

Sie lässt mich dem—theoretischen—Leser verbindlich mitteilen, dass sie weder Ludwig von Brockes Bericht irgend etwas hinzuzufügen, noch irgend etwas darin zu kritisieren oder zu verneinen habe. Sie nehme den Bericht an sich im Gedenken an ihren Bruder; veröffentlichen werde sie ihn nicht, verbrennen aber auch nicht. Ob und wie der Bericht eines Tages, nach ihrem Tode, aus ihrem Nachlass geborgen und der Öffentlichkeit zugänglich gemacht werden würde—das wüssten nur die Götter; in deren Händen sei die Sache auch am besten aufgehoben.

Sie stünde im Übrigen mit ihrem Bruder in regelmäßiger nächtlicher Zwiesprache; seine Seele, dies könne sie dem Leser versichern, sei lebendiger und glücklicher denn je. Und dabei wolle sie es bewenden lassen.

Jenes ihr eigentümliche, fast Mona Lisa-hafte, halb dämonische, halb süffisante Lächeln umspielt bei diesen Worten ihre Lippen.

Nachwort

Beim Verfassen des vorliegenden Romans war ich bemüht, gesicherte Daten in Bezug auf den historischen Kontext und die auftretenden realen Personen zu berücksichtigen. Etwaige faktische Irrtümer sind ungewollt und mögen mir verziehen werden.

Vieles in diesem Roman beruht auf meinen Interpretationen—größtenteils veröffentlicht—von Kleists Werken, den authentischsten Zeugen seines Lebens, sowie—bislang unveröffentlicht—von ausgewählten Werken Goethes und anderer Dichter der Goethezeit.

Der Rest ist Fiktion.

Das Bildnis eines unbekannten jungen Mannes auf der Titelseite mag das des jungen Kleist sein, oder auch nicht. Es spiegelt gut wieder, wie ich ihn mir gerne vorstelle.

* * *

Am 13. März 1803 schrieb Heinrich von Kleist an seine Schwester Ulrike:

Ich weiß nicht, was ich Dir über mich unaussprechlichen Menschen sagen soll. – Ich wollte ich könnte mir das Herz aus dem Leibe reißen, in diesen Brief packen, und Dir zuschicken. – Dummer Gedanke!

Gar kein dummer Gedanke!
Genau dies tat Kleist mit seinen Werken: er packte sein Herz hinein und schickte es uns zu.

                        Matthias Goertz
                        Singapur, im Juli 2021.